KB253395

블랑 망토 비밀
거리의

형사 르 플록 시리즈

블랑 망토 거리의 비밀

장—프랑수아 파로 ｜ 노영란 옮김

황금면 플입 GOLD

차례

✝ 주요인물 소개

◆ **니콜라 르 플록** : 파리 치안감독관의 대리인으로 사건의 조사를 맡은 인물

◆ **프랑수아 르 플록 신부** : 니콜라 르 플록의 사부

◆ **조제핀 펠방** : 르 플록 신부의 가정부

◆ **루이 드 랑뤠이 후작** : 니콜라 르 플록의 대부

◆ **이자벨 드 랑뤠이** : 랑뤠이 후작의 딸

◆ **사르틴** : 파리 치안감독관

◆ **라 보르드** : 왕의 제1시종

◆ **기욤 라르뎅** : 경찰 반장

◆ **피에르 부르도** : 형사

◆ **루이즈 라르뎅** : 라르뎅 반장의 두 번째 부인

◆ **마리 라르뎅** : 라르뎅 반장의 첫 번째 부인에게서 낳은 딸

◆ **카트린 고스** : 라르뎅의 요리사

◆ **앙리 데카르** : 의사

◆ **기욤 세마귀** : 해군 출신 외과의사

◆ **생—루이** : 세마귀의 흑인 하인

◆**아와** : 생―루이의 부인, 세마귀의 요리사

◆**피에르 피노** : 신학생

◆**노블쿠르** : 전직 검사

◆**그레그와르 신부** : 카름 데 쇼 수도원의 약제 담당 신부

◆**라 뽈레** : 술집 여주인

◆**라 샤탱** : 술집 아가씨

◆**브리카르** : 퇴역 군인

◆**라파스** : 전직 백정

◆**에밀리** : 수프 장수, 늙은 노파

◆**바숑** : 양복점 주인

◆**까뮈조** : 도박 수사 담당 경찰 반장

◆**모발** : 까뮈조의 부하

◆**마리 영감** : 샤틀레 법원의 문지기

◆**티르포** : 경찰의 정보원

◆**상송** : 사형 집행인

◆**라부인** : 밀정

프 롤 로 그

1761년 2월 2일 금요일 밤, 라 쿠르티에서 라 빌레트로 가는 길을 짐수레 하나가 힘겹게 지나가고 있었다. 하루 종일 날씨가 흐리더니 해 질 무렵부터 시커먼 구름이 비와 폭풍으로 돌변했다. 누군가 이 길을 감시했다면, 비쩍 마른 말이 끄는 이 수레를 눈여겨보았을 것이다. 망토로 몸을 감싼 두 사람이 수레 위에 앉아 있었는데 희미한 초롱불 아래 검은 옷자락이 약간씩 보였다. 그들은 어둠 속을 뚫어지게 보고 있었다. 비에 젖은 길 때문에 말은 자꾸 옆으로 미끄러졌고, 4미터마다 멈추어 섰다. 길에 난 바퀴 자국들 때문에 수레가 흔들거릴 때마다 수레에 실은 두 개의 술통이 둔탁한 소리를 내며 서로 부딪혔다.

마을에서 멀어지면서, 드문드문 보이던 불빛마저 모두 사라졌다. 비가 그치고, 달이 구름 사이로 얼굴을 드러냈다. 온통 안개로 뒤덮인 들판 위에 푸르스름한 달빛이 쏟아졌다. 가시덤불로 덮인 언덕들이 여기저기 모습을 드러냈다. 말은 이미 얼마 전부터 고개를 위아래로 흔들면서 신경질적으로 고삐를 잡아당겼다. 차가운 밤공기 속에서 뭔가 수상쩍은 냄새가 계속 났는데, 들척지근한 냄새가 곧바로 썩은 냄새로 변했다. 두 명의 검은 그림자는 망토로 얼굴을 가렸다. 말이 멈춰 서더니 날카로운 울음소리를 내고, 코를 커다랗게 벌리고 썩은 냄새를 찾으려고 킁킁거렸다. 말은 채찍을 맞으면서도 다시 출발하려 들지 않았다.

"이 늙은 말이 우리를 골탕 먹일 것 같은데! 고기 냄새를 맡은 것이 분명해. 브리카르, 내려가 봐. 말의 재갈을 잡고 수레를 움직여 봐."

"내가 1745년 바시나노에서 황태자의 군대에 있을 때 저런 것을 봤어. 대포를 끌던 짐승들이 시체 앞에서 더 이상 앞으로 나가질 않았어. 그때가 9월이었지. 날씨는 덥고 파리 떼가……."

"그만해. 네 군대 얘기는 지겹도록 들었어. 얼른 가서 저놈의 입을 비틀어 버려, 빨리. 저놈 반항하는 것 봐."

라파스가 앙상한 말의 엉덩이에 연이어 두 번 채찍을 내리치며 소리 질렀다.

브리카르는 투덜대며 수레 밑으로 뛰어내렸다. 발이 땅에 닿자마자 진흙 속에 빠져 버려서, 두 손으로 나무 의족으로 된 오른쪽 다리를 진흙 속에서 빼내야만 했다. 그는 반항하며 미쳐 날뛰는 말의 곁으로 갔다. 브리카르가 재갈을 잡았지만 필사적으로 거부하는 말은 고개를 흔들며 브리카르의 어깨를 후려쳤다. 그는 땅바닥에 나가떨어졌고, 화가 나서 말에게 온갖 욕설을 퍼부었다.

"꿈쩍도 안 해. 여기다가 짐을 풀어야 되겠어. 더 멀리 못 가겠어."

"진흙탕 때문에 널 도울 수가 없어. 이 빌어먹을 다리가 말을 듣지 않아."

"내가 술통을 내릴게. 그리고 구덩이 근처로 술통을 굴리는 거야. 두 번에 할 수 있어. 말을 잡고 있어, 좀 살펴보게."

"날 혼자 내버려 두지 마."

브리카르가 울먹거렸다.

"난 여기가 맘에 안 들어. 여기서 시체를 목매달았다는 것이 정말이야?"

"브리카르, 너는 용감한 늙은 병사야! 이 일을 끝내면, 너는 자랑스럽게 얘기할 거야. 마르트 아줌마 술집에 가자. 내가 한잔 살게. 네가 원하면 훈제고기도 살게! 여기서 사람을 목매달던 일은 이미 까마득한 옛날 얘기야. 지금은 성안이나 다른 곳에서 죽은 짐승들을 여기다 버리고 있어. 예전에는 병에 걸려 죽은 짐승들을 자벨에 버렸는데 지금은 여기 몽포콩에 버리는 거야. 썩는 냄새가 나지 않아? 여름에 폭풍우가 몰아치면, 냄새가 파리 시내까지 코를 찌르지. 냄새가 튈르리 궁까지도 간다니까!"

"정말 냄새가 지독하군. 그리고 귀신이 나올 것 같아."

"입 닥쳐. 귀신이라니, 들쥐와 까마귀 그리고 개들을 보고 무서워하는 거야. 짐승들이 고깃덩어리를 차지하려고 난리를 피우는 거야. 굶주린 인간쓰레기들이 고기를 찾아서 여기까지 오지는 않아. 생각만 해도 몸이 오그라든다. 너, 술병 어디다 감춰놨어? 아! 여기 있군.”

라파스는 술을 벌컥벌컥 마시고 나서 병을 브리카르에게 넘겼고, 브리카르는 게걸스럽게 술병을 비웠다. 뭔가 날카로운 소리가 들렸다.

“들쥐다! 그만 떠들고, 초롱불을 들고 내 옆에 있어. 나를 비춰주는 거야. 나는 도끼와 채찍을 들고 갈 테니까. 뭐가 나타날 수도 있고, 부수기도 해야 되고…….”

두 남자는 초롱불의 희미한 불빛 아래 보이는 건물을 향해서 조심스럽게 걸어갔다.

“분명히, 폐사한 도살장이야. 저기 짐승의 기름을 받는 통이 있잖아. 석회 구덩이는 좀 더 멀리 있을 거야. 이것 봐, 썩은 고기들이 산더미처럼 쌓여 있어. 내 말이 맞지.”

몇 발자국 떨어진 곳에서, 짐승의 시체 뒤에 엎드려 있던 그림자 하나가 말 울음소리와 두 남자의 욕지거리, 그리고 초롱불에 놀라서 하던 일을 멈추었다. 그림자는 그것이 순찰대인 줄 알고 떨고 있었다. 굶주림에 지친 사람들이 몰래 썩은 고기를 훔치러 이곳에 오기도 했었다. 왕과 파리 치안감독관의 명령에 따라 그런 사람들을 몰아내기 위해 순찰대가 자주 순시를 하고 있었다.

유령 같은 그림자는 누더기를 걸친 늙은 노파 에밀리였다. 전성기 때는 유명했던 여자로, 한창 잘나가던 시절에는 섭정 오를레앙공의 만찬에도 나갔던 여자였다. 그러나 젊은 시절은 가버렸고, 부두나 성 밖의 지저분한 사창가를 전전하며 살다가 이제는 그런 일도 더 이상 할 수 없게 되었다.

병들고 처참하게 변한 에밀리는 손수레를 끌고 다니며 더러운 수프를 팔고 있었다. 그 수프는 여기 몽포콩의 도살장에서 훔친 재료로 만든 것으로, 먹는 사람이 식중독에 걸릴 위험이 있고 다른 사람들에게 전염될 수도 있는 것이었다.

에밀리는 두 명의 남자가 술통을 내려서, 그 안에 든 것을 땅바닥에 쏟아버리는 것을 보았다. 놀라서 심장이 벌렁거려 무슨 일을 하고 있는지 알 수 없었고, 두 사람이 나누는 대화도 들을 수가 없었다. 늙은 에밀리는 시커먼 두 명의 얼굴을 보려고 눈을 크게 떴다. 뭔가 붉은 것이 땅바닥에 버려져 있는 것 같았다. 안타깝게도 초롱불이 약했고, 다시 몰아치는 폭풍우 때문에 불꽃이 흔들거렸다.

에밀리는 자기가 보는 것이 무엇인지 알 수 없었고, 게다가 너무 겁에 질려서 감히 상상도 할 수 없었지만, 무언가 나쁜 짓일 거라는 생각에 호기심이 커졌다.

이제, 두 명 중의 하나가 옷처럼 보이는 것을 땅바닥에 버렸다. 부싯돌로 불을 켜자, 짧지만 섬광 같은 불빛이 솟아올랐다. 그리고 뭔가 부서지는 소리가 들렸다. 노파는 놀라서 썩은 고기 위에 납작 엎드렸다. 무서워서 지독한 악취도 느껴지지 않을 정도였다. 노파는 숨도 쉬지 않았다. 알 수 없는 공포로 숨이 멈춘 것 같았다. 피가 얼어붙고, 불빛이 점점 커지는 것이 보였고, 그리고는 정신을 잃고 땅바닥에 쓰러졌다.

　오래된 처형장은 다시 조용해졌다. 멀리, 웅얼거리는 사람들의 말소리와 함께 수레가 멀어져 갔다. 다시 밤의 어둠만이 남고, 바람은 폭풍이 되어 거세게 몰아쳤다. 땅바닥에 버려진 것은 점차 흔적이 없어져 갔다. 그것은 이리저리 끌려 다니더니, 삽시간에 먹혀 버렸다. 뭔가 작은 소리가 들렸고 다툼이 시작되었다. 동이 트기 전부터 개 떼들이 휩쓸고 갔고, 커다란 까마귀들이 날아왔다.

1장 두 개의 여행

1761년 1월 19일 일요일

거룻배 한 척이 회색빛 강물 위로 흘러가고 있었다. 희미한 새벽빛 속에서 물안개가 피어올라 강둑을 덮고 있었다. 규칙에 따라 한 시간 전에 닻을 올렸지만, 어둠이 짙어서 다시 물속에 던져야만 했었다. 배는 이제 오를레앙을 지났고, 물이 불어난 르와르 강 덕분에 배는 빠른 속도로 흘러갔다. 갑판을 뒤흔드는 돌풍에도 불구하고 소금과 생선 냄새가 코를 찔렀다. 이 배는 몇 개의 앙스니산^産 포도주통을 제외하면, 소금에 절인 대구를 운반하는 것이 주 업무였다.

뱃머리에 두 개의 실루엣이 보였다. 첫 번째 실루엣은 선원으로, 잔뜩 긴장해서 거친 물살을 살펴보고 있었다. 선원은 왼손에 마부들이 쓰는 것과 비슷한 작은 뿔나팔을 들고 있었다. 위험한 일이 있을 경우, 배의 뒤편에서 키를 잡고 있는 선장에게 신호를 보내기 위해서였다.

또 다른 실루엣은 검은 옷에 장화를 신고, 손에 삼각모를 들고 있는 젊은 청년이었다. 그의 모습에서는 비록 나이는 젊지만 무언가 종교적이고 그리고 군인 같은 느낌이 있었다. 그는 갈색 머리를 뒤로 넘긴 채 머리를 꼿꼿하게 높이 쳐들고 있었다. 당겨진 활처럼 팽팽하게 긴장되어 있으면서 미동도 하지 않는 그의 모습이, 이 범선의 뱃머리를 지키는 고귀한 느낌의 선수상船首像 같았다. 표정을 드러내지 않는 그의 눈빛은 강의 왼쪽에 있는 노트르담 드 클레리 수도원을 응시하고 있었다. 회색빛 뱃머리가 강둑을 덮고 있는 흰 구름을 가르며 앞으로 나가고 있었고 배는 이제 르와르 강과 만나고 있었다.

강한 의지를 보인 이 청년은 선원들뿐 아니라 다른 사람들에게도 깊은 인상을 주었는데, 그의 이름은 니콜라 르 플록이었다.

니콜라는 생각에 잠겨 있었다. 일 년 남짓 전에, 그는 똑같은 여정을 거꾸로 달려서 파리를 향해 갔었다. 모든 것이 얼마나 빨리 지나갔는지! 지금은 브르타뉴로 가고 있고, 지난 이틀 동안의 일들이 머릿속을 스쳐 지나갔다. 그는 오를레앙으로 가기 위해 급히 가방을 꾸려서 파리를 떠났다. 오를레앙에서 배를 탈 생각이었다. 르와르 강까지 오는 동안, 그는 여행객들의 지루함을 달래주는 풍경들을 전혀 즐기지 못했다.

그와 함께 여행을 한 사람들은 한 명의 신부와 두 쌍의 나이 든 부부였는데, 여행 내내 말 한마디 하지 않았다. 야외에서 지내는 것에 익숙한 니콜라는 여러 사람과 섞여 있는 것과 마차 안에서 나는 온갖 냄새 때문에 괴로웠다. 창문을 열려고 시도했다가 곧바로 날아오는 다섯 명의 못마땅해하는 눈길 때문에 포기했다. 자유에 대한 이런 욕망을 사악한 생각이라고 여긴 것이 틀림없는 신부는 성호를 긋기까지 했다. 젊은 청년은 구석에 웅크리고, 단조로운 여정에 몸을 맡긴 채 몽상의 세계로 빠져들었다. 지금 역시, 배 위에서도 몽상에 빠져 있는 그에게는 아무것도 보이지도 들리지도 않았다.

정말로 모든 것이 너무 빨리 흘러가 버렸다. 반느에 있는 예수 교회 학교에서 공부를 마친 후에 렌느에서 공증인 사무실 서기로 일하고 있었는데, 갑자기 사부이자 샤누완 수도회의 신부인 르플록 신부가 그를 급히 불러들였다. 사부는 그에게 별다른 설명도 없이 말과 안장, 장화 한 벌, 몇 개의 루이 금화를 주면서 파리로 가라고 했다. 많은 충고를 했고 행운을 빌어주었을 뿐이다. 대부인 랑뤠이 후작으로부터는 파리에 있는 후작의 친구 중의 하나인 사르틴에게 보내는 추천서를 받았다. 후작은 그를 보내는 것에 감격하면서도 동시에 뭔가 불편해 보였다. 니콜라는 후작의 딸이며 어린 시절의 친구인 이자벨에게 작별인사도 할 수 없었다. 그녀는 낭트에 있는 친척 아주머니 집에 가고 없었기 때문이다.

니콜라는 미어지는 가슴을 안고 마을의 낡은 성벽을 빠져나갔었다. 사부의 슬픈 얼굴과 사부의 가정부인 핀느의 가슴을 찢는 외침 때문에 더욱 마음이 착잡했고 버려진 것 같은 느낌이었다. 그는 정신과 육체가 분리된 것 같은 멍한 상태에서 수로와 육로를 거치는 긴 여정을 지나 새로운 운명이 기다리고 있는 파리로 향했었다.

파리가 가까워지면서 정신이 들었었다. 왕국의 수도인 파리에 처음 도착했을 때의 공포감이 기억나서 다시 한 번 가슴이 조여들었다. 그때까지 파리라는 도시는 그저 반느의 학교 강의실 벽에 붙어 있는 프랑스 지도 위에 있는 하나의 점이었을 뿐이었다. 시내로 들어오자마자 분주한 사람들의 움직임과 쏟아지는 소음에 귀가 먹먹했다. 광활한 들판은 풍차로 가득했고, 풍차의 날개들이 쉴 새 없이 돌아가고 있었다. 그 모습에 니콜라는 왠지 불안하고 정신이 멍해졌다. 세르반테스의 소설에서 여러 번 읽었던, 금방 책에서 튀어나온 것 같은, 깃털 장식을 한 거인들을 보는 기분이었다. 누더기를 걸친 많은 사람들이 성문 근처에서 끊임없이 왔다 갔다 하는 것이 놀라웠다.

지금도 파리에 처음 들어섰던 순간이 눈에 선하다. 좁은 골목들, 신기할 만큼 높은 집들, 지저분하고 진창인 길들, 셀 수 없이 많은 마차와 말 탄 사람들, 알 수 없는 온갖 냄새와 아우성 소리들……

파리에 도착했을 때, 여러 시간 동안 길을 잃고 헤맸었다. 막다른 길의 끝에서 정원이 불쑥 나타나거나 아니면 강이 나왔다. 한참 후에, 눈동자 색깔이 짝짝이고 상냥한 얼굴을 한 청년이 생—쉴피스 성당까지 데려다 주었고, 거기에서 보지라르 거리를 지나 카름 데 쇼 수도원까지 갔다. 니콜라는 그곳에서, 사부의 친구이자 그 수도원 약제藥劑 업무 책임자인, 풍채가 아주 좋은 그레그와르 신부의 환대를 받았다. 이미 늦은 시각이어서 그레그와르 신부는 곧바로 다락방에 있는 작은 침대로 니콜라를 안내해 주었다.

신부의 친절에 용기를 얻은 니콜라는 깊은 잠 속으로 빠져들 수 있었다. 아침에 눈을 뜬 다음에야 어제 그에게 길을 가르쳐 준 청년이 사부가 선물로 준 은시계를 훔쳐 갔다는 것을 알아챘다. 니콜라는 모르는 사람을 더욱 경계하기로 마음먹었다. 다행히도 고향 게랑드를 떠나기 전날 밤 핀느가 가방의 안쪽에 비밀 주머니를 만들어주었는데, 그 속에 넣어둔 얼마 안 되는 비상금은 그대로 있었다.

니콜라는 수도원의 규칙적인 생활을 따르면서 안정을 되찾아 갔다. 수도원의 커다란 식당에서 수도승들과 함께 식사를 했다. 그는 지도 한 장을 들고 파리 탐험을 시작했다. 왔던 길로 다시 되돌아갈 수 있도록 지도 위에 연필로 표시를 하며 다녔다. 파리의 불편한 점들이 거부감을 일으켰지만, 파리의 매력도 알게 되었다. 끊임없이 나타났다 사라졌다 하는 길들이 니콜라를 불안하게 하면서도 뭔지 모르게 끌어당기는 매력이 있었다. 여러 번 마차에 치일 뻔하기도 했다. 니콜라는 마차의 빠른 속도와 눈 깜짝할 사이에 나타나는 신속함에 항상 놀랐다. 그래서 파리에서는 길에 서서 몽상에 빠지면 안 된다는 것과 여러 가지 다른 위험들을 조심해야 된다는 것을 배웠다. 다른 위험이란, 예를 들면 옷을 완전히 엉망으로 만드는 더러운 진흙탕, 폭포처럼 머리 위로 쏟아지는 빗물받이 홈통의 물, 조금만 비가 와도 금방 물살이 급류로 변하는 길거리 같은 것이었다. 니콜라는 온갖 오물들과 장애물 속에서 마치 파리에서 오래 산 사람처럼 펄쩍 뛰어서 건너거나, 토끼처럼 깡충깡충 뛰거나, 요리조리 피해서 다녔다. 외출에서 돌아올 때마다 솔로 옷을 털고, 양말을 빨아야만 했다. 왜냐하면 니콜라는 양말이 두 켤레밖에 없었는데, 나머지 한 켤레는 사르틴을 만나러 갈 때를 위해서 아껴두었기 때문이다.

사르틴을 만나는 문제는 잘 풀리지 않았다. 니콜라는 랑퉤이 후작의 편지에 적혀 있는 주소로 여러 번 찾아갔었다. 니콜라를 경계하는 눈빛의 하인은 건방진 표정을 한 문지기에게 가서 뭐라고 얘기를 해본 후에 면회가 안 된다고 하면서 그를 돌려보냈다. 여러 주가 그렇게 흘러가 버렸다. 니콜라가 상심해 있는 것을 본 그레그와르 신부는 그에게 일거리를 만들어주기 위해, 자신과 함께 작업을 하자고 했다. 카름 데 쇼 수도원은 1611년부터 오직 수도승들만이 비법을 알고 있는 약을 만들어서 프랑스 전역에 팔고 있었다.

니콜라는 재료 빻는 일을 맡았다. 그는 멜리사, 안젤리카, 물냉이, 고수, 정향, 계피를 식별하는 방법을 배웠고, 기이하고도 이국적인 과일들을 알게 되었다. 그러나 재료를 빻고 증류기에서 나오는 냄새를 맡으며 보내는 시간들 속에서 점점 지쳐 갔고, 그를 가르치던 신부님이 그것을 눈치채고 니콜라의 근심거리가 무엇인지 물어보았다. 신부님은 곧바로 사르틴에 대해 알아보겠다고 약속했다. 그리고는 원장신부님의 소개서를 받아다 주었다.

그 소개서는 니콜라 앞에 놓여 있던 모든 장애물들을 치워줄 수 있는 것이었다. 사르틴은 얼마 전에 파리 치안감독관에 임명되었다고 했다. 그레그와르 신부는 이 기쁜 소식을 전해주면서 자신이 최근에 들은 모든 정보들을 쏟아냈다.

"니콜라, 네가 그 사람 마음에 들게 된다면, 그 사람은 네 운명을 바꿔줄 수 있다. 파리 치안감독관은 왕의 명령으로 거리의 질서와 안전뿐 아니라, 신하들 각각의 안전에 대해서도 책임지는 절대적인 권력을 가진 사람이야. 사르틴은 샤틀레 법원의 형사재판관이었을 때도 이미 엄청난 권력을 가지고 있었지. 이제 그가 할 수 없는 일은 없을 것이다. 누구도 사르틴에게 이래라저래라 할 수 없다고 하더구나. 그리고 이제 겨우 서른 살이라는 말이 있어."

그레그와르 신부는 평상시의 큰 목소리를 낮추더니 주변에 듣는 사람이 없는지 살펴보았다.

"원장신부님 말씀이 폐하께서 사르틴에게 특별한 임무를 맡겼는데, 아주 중대한 상황일 경우 재판을 하지 않고 아무도 모르게 사건을 처리할 수 있는 권한을 주셨다고 하더구나. 이런 말은 입밖에 내면 안 된다."

신부는 손가락을 입에 갖다 대는 시늉을 하면서 말했다.

"이런 특별한 임무는 선대왕이 만들었다는 것을 기억해라. 백성들은 아직도 아르장송을 기억하고 있어. 얼굴과 생김새 때문에 사람들이 그를 '저주받은 자'라고 불렀지. 그 얘기는 그만하자. 내가 너무 말을 많이 한 것 같구나. 이 편지를 받아라. 내일 아침 세느 거리를 따라가면 퐁—뇌프 다리까지 가게 될 거다. 시테 섬을 알고 있지? 금방 찾을 거야. 거기서 다리를 건너가라. 그다음에 오른쪽에 있는 메지스리 강변도로를 따라가거라. 그러면 샤틀레 법원에 도착할 거야."

그날 밤 니콜라는 잠을 잘 이루지 못했다. 그레그와르 신부의 말이 머릿속에서 맴돌았고, 자신이 너무나 보잘것없게 느껴졌다. 사랑하는 사람들과 떨어져서 이중으로 고아가 된 지금, 혼자 파리에서, 자신의 운명에 결정적인 역할을 할 것이라는 예감이 드는 막강한 힘을 가진 사람 앞에서 어떻게 당당하게 자신감을 가질 수 있을까?

니콜라는 머리를 아프게 하는 생각들을 떨쳐 버리려고 애를 쓰면서 마음을 편하게 해줄 수 있는 이미지를 찾으려고 노력했다. 이자벨의 아름다운 옆모습이 떠올랐다. 그리고 또 다른 불안이 그를 엄습했다. 어째서 그녀는 니콜라가 오랫동안 고향을 떠나 있게 될 거라는 것을 알면서, 한마디 인사도 없이 가버린 것일까?

고향 게랑드의 늪에서 그녀와 함께 믿음과 사랑을 맹세했던 것이 떠올랐다. 어떻게 그녀를 믿을 수 있었을까, 그리고 어떻게 무덤에 버려졌던 보잘것없는 아이가 명문대가인 랑뤠이 후작의 딸을 감히 넘볼 수 있었을까? 그렇지만 니콜라의 대부인 후작은 그에게 항상 잘해주었는데……. 이런 달콤하고 씁쓸한 생각들에 사로잡혀서 새벽 다섯 시경에 겨우 잠이 들었다.

잠이 든 지 한 시간 정도 지나서 그레그와르 신부가 니콜라를 깨웠다. 세수하고 옷을 입고, 정성 들여서 머리를 빗고, 신부의 재촉에 떠밀려서 아직 추운 아침 거리로 나섰다.

거리가 아직 어두운데도 불구하고, 이번에는 길을 헤매지 않았다. 마자랭 궁 앞에서 날이 밝아지면서 건물의 모습이 조금씩 선명하게 드러났다. 세느 강가는 벌써 사람들로 시끌벅적했다. 여기저기 사람들이 불 주변에 모여 있었다. 사방에서 사람들의 외침 소리가 들렸다. 파리가 잠에서 깨어난다는 신호였다.

니콜라는 길을 걷다가 갑자기 어떤 카페 주인과 부딪혔고, 하마터면 '바바르와즈'가 담긴 쟁반을 떨어트릴 뻔했던 주인은 작은 소리로 욕을 했다. 오를레앙공 필립의 어머니인 팔라틴 공주가 유행시킨 이 음료수를 니콜라도 먹어본 적이 있다. 카필레르 시럽을 넣어서 달게 만든 뜨거운 차라고 그레그와르 신부가 설명해 주었다.

니콜라가 퐁—뇌프 다리에 도착했을 때 근처는 이미 사람들로 가득 차 있었다. 그는 앙리 4세의 동상과 사마리텐느의 펌프장을 보고 감탄했다. 메지스리 강변도로에 있는 가게들이 해가 뜨자마자 일을 시작하기 위해 문을 열고 있었다. 그는 손수건으로 코를 틀어막고, 악취가 나는 강둑을 지나갔다.

어둡고 딱딱한 느낌의 샤틀레 법원이 보였다. 니콜라가 상상했던 모습이어서 금방 알아볼 수 있었다. 초롱불 아래 희미하게 밝혀진 둥근 천장 밑으로 들어섰다. 긴 검은 옷을 입은 남자 하나가 지나갔다. 니콜라는 그를 불러 세웠다.

"저 좀 도와주시겠습니까. 파리 치안감독관님의 사무실을 찾고 있습니다."

그 남자는 니콜라를 발끝에서 머리끝까지 훑어보았다. 그리고는 나름대로 심사를 마친 후에 심각한 어조로 대답했다.

"치안감독관님은 특별한 면담만을 하십니다. 일반적으로 대리인이 면담을 하지만, 오늘은 직접 하실 겁니다. 그분은 뇌브—생—오귀스탱 거리에 있는 집무실에서 일하시지만, 샤틀레 법원에도 사무실이 있다는 것을 아시지요. 1층에 있는 직원에게 가보세요. 문지기가 있습니다. 찾기 쉬울 겁니다. 그분을 만나는데 필요한 서류들을 가지고 오셨습니까?"

니콜라는 조심스럽게 대답을 피하면서, 예의 바르게 인사를 하고 계단 쪽으로 갔다. 유리로 된 문을 지나, 회랑의 끝에 벽면에 아무것도 없는 커다란 방이 보였다. 어떤 남자가 전나무로 된 책상 앞에 앉아 있었는데, 손톱을 물어뜯고 있는 것처럼 보였다. 가까이 가서 보니 선원들이 주로 먹는 딱딱한 비스켓을 먹고 있었다.

"실례합니다. 안녕하세요. 치안감독관님을 뵐 수 있을까요?"

"용기가 가상하구만. 치안감독관님은 만날 수 없습니다."

"귀찮게 해서 죄송합니다(니콜라는 자신이 얼마나 강력하게 이야기하느냐에 따라 달라질 수 있다고 느끼고 목소리에 더욱 힘을 주어서 말했다). 오늘 아침 만나뵙기로 되어 있는데요."

니콜라는 자기도 모르게 문지기의 코앞에 랑뤠이 후작의 도장이 찍힌 커다란 편지봉투를 흔들어 보였다. 그의 행동에 문지기는 더 이상 대꾸하지 않고, 편지를 받아 들고는 니콜라에게 의자를 가리켰다.

"마음대로 하시오. 하지만 기다려야 할 겁니다."

문지기는 파이프에 불을 붙이더니 아무 말 없이 담배만 피웠고, 니콜라는 불안을 떨쳐 버리기 위해 무슨 말이라도 지껄이고 싶은 심정이었다. 하지만 문지기에게 말을 붙일 엄두는 나지 않았고, 할 수 없이 벽을 쳐다보고 앉아 있었다. 법관복을 입은 키 작은 남자 하나가 정중한 말투로 이야기하면서 들어왔다. 그는 문 뒤로 사라졌는데, 문틈 사이로 휘황찬란하게 불이 밝혀진 방 안이 살짝 보였다. 얼마 후에 문지기가 문을 조심스럽게 두드리더니, 곧 안으로 들어가 버렸다. 그가 다시 나타났을 때, 니콜라에게 들어오라는 신호를 보냈다.

검은색 긴 가운을 입은 치안감독관은 청동 장식이 반짝거리는 고급 목재로 만든 책상 앞에 서 있었다. 그는 랑뤠이 후작의 편지를 주의 깊게 읽고 있었다. 얼굴 표정이 굳어 있었다. 그의 사무실은 균형이 잘 맞지 않는 방이었다. 바닥은 아무런 장식 없이 밋밋한데, 가구와 양탄자는 화려했다. 희미한 겨울 햇빛과 고딕 스타일의 벽난로에서 나오는 불빛, 그리고 여러 개의 샹들리에가 상아처럼 하얀 사르틴의 얼굴을 비추고 있었다. 그는 자기 나이보다 더 늙어 보였다. 툭 튀어나오고 훤한 그의 이마가 제일 먼저 눈에 들어왔다. 가발을 쓰지 않은 그의 머리는 벌써 희끗희끗했고, 잘 빗어서 분을 발라놓았다. 뾰족한 코가 얼굴의 각을 더 두드러지게 했고, 차가운 회색빛의 눈동자에서는 날카로움이 번쩍였다. 키는 작았는데 꼿꼿했고, 권위와 품위를 잃지 않으면서도 유연함을 가지고 있다는 것을 알 수 있었다. 니콜라는 정신이 아득해지는 것을 느꼈지만, 스승들의 가르침을 기억하면서 덜덜 떨리는 손을 진정시키려고 애썼다. 그때 사르틴이 편지로 부채질을 하면서 호기심 가득한 눈초리로 니콜라를 유심히 쳐다보았다. 그렇게 몇 분의 긴 시간이 흘렀다.

"이름이 무언가?"

"니콜라 르 플록입니다. 무엇이든지 열심히 하겠습니다."

"열심히 하겠다…… 그래, 생각해 보도록 하지. 자네 대부가 자네 칭찬을 많이 했네. 자네는 말을 잘 타고, 무기를 잘 다루고, 법에 대해서도 잘 알고 있다고……. 공증인 사무실 서기치고는 매우 재주가 많군."

그는 일어서더니, 허리에 손을 얹고 천천히 니콜라를 훑어보면서 한 바퀴 돌았다. 조롱과 비웃음이 섞인 그의 눈초리 속에서 니콜라는 얼굴이 상기되었다.

"그래, 그래. 맞아, 가능하겠어……."

사르틴은 후작의 편지를 한참 들여다보더니 벽난로로 가서 편지를 불 속에 던졌다. 편지는 노란 불꽃 속에서 타버렸다.

"자네를 믿어도 되겠는가? 아니, 대답하지 말게. 그게 뭘 의미하는지 자네는 몰라. 나는 자네에 대해 생각한 것이 있고, 랑뛰이는 나에게 자네를 맡겠어. 알겠나? 아니, 자네는 모르지. 전혀 몰라."

사르틴은 책상 앞으로 가서 앉더니 코를 만지작거리면서 긴장해 있는 니콜라를 다시 한 번 유심히 살펴보았다.

"자네는 너무 젊고 이렇게 허심탄회하게 자네에게 말하는 것이 나에게도 쉬운 일은 아니야. 폐하의 직속 경찰은 충성스런 사람을 필요로 하네. 그리고 나는, 나는 말일세, 절대적으로 내게 복종하는 믿을 수 있는 부하가 필요해. 무슨 말인지 알겠나?”

니콜라는 조심스럽게 대답을 피했다.

“오! 이해가 빠른 것 같군.”

사르틴은 유리창 쪽으로 갔다가 무언가를 보고 생각에 잠겨서 다시 돌아섰다.

“치워 버려야 될 것이 많아…… 할 수 있는 범위에서…… 더도 덜도 아닌 만큼. 그렇지 않은가?”

니콜라는 사르틴를 마주 보기 위해 빙그르 돌았다.

“법에 대한 지식을 더 높이는 것이 좋겠어. 심심풀이 삼아 하루에 몇 시간씩 법 공부를 좀 하게. 왜냐하면 자네는 일을 하게 될 테니까.”

사르틴은 책상으로 급히 가더니 종이 한 장을 들었다. 그리고는 니콜라에게 붉은색의 다마스커스 천으로 만든 커다란 안락의자에 앉으라고 손짓을 했다.

“글씨를 써보게. 잘 쓰는지 봐야겠네.”

니콜라는 긴장으로 제정신이 아닌 상태에서 최선을 다해 썼다. 사르틴은 잠시 생각에 잠기더니 옷에서 황금색의 작은 담뱃갑을 꺼내서 담뱃가루를 조금 집어 손등 위에 조심스럽게 올려놓았다. 그리고는 그것을 코로 들이마시고, 만족스런 표정으로 눈을 감았다. 그러더니 갑자기 큰소리로 재채기를 하면서, 검은색의 담뱃가루를 사방으로 내뿜었고 니콜라에게도 날렸다. 니콜라는 갑작스런 담뱃가루의 폭풍 속에서 미동도 없이 가만히 있었다. 사르 틴은 여유있게 코를 풀었다.

"자, 받아쓰게. 〈폐하와 나를 위해, 오늘부터, 니콜라 르 플록을 자네의 비서로 채용하는 것이 좋을 것 같네. 월급은 내가 지불하겠네. 그에게 숙식을 제공해 주고, 근무 태도에 대해 나에게 보고하게〉 주소를 쓰게 〈라르뎅, 샤틀레 법원의 경찰 반장, 블랑—망또 가街의 자택〉."

그리고는 재빨리 편지를 가져가서, 눈앞에 들이대고 검사를 했다.

"됐어, 좀 섞여 있지만, 그래, 약간 잡종이긴 하군."

사르틴은 의미를 알 수 없는 엷은 미소를 지었다.

"하지만 시작하는데는 괜찮을 거야. 문체가 있고, 무예가 있으니."

그는 안락의자에 다시 앉더니, 편지에 서명을 하고 접은 다음, 옆에 있는 항아리 속에서 약간의 초를 꺼내 편지 위에 붙이고 그 위에 자신의 도장을 찍었다. 그 모든 것이 눈 깜짝할 사이에 진행되었다.

"라르뎅의 곁에서 자네가 수행해야 하는 일은 성실함을 요구하네. 성실함이 무언지 아는가?"

니콜라는 이번에는 용감하게 대답했다.

"네, 충성스런 신하가 자신의 임무를 정확하게 수행하는 것이며……."

"오! 말을 할 줄 아는군. 좋아, 아직 학생티가 나지만 틀린 말

은 아니지. 자네는 조심스럽고 신중해야만 하네. 배우는 것에 능
해야 하고 또한 잊어버리는 것에도 능해야 하네. 사적인 비밀을
알아낼 수 있어야 하네. 일어난 일들에 대한 기억을 요약하고 제
대로 파악하는 법을 배워야 하네. 사람들이 자네에게 하는 말을
재빨리 포착하고, 자네에게 하지 않은 말이 무엇이지 추측할 수
있어야 해. 그리고 마지막으로 자네가 포착한 몇 마디의 말을 가
지고 새로운 방향으로 나아갈 수 있어야 하네."

그는 둘째 손가락을 치켜들고 한마디 한마디를 강조하면서 말
했다.

"그뿐만이 아니라, 자네가 보게 되는 것들의 의미를 변색시키
거나 무의미하게 만들지 않으면서 동시에 자네가 본 것들에 대한
공정하고 솔직한 증인이 되어야만 해. 잘 생각해 보게. 자네의 정
확성에 사람들의 생명과 명예가 달려 있네. 설사 그 사람들이 가
장 질이 나쁜 불량배라 할지라도 규칙에 따라서 처리해야 되는
것이지. 정말로, 자네는 너무 젊어, 너무 젊어……. 하지만 자네
의 대부도 자네 나이 때 그렇게 했네. 그 사람은 필립스버그 전투
에서 불길에 휩싸인 전쟁터를 달려갔었지, 베르위크 사령관과 함
께, 사령관은 그 전투에서 사망했어. 그리고 나 자신도……."

사르틴은 뭔가 깊은 생각에 잠긴 것처럼 보였고, 처음으로, 니
콜라는 그의 눈빛에서 연민이 스치는 것을 보았다.

"항상 경계를 늦추어서는 안 되고, 민첩하고, 적극적이고, 청
렴해야 되네. 그래, 특히 청렴해야만 해. 자, 이제부터 자네는 폐
하를 위해 일을 하는 것이네. 실망시키지 않도록 하게."

니콜라는 몸을 숙여 인사를 하고 그가 내민 편지를 받아 들었다. 니콜라가 문 앞에 다가서자, 사르틴의 키득거리는 웃음소리와 함께 빈정거리는 목소리가 들렸다.

"자네는 말일세, 정말 시골 출신치고는 멋있어. 그렇지만 이제는 파리 사람이야. 내 재단사인 바숑에게 가보게. 비에이—뒤—탕플 거리에 있네. 양복 여러 벌과 속옷 그리고 필요한 것들을 맞추게."

"저는……."

"아, 내가 지불하는 거네, 내가 해주는 거야. 내 친구 랑퀘이의 대자代子가 누더기를 걸치고 다니게 할 수는 없지. 사실, 잘생긴 대자代子가 아닌가. 나가보게. 그리고 부르면 즉각 와야 하네."

니콜라는 안도의 한숨을 쉬며 다시 세느 강변으로 나왔다. 차가운 공기를 가슴 깊이 들이마셨다. 이 첫 번째 시험을, 비록 사르틴의 말 중에 이해할 수 없는 것도 있었지만, 무사히 넘긴 기분이 들었다. 니콜라는 거의 뛰다시피 해서 카름 데 쇼 수도원으로 갔다. 신부님은 죄 없는 풀들을 절구에 넣고 맹렬하게 빻고 있었다.

그레그와르 신부는 라르뎅의 집에 그날 밤에 가겠다는 니콜라의 열정을 진정시켜야만 했다. 순찰이 있기는 하지만 밤거리는 위험하고, 니콜라가 길을 잃거나 밤길에 나쁜 일이라도 생길까 봐 신부는 걱정이 되었다.

신부는 니콜라에게 치안감독관과 면담한 일을 자세하게 이야기해 보라고 하면서 그의 젊은 혈기를 가라앉히려고 애썼다. 세세한 것까지 이야기하도록 만들고, 이야기를 듣다가 딴 얘기로 빠져서 한 말을 다시하게 만들기도 했다. 신부는 니콜라가 들려주는 이야기의 여기저기에서 의미심장한 부분을 꼬집어내서 자기 나름대로 끝없는 해석을 늘어놓았다.

그레그와르 신부는, 자신이 처음에 느꼈던 예감이 있었긴 했지만, 그래도 어떻게 사르틴이 지방출신의 어린 청년, 게다가 파리에 처음 와서 아직 어리바리한, 처음 보는 청년을 그렇게 빨리 샤틀레 경찰에서 일하게 했는지 놀라울 따름이었다. 거의 기적에 가까운 이 사건 속에는 자신이 알지 못하는 어떤 비밀이 있을 것이라고 신부는 추측했다. 그는 자신이 만들어냈지만 이제 자신의 손을 벗어난 작품을 바라보듯이 놀라움 속에서 니콜라를 쳐다보았다. 그는 아쉬운 마음도 들었지만, 니콜라를 위해 진심으로 기도했다.

두 사람은 저녁 시간이 된 것을 알고 깜짝 놀라서 식당으로 허겁지겁 달려갔다. 니콜라에게 그날 밤은 전날 밤보다 편안한 밤이 아니었다. 머릿속에서 온갖 상상이 끝도 없이 펼쳐지는 것을 막기 위해 애써야만 했다. 그의 상상은 끝없이 나래를 펼치면서 니콜라를 골탕 먹였다. 때로는 앞날에 대한 불길한 징조를 상상했고, 때로는 반대로 걱정거리가 되었던 일들이 모두 사라지는 기분 좋은 상상을 했다. 그는 다시 한 번 자기 자신의 단점을 고쳐야겠다고 마음을 먹었고, 자기 자신을 안심시키기 위해 자신은 경험으로부터 교훈을 얻어낼 줄 아는 사람이라고 믿었다. 그렇지만 곧바로, 내일이면 새로운 생활, 섣불리 상상해서는 안 되는 새로운 삶이 기다리고 있다는 생각을 하니 불안해졌다. 여러 번이나 잠 속에 빠져들려고 하면 이 생각이 떠오르면서 움찔했고, 아주 늦게서야 겨우 잠이 들었다.

아침이 되고, 그레그와르 신부의 마지막 충고를 들은 후에 다시 보기로 약속하고 작별 인사를 했다. 사실 그레그와르 신부는 니콜라를 각별히 아꼈고, 그에게 자신이 알고 있는 지식을 가르쳤다. 니콜라가 있던 여러 주 동안 신부는 니콜라의 진지한 관찰 능력과 사고하는 능력을 알고 있었다. 신부는 니콜라에게 고향에 있는 사부와 후작에게 보낼 편지를 쓰게 했고, 자신이 보내겠다고 했다. 니콜라는 차마 두 통의 편지에 이자벨에게 보내는 편지를 추가하지는 못했다. 이자벨에게는 나중에 쓰겠다고 혼자 마음속으로 약속을 했다.

니콜라가 수도원의 문지방을 넘자마자 그레그와르 신부는 성모 마리아의 제단 앞으로 달려가 그를 위해 기도했다.

니콜라는 어제와 같은 길을 걸었지만 마음은 훨씬 가벼웠다. 샤틀레 법원 앞을 지나면서 사르틴과의 면담과 그와 나누었던 대화—대화라고 하지만 자기 자신은 거의 말을 하지 않은—가 떠올랐다. 니콜라는 이제 '폐하를 섬기는 일'을 하게 되는 것이다. 지금까지 이 말의 정확한 의미를 생각해 본 적이 없었다. 가만히 생각해 보면 그에게는 별 의미가 없는 말이었다.

그의 스승과 후작은 왕에 대해 말을 했지만, 그 모든 것이 그에게는 딴 세상의 일처럼 보였다. 왕이 그려진 판화나 동전에 새겨진 옆모습을 보았고 끝없이 긴 왕들의 이름을 외웠지만, 그런 것들은 구약성서에 나오는 예언자나 왕들의 이름과 마찬가지로 그에게는 비현실적인 것이었다. 게랑드의 학교에서 생—루이 축일인 8월 25일에 '왕을 찬양하라' 라는 노래를 불렀지만, 충성과 신앙심의 상징이자 스테인드글라스에 새겨진 모습으로서의 왕과 최고 권력자로서 피와 살을 가진 왕이 연결이 안 되었다.

이런 생각에 잠겨 제브르 거리까지 걸었다. 거기에서 주변을 둘러보고는, 놀랍게도 세느 강을 가로지르는 길을 발견했다. 펠티에 둑길로 들어선 다음에야, 그것이 가장자리에 집이 늘어서 있는 다리라는 것을 알았다. 손님을 기다리고 있던 사보아 출신의 꼬마가 그것이 마리교橋라고 알려주었다. 몇 번이나 뒤돌아서 이 신기한 다리를 보며, 그레브 광장에 도착했다. 니콜라는 언젠가 보부상이 가져온 판화에서 이 광장을 본 기억이 났다. 1721년에 도둑 카르투쉬가 수많은 사람들 앞에서 형벌을 받는 모습이 그려진 판화였다. 어린 니콜라는 그 판화를 보며 몽상에 빠졌었다. 자신이 그 그림 속으로 들어가서 수많은 모험을 하며 군중 속에서 헤매는 상상을 했었다. 그런데 그 꿈이 현실이 되었다. 사형 집행의 무대가 되었던 광장에 이렇게 발을 디디게 된 것이다.

그는 이제 파리의 오래된 동네 한복판으로 들어섰다. 그레그와르 신부는 니콜라에게 길을 설명하며, 이 지역을 조심해야 된다고 강력하게 말했었다.

인적이 드문 통로에서 지나가는 행인들을 노리는 가짜 거지나 도둑들이 판을 치는 거리였다. 그는 조심스럽게 그 길로 들어섰다. 그러나 물을 지고 가는 사람 하나와 그레브 광장으로 일거리를 찾으러 가는 몇 명의 날품팔이 노동자들을 마주쳤을 뿐이었다.

티상드르 거리와 보드와이에 광장을 지나 생—쟝 시장에 도착했다. 그레그와르 신부가 이 시장이 파리에서 레알 시장 다음으로 크다고 말했고, 가운데 분수가 있어서 사람들이 여기로 물을 길러 오니까 금방 알아볼 수 있다고 했었다.

시골 장터의 한가롭고 정겨운 분위기에 익숙한 니콜라는 난장판인 시장통을 뚫고 가야만 했다. 고기 빼고 나머지 물건들은 아무렇게나 땅바닥에 쌓여 있었다. 따스한 가을 날씨 덕분에 냄새가 코를 찔렀고, 생선 가게 쪽에서는 악취가 풍겼다. 이곳보다 더 크고 더 활기찬 시장은 없을 것이라는 생각이 들었다. 상인들의 자리는 다닥다닥 붙어 있었고 걸어 다닐 공간이 없을 지경인데도, 말을 탄 사람들은 모든 것을 짓밟아 버릴 것처럼 겁을 주면서 그 사이로 돌아다녔다. 흥정과 싸움이 왁자지껄하게 벌어지고 있었는데, 니콜라는 사람들의 말투와 차림새를 보고 파리 근교에 사는 농부들이 물건을 팔러 여기에 온다는 것을 알고 놀랐다.

이리저리 움직이는 사람들에 떠밀려서 시장을 세네 바퀴 정도 돌고나서야 생트—크르와—드라브르토니에 거리를 찾을 수 있었다. 이 길은 북적거리지 않았고, 라르뎅의 집이 있는 블랑—망토 거리로 연결되어 있었다.

니콜라는 삼층으로 된 작은 집을 물끄러미 쳐다보았다. 집의 양쪽에는 정원이 있었고, 정원은 높은 담으로 둘러싸여 있었다.

대문에 붙어 있는 문고리를 두드리자 집 안에서 희미한 소리가 울려 퍼졌다. 문이 열리고 하얀색 샤를로뜨 모자를 쓴 어떤 여자가 얼굴을 내밀었다. 그런데 얼굴이 너무나 넓고 퉁퉁해서 얼굴이 아니라 마치 몸통의 윗부분이 연장되어 있는 것 같았다. 그리고 커다란 두 팔에서는 비눗물이 뚝뚝 떨어지고 있었다.

"무쓴 일 잇쎄요?"

그녀는 니콜라가 한 번도 들어보지 못한 이상한 억양으로 물었다.

"사르틴 치안감독관님이 라르뎅 반장님에게 보내는 편지를 가져왔습니다."

니콜라는 용감하게 말을 내뱉고는 입술을 깨물었다.

"주세요."

"제가 직접 드려야 됩니다."

"찜에 아모도 업써요. 기다리쎄요."

그녀는 문을 휙 닫아버렸다. 이제 니콜라가 해야 할 일은 파리에서 가장 필요한 미덕인 인내심을 발휘하는 것뿐이었다. 그 집에서 멀리 가지도 못하고, 집 주변을 살펴보면서 근처를 맴돌았다. 길의 반대편 쪽은 지나가는 행인이 거의 없었고, 건물이 있는 것이 보였다. 교회나 수도원 같은 건물로 커다란 나무들에 둘러싸여 가려져 있었다.

니콜라는 아침 일찍부터 이리저리 돌아다녀서 피곤했고, 짐의 무게 때문에 팔이 아파서 라르뎅 집 앞에 있는 층계에 주저앉았다. 아침에 수도원 식당에서 수프에 적신 빵을 조금 먹은 것이 전부여서 배가 고팠다. 근처에서 세 시를 알리는 종소리가 들릴 때 한 남자가 나타났다. 건장하게 생겼고, 회색 가발을 쓰고 몽둥이 처럼 생긴 지팡이를 들고 있었다. 그 남자는 니콜라에게 길을 비켜달라고 말했다. 그 남자가 자기가 기다리던 사람이라고 느낀 니콜라는 비켜서며 몸을 숙여서 인사를 하고 말했다.

"아, 죄송합니다. 저는 라르넹 반장님을 기다리고 있습니다."

그 남자의 파란 두 눈이 니콜라를 뚫어지게 쳐다보았다.

"라르뎅 씨를 기다리십니까? 나는 말이요, 어제부터 니콜라 르 플록이라는 사람을 기다리고 있소. 혹시 그 사람을 아시오?"

"제가 바로 르 플록입니다. 저는……."

"설명할 필요 없네……."

"하지만……."

니콜라는 혼자 중얼거리며 사르틴의 편지를 내밀었다.

"치안감독관이 자네에게 무엇을 명령했는지는 내가 자네보다 더 잘 알고 있어. 그 편지는 자네가 신주단지처럼 간직해도 좋아. 그 편지에 내가 모르는 새로운 것이 있을 리는 없고, 자네가 지시를 따르지 않았다는 것을 확인할 수는 있겠지."

라르뎅은 문을 두드렸고, 아까 본 여자가 다시 나타났다.

"나으리, 저는 그냥……."

"아, 다 알고 있어. 카트린."

그는 단호하게 손짓을 하며 하녀의 말을 끊고 동시에 니콜라에게 들어오라는 표시를 했다. 그는 망토를 벗었다. 속에는 두꺼운 가죽으로 된 팔이 없는 윗도리를 입고 있었고, 가발을 벗자 완전히 대머리였다. 라르뎅과 니콜라는 서재로 들어갔는데, 니콜라는 서재의 아름다움과 평온함에 놀랐다. 대리석으로 조각된 벽난로에는 불이 꺼져 가고 있었고, 황금색과 검정색으로 된 책상, 유트레이트 산 벨벳으로 덮여 있는 안락의자, 벽에 있는 황금색 나무 장식, 액자에 끼워진 판화, 고급스럽게 제본되어서 잘 정리되어 있는 책들, 이 모든 것이 무언가 관능적인 분위기를 만들어내고 있었다. 니콜라는 이 서재의 세련된 분위기가 집주인의 투박한 외모와 잘 맞지 않는다는 생각이 들었다. 랑뛔이 후작의 성에 있는, 아직까지도 절반은 중세적인 분위기를 지닌 커다란 살롱이 니콜라가 알고 있는 유일한 기준이었다.

라르뎅은 계속 서 있었다.

"자네는 정확성이 생명인 직업을 아주 이상한 방식으로 시작하는군. 치안감독관께서 자네를 나한테 맡겼는데, 내가 이런 영광을 누릴 자격이 있는지 모르겠군."

라르뎅은 빈정거리는 미소를 지으며, 손마디를 꺾었다.

"하지만 나는 명령을 따를 것이고 자네도 내 명령에 따라야 해. 카트린이 3층으로 안내해 줄 거야. 우리 집에서 다락방 말고는 자네에게 제공할 것이 없네. 식사는 부엌, 아니면 밖에서, 마음대로 해도 되네. 매일 아침 7시에 나에게 와야 돼. 자네는 법 공부를 해야 된다고 하더군. 그 문제라면, 매일 두 시간씩 노블쿠르 씨 집에 가서 공부하면 되네. 그 사람은 은퇴한 법관인데, 자네 능력이 어느 정도인지 가늠해 줄 거야. 자네에게 완벽한 성실성과 절대적인 복종을 기대하겠네. 오늘 저녁은 자네를 환영하는

의미에서 가족들과 함께 저녁을 먹을 것이야. 이제 그만 나가봐
도 되네."

니콜라는 몸을 숙여 인사하고 서재에서 나왔다. 카트린은 니콜
라를 작은 다락방으로 안내했다. 방의 크기와 정원으로 난 창을
보고 니콜라는 방이 마음에 들었다. 가구는 아주 단순했다. 간이
침대 하나, 테이블과 의자 하나, 위에 거울이 달린 세면대 하나가
있었다. 마룻바닥은 낡은 양탄자로 덮여 있었다. 니콜라는 서랍
속에 자신의 물건을 정리해 놓고, 신발을 벗고 누웠다. 그리고는
잠들어 버렸다.

니콜라가 정신이 들었을 때는 날이 벌써 어두웠다. 아래층으로
내려가기 전에 세수를 하고 머리를 빗었다. 자신이 들어갔었던
서재는 이제 잠겨 있었고, 다른 방들은 문이 열려 있었다. 그래서
니콜라는 조심스럽게 여기저기 기웃거릴 수가 있었다. 살롱은 파
스텔 톤이었는데, 살롱에 비하면 서재는 딱딱해 보일 정도였다.
또 다른 방에는 식기가 세 벌 준비되어 있었다. 복도의 끝에는 부
엌으로 연결된 문이 있었다. 부엌은 열기가 가득했고, 카트린은
계속 이마의 땀을 닦고 있었다. 니콜라가 부엌으로 들어섰을 때,
그녀는 굴 껍질을 열고 알맹이를 꺼내서 도자기로 된 접시에 놓
았다. 굴을 생으로 먹는 브르타뉴 출신의 청년에게는 놀라운 일
이었다.

"부인, 무엇을 준비하는지 물어봐도 될까요?"

카트린은 깜짝 놀라서 뒤돌아보았다.

"부인이라고 부르지 말아요, 카트린이라고 불러요."

"알았어요. 내 이름은 니콜라예요."

카트린은 니콜라를 쳐다보았고, 그녀의 얼굴이 기쁨으로 빛나면서 못생긴 얼굴이 조금 예뻐졌다. 그녀는 니콜라에게 뼈를 제거한 두 마리의 닭을 보여주었다.

"굴을 넣은 닭 수프를 만들고 있어요."

니콜라는 어렸을 때 핀느가 맛있는 음식 만드는 것을 보는 것을 좋아했다. 그는 조금씩, 오얏을 넣은 플랑, 브르타뉴 지역의 대표적인 과자 쿠인아망, 레몬 넣은 가재 같은 몇 가지의 요리 만드는 법을 배우기도 했다. 샤누완교에서는 깜짝 놀랄 일이지만, 대부인 랑퇴이 후작도 자신이 가톨릭에서 금하는 죄를 저지르고 있다고 말하면서 요리에 많은 관심을 가졌었다.

"굴을 익힌다고요! 우리 고향에서는 생것으로 먹거든요."

"야만스럽게 먹는군!"

"이 수프요. 카트린, 이것을 어떻게 만들어요?"

니콜라는 핀느가 가르쳐 주지 않아서 그녀의 요리법을 알아내기 위해 오랫동안 몰래 훔쳐봐야 했던 경험이 있었기 때문에 이번에도 카트린에게 쫓겨날 것이라고 예상했다.

"당신은 정말 친절하니까 얘기해 주는 거예요. 우선 잘생긴 수탉 두 마리를 준비하고 뼈를 제거해요. 한 마리의 살로 다른 한 마리의 속을 채워요. 이때 비계, 계란 노른자, 소금, 후추, 육두구와 향신료를 함께 넣어요. 이렇게 속을 채운 닭을 끈으로 묶고 수프에 집어넣고 은근하게 끓여요. 그동안에, 굴을 밀가루에 묻혀서 버섯과 함께 녹인 버터에 살짝 튀겨요. 닭을 잘라놓고, 굴을 넣고, 수프 국물을 끼얹고, 그리고 약간의 레몬과 파를 곁들여서 따뜻하게 해서 내놓죠.”

니콜라의 감탄은 끝이 없었다. 카트린의 말을 들으니 침이 고이고, 더 배가 고파졌다. 이렇게 해서 니콜라는 카트린 고스의 마음을 사로잡았다. 그녀는 콜마르 출신으로, 퐁트누와 전투에서 병사들의 식사를 담당했고, 군인이었던 남편이 죽어서 과부이며, 지금은 라르뎅의 요리사였다. 무섭게 생긴 하녀는 마침내 니콜라에게 마음을 열고 우호적이 되었다. 이제 니콜라는 자기 편이 하나 생겼고, 자신의 매력이 통하는 것을 보고 마음이 뿌듯해졌다.

그날 저녁식사는 니콜라에게 혼란스런 기억을 남겼다. 크리스탈, 은제 식기, 번쩍거리는 고급 천으로 된 식탁보 등 저녁 식탁의 화려함은 니콜라를 행복하게 했다. 금장식이 붙은 회색빛 나무로 된 방의 열기와 촛불 그림자가 만들어내는 포근한 분위기가 가뜩이나 피곤한 상태였던 니콜라의 정신을 몽롱하게 만들었고, 포도주 한 잔에 벌써 취기가 올라왔다.

라르뎅은 없었고, 그의 부인과 딸이 니콜라와 식사를 했다. 두 여자는 나이가 거의 같아 보였다. 니콜라는 금방 루이즈 라르뎅이 딸의 친엄마가 아닌 계모이고, 두 여자는 서로에 대해 전혀 좋은 감정을 가지고 있지 않다는 것을 알아차렸다. 루이즈는 약간 유혹적이면서도 권위적인 인상을 주려고 애쓰고 있었고, 딸 마리는 얌전히 있으면서 눈을 내리깔고 니콜라를 관찰했다. 루이즈는 키가 크고 금발이었고, 마리는 작고 갈색머리였다.

니콜라는 음식 맛의 세련됨에 놀랐다. 굴을 넣은 닭 수프 다음에는 계란 요리, 자고새 스튜, 젤리, 잼을 넣은 튀김이 나왔다. 니콜라는 저녁식사에 나온 포도주의 색깔을 보고, 이 분야에 대한 확실한 교육을 받았기 때문에, 르와르 지역의 특산품이라는 것을 알 수 있었다.

라르뎅의 부인은 조심스럽게 니콜라의 과거에 대해 물어보았다. 그녀는 특히 니콜라와 사르틴이 어떤 관계인지, 언제부터 아는 사이인지 알고 싶어하는 것 같았다. 라르뎅이 자기 부인에게 알아보라고 시킨 걸까? 그녀가 너무나 친절하게 술을 자꾸 권했기 때문에 그런 생각이 니콜라의 머리를 얼핏 스쳤지만, 곧 잊어버렸다. 니콜라는 고향 브르타뉴에 대해 사람들이 웃을 정도로 아주 자세한 것까지 많은 이야기를 했다. 그들은 니콜라를 딴 세상에서 온 신기한 사람으로 생각했을까?

한참 있다가, 그러니까 다락방으로 돌아온 후에야 니콜라는 의구심이 생겼다. 자기가 너무 많이 떠들지 않았나 하는 생각이 들었다. 사실 니콜라도 사르틴이 왜 자신에게 관심을 가지는지 이유를 잘 모르기 때문에, 자신이 뭔가 허튼소리를 하지는 않았을 거라고 확신했다. 라르뎅 부인은 헛고생을 한 것이 틀림없었다. 라르뎅 부인을 대할 때 카트린의 짜증 난 얼굴이 니콜라의 머리에 떠올랐다. 라르뎅 부인도 카트린을 대할 때 거리를 두었다. 카트린은 이빨 사이로 혼자 뭐라고 중얼거렸고, 화가 많이 난 태도였다. 그런데 카트린이 마리를 대할 때는 반대였다. 카트린의 얼굴 표정이 너무나 부드러워져서 그녀를 무척 귀하게 여긴다는 것을 알 수 있었다. 니콜라는 이러한 사실들을 확인하면서 블랑—망토

가街에서의 첫날을 마쳤다.

규칙적인 일과가 반복되는 새로운 생활이 시작되었다. 아침 일찍 일어나서 정원에 있는 헛간에서 씻었다. 그 헛간은 카트린이 눈감아주어서 니콜라가 마음대로 사용하게 되었다.

바숑의 가게를 방문해서 자신의 검소한 옷장을 새 옷으로 채웠다. 사르틴의 이름을 대자 바숑은 두말없이 그를 맞이했고, 니콜라는 어찌해야 좋을지 모르겠는데 오히려 바숑이 이것저것 더 맞추라고 적극적이었다. 이제 거울 속에 보이는 니콜라의 모습은 소박하지만 세련된 기사의 모습이었다. 자신을 보는 마리의 눈빛을 보고 니콜라는 자신의 외모가 변했다는 것을 확인할 수 있었다.

니콜라는 아침 7시에 라르뎅 앞에 대령했고, 라르뎅은 그에게 자신의 일과를 알려주었다. 키가 작고 친절한 노인인 노블쿠르는 장기와 플루트 애호가로, 그와의 수업은 니콜라에게는 휴식 같은 소중한 시간들이었다. 노블쿠르의 충고에 따라 니콜라는 음악회에 열심히 다녔다.

니콜라는 파리 탐험을 계속했다. 고향 게랑드에서도 그렇게 많이 걸은 적이 없었다.

일요일에는 종교 음악회에 가고는 했는데, 당시에는 루브르 궁에서 열렸었다. 어느 날, 니콜라는 어떤 젊은 신학교 학생 옆에 앉았다. 오리니 출신인 피에르 피노라는 청년으로 외국 선교회에 들어가는 것이 꿈인 사람이었다. 그는 복음을 전파해서 우상숭배의 어리석음을 깨우쳐 주고 싶은 것이 자신의 소망이라고 설명했다. 그는 호지민으로 선교를 떠나고 싶어했는데, 그곳은 몇 년 전부터 박해가 매우 심한 곳이었다. 체구가 크고 활기찬 성격의 이 청년은 유명한 가수인 필리도르 부인이 부르는 '제 기도를 들어주소서'가 형편없다는 것에 니콜라와 의견 일치를 보았다. 청중들의 열광에 기가 막혀서, 둘은 함께 그곳을 빠져나왔다. 니콜라는 새로 사귄 친구를 신학교까지 바래다주었다. 두 사람은 다음 주에 또 만나기로 약속하고 헤어졌다.

두 청년은 만나면 헤어지기 전에 스토레의 가게에 가는 습관이 생겼다. 스토레는 왕의 파티세로, 그가 왕실에 자신이 개발한 과자를 납품한 이후로 몽오르게이 거리에 있는 그의 가게는 크게 인기를 끌고 있었다. 니콜라는 젊은 성직자와 함께 다니는 것이 무척 즐거웠다.

임무가 특정 지역에만 한정되어 있지 않은 라르뎅은 초기에는 니콜라에게 자신을 따라다니도록 했다. 이른 아침부터 봉인, 압류가 벌어지고, 가장 가난한 사람들이 몰려 있는 성 밖의 임대주택에서 이웃들 간에 생기는 분쟁을 조정하거나 확인하는 것을 보았다. 그는 수사관, 파수꾼, 성문지기, 간수, 심지어 사형집행인까지 알게 되었다. 니콜라는 시체 공시장과 고문실의 눈뜨고 볼 수 없는 광경들 앞에서 담대해져야만 했다. 어떤 것도 감춰지지 않았고, 경찰이 일을 하기 위해서는 수많은 정보원, 예를 들면 '밀정', 창녀들의 도움을 받아야 한다는 것을 알았다. 이 사람들이 바로 치안감독관이 파리에서 벌어지는 모든 비밀에 대해 가장 잘 알 수 있도록 해주는 사람들이었다. 또한 우체국과 개인 서신에 대한 검열을 통해 사르틴이 사람들의 생각까지도 꿰뚫고 있다는 것을 알게 되었다. 그래서 스스로도 조심하게 되었고, 브르타뉴에 보내는 편지에도 신중함을 기했다.

라르뎅과의 관계는 좋은 쪽으로도 나쁜 쪽으로도, 전혀 진전이 없었다. 라르뎅은 권위적인 냉정함을 보였고, 니콜라는 말없이 복종했다. 오랫동안 라르뎅은 니콜라를 잊고 있는 것 같았다. 그런데 반대로, 사르틴은 그렇지 않았다. 가끔 샤틀레 법원이나 뇌브—생—오귀스탱 가에 있는 집무실로 불렀다. 면담은 짧았다. 치안감독관은 니콜라에게 질문을 했다. 그런데 어떤 질문들은 라르뎅에 관련된 것들이라는 인상을 받았다. 사르틴은 라르뎅의 집과 식구들의 습관을 자세하게 말해보라고 했고, 심지어 식탁에서 뭘 먹는지도 물었다. 니콜라는 이런 조사가 가끔은 거북스럽기도 했고, 무슨 의도에서 하는 건지 알 수가 없었다.

치안감독관은 니콜라에게 형사재판을 참관하고 내용을 정리해서 제출하도록 지시했다. 어느 날은 사인이 날조된 어음을 유통시키고 있는 어떤 남자를 체포하는 일을 보고하라고 시켰다. 니콜라는 길 한복판에서 경찰들이 이태리 악센트가 섞인 프랑스어를 하는 눈빛이 날카로운 어떤 남자를 체포하는 것을 보았다. 그 남자는 니콜라에게 하소연을 했다.

"신사 양반, 당신은 정직한 사람 같군요. 이 사람들이 베니스 시민을 어떻게 다루는지 보셨지요. 고매한 인품을 가진 나, 카사노바를 이렇게 체포했어요. 이 부당한 처사를 당신이 증언해 주십시오. 철학자로서 살고, 글을 쓰며 사는 사람에게 이렇게 하는 것은 죄입니다.”

니콜라는 감옥까지 그를 따라갔다. 니콜라가 사르틴에게 이 일을 보고하자, 사르틴은 뭐라고 혼잣말로 욕을 중얼대더니 소리를 질렀다.

“내일 석방해. 스와죌 씨가 그 사기꾼을 보호해 주고 있으니까. 하긴, 그놈은 재미있는 놈이긴 하지.”

예비 경찰 니콜라는 이 사건을 통해 여러 가지 결론을 내렸다.

또 한 번은 어떤 시계 중개인에게 보석을 사라고 하면서 접근해야만 했다. 그 중개인은 다시 팔기 위해서 파산으로 나온 귀금속들을 모으고 있었다. 니콜라는 생트—마르그리트 구역 경찰인 뒤두아가 보낸 사람처럼 가장을 했었다. 사르틴은 뒤두아가 중개업자와 결탁하고 있다고 의심하고 있었다. 파리 치안감독관은 1750년에 경찰들의 부패로 일어났던 폭동이 다시 일어나지 않기를 바라기 때문에 자신의 부하들을 철저하게 감시했다. 니콜라는 도박의 세계도 알게 되었다. 그는 곧 모집원, 삐끼, 지배인, 몰이꾼, 그리고 도박꾼 사이의 차이를 구분하게 되었다.

파리에서 범죄의 세계는 도박, 매춘, 도둑질, 이렇게 세 가지를 중심으로 돌아갔다. 이 세 가지는 헤아릴 수 없이 많은 방법을 통해 서로 연결되어 있었다.

15개월 동안에, 니콜라는 자신의 직업에 대해 많은 것을 배웠다. 그는 침묵과 비밀의 값어치를 알게 되었다. 항상 너무나 앞서 나가던 상상력을 억제해서 자신의 감정을 조절할 줄 알게 되면서, 그는 나이를 먹었다. 더 이상 파리에 도착했을 때 그레그와르 신부가 맞이했던 그 소년이 아니었다. 고향 게랑드에서 온 편지, 사부가 위독하다는 전갈은 또 다른 니콜라를 발견하게 해주었다. 1761년 1월의 추운 아침, 거칠게 요동치는 르와르 강을 앞에 두고, 거룻배의 앞머리에 서 있는 어둡고 단단한 느낌의 실루엣은 이제 소년이 아닌 남자의 모습이었다.

2장 게 랑 드

1761년 1월 22일 수요일

르와르 강은 앙제까지 평온했다. 눈발이 섞인 비가 계속 내렸고, 밤 동안에 강물의 수위가 점차 높아졌다. 가끔 안개 사이로 유령 같은 마을들이 어두운 회색빛으로 불쑥 나타나기도 했다. 잘 보이지 않는 강둑들이 스쳐 지나갔다. 앙제에 도착하면서 배는 소용돌이에 휘말렸다. 다리의 교각을 들이받고 여러 차례 빙빙 돌더니 배는 파손되고, 완전히 부서져서 모래톱에 좌초되었다. 선원들과 승객들은 작은 쪽배를 타고 강가로 나왔다.

니콜라는 주막에서 따뜻한 포도주로 몸을 녹이고 나서, 낭트로 갈 수 있는 방법을 궁리했다. 배를 탄 지 벌써 여러 날이 지났다. 제 시간에 게랑드에 도착해서 사부를 다시 볼 수 있을까? 시간을 지체시키는 일들이 계속 생겨서 불안했다. 배를 띄우기에는 강의 상황이 점점 나빠지고 있었고, 어떤 배도 운행하려 들지 않을 것이다. 길의 상태가 여객마차에게도 좋은 상태는 아닌 것 같았고, 우편마차를 기다리는 것도 포기했다.

니콜라는 자신의 승마 실력을 믿고, 말을 구해서 전속력으로 달리기로 결정했다. 라르뎅에게서 받은 월급을 아껴서 모아놓은 돈이 있었다. 대략 160킬로미터 정도를 가야 했다. 앙제에서 게랑드로 가는 가장 빠른 길로 갈 것이다. 니콜라는 만약의 경우 자신이 산적들을 만나도 맞서 싸울 힘이 있다고 생각했다. 늑대를 만날 가능성도 생각해야 했다. 겨울에는 굶주린 늑대들이 먹이를 찾아 돌아다니고, 사람을 보면 달려들 것이 분명했다. 하지만 최대한 빨리 도착해야만 한다는 그의 의지를 꺾을 수는 없었다. 역참의 주인은 손님이 이런 날씨에 길을 떠나는 것에 망설였다. 하지만 그는 아주 비싼 값을 주고 말을 골랐고, 말에 박차를 가하며 쏜살같이 성문을 빠져 나갔다.

그날 저녁은 앙스니에서 잤다. 그리고 다음날 다시 길을 달렸다. 어렵지 않게 생—질다—데—마레 수도원에 도착했다. 수도승들은 예기치 않은 손님을 반갑게 맞아주었다. 수도원 가까이에서 늑대들이 썩은 고기를 물어뜯고 있었는데, 니콜라에게 신경을 쓰지는 않았다.

새벽에 브르테쉬 숲에 도착했다. 대부인 랑뤠이 후작은 가을이면 이곳에서 멧돼지 사냥을 하고는 했었다. 성이 멀리 보였다. 익숙한 풍경들이 스쳐 지나갔다.

밤 동안에는, 이 지역에서 흔히 그런 것처럼 바람이 폭풍우로 변했다. 말이 힘들어했다. 폭풍우의 소리가 너무나 엄청나서 니콜라는 귀머거리가 된 것처럼 아무 소리도 안 들렸다. 폭풍우로 길이 침수되어 있었고 부러진 나뭇가지들이 널려 있었다. 구름이 너무 낮게 지나가서 커다란 소나무의 끝이 구름을 갈라놓는 것처럼 보였다.

때때로 비바람이 갑자기 멈추기도 했다. 그러면 모든 것이 멈추고, 갑자기 찾아온 고요함 속에서, 바람에 밀려 내륙으로 들어온 커다란 바닷새들의 날카로운 울음소리가 들렸다.

그렇지만 폭풍우는 곧 다시 몰아쳤다. 하얀 물거품들이 땅바닥에 퍼지면서 얼룩을 만들고 있었다. 어떤 거품들은 마치 바닷물로 만든 눈처럼 나무의 밑동이나 잡목들 위에 하얗게 쌓였다. 또 다른 거품들은 아직 얼어 있는 늪의 표면 위로 미끄러졌다. 몇 킬로미터 떨어진 곳에서는 거대한 파도가 폭풍우 속에서 산산조각으로 부서졌다. 니콜라는 입술에서 바다의 소금기가 남긴 짠맛을 느꼈다.

나무들 사이로 오래된 마을이 모습을 드러냈다. 마을은 마치 섬처럼 늪지대 속에 떠 있었다. 니콜라는 말에 박차를 가하면서 성곽을 지나갔다.

그는 생트—안느 성문을 통해 게랑드로 들어갔다. 마을은 사람이 살지 않는 것처럼 조용했고, 말발굽이 바닥의 돌에 부딪히며 내는 소리가 에코처럼 길에 울려 퍼졌다.

광장에 도착해서 화강암으로 만든 어떤 집 앞에 멈추었다. 말고삐를 벽에 묶어놓고, 떨리는 다리로 집 안으로 들어갔다. 그는 말발굽 소리를 듣고 그를 맞으러 뛰어온 핀느와 부딪혔다.

"오! 니콜라, 니콜라! 하나님, 감사합니다."

그녀는 니콜라를 껴안고 울었다. 흰색 모자 밑으로, 어린 시절 니콜라가 기대어 울었던 그녀의 늙고 주름진 얼굴이 떨리고 있었고 뺨은 파랗게 변해 있었다.

"이게 무슨 일인지. 예수님, 성모 마리아님! 신부님은 크리스마스 저녁 미사를 보는 동안에 몸이 안 좋으셨어요. 그러더니 이틀 후에 감기에 걸리셨어요. 그 후로, 모든 것이 악화되었어요. 거기다가 통풍痛風까지 더해졌고요. 의사 선생님 말이 통풍이 다시 재발된 거래요. 의식이 없으세요. 어제저녁 종부성사를 받으셨어요."

니콜라의 시선은 옆에 있는 궤짝으로 향했다. 사부의 망토, 모자 그리고 지팡이가 거기에 놓여 있었다. 사부님이 늘 쓰는 물건들을 보자 슬픔이 목구멍으로 차올랐다.

"핀느, 신부님을 뵈러 가요."

니콜라는 목이 잠겨서 말했다.

키가 작고 마른 핀느는 키가 큰 니콜라의 허리를 잡고 층계를 올라갔다. 신부님의 방은 어두웠고, 벽난로의 불빛으로만 밝혀져 있었다. 신부님은 미동도 없이 누워 있었고, 호흡은 불규칙하고 힘들었다. 이불 위로 나온 두 손은 떨리고 있었다. 니콜라는 무릎을 꿇고 중얼거렸다.

"신부님, 제가 왔어요. 들리세요? 제가 왔어요."

그는 사부에게 말을 걸 때 항상 이렇게 말을 시작했었다. 사실, 거기에 누워 있는 사람은, 지금 죽어가고 있는 사람은 자신의 아버지와 마찬가지였다. 자신을 받아들이고, 늘 보살펴 주고, 그리고 어떤 상황에서도 항상 변함없는 애정을 보여준 사람이었다.

이제는 가망이 없는 상황 속에서, 니콜라는 자신이 늘 신부님을 사랑했다는 것을 깨달았다. 그러나 그것은 너무나 당연한 것이었기에 한 번도 말하지 않았었다. 그리고 영원히 그것을 말할 기회가 없을 것이다. 신부님은 아직 니콜라의 목소리를 들을 수 있었다. 신부님은 니콜라를 이해하는 것 같았다. 그는 아주 부드러운 목소리로 말했다.

"내 제자로군."

니콜라는 신부님의 손을 잡고 그를 껴안았다. 두 사람은 그렇게 한참 동안 있었다.

신부님이 다시 눈을 떴을 때, 네 시를 알리는 종이 울렸다. 신부님의 눈가에 눈물이 맺히더니 야윈 뺨을 타고 흘렀다. 신부님의 입술이 떨리고, 뭔가 말하려고 애를 쓰더니 긴 숨을 한 번 쉬고는 돌아가셨다. 핀느가 니콜라의 손을 잡아서 신부님의 눈을 감겨 드리도록 했다. 신부님의 얼굴은 평온했다.

신부님의 충실한 가정부 핀느는 모든 일을 알아서 진행시켰다. 신부님과 핀느는 같은 고향 출신이었는데, 그 고향의 관습대로 시신의 머리 위에서 성호를 긋고 창문을 활짝 열었다. 영혼이 육체에서 빠져나가도록 해주기 위해서였다. 그러고 나서 머리맡에 촛불을 켜고, 하녀를 보내 성당에 알리고, 이런 의식을 잘할 줄 아는 동네 아주머니를 불러오게 했다. 그 아주머니가 도착하자 성당에서 조종이 울렸다. 두 여자는 시신에 옷을 입히고, 손바닥을 포갠 뒤에 손에 묵주를 감았다. 침대 발치에 접시 하나를 놓고, 거기에 성수와 회양목 가지 하나를 올려놓았다.

니콜라에게 그 후의 시간들은 너무나 길게 느껴졌다. 아무런 감각이 없어서, 자신의 주변에서 벌어지는 일들을 인식하지 못했다. 조문을 온 모든 사람들의 위로의 말에 답을 해야 했었다. 신부님들과 수녀님들이 돌아가면서 망자의 머리맡에서 기도문을 외웠다. 큰 방에 머물면서 이야기를 나누는 방문객들에게 핀느는 관습대로 크레프와 사과주를 대접했다.

랑뤠이 후작은 제일 먼저 도착했다. 이자벨은 없었다. 이자벨의 부재가 니콜라를 불안하게 만들었다. 후작의 기사다운 말투에도 불구하고, 그는 오랜 친구를 떠나보내는 슬픔 그리고 그 친구와 함께 30년 우정을 떠나보내는 슬픔을 감추지 못했다. 사람들이 많아서 후작은 니콜라에게 사르틴이 니콜라에 대해 만족해한다는 편지를 보냈다는 말만 간단히 했다. 후작은 일요일에 있을 장례식 후에 자신을 보러 오라고 말했다.

니콜라는 시간이 흘러가면서 망자의 얼굴에 생기는 변화를 보았다. 처음에는 밀랍 같던 얼굴빛이 조금씩 구릿빛으로, 그리고 검은색으로 변했고, 몸은 납덩어리로 만든 것처럼 변해갔다. 부패해 가는 그리고 더 이상 자신의 사부가 아닌 것 같은 시신 앞에서 니콜라는 낯설음을 느꼈다. 이런 느낌을 떨쳐 버리려고 애썼지만, 토요일 아침 입관식을 할 때까지 여러 번 그런 생각에 휩싸였다.

　일요일, 날씨는 맑고 추웠다. 오후에 근처에 있는 성당으로 관을 옮겼다. 니콜라는 거기에 모여 있는 사람들 속에서 이자벨을 찾아보았지만 헛수고였다.

　그는 생각에 잠겨서 무의식적으로 기도와 찬송을 따라했다. 니콜라는 제단 뒤에 있는, 성자 오뱅의 기적을 표현한 스테인드글라스를 물끄러미 쳐다보았다. 돌과 유리로 된 아치형 천장의 푸른빛이 시간이 가면서 점점 빛을 잃어가고 있었다. 어둠이 조금씩 퍼지고 있었다. 해가 졌다. 태양은 아침에 찬란하게 떠올라서 한낮에 눈부시게 빛나고, 이제 사라진 것이다.

　모든 인간이 이렇게 인생을 사는 것이라고 니콜라는 생각했다. 그의 시선은 사부의 관으로 향했다. 관을 덮고 있는 검은 천에 장식된 은색 문양들이 희미한 촛불 아래서 반짝였다. 니콜라는 다시 한 번 슬픔과 고독이 밀려오는 것을 느꼈다.

　이제 성당 안은 어둠이 차지했다. 겨울이 되면 화강암은 안에서 물이 흐른다. 초와 향의 연기가 벽에서 스며 나오는 수증기와 섞였다. 진혼곡 '최후의 날'이 희망 없는 결론처럼 울려 퍼졌다. 잠시 후면, 시신은 지하 납골당에 모셔질 것이다.

　바로 그곳이 22년 전에 자신이 버려졌던, 그리고 르 플록 신부가 자신을 발견하고 데려간 곳이었다. 바로 그 장소에 신부님이 다시 묻힌다는 생각이 왠지 모르게 위로가 되었다.

월요일은 음산했고 니콜라는 피곤과 슬픔으로 지쳐 있었다. 후작이 장례식이 끝날 때 니콜라에게 자기 집에 한 번 들르라고 당부했지만, 그에게 갈 마음이 생기지 않았다.

핀느는 자신의 슬픔도 잊은 채 어떻게 하면 니콜라를 달래줄까 애를 태웠다. 니콜라가 어렸을 때 좋아했던 음식들을 해주었지만, 그는 빵 한 조각만 먹고는 음식에 손을 대지 않았다. 그는 낮 동안에 지평선 끝에 하얗게 드러나는 바다를 응시하며 늪지대를 정처 없이 돌아다녔다. 어디론가 떠나고 그리고 잊어버리고 싶다는 욕망이 솟구쳤다. 그는 바츠 마을까지도 가보았다. 이자벨과 같이 갔을 때처럼 교회의 종탑이 있는 데까지 올라갔다. 세상에서 멀리 떨어져서, 바다와 늪지대를 보니 기분이 좀 나아졌다.

그가 비에 젖어서 집에 돌아와 보니 공증인 기아르가 기다리고 있었다. 그는 니콜라와 핀느에게 르 플록 신부의 짧은 유언장을 들려주었다. 중요한 내용은 마지막 문구였다.

'하나님께서 내게 주신 것들을 항상 가난한 자들에게 주었기 때문에, 나는 재산이 없이 죽는다. 내가 살고 있는 집은 성당의 것이다. 내 제자에게 필요한 것들을 신께서 마련해 주시기를 기도한다. 나의 금시계는 제자가 예전에 파리에서 잃어버린 시계를 대신하기 위해 그에게 줄 것이다. 나의 개인 재산, 즉 사냥개, 가구, 은식기, 그림 그리고 책들을 팔아서 30년 동안 나를 위해 일한 조제핀 펠방 양에게 종신 연금을 주는 것을 나의 제자는 이해할 것이다.'

핀느는 울었고 니콜라는 그녀를 위로해 주었다. 공증인은 니콜라에게 하녀의 급료, 의사와 약사 비용, 장례식 비용을 지불해야 한다고 말했다. 니콜라가 모아놓은 돈은 눈 깜짝할 사이에 줄어 들었다.

공증인이 떠난 후에 니콜라는 자신의 집이 남의 집처럼 느껴졌고, 의자 위에 엎드려 있는 핀느를 보는 것이 괴로웠다. 니콜라와 핀느는 오랫동안 상의를 했다. 그녀는 여동생이 살고 있는 고향으로 떠날 것이다. 그러나 그녀는 자신이 키운 니콜라가 어찌 될지 걱정했다. 니콜라를 고향 게랑드에 묶어놓았던 끈들이 하나씩 하나씩 끊어져 갔다. 그리고 마치 밧줄이 풀린 배가 역류에 휘말려 가는 것처럼 떠내려갔다.

화요일, 마침내 후작의 집을 방문하기로 결정했다. 공증인 기아르가 사부의 물건들을 늘어놓고 판매할 물건들의 목록을 작성하기 시작했고, 핀느는 자신의 짐을 꾸려놓았다. 니콜라는 집에 들어가서 그런 광경을 보아야 하는 것이 싫었다.

그는 생각에 잠겨서 천천히 길을 갔다. 날씨는 화창했지만, 들판은 하얗게 성에로 덮여 있었다. 바퀴 자국으로 패어진 곳의 얼음이 말발굽 아래서 부서졌다.

에르비냑이 가까워지면서, 전통 놀이인 '쑬' 현대의 축구나 럭비와 흡사함—역자 주이 생각났다. 역사가 아주 오래된, 격렬하고 투박한 이 게임은 강인한 육체와 용기, 좋은 폐활량, 그리고 주먹질과 발길질을 견딜 수 있는 끈기가 필요한 놀이였다. 니콜라의 몸에는 이 게임에 대한 기억이 남아 있었다. 오른쪽 눈썹의 튀어나온 부분에 아직도 상처가 있었다. 그리고 한 번 부러진 적이 있는 왼쪽 다리는 비가 오면 통증을 일으켰다.

그렇지만 니콜라는 미친 듯이 질주하는 이 게임을 떠올리면서 즐거웠다. 톱밥과 천으로 속을 채운 돼지 오줌보를 골대에 가져와야 하는 놀이였다. 어려움은 경기장이 무한대라는 것이었다. 그래서 돼지 오줌보로 만든 공을 가진 사람은 사방으로 도망을 다녀야 하고, 이 지역에 흔한 늪과 개울까지도 뛰어다녔다. 그리고 주먹질과 몽둥이질도 허용되었던 것이 또 다른 어려움이었다. 게임이 끝나면, 지치고 피범벅이 된 양 팀 선수들은 사이좋게 배 터지도록 음식을 먹었다. 물론 온몸을 뒤덮고 있는 진흙을 씻어내고 나서 먹어야 했다. 왜냐하면 때때로 빌렌느 강둑까지 공을 뺏으러 쫓아다녔기 때문에 꼴이 말이 아니었다.

그런 생각을 하는 동안, 니콜라는 목적지에 도착했다. 들판 너머로 참나무와 탑이 모습을 드러내자, 이자벨이 왜 보이지 않는지 알아보아야겠다고 마음을 단단히 먹었다.

그가 파리로 떠난 이후에 아무런 소식도 없었다. 그리고 그녀는 한 번도 나타나지 않았다. 심지어 니콜라가 상을 당했는데도 오지 않았다. 어쩌면 그녀는 니콜라를 잊어버린 걸까. 그러나 가장 잔인한 것은 불확실한 현재이다. 그녀와 헤어지는 고통이 두렵다. 그렇지만 만약에 그녀가 아직도 그를 사랑하고 있을 경우 어떤 미래가 있을지 상상할 수가 없었다. 그는 아무것도 아니었다. 그는 출신과 돈이 모든 것을 결정한다는 것을 파리에서 배웠다. 자신의 어줍잖은 재능 따위는 대수로운 것이 아니었다.

성 주위를 둘러싸고 있는 연못과 나무들 속에 파묻혀 있는 오래된 성채가 가까이 보였다. 나무로 된 첫 번째 다리를 건넜다. 말을 마구간에 두고 도개교로 갔다. 성의 거대한 몸집에 비해, 정문은 비교적 작은 편이었다. 옛날에 침입자가 말을 타고 성안으로 들어오지 못하게 하려는 의도에서 그렇게 만들어진 것이다. 중앙에 있는 안뜰은 넓고 포석이 깔려 있었는데, 거대한 두 개의 탑을 거느리고 있는 건물의 위엄을 더욱 돋보이게 만들었다.

성안에 있는 작은 예배당에서 12시를 알리는 종이 울렸다. 성의 지리에 익숙한 니콜라는 무거운 문을 밀고 안으로 들어갔다. 목에 레이스를 단 초록색 드레스를 입은 금발머리 아가씨가 벽난로 가까이 앉아서 일을 하고 있었다. 니콜라가 들어오면서 낸 소리에 그녀는 일거리에서 눈을 떼지 않은 채 말했다.

"깜짝 놀랐어요, 아버지. 사냥은 잘되셨어요?"

아무도 대답을 하지 않자, 그녀는 이상하다는 생각이 들었다.

"누구세요? 누가 들여보낸 거죠?"

니콜라는 문을 닫고 모자를 벗었다. 그녀는 짧은 외마디 소리를 지르더니 그에게 달려가려다 멈추었다.

"이자벨, 이제 랑뤠이 성에서 나는 이방인이군요?"

"어떻게, 당신이, 당신 맞아요? 그렇게 해놓고 여기에 오다니!"

니콜라는 이해할 수 없었다.

"내가 뭘 했나요? 이자벨 당신을 믿은 것 말고 내가 뭘 했나요? 15개월 전에, 당신 아버지와 사부님의 명령에 따라 파리로 떠나야 했어요. 당신을 보지 못하구요. 당신은 낭트에 있는 친척 집에 갔다고 했어요. 그게 내가 들은 얘기 전부예요. 나는 떠났고, 그 이후로 수개월 동안 혼자 파리에 있었어요. 당신은 한 마디도, 내 편지에 한 번도 답장하지 않았어요.”

“불평을 해야 할 사람은 저예요.”

니콜라는 너무나 억울해서 화가 치밀었다.

“나는 당신이 내게 약속했다고 생각했어요. 그 말을 믿었다니 너무나 어리석었어요. 당신은 믿을 수 없는 여자예요, 믿을 수 없는…….”

니콜라는 흥분으로 숨이 차서 말을 멈추었다. 이자벨은 돌덩어리처럼 굳어서 그를 쳐다보았다. 바다 빛깔의 그녀의 두 눈에, 분노와 창피함이 뒤섞인 눈물이 고였다.

“아무렇지도 않게 제가 할 말을 하시는군요.”

“나를 비웃는군요, 이자벨. 하지만 나를 떠나게 한 것은 믿을 수 없는 여자, 바로 당신입니다.”

“제가 믿을 수 없는 여자라고요? 어떻게, 왜요? 그 말은 참을 수가 없군요.”

니콜라는 화가 나서 방 안을 왔다 갔다 했다. 그러다가 벽에 걸려 있는 랑뤠이 가문 조상들의 초상화 앞에 멈춰 섰다. 초상화 속의 인물은 그를 차갑게 쳐다보고 있었다.

“모두 똑같아, 오래전부터…….”

니콜라는 혼자 중얼거렸다.

니콜라는 갑자기 이자벨이 변덕스럽고 딴사람처럼 보였다.

"그래요, 믿을 수 없는 여자, 당신. 믿을 수 없는……."

니콜라는 중얼거리며 그녀에게 다가섰다.

분노로 얼굴이 빨갛게 변한 니콜라는 불끈 쥔 두 주먹을 떨며 이자벨을 노려보았다. 그녀는 무서움에 울음을 터트렸다. 이자벨의 우는 모습 속에서, 니콜라는 어린 시절 자신이 위로해 주던 작은 소녀의 모습을 다시 보았고 마음이 아팠다.

"이자벨, 도대체 우리한테 무슨 일이 일어난 거야?"

니콜라는 그녀의 손을 잡고 물었다.

이자벨은 그의 품에 안겼고, 니콜라는 그녀에게 입맞춤을 했다.

"니콜라, 당신을 사랑해요. 그런데 아버지가 당신이 파리로 결혼하러 갔다고 하셨어요. 그래서 당신을 보고 싶지 않았어요. 낭트에 갔다고 말하라고 시켰어요. 당신이 우리의 맹세를 깼다는 것을 믿을 수가 없었어요. 아무 희망도 없었어요."

"어떻게 그런 말을 믿은 거야?"

여러 달 동안 그를 괴롭혔던 고통이 순식간에 사라졌다. 그는 다정하게 그녀를 안아주었다. 그들은 방문이 열리는 소리를 듣지 못했다.

"이제 그만두어라. 자네 무례하군, 니콜라……."

등 뒤에서 누군가가 말했다.

사냥 채찍을 손에 든 랑뤼이 후작이었다.

순간, 세 사람은 돌처럼 굳었다. 시간이 멈춘 걸까? 순간이 영원 속으로 들어간 걸까? 그리고는 다시 모든 것이 움직이기 시작했다. 니콜라는 이 순간들에 대한 끔찍한 기억을 간직하게 될 것이고, 그 기억은 밤마다 그를 괴롭힐 것이다. 그는 이자벨을 팔에서 놓고, 천천히, 대부의 정면으로 다가갔다.

두 사람의 키는 거의 같았고 분노에 가득 차 있는 두 사람은 서로 닮아 있었다. 후작이 먼저 입을 열었다.

"니콜라, 나는 자네가 이자벨을 내버려 두었으면 좋겠네."

"그녀를 사랑합니다."

니콜라는 이자벨 옆으로 다가섰다. 이자벨은 니콜라와 아버지를 차례로 쳐다보았다.

"아버지, 저를 속이셨어요. 니콜라는 저를 사랑하고, 저는 니콜라를 사랑해요."

"이자벨, 그만해라. 이 친구와 할 얘기가 있으니 나가거라."

이자벨은 니콜라의 팔에 손을 얹더니 꼭 잡았다. 그녀의 이런 행동 속에는 그녀의 마음이 담겨 있었다. 후작의 얼굴은 하얗게 변했다. 이자벨은 드레스 자락을 두 손에 움켜쥐고는 뛰어나가 버렸다.

평상시의 냉정을 되찾은 랑뤠이 후작은 낮은 목소리로 말했다.

"이 모든 것이 나에게 무척 힘든 일이라는 것을 이해하겠나?"

"이해하지 못합니다."

"자네가 더 이상 이자벨을 만나지 않기를 바라네. 알겠나?"

"제가 아는 것은, 저는 그저 주어다 기른 버려진 아이일 뿐이고, 사라져야만 된다는 것입니다."

후작은 깊은 한숨을 쉬었다.

“하지만, 후작님. 당신을 위해서는 제 목숨을 바칠 수도 있다
는 것을 아시기 바랍니다.”

니콜라가 인사를 하고 나가려고 하자, 후작은 그의 어깨를 잡
았다.

“지금은 이해할 수 없겠지. 내 말을 믿어라, 언젠가 알게 될 거
야. 지금은 아무것도 설명할 수가 없다.”

랑뤠이 후작은 갑자기 늙고 지쳐 보였다. 니콜라는 성을 빠져
나왔다.

오후 4시에 니콜라는 말을 달려 게랑드를 떠났다. 언제 다시
고향에 돌아올지 기약도 없었다. 아직 땅에 묻지 않은 관 하나와
이삿짐으로 황량한 집에서 울고 있는 핀느가 남아 있을 뿐이었
다. 그는 자신의 어린 시절과 자신이 가졌던 환상도 모두 고향에
버렸다. 니콜라는 게랑드에서 파리로 어떻게 돌아왔는지 다시는
생각하지 않을 것이다.

몽유병 환자처럼 아무 생각 없이 마을과 숲과 강을 건넜고, 말
을 바꾸기 위해서만 멈추었다. 너무나 지쳐서 샤르트르에서 어쩔
수 없이 빠른 우편마차를 타야 했다.

바로 그날이 늙은 에밀리가 몽포콩에서 수상한 두 남자를 엿보
았던 날이었다.

3장 실종

1761년 2월 4일 일요일

파리로 들어서면서 니콜라는 마치 갑자기 꿈에서 깬 것처럼 정신이 들었다. 그는 긴 무기력 속에서 빠져 나왔다.

우편마차가 중앙 우체국 앞에 도착했을 때는 이미 밤이었다. 마차는 물에 잠긴 길 때문에 연착이 되었다. 니콜라는 처음 보는 것처럼 파리가 낯설었다. 바람이 몹시 불고 있었다. 그는 사육제의 마스크를 쓰고 소리를 자르며 웃고 떠들고 미친 사람처럼 날뛰는 무리들에 둘러싸여서 이리저리 밀리고, 숨이 막힐 지경이었다.

사제복을 입은 무리들이 짚으로 만든 인형의 장례 행렬을 보여 주고 있었다. 어떤 사람이 신부의 검은 옷과 어깨 장식을 걸치고 사제 흉내를 내고 있었다. 그리고 수녀복으로 변장하고는 통곡하

면서 임신한 여자의 흉내를 내고 있는 여자들이 무리 전체를 에
워싸고 있었다. 행렬은 횃불을 들고 걷고 있었고, 돼지 다리를 들
고 지나가는 사람들을 축복하고 있었다. 그들 하나하나는 광기에
사로잡힌 것 같았고 여자들이 더 대담했다.

마스크를 쓴 여자 하나가 갑자기 니콜라에게 뛰어들어 껴안았
다. 그리고는 귀에 대고 속삭였다.

"너는 저승사자처럼 슬픈 얼굴을 하고 있어."

그리고는 그에게 찡그린 해골 모양의 마스크를 내밀었다. 니콜
라는 놀라서 얼른 몸을 빼고 욕설을 퍼부으면서 멀리 도망갔다.

사육제가 시작되었던 것이다. 새해부터 사순절까지, 매일 밤은
불량배들과 섞여서 날뛰는 젊은 사람들의 세상이었다.

크리스마스 얼마 전에 사르틴은 각 구역을 담당하는 경찰들을
모이게 했고, 니콜라는 뒷줄에 앉아서 그 회의를 참관할 수 있었
다. 자신의 파리 치안감독관 부임 첫해인 1760년 사육제의 지나
친 방종으로 혼이 났던 사르틴은 과도한 방탕함이 또 벌어지지
않기를 원했고, 그것은 국왕도 원치 않는 것이었다. 벌금과 구속
으로는 해결되지를 않았다. 모든 것을 예측하고 조절해야만 했
다. 경찰 조직의 가장 하위 조직까지 총동원해야만 했다.

밤에 벌어지는 현실을 직접 목격한 니콜라는 비로소 사르틴의
말을 잘 이해할 수 있었다. 길을 걸어오는 동안 파리를 뒤덮고 있
는 난리법석을 볼 수 있었다. 그는 곧 마스크를 쓰지 않은 것을
후회했다. 저들의 복장을 했더라면 눈에 띄지 않았을 것이고, 유
리를 깨고 등불을 끄고 온갖 종류의 위험한 장난을 하고 다니는

사람들과 다투지 않아도 되었을 것이다.

니콜라는 모든 것이 거꾸로 돌아가는 것을 보고, 이것은 정말 사투르누스 축제라는 생각이 들었다. 보통 때는 제한된 구역에서만 행해지던 매춘이 아무런 처벌도 받지 않고 여러 가지 방법으로 행해지고 있었다. 노래와 야유, 마스크, 음악, 대담한 유혹이 벌어지고 있는 밤거리는 대낮처럼 떠들썩했다.

블랑—망토 거리가 있는 구역은 훨씬 조용했다. 라르뎅의 집에 불이 환하게 켜져 있는 것을 보고 니콜라는 놀랐다. 왜냐하면 라르뎅과 그의 부인은 손님을 초대하는 일이 거의 없었고, 특히 저녁에는 전혀 그런 적이 없었기 때문이다. 대문은 잠겨져 있지 않아서 니콜라는 개인 열쇠를 사용하지 않았다. 서재 쪽에서 말소리가 들리고 있었다. 서재 문은 열려 있었다. 니콜라는 서재 안으로 들어갔다. 라르뎅 부인의 등이 보였다. 그녀는 키가 작고 뚱뚱한, 망토를 입은 어떤 남자에게 격렬하게 말하고 있었다. 그 남자는 샤틀레 법원의 형사인 부르도였다.

"걱정하지 말라고요? 다시 한 번 말하는데, 금요일 아침부터 지금까지 남편을 보지 못했어요. 그날부터 집에 들어오질 않았어요……. 어제는 제 친척인 데카르와 함께 저녁을 먹기로 했는데 들어오지 않았어요. 설사, 일 때문에 밤새 빠져나올 수가 없었다고 합시다. 불행하게도 나는 도대체 무슨 일을 하고 다니는지 알 수 없는 남자와 살고 있으니까요. 그렇지만 사흘이에요. 아무런 소식도 없는 것이 곧 사흘 밤이 돼요. 이것은 말이 안 돼요……."

그녀는 의자에 앉아서 손수건으로 눈물을 닦았다.

"그이한테 무슨 일이 생긴 거예요. 난 알아요, 느낄 수 있어요. 어떻게 해야 되나요? 눈앞이 깜깜해요!"

"부인, 라르뎅 반장님은 비밀 도박 사건을 조사하고 계시다는 것을 말씀드리고 싶습니다. 아주 까다로운 사건이죠. 아! 르 플록 씨가 왔군요. 만약 내일까지도, 물론 그러리라고 생각하지는 않지만, 만약 내일도 반장님께서 나타나지 않으시면 저 친구가 저를 도와줄 겁니다."

라르뎅 부인은 뒤를 돌아보고는, 두 손을 맞잡고 일어서면서 손수건을 떨어트렸다. 니콜라가 손수건을 주웠다.

"아! 니콜라, 왔군요. 당신을 보니 마음이 놓이는군요. 나 혼자 너무나 외롭고 어떻게 해야 좋을지 몰랐어요. 남편이 없어졌어요. 니콜라, 도와줄 거죠?"

"부인, 물론입니다. 하지만 부르도 형사님 말이 옳다고 생각합니다. 반장님께서는 분명히 저도 알고 있는 그 임무 때문에 못 오고 계실 겁니다. 그 일이 워낙 민감한 사건이거든요. 좀 쉬세요, 부인. 시간이 늦었습니다."

"고마워요, 니콜라. 사부님은 어떠신가요?"

"돌아가셨습니다. 걱정해 주셔서 감사합니다."

라르뎅 부인은 동점심이 가득한 얼굴로 그의 손을 잡았다. 니콜라는 몸을 숙여 인사를 했다. 그녀는 부르도 쪽으로는 눈길 한 번 주지 않고 방에서 나갔다.

"니콜라, 당신은 여자들을 진정시킬 줄 아는군요. 오해하지 말아요, 이것은 칭찬입니다. 사부님 일은 유감입니다……."

"감사합니다. 그런데 이 일을 어떻게 생각하세요? 반장님은 자신의 습관을 잘 지키는 분이세요. 가끔 외박을 하시지만, 항상 미리 말씀을 하시거든요."

"그분은 습관과…… 비밀이 있는 분이죠. 어쨌든 중요한 것은 그의 부인을 진정시키는 것이었습니다. 부인은 나보다 당신하고 훨씬 더 얘기가 통하는 것 같습니다."

부르도의 두 눈은 악의 없는 빈정거림으로 반짝였고, 웃으며 니콜라를 쳐다보았다. 누가 이런 표정을 지었더라? 아마도 사르틴이었을 것이다. 그는 자주 그런 얼굴로 니콜라를 쳐다보았다. 니콜라는 말을 꺼내지 못하고 얼굴을 붉혔다.

두 사람은 얼마 동안 담소를 나누고 날이 밝으면 다시 생각하기로 결정을 했다. 니콜라가 자신의 다락방으로 가려고 할 때, 어둠 속에서 얘기를 다 들은 카트린이 불쑥 나타났다. 그녀의 넓적한 얼굴이 촛불 아래서 창백해 보였다.

"불쌍한 니콜라! 너무나 불쌍해! 너는 이제 혼자야. 여기도 모든 것이 잘못되어 가고 있어. 아주, 아주 많이."

"카트린, 무슨 말을 하는 거야?"

"아무것도 아니야. 그냥 알고 있는 거야. 나는 귀머거리가 아니거든."

"뭔가 아는 것이 있으면 나한테 말해야 돼. 나를 못 믿는 거야? 나를 더 이상 힘들게 하지 마. 나는 지금도 무척 힘들어."

니콜라는 곧 자신이 무척 좋아하는 카트린에게 짜증 낸 것을 후회했다.

"니콜라, 나한테 그렇게 말하지 마."

"그러면 말해줘. 무슨 일이야? 내가 며칠 동안 잠을 자지 못해서 그래. 나를 좀 이해해 줘."

"잠을 안 자! 오! 니콜라, 그러면 안 돼. 그러니까 지난주 목요일에 데카르 때문에 주인어른과 사모님이 크게 싸웠어. 사모님이 데카르를 꼬신다고 주인어른이 화냈어."

"신앙이 깊은 척하고 다니는 그 사람 말이야?"

"맞아."

니콜라는 생각에 잠겨서 방으로 돌아왔다. 짐을 풀면서 카트린이 한 말을 다시 생각해 보았다. 그도 의사 데카르를 알고 있었다. 루이즈의 친척이었다. 비쩍 말라서, 그 사람을 보면 니콜라는 항상 게랑드의 늪지에 사는 두루미가 생각났었다. 니콜라는 이마가 뒤로 젖혀진 그의 옆모습을 별로 좋아하지 않았다. 턱은 없고 매부리코여서 더 이마가 두드러져 보였다. 그와 함께 있으면 왠지 불편했었다. 설교조의 말투에 성경에서 끄집어낸 이해할 수 없는 인용구들을 늘어놓기 좋아하고, 머리를 끄덕이는 습관까지, 아무튼 짜증나게 하는 사람이었다. 어떻게 아름다운 루이즈가 그런 남자하고 소문이 날 수 있을까? 니콜라는 라르뎅 반장에 대해서는 더 이상 걱정하지 않기로 하고 잠들었다.

1761년 2월 5일 월요일

니콜라는 모두 잠들어 있는 집을 이른 새벽에 빠져 나왔다. 카트린만이 침울한 얼굴로 말없이 화덕에 불을 피우고 있었다. 라르뎅은 안 들어온 것이 분명했다. 니콜라는 마치 파도가 밀려간 다음처럼, 전날 밤 축제가 남긴 쓰레기가 널려 있는 길을 걸어서 샤틀레 법원으로 갔다. 어떤 집 대문 앞에서 더러운 피에로 복장을 하고 쓰레기 더미 속에서 코를 골며 자고 있는 사람도 보았다. 법원에 도착하자마자, 두 통의 편지를 썼다. 한 통은 그레그와르 신부에게, 또 한 통은 친구 피노에게. 사부의 죽음과 자신이 파리에 도착했다는 것을 알리기 위해서였다. 우체국에 편지를 가져가는데 늘 사르틴의 전갈을 전하는 소년이 나타났다. 모든 것을 중단하고 급히 그의 사무실로 오라는 내용이었다.

니콜라가 파리 치안감독관의 사무실에 들어섰을 때, 매우 재미있는 광경을 목격하게 되었다. 프랑스에서 가장 근엄한 남자 하나가 안락의자에 앉아서 이마를 찡그리고 무언가를 곰곰이 생각하고 있는 것 같았다. 그는 계속 다리를 꼬았다 풀었다 하면서, 머리를 흔들어서 그의 머리를 매만지고 있는 미용사를 힘들게 하고 있었다. 두 명의 하인이 상자를 열고, 조심스럽게 서로 다른 종류의 가발들을 꺼냈다. 그리고는 실내 가운을 걸치고 있는 마네킹 위에 가발을 하나씩 차례대로 씌워 보였다. 파리 사람 중에 사르틴이 편집증이 하나 있다는 것을 모르는 사람은 없었다. 그는 가발 수집광이었다. 다른 어떤 약점도 없는 이 남자에게 그 정도의 순수한 집착은 봐줄 수 있었다. 그런데 이날 아침, 사르틴은 별로 만족스러워 보이지 않았고, 심하게 불평을 했다.

미용사가 판으로 얼굴을 가린 뒤에, 그의 머리에 많은 양의 분을 뿌렸다. 니콜라는 새하얀 구름에 휩싸여 있는 사르틴을 보고 웃음을 참을 수가 없었다.

"니콜라, 자네가 왔군. 너무 이른 시각은 아니겠지. 후작은 어떻게 지내나?"

니콜라는 평소에 하던 대로, 대답을 하지 않았다. 그런데 사르틴은 다시 한 번 물었다.

"그는 잘 지내나?"

사르틴은 니콜라의 얼굴을 뚫어지게 쳐다보았다. 니콜라는, 항상 모든 정보를 꿰뚫고 있는 사르틴이 게랑드에서 벌어진 일을 이미 다 알고 있지 않을까 생각했다. 그는 어정쩡하게 대답하기로 마음 먹었다.

"잘 지내십니다."

"이제 그만 나가보게."

사르틴은 하인들에게 나가라는 손짓을 했다.

그는 책상에 기댔다. 평소에 잘 취하는 포즈였다. 그리고는 니콜라에게 와서 앉으라고 했다.

"자네를 지난 15개월 동안 관찰을 했고, 아주 만족스럽네. 내 말에 우쭐할 것은 없어. 자네가 아는 것은 아주 적으니까. 하지만 자네는 조심성이 있고, 생각이 깊고, 정확했어. 우리 직업에서는 가장 중요한 것들이지. 돌리지 않고 말하겠네. 라르뎅이 실종됐어. 어떻게 된 일인지 나도 정확히 모르지만 몇 가지 의심이 가는 것들은 있네. 그에게, 자네도 알고 있다시피 나의 직권으로 특별한 사건을 맡겼고, 오직 나에게만 보고를 하도록 했어. 내가 자네에게 하는 말은 자네만 알고 있어야 하네. 라르뎅은 그 일을 수행하면서 자유롭게 일을 할 수 있었어. 어쩌면, 너무 큰 자유를 누렸지. 내가 가끔 그의 충성심에 대해 의심하고 있다는 것을 눈치채지 못하지는 않았을 거야.”

니콜라는 조심스럽게 동의했다.

“그는 두 가지 사건을 맡고 있었어. 하나는, 매우 미묘한 것인데, 왜냐하면 내 부하들의 명예와 연관된 것이기 때문이야. 경찰 업무의 핵심인 도박 전담반의 책임자 까뮈조 반장이 몇 년 전부터 비밀 도박장을 보호해 준다는 의심을 받고 있어. 그가 거기에서 뇌물을 받고 있을까? 경찰에게 정보원의 필요성과 범법 행위 사이의 경계가 매우 애매하다는 것은 우리 모두 알고 있어. 까뮈조 반장에게는 악의 화신 같은 부하가 하나 있는데, 이름이 모발이라고 하네. 아주 위험한 인물이야. 자네도 그자를 조심해야 돼. 모발은 조작된 놀음판을 벌이는 일을 맡고 있어. 그렇게 판이 벌어지면 경찰이 덮치고 판돈을 압수하지. 몰수한 것들을 칙령에 따라서 어떻게 하는지 알고 있겠지?”

사르틴은 고개를 까닥이며 니콜라에게 물어보았다.

“압수된 판돈은 경찰 간부들에게 돌아옵니다.”

“그렇지! 역시 노블쿠르 씨의 훌륭한 제자로군. 잘 알고 있어. 라르뎅은 또 다른 임무도 맡고 있는데, 자네에게 말해줄 수는 없어. 그 일은 고위층과 관계된 것이라는 것만 알고 있으면 되네. 자네는 내 말에 그다지 놀라지 않는 것 같군. 내가 왜 이런 걸 말하고 있지…….”

사르틴은 코담배갑을 열더니, 담배를 꺼내지 않고 거칠게 다시 닫았다.

"어쨌든, 이러한 상황 속에서 상투적인 방법은 배제해야만 하는 입장이 되었다는 것을 고백해야겠군. 자네에게 수사와 공권력 요청에 필요한 모든 권한을 주는 특별 위임장을 주겠네. 형사과와 경비대의 보좌관들에게 말해두겠네. 각 지역의 반장들은 자네도 이미 다 알고 있겠지. 모두를 철저하게 조사하게. 물론, 그들과 정면으로 맞서지 않으면서 말이야. 자네는 나를 대행한다는 것을 잊어서는 안 돼. 라르뎅 실종의 수수께끼를 파헤쳐 주기 바라네. 지금 당장 일을 시작해. 우선 지난밤 사건 보고서부터 시작해. 그 보고서가 많은 정보를 알려줄 때가 있거든. 그 정보들을 서로 연결시키고 결합시켜서 겉으로는 연관성이 없어 보이는 조각들을 하나의 그림으로 꿰맞추어야만 해."

그는 이미 사인한 서류를 니콜라에게 건넸다.

"이 서류만 있으면 어디든지, 감옥까지도 출입할 수 있네. 남용하지는 말게. 내게 요청할 것이 있나?"

니콜라는 침착한 목소리로 파리 치안감독관에게 말했다.

"두 가지 요청이 있습니다……."

"두 가지? 갑자기 대담해졌군!"

"첫 번째로, 부르도 형사가 제 일을 도울 수 있기 바랍니다."

"그것은 자네의 권한이야. 그렇지만 자네의 선택에 동의하네. 사람과 성격을 판단할 줄 아는 것은 매우 중요해. 부르도는 수락할 수 있어. 그리고 또?"

“정보는 공짜로 얻어지지 않는다고 배웠습니다.”

“그것은 자네 말이 맞아. 내가 먼저 생각했어야 했네.”

사르틴은 방의 모퉁이로 가더니 금고의 문을 열었다. 그리고는 20루이화폐 단위—역자 주가 묶인 뭉치 하나를 니콜라에게 주었다.

“자네가 하는 모든 일에 대해 정확하게 그리고 충실하게 보고해야 하네. 그리고 이 돈의 사용에 대해서도 마찬가지고. 만약 돈이 부족하면, 더 요구하게. 자, 가보게. 최선을 다하고, 라르뎅을 찾아오게.”

확실히, 사르틴은 언제나 니콜라를 놀라게 하는 재주가 있다. 니콜라는 너무나 놀라서 그의 방에서 나왔다. 황금의 무게가 그의 옷 주머니에서 묵직하게 느껴지지 않았다면, 꿈을 꾸고 있는 것이 아닌지 자신을 꼬집어보았을 것이다. 사르틴의 눈에 들고 중요한 임무를 맡았다는 기쁨은 곧 불안감으로 바뀌었다. 자신에게 걸고 있는 사르틴의 기대를 만족시킬 수 있을까? 앞으로 펼쳐질 여러 가지 난관이 벌써부터 무겁게 느껴졌다. 그의 젊은 나이, 무경험, 그에 대한 사르틴의 총애가 불러일으킬 질투와 함정들이 일을 어렵게 만들 것이다. 그렇지만 니콜라는 이런 새로운 시련에 맞설 준비가 되어 있었다. 니콜라는 사르틴이 준 임명장을 읽어보았다.

“이 임명장을 가진 니콜라 르 플록은 국가의 안위를 위하여 특별 임무를 수행하며 파리 치안감독관이 그에게 명령한 일들을 수행하기 위하여 필요하다고 판단되는 모든 일을 행함에 있어서 파리 치안감독관을 대행한다. 경찰과 파리 경비대는 모든 경우에 있어서 그에게 협조하고 편의를 제공할 것을 칙령으로 명한다.”

니콜라는 임명장을 읽고 자부심이 생겼고, 자신에게 새로운 권력이 주어졌다는 것을 느낄 수 있었다. 그는 갑자기 ‘폐하를 위해 일한다’는 것이 무엇인지, 그것이 얼마나 엄청난 일인지 깨달았다.

자신이 모두 짐작할 수 없는 어떤 큰 사건의 한 부분을 맡게 되었다는 생각을 하며, 순찰대와 각 지역 경찰들의 보고서가 모여 있는 경찰청으로 갔다. 부르도는 나중에 만날 것이다. 니콜라는 사르틴이 명령한 대로 탐색 작업을 먼저 시작하고 싶었다.

니콜라는 경찰청 직원들을 알고 있었다. 그는 큰 어려움 없이 들어갈 수 있었다. 지난밤 사건 보고서를 보았다. 파리의 낮과 밤을 가득 채우는, 특히 요즘 같은 사육제 기간에는 더욱 많은 여러 가지 작은 사건들의 보고서를 읽었다. 그의 시선을 끄는 것은 전혀 없었다. 그는 샤틀레 지하 감옥 기록부를 들여다보았다. 그 기록에는 세느 강에서 나온 시체들이 열거되어 있었다. 강물을 따라 떠내려온 시체들이 세느 강 하류에 쳐놓은 그물에 걸린 것이다. 그렇지만 지루한 설명들의 반복 속에서 아무런 단서도 잡히지 않았다.

남자의 시체, 이름은 파코, 물속에서 질식.

25세 정도의 남성 시체, 상처나 타박상 없음, 그러나 물속에서 질식한 표시가 있음.

40세 정도의 남성 시체, 상처나 타박상 없음, 그러나 뇌졸중으로 인한 사망으로 추정됨.

아이의 시체, 머리는 없음, 시체 해부에 사용되었고 물속에 잠겨 있었던 것으로 추정됨.

니콜라는 장부를 치우고, 자신에게 주어진 임무의 규모를 가늠해 보았다. 갑자기 의구심이 생겼다. 혹시 사르틴이 그를 조롱하는 것이 아닐까? 어쩌면 사르틴은 라르뎅을 찾고 싶지 않은 것이 아닐까? 이런 일을 애송이에게 맡긴다는 것은 라르뎅을 그냥 묻어버리려는 의도가 아닐까? 니콜라는 밀려드는 잡념을 떨치며 일어섰다. 지하 감옥을 방문하고 부르도 형사와 의논하기 위해 샤틀레 법원으로 갔다.

부르도의 수사도 니콜라의 수사만큼 성과가 없었다. 니콜라는 사르틴이 자신을 임명한 것을 어떻게 부르도에게 알려야 할지 난감했다. 그래서 아무 말 없이 그냥 치안감독관의 임명장을 건네는 것이 가장 간단하다고 생각했다. 부르도는 사르틴이 서명한 니콜라의 임명장을 읽고 나서 고개를 들었다. 미소를 지으며 니콜라를 쳐다보더니 말했다.

"이런 것이 바로 희소식이라는 것입니다. 당신이 멀리, 그리고 빨리 가리라는 것을 예상하고 있었습니다. 축하합니다."

그의 말투에는 진심이 담겨 있었고, 감동한 니콜라는 그의 손을 잡았다.

"그렇지만, 힘든 일이 끝난 것은 아닙니다. 앞으로 있을 어려움을 쉽게 생각하지 마십시오. 그러나 당신은 많은 것을 할 수 있는 힘이 있고, 만약 내가 도울 일이 있다면 주저하지 말고 부르십시오."

"바로 그 일인데요, 치안감독관님이 저에게 보좌관을 두어도 된다고 허락하셨습니다. 사실, 보좌관 한 명을 추천했습니다. 부르도 형사님의 이름을 말씀드렸습니다. 그렇지만 저는 나이가 너무 젊고 경험이 없습니다. 저의 제안을 거절하신다 해도 충분히 이해할 수 있습니다."

부르도는 흥분으로 얼굴이 상기되었다.

"그렇게 주저하실 필요 전혀 없습니다. 당신이 여기 온 후로 죽 지켜보았죠. 가치 있는 사람은 곧 드러나는 법이거든요······. 나를 생각해 주었다니 감격스럽네요. 당신의 지휘 아래서 일하고 싶습니다."

두 사람은 한동안 말없이 그렇게 있었다. 부르도가 먼저 말을 꺼냈다.

"모든 것이 너무 잘됐어요. 하지만 시간이 없습니다. 제가 까뮈조 반장과 얘기해 보았는데요. 라르뎅을 못 본 지 3주가 됐다고 했어요. 치안감독관님이 그 말을 하셨습니까?"

니콜라는, 부르도나 사르틴 모두 이 수사에 대해 환상을 가지고 있는 것이 아닐까 생각했다. 그리고는 부르도 형사의 질문에는 대답하지 않았다.

"시체 안치소를 방문하고 싶어요. 무언가 발견한 것은 아닌데, 모든 것을 철저히 살펴야만 하니까요."

그러자 부르도는 코담배갑을 열어서 니콜라에게 건넸고, 니콜라는 그것을 듬뿍 들이마셨다. 지하 감옥에 있는 시체 안치소의 썩은 냄새를 견디기 위해 샤틀레 법원에서 행해지는 작은 의식 같은 것이었다. 니콜라도 라르뎅과 함께 가보았기 때문에, 그 음산한 장소를 알고 있었다. 그곳은 더럽고 흉측한 작은 지하 창고로 빛도 잘 들어오지 않는 곳이었다. 철창과 난간이 부패해 가고 있는 시체들과 그 시체를 볼 수 있는 허가증을 가진 사람들을 분리했다. 시체가 너무 빨리 썩지 않도록 하기 위해, 가장 부패가 심한 시체에 규칙적으로 소금을 뿌렸다. 이곳은 대개의 경우 세느 강에 떠내려왔거나 길에서 발견된 시체들이 모여 있는 곳이었다.

방문 시간은 아직 시작되지 않았는데, 지하 안치소의 어두운 구석에 이미 어떤 남자가 있었다. 그 남자는 돌바닥에 눕혀져 있는 시체들을 주의 깊게 쳐다보고 있었다. 그 시체들 속에는 니콜라가 읽은 보고서에서 설명한 시체들도 눈에 띄었다. 그렇지만 냉정한 기록과 실제의 더러운 모습 사이에는 커다란 차이가 있었다. 니콜라는 그 남자를 알아보지 못했는데, 부르도가 팔꿈치로 치고 눈을 찡긋하며 어둠 속에 서 있는 그 남자를 가리켰다. 니콜라는 그 남자에게로 걸어갔다.

"여기서 무엇을 하시는지, 그리고 누구 허락을 받고 들어오신 겁니까?"

그 남자는 몸을 돌렸다. 철창에 이마를 대고 정신없이 쳐다보고 있느라, 그 남자는 사람이 다가오는 것을 모르고 있었다. 니콜라는 깜짝 놀랐다.

"아니, 세마귀 의사 선생님 아니세요!"

"오, 니콜라."

"이쪽은 부르도 형사입니다."

"그런데…… 니콜라, 어떻게 이런 곳에 왔나? 자네 공부를 위해서인가?"

"그럼요, 그런데 선생님은 왜 여기에?"

"내 하인 생—루이를 알지? 금요일부터 사라져서 걱정이 돼서 왔네."

"금요일부터…… 여기는 얘기를 나눌 만한 곳이 아니니, 사무실로 같이 가시겠습니까?"

그들은 니콜라가 사르틴과의 첫 번째 면담을 하던 날 기다렸던 접견실로 갔다. 이제 문지기는 그에게 깍듯하게 인사를 했다. 니콜라는 브르타뉴 출신의 소심한 시골 청년이었던 자신의 모습을 떠올리며 마음이 아렸다. 그리고는 옛날 일들에 대해 향수를 느끼는 자신을 원망했다. 지금 현재의 임무에 몸과 마음을 바쳐야만 한다. 그들은 경찰들의 사무실로 갔다. 니콜라는 세마귀를 잠시 기다리게 하고, 부르도와 따로 이야기를 나누었다.

"재미있는 우연이지 않습니까? 형사님은 저 의사를 모르지요. 그래서 너무나 비슷한 두 사건 앞에서 나만큼 놀라지 않았을 겁니다."

니콜라는 잠시 생각에 잠겼다가, 다시 말을 이었다.

"세마귀 선생님은 브레스트에서 학교를 마친 해군 외과의사입니다. 그는 해군과 함께 많은 항해를 했고, 식민지 무역선을 타기도 했습니다. 세네갈에 있는 프랑스 식민지 무역소에서 여러 해를 살기도 했고요. 학자이며 개성이 강하고, 유명한 해부학자이기도 합니다. 라르뎅 반장과 친구인데, 둘이 어떻게 친구로 지내는지 나는 이해가 되질 않아요. 내가 저분을 만난 것도 라르뎅 반장의 집에서였어요…….”

무언가 니콜라의 뇌리를 스치는 생각이 있었지만, 부르도에게 말하지는 않았다.

“세마귀 선생님은 두 명의 흑인 노예와 같이 사는데, 노예들에게 매우 잘해주십니다. 생—루이는 마부 일을 하고, 그의 부인 아와는 요리사로 일하지요. 세마귀 선생님은 보지라르에서 살고 있습니다.”

뭔가 또 다른 생각이 니콜라의 머릿속에 떠올랐지만, 아닐 거라고 생각하며 고개를 저었다.

니콜라는 사무실의 문을 열고, 세마귀를 들어가게 했다. 밝은 실내에 들어서자 세마귀는 커다란 조각상 같았다. 다른 사람들보다 키가 큰 편인 니콜라보다도 훨씬 더 컸다. 그는 구리로 된 단추가 달린 군인 스타일의 어두운 색 양복에 밝은 흰색의 넥타이를 매고 있었고, 부드러운 가죽 장화를 신고 있었다. 그리고는 손잡이에 이국적인 은장식이 새겨진 지팡이를 쥐고 있었다. 단단한 구릿빛의 얼굴에 갈색 눈을 가졌다. 침착하면서도 무게감이 풍기는 인물이었다. 그는 작은 책상 앞에 앉았고, 부르도가 펜을 준비한 후에 책상 위에 종이를 펼쳤다. 니콜라는 세마귀의 뒤에 서 있었다.

“세마귀 선생님, 제가 당신의 신고를 접수하도록 하겠습니다……."

"니콜라, 기분 나쁘게 생각하지는 말게. 단지, 자네가 무슨 권한으로……."

부르도 형사가 대답했다.

"르 플록 씨는 사르틴 치안감독관님의 특별 위임장을 받았습니다."

"그랬군. 내가 놀란 것을 이해해 주게."

니콜라는 아무 대답도 하지 않았다.

"선생님, 신고하시려는 것이 무엇입니까?"

"그러니까…… 금요일 저녁에 한 친구가 술집에 초대했네. 사육제 기간이지 않나. 나는 내 하인 생—루이가 모는 마차를 타고 포부르그—생—또노레 가街로 갔네. 그런데 새벽 3시에 나와보니 내 하인도, 내 마차도 없는 거야."

부르도의 펜은 열심히 움직이고 있었다.

"그래서 3일 전부터, 모든 병원을 다 뒤졌네. 혹시나 해서 여기 시체 안치소까지 온 걸세. 만약의 경우에……."

"일반 개방 시간이 아닌데 들어오셨습니다."

세마귀는 약간 짜증 나는 태도를 보였다.

"자네도 내가 해부학을 한다는 것을 알지 않나. 라르뎅이 시체 안치소에 있는 시체들을 언제든지 관찰하도록 내게 허가증을 주었네."

니콜라도 갑자기 그런 일이 있었던 것이 생각났다.

"금요일 밤에 초대했던 친구가 누구인지 말씀해 주시겠습니까?"

"라르뎅 반장이었네."

부르도가 입을 벌렸지만, 니콜라의 눈짓에 말하려던 것을 멈추었다.

"어디로 초대했습니까?"

세마귀는 조롱이 섞인 미소를 지으며 어깨를 으쓱했다.

"경찰들이 잘 아는, 평판이 좋지 않은 장소였지. 라 뽈레가 운영하는 술집, '왕관을 쓴 돌고래'였네. 1층에서는 밥을 먹고, 지하에서는 카드놀이를 하고, 위층에서는 아가씨들과 즐기는 곳이지. 사육제 때 지상낙원 같은 곳이야."

"그곳에 자주 가십니까?"

"그렇지는 않네. 라르뎅의 초대로 갔어. 나를 초대해서 놀랐었지. 라르뎅은 이런 종류의 모임을 특히 좋아하는데, 내가 끼는 것을 전혀 원치 않았었어."

"그곳에서 아가씨를 사셨습니까?"

"니콜라, 자네는 너무 젊어. 그날 나는 기분이 좋았고, 아가씨들은 예뻤어. 그런 경우에, 나는 여자들과 즐기는 것을 마다하지 않네."

"몇 시에 그곳에 도착하셨습니까?"

"밤 11시."

"몇 시에 그곳에서 나오셨습니까?"

"이미 말한 것처럼, 새벽 3시에 나왔네."

"라르뎅 반장도 함께 나왔습니까?"

"그는 이미 철수했지. 그 난리를 치렀으니까."

"난리라니요?"

"우리는 마스크를 쓰고 있었네. 라르뎅은 많이 마셨어. 포도주와 샴페인을 마셨지. 자정이 되기 조금 전에, 어떤 남자가 가게 안으로 들어왔어. 그 남자가 라르뎅과 부딪혔네. 어쩌면 라르뎅이 그 남자와 부딪혔는지도 모르지. 라르뎅이 그 남자의 마스크를 벗겨 버렸어. 놀랍게도 그 남자는 데카르였어. 그는, 자네도 알지 않나, 내 이웃이야. 라르뎅의 집에서 알게 되었는데, 라르뎅 부인의 친척이지. 내가 아프리카에서 돌아왔을 때, 그 사람 덕분에 집을 구했어. 그런데 데카르가 라 뽈레의 술집에 오다니! 모두가 사육제 기간이라 미쳐 있었지. 그 두 사람은 서로 멱살을 잡았어. 라르뎅은 제정신이 아니었고, 몹시 화가 나 있었어. 데카르가 자기 마누라에게 수작을 건다고 욕을 했어. 데카르는 나가 버렸고, 조금 있다가 라르뎅도 떠났지."

"라르뎅 혼자서요?"

"그랬네. 나는 아가씨 하나를 데리고 위층으로 올라갔어. 그런데 이런 것들이 생—루이의 실종과 연관이 있는 건가?"

"그 아가씨의 이름은?"

"라 샤탱."

"데카르가 선생님을 알아보았습니까?"

"아니, 나는 마스크를 쓰고 있었으니까."

"그의 얼굴을 사람들이 보았습니까?"

"그렇지는 않을 걸세. 곧바로 마스크를 다시 썼으니까."

니콜라는 평소에 자신이 호감을 가지고 있던 사람을 이렇게 심문하는 것이 불편했다. 세마귀는 언제나 그에게 호의를 보였던 사람이었다.

"또 다른 실종사건 하나가 더 있다는 것을 말씀드리겠습니다. 라르뎅 반장이 금요일 저녁부터 사라졌습니다. 선생님은, 현재로서는, 그를 마지막으로 본 사람입니다."

세마귀의 대답은 아주 간단하고 놀라웠다.

"언젠가는 이런 날이 올 거라고 생각했네."

부르도의 펜이 갑자기 종이에 긁히는 소리가 났다.

"무슨 뜻입니까?"

"라르뎅이 그렇게 사람들을 무시하다가는 누군가의 원한을 사게 된다는 말일세."

"선생님은 라르뎅 반장과 친구이지 않습니까?"

"우정이 통찰력을 가로막지는 않네."

"마치 라르뎅 반장이 죽은 것처럼 말씀하고 계시다는 것을 아십니까?"

세마귀는 연민이 섞인 눈빛으로 니콜라를 쳐다보았다.

"직업이 나오는군, 경찰관 나리. 자네의 수련 기간은 이제 끝난 것 같네."

"제 질문에 대답하지 않으셨습니다."

"그저 직감일 뿐이네. 나는 생—루이의 운명이 더 걱정되네. 자네는 생—루이는 잊고 있는 것 같군."

"생—루이는 노예입니다. 노예들의 속성은 도망가는 것이죠."

세마귀의 갈색 눈동자가 슬프게 니콜라를 쳐다보았다.

"젊은 사람의 머리에서 그런 생각이 나오다니. 자네에게 어울리지 않는 말일세. 더욱이 생—루이는 자유의 몸이야. 내가 해방시켜 주었네. 도망갈 이유가 없어. 게다가 그의 부인 아와는 계속 내 집에서 살고 있네."

"생—루이의 정확한 인상착의를 부르도 형사에게 얘기해 주십시오. 찾아보도록 하겠습니다."

"그를 찾아주길 바라네. 나는 생—루이를 무척 좋아하네."

"한 가지만 더. 라르뎅 반장은 늘 지팡이를 가지고 다니는데, 금요일 저녁에도 가지고 있었습니까?"

"안 가지고 있었네."

세마귀는 이번에는 호기심 어린 표정으로 니콜라를 쳐다보았다.

"질문은 끝났습니다, 선생님. 생—루이에 대해 부르도 형사와 얘기하십시오."

세마귀가 떠난 뒤에, 부르도와 니콜라는 한참 동안 각자 생각에 빠져 있었다. 부르도는 손끝으로 책상을 톡톡 쳤다.

"첫 번째 심문을 이보다 더 잘할 수는 없을 겁니다."

니콜라는 대답하지는 않았지만, 그 말에 기분은 좋았다.

"나는 뇌브—생—오귀스탱에 있는 치안감독관님의 집무실에 가야겠습니다. 이 모든 사실에 대해서 즉시 아셔야 되니까요."

부르도는 고개를 가로저었다.

"젊은 양반, 과욕은 금물입니다. 점심 먹으러 갈 시간입니다. 이미 점심시간이 많이 지났어요. 게다가 치안감독관님은 오후에는 뵙기 힘들어요. 내가 밥을 사겠습니다. 포도주가 맛있는 집을 알고 있어요."

두 사람은 샤틀레 법원 뒤쪽에 있는 푸줏간 거리를 지나서, 피에—드—뵈프 거리로 들어갔다. 니콜라도 이젠 거리에 익숙해졌고, 심지어 그 동네에서 나는 냄새에도 익숙해졌다. 푸줏간 주인들은 자신의 가게에서 도살을 했고, 피가 길 한복판에 흥건해서 지나가는 행인들의 발에 엉겨 붙었다. 그러나 동물 기름을 녹이는 곳에서 나는 냄새에 비하면 그 정도는 아무것도 아니었다. 부르도는 썩은 냄새에 아랑곳하지 않고, 오물 웅덩이를 뛰어서 건넜다. 하지만 니콜라는 견디기가 힘들어서, 부르도의 비웃음에도 불구하고 손수건으로 얼굴을 가리고 따라갔다.

가게는 괜찮았다. 구멍가게를 하는 사람들과 공증인 사무실의 서기들이 자주 드나드는 곳이었다. 주인은 시농 근처 출신으로, 부르도와 같은 고향 사람이었다. 그래서 시농 포도주를 팔았다. 그들은 닭고기 프리카세와 빵, 염소 치즈 그리고 포도주를 시켰다. 지나온 거리가 식욕을 돋우기에는 힘든 동네였지만, 니콜라는 잘 먹었다. 두 사람의 대화는 앞으로 할 일에 대한 것이었다. 사르틴에게 알리고, 세마귀와 데카르가 사는 보지라르 동네를 수사하고, 그들이 갔던 술집도 조사하고, 데카르와 술집 마담 라 뽈레를 심문하고, 경찰의 보고서를 계속 살펴보는 것이다.

그들이 음식점에서 나와 헤어질 때는 오후 다섯 시경이었다. 사르틴은 집무실에 없었다. 왕의 부름을 받고 베르사이유 궁에 간 것이다. 니콜라는 그레그와르 신부를 보러 가야겠다는 생각을 했지만 카름 데 쇼 수도원은 그곳에서 멀었고 곧 날이 어두워졌

다. 그는 블랑—망토 가街에 있는 라르뎅의 집으로 돌아가기로
했다.

  집은 그가 없는 동안 어수선해져 있었다. 집에 들어서자마자
거실에서 두 사람이 이야기하는 것이 들렸다.
  어떤 남자의 목소리가 들렸다.
  "루이즈, 그가 다 알고 있었어."
  "알아요, 나한테 난리를 쳤으니까요. 그런데 앙리, 왜 그곳에
당신이 있었는지 설명을 좀 해보실래요?"
  "함정이었어. 할 말이 없어…… 무슨 소리가 들리지 않았어?"
  그들은 갑자기 말을 멈추었다. 그때 손 하나가 니콜라의 입을
막더니, 어둠 속으로 그를 밀었다. 그리고는 부엌으로 데리고 갔
다. 니콜라는 아무것도 보이지 않았고, 오직 숨소리만 들렸다. 그
손은 니콜라를 풀어주었다. 니콜라는 다시 크게 숨을 쉬면서 낯
설지 않은 향기를 느꼈고, 발걸음이 어둠 속으로 멀어지는 것을
들었다. 어둠 속에서 혼자 움직이지 않고 조심스럽게 있었다. 잠
시 후에 현관문이 닫히고, 루이즈가 2층에 있는 자기 방으로 가
는 소리가 들렸다. 니콜라는 조금 더 기다렸다가 자신의 다락방
으로 올라갔다.

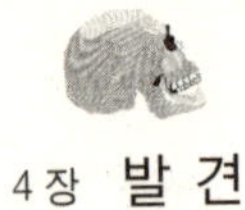

4장 발견

1761년 2월 6일 화요일

잠에서 깨어나면서 니콜라는 어젯밤 집에 도착해서 일어난 일들을 작은 것까지도 모두 다시 한 번 떠올려보았다. 순간적으로 맡았던 향수의 냄새는 분명히 마리의 것이었다. 만약 요리사 카트린이 그를 잡은 것이었다면 그녀의 옷에 늘 배어 있는 여러 가지 음식 냄새로 금방 알아챘을 것이다. 그런데 마리는 왜 니콜라를 그렇게 끌고 간 걸까? 그녀는 분명히 니콜라를 보호하기 위해서 그랬을 것이다. 그렇다면 무엇으로부터 그를 보호하려 한 걸까? 그는 데카르와 루이즈의 목소리를 들었었다. 그리고 그들의 대화 내용은 그에게는 전혀 새로운 것이 아니었다. 여러 가지 결론이 도출될 수 있다. 데카르는 루이즈와 내연 관계에 있다. 데카르는 그녀에게 '왕관을 쓴 돌고래'에서 벌어진 일에 대해 이야기했고, 루이즈는 데카르가 거기 간 것 때문에 놀랐다. 그런데 왜 데카르가 '함정'이라고 말했을까? 거기 간 것을 합리화시키기 위해서일까?

니콜라를 보호하기 위해서 마리가 그에게 한 행동을 보면, 루이즈와 데카르의 대화는 특별한 의미를 가지는 것이었다. 니콜라가 이 대화를 들은 것이 발각되면 위험하다고 누군가가—물론 마리가—판단했다는 것이 불안했다. 가장 좋은 방법은 아무것도 모르는 척하는 것이고, 자신의 궁금증을 이 집 식구 누구도 알게 해서는 안 된다. 식구들 모두가, 아직 모르고 있다면, 곧 니콜라가 라르뎅의 실종사건을 담당하게 되었다는 것을 알게 될 것이다.

그런 생각들을 하면서 니콜라는 자신이 라모의 노래 한 구절을 부르고 있는 것을 깨닫고 깜짝 놀랐다. 고향 게랑드를 떠난 이후로 한 번도 그런 적이 없었기 때문이다. 삶은 다시 자신의 리듬을 찾은 것이다. 니콜라는 하루를 시작하는 것이 기다려졌다. 그는 경찰이라는 직업을 자신의 의지와 상관없이 갖게 되었다. 파리에 혼자 던져지고, 사르틴에게 맡겨지고, 모든 것이 그렇게 맞물려서 굴러갔다. 지금은 경찰 활동과 일에서 생기는 놀라움, 발견, 그리고 간혹 나타나는 속임수들이, 물론 어떤 것들은 해답이 안 나오고 망설이게 하는 것도 있지만, 그에게 새로운 에너지를 샘솟게 했다. 세마귀를 심문한 것이 마음에 걸렸다. 언젠가 라르뎅의 식구들 역시 심문하게 될 거라는 생각이 들고, 그렇다면 자신이 계속 라르뎅의 집에 머물러야 할지 자문하게 됐다.

니콜라는 얼은 물로 세수를 마치고, 갑자기 집 안이 너무 조용하다는 것을 느꼈다. 이 동네가 조용한 것은 분명하지만, 마치 갑자기 망토로 덮은 것처럼 조용했다. 창밖을 내다보고서야 이해가 되었다. 눈으로 뒤덮인 정원을 희미한 새벽빛이 비추고 있었다.

사부가 물려준 시계가 7시 반을 가리켰다. 니콜라가 아래층으로 내려왔을 때, 카트린은 없었다. 그러나 화덕의 귀퉁이에 수프 냄비가 있었다. 니콜라를 위한 것이었다. 테이블에는 새로 구운 빵이 기다리고 있었다. 화요일에 카트린은 커다란 두 개의 바구니를 들고 생―쟝 시장에 가기 위해 집에서 일찍 떠난다. 아침 시간에 좋은 물건을 사기 위해 카트린은 뚱뚱한 몸을 최대한 빨리 움직여서 시장에 간다. 운이 좋으면 아직 살아 있는 생선들을 살 수 있기 때문이다.

집을 나가려던 니콜라는 루이즈의 목소리에 멈추었다. 그녀는 서재의 책상 앞에 앉아서 희미한 빛 속에서 뭔가 쓰고 있었다. 양초들이 다 타고 하나가 남아서 헝클어지고 피곤한 그녀의 얼굴을 비추고 있었다.

"니콜라, 잠이 안 와서 새벽에 일찍 내려왔어요. 남편은 여전히 안 들어왔어요. 어젯밤에 니콜라가 들어오는 소리를 못 들었는데, 몇 시에 들어왔지요?"

루이즈가 이런 관심을 보이는 것은 처음 있는 일이었고, 질문은 단도직입적이었다.

"8시 넘어서 들어왔습니다."

니콜라는 거짓말을 했다.

루이즈는 의심의 눈초리로 그를 쳐다보았고, 니콜라는 그녀의 얼굴에 늘 있던 미소가 사라진 것을 처음 보았다. 그리고 화장도 안 하고, 머리도 헝클어진 상태의 그녀의 얼굴이 얼마나 냉혹할 수 있는지 깨달았다.

"그이는 어디에 있는 걸까요? 부르도를 만나셨나요? 나한테 아무 얘기도 해주질 않아요."

"조사를 계속하고 있습니다. 걱정하지 마십시오."

"니콜라, 나한테 모두 다 얘기해 줘야 돼요."

그녀는 의자에서 일어섰고, 미소를 지었다. 자신의 차림새가 지저분한 것을 잊고 평소처럼 유혹적인 태도를 보였다. 니콜라는 갑자기 그녀가 신화에 나오는 마술사 시르세 같다는 생각이 들었고, 혼자 공상에 빠졌다. 자신이 그녀의 마술로 삐퀴스 왕처럼 딱따구리로 변하거나 아니면 율리시즈처럼 돼지로 변하는 상상을 했다. 카트린이 만들어준 수프가 루이즈의 마법으로부터 자신을 보호해 주지 못하는 것 같았다. 이런 신화 속의 이야기들을 상상하느라고 니콜라는 혼자 웃었다.

"니콜라, 지금 웃음이 나와요?"

루이즈의 말에 니콜라는 얼른 정신을 차렸다.

"아닙니다, 부인. 죄송합니다. 저는 그만 나가보겠습니다."

"그래요, 나가세요. 나가요. 여기 당신을 붙잡는 사람 아무도 없어요. 좋은 소식을 가져오세요. 하지만 당신을 관찰하면 할수록, 당신한테 기대할 것이 전혀 없다는 생각이 드는군요."

니콜라가 문을 열고 나가려는 순간, 루이즈는 그를 다시 부르더니 손을 내밀었다.

"미안해요, 니콜라. 그런 말을 하려던 것이 아닌데. 내가 신경이 예민해지고 불안해서 그래요. 당신은 내 친구예요, 그렇죠?"

"물론입니다, 부인."

니콜라는 갈피를 잡을 수 없는 이중적인 성격을 가진 이 여자로부터 벗어나기 위해 서둘러서 집을 나왔다. 니콜라는 자신에 대한 그녀의 태도가 어떤 감정을 가지고 있는 건지 알 수가 없었다.

눈이 그쳤고 매우 추웠지만, 오늘 날씨는 화창할 것 같았다. 니콜라는 경찰청 계단에서 사르틴을 마주쳤다. 파리 치안감독관은 바쁘고 기다릴 여유가 없었기 때문에 니콜라는 계단참에 서서 자신이 조사한 것에 대해 보고해야 했다. 만약 사르틴으로부터 기분 좋은 칭찬을 기대했다면, 환상을 버려야 했다. 니콜라가 들은 것은 잔소리뿐이었다.

데카르를 심문하기 위해 보지라르 동네로 갈 생각을 한 니콜라는 말을 써도 되는지 사르틴에게 허가를 요청했다. 그러자 사르틴은 화가 나서 그 위임장을 준 걸 후회하기 시작한다고 말하면서, 특별 위임장을 받은 사람은 남들이 보기에 도가 지나치지 않은 한도 내에서 자신의 권력을 사용하면 되고, 국왕을 위한 임무에 필요하다고 판단되면 당나귀든 말이든, 1마리든 12마리든, 100마리든 알아서 쓰면 된다고 호통을 쳤다.

니콜라는 완전히 기가 죽어서 부르도를 만나러 갔다. 그리고 자신이 욕먹은 얘기를 부르도에게 해주었다. 하지만 자신의 약점이 될 수 있는 그런 얘기를 한 것을 곧바로 후회했다. 부르도는 니콜라의 이야기를 재미있게 듣고는 그런 일은 아무 의미도 없다고 그를 안심시켜 주었다. 단지 자존심이 조금 상할 뿐, 별일 아니라는 것이다. 니콜라는 얼굴을 붉히면서 그의 말에 수긍했다.

사르틴의 머릿속에는 수많은 사건들이 들어 있고, 라르뎅의 실종이 그중에서 가장 심각한 일은 아닐 것이고, 국무총리인 생—플로랑탱 백작과 의논해야 할 일들, 중요 장관들이 각자 요구하는 것들, 그리고 사르틴이 직접 알현하는 왕의 명령까지, 사르틴이 처리해야 할 일이 매우 많다는 것을 부르도는 설명했다. 사르틴의 위치보다 더 골치 아프고 끊임없이 걱정거리가 생기는 자리도 없을 거라고 말했다. 그래서 가끔 나타나는 그의 변덕과 가발에 대한 무한 애정을 충분히 이해할 수 있다는 것이다. 그렇게 볼 때, 부르도와 니콜라도 경찰이라는 거대 조직 속의 작은 존재에 지나지 않는 것이 아닐까? 니콜라는 부르도의 충고를 귀담아들었다.

아직도 기분이 좋지 않은 니콜라는 자신에게 진실을 얘기해 주는 동료를 가진 것을 하늘에 감사하면서 이야기의 주제를 바꾸었다. 부르도에게 경찰청의 보고서를 살펴보라고 하고, 마구간에 가서 말을 한 필 골랐다. 그리고 보지라르로 향했다.

르와얄 다리로 세느 강을 건너 앵발리드 앞의 광장에 도착했다. 너무나 멋있어서 잠시 걸음을 멈추었다. 태양이 측면에서 어두운 구름을 뚫고 빛을 비추었다. 마치 눈에 보이지 않는 누군가가 계속 변하는 빛의 파노라마를 지휘하고 있는 것 같았다. 커튼처럼 드리워진 검은 구름 사이로 빛이 새어 나오고, 끊임없이 빛과 어둠이 반복되며 황홀한 장면을 연출했다.

이 거대한 빛과 어둠의 스펙터클 가운데 생—루이 교회의 둥근 지붕이 우뚝 솟아 있었다. 빛과 어둠이 교차되면서 생기는 그림자 때문에 둥근 지붕이 빙글빙글 돌고 있는 것 같았다. 수평선을 이루고 있는 지붕들 때문에 둥근 지붕의 반짝이는 부분이 더 눈에 띄었다. 지붕에는 여기저기 하얀 눈이 반짝거렸다. 지붕 밑 다락방이나 굴뚝 근처에 눈이 많이 쌓여 있었고, 뭉텅이로 무너져 내리면서 건물을 하얗게 분칠을 했다. 대서양처럼 넓은 하늘 앞에서 니콜라는 몽상에 빠졌고, 회색, 검정, 흰색, 금색, 파란색으로 펼쳐지는 색깔의 향연 속에서 넋을 잃었다. 너무나 아름다워서 멍했고 가슴은 행복으로 가득 찼다. 이런 감정을 불러일으키는 파리를 사랑하고 있는 자신을 보고 놀랐고, 처음으로 성경에 있는 '그리고 빛이 있었다' 라는 문구의 깊은 의미를 깨달았다.

뺨을 때리는 차가운 바람 덕분에 몽상에서 깨어난 니콜라에게 데카르를 만나야 한다는 두려움이 마음 한구석에서 조금씩 고개를 들었다. 말을 달리면서 얼음장처럼 차가운 공기를 마시는 것이 기분 좋았다. 모자가 날아갈까 싶어 한 손에 들고, 가슴을 똑바로 세우고 고개를 높이 들고 달렸다. 그의 머리카락은 마치 말갈기처럼 바람에 날렸다. 그렇게 달리고 있는 모습이 멀리서 보면 반인반마인 켄타우로스 같았다. 광장을 달리는 그의 모습은 약간 괴상하게 보이기도 했다. 보지라르 지역의 경계선을 넘자, 작은 산들이 죽 이어졌다. 얼음탑처럼 생긴 풍차들이 마치 보초를 서고 있는 것처럼 보였다. 성에가 낀 풍차의 날개에 크리스털처럼 투명한 고드름이 달려 있었다. 모든 것이 하얗고, 반짝거리고, 금방 깨질 것 같았다. 반짝이는 하늘과 말을 달리는 즐거움이 니콜라를 다시 한 번 몽상에 빠지게 했다.

눈 덮인 거대한 포도밭의 한가운데에 집들이 파묻혀 있는 것처럼 보였다. 수도 파리에서 아주 멀리 온 것 같은 느낌이 들었다. '크르와 니베르'라는 곳에서 사거리가 나오고 니콜라는 방향을 선택해야 했다. 그는 라르뎅의 편지를 전하러 데카르의 집에 한 번 간 적이 있었다. 그때 데카르는 대문 앞에서 그를 맞았었고, 말 한 마디도 건네지 않았었다.

마침내 니콜라는 데카르의 집을 찾았다. 높은 벽에 둘러싸인 넓은 집이었다. 개가 짖기 시작했다. 갑자기 말이 펄쩍 뛰었고, 니콜라처럼 숙련된 기사가 아니었다면 그 자리에서 낙마했을 것이다. 그는 말의 목을 쓰다듬고, 부드럽게 속삭이면서 성난 짐승을 달랬다.

말에서 내려 니콜라는 잠시 망설였다. 그리고 대문에 달려 있는 손잡이를 잡아당겼다. 손잡이는 집 안에 있는 종에 연결되어 있었다. 개가 다시 짖기 시작했다. 아무도 나오는 사람이 없었다. 니콜라는 대문이 약간 열려 있다는 것을 알아차렸다. 문을 열고 회양목 나무가 양쪽으로 심어진 작은 길이 있는 정원으로 들어섰다. 창의 덧문들은 잠겨 있었지만, 현관문은 손잡이를 당기자 바로 열렸다.

그는 자신이 건물 안에 있는 테라스 같은 곳으로 들어선 것을 보고 놀랐다. 그곳은 돌계단의 윗부분인 것 같았고, 돌계단을 내려가면 넓은 홀에 연결되는 것 같았다. 이상한 냄새가 났다. 차갑게 식은 향의 냄새, 불 꺼진 양초 냄새, 그리고 뭔가 썩은 냄새가 뒤섞인, 그러면서도 시큼털털한 금속의 냄새가 나는, 뭔지 알 수 없는 냄새였다.

니콜라는 자신이 서 있는 곳의 아래에서 벌어지는 장면을 쳐다보았다. 바닥에는 타일이 깔려 있었고, 방의 양쪽에 유리창이 있었지만 두꺼운 커튼이 쳐져 있었고, 층계의 맞은편에는 벽난로가 있었다. 거무스름하게 변한 대들보가 높은 천장을 받치고 있었다. 벽은 나무로 된 선반들로 꽉 차 있었다. 벽난로 위에는 십자가에 매달린 예수 수난상이 있었다. 상아로 만든 커다란 조각상이 예수의 고통을 보여주고 있었다. 그 십자가상이 니콜라의 시선을 끌었다. 그의 사부라면 그런 물건을 가진 신자에게 고해 증명서나, 아니면 적어도 완벽한 신앙선서를 요구했을 것이다. 방의 한쪽 구석에서는 앞치마를 두른 데카르가 어떤 나이 든 부인의 사혈을 막 끝내고 있었다. 부목과 붕대로 고정시켜져 있는 오른팔이 부러진 것 같았다. 피를 받는 그릇 속에 검붉은 피가 출렁이는 걸로 보아 이미 많은 양의 사혈을 했다. 창백한 얼굴의 환자는 고통스러워 보였고, 데카르는 환자의 의식을 깨우기 위해 약을 묻힌 솜으로 이마를 닦아주었다. 니콜라는 일부러 헛기침을 했다. 데카르가 뒤돌아보았다.

"내가 지금 시술 중인 것이 보이지 않습니까? 나가시오."

데카르는 화가 나서 고함을 쳤다.

누워 있던 부인이 정신을 차리면서 신음 소리를 냈고, 데카르는 다시 환자를 돌봤다.

"선생님, 하시는 일을 마치시면 잠시 이야기를 했으면 합니다. 심문할 것이 있습니다."

니콜라는 곧바로 그런 표현을 사용한 것을 자책했다. 마치 자신이 장애물 앞에서 콧김을 거칠게 내뿜으며 서 있는 말 같았다.

"뭐, 나를 심문해? 나를 심문한다고! 심부름이나 하는 하인 주제에 나를 심문한다고! 이 집에서 당장 나가시오."

하얗게 질린 니콜라는 단숨에 계단을 뛰어내려 가서 데카르 앞에 섰다.

"나를 모욕하지 마시기 바랍니다. 후회하시게 될 테니까요. 나는 이곳에서 나가지 않을 겁니다. 제 말을 듣는 편이 좋으실 겁니다."

환자는 놀라서 두 남자를 번갈아 쳐다보았다.

"개를 풀어버릴 것이요. 그러면 나가겠지. 나는 분명히 경고했습니다."

데카르는 환자를 일으켜 세워서, 붕대를 감지 않은 한쪽 팔을 부축해 문 쪽으로 데리고 갔다.

"부인, 이제 집으로 돌아가십시오. 충분한 휴식과 금식을 하셔야 됩니다. 내일 오십시오. 다시 한 번 사혈을 해야 합니다."

"그렇게 계속하다가는 더 이상 살아 있는 환자가 없을 걸세."

니콜라는 곧바로 의사 세마귀의 목소리를 알아차렸다. 세마귀는 소리 없이 들어와서 몇 분 전부터 방 안에서 벌어지는 일들을 지켜보고 있었다.

"무슨 미친 소리를 하는 거야."

데카르는 화가 나서 소리를 질렀고, 자기 환자를 방 밖으로 내보냈다.

세마귀는 계단을 내려와서 니콜라에게 눈을 찡긋하며 인사를 했다. 그리고는 데카르에게 걸어갔다.

"이보게 동업자 친구, 자네한테 할 말이 있네."

"당신은 또 뭐요. '동업자' 라고. 참 쉽게 말씀하시는군. 의사 자격도 없는 주제에. 내가 꼭 당신이 의사 노릇을 못하게 만들 거요. 사혈을 무시하고, 그저 자연 치유에 의존하면서 자격증도 없이 일하는 사람이니까."

"내 자격에 대해서는 더 이상 논하지 말게. 자네가 자격이 있는 것처럼 나도 의사 자격이 있으니까. 사혈은, 요새같이 과학이 발달한 시대에 고리타분한 옛날 이론이네."

"옛날 이론이라고! 히포크라테스와 갈리엥을 모욕하시는군."

세마귀는 의자를 하나 당기더니 앉았다. 세마귀가 자신의 성질을 누르기 위해 그렇게 한다고 니콜라는 직감했다. 니콜라가 관찰한 바로는 서 있을 때보다 앉아 있을 때 화가 덜 올라왔다.

"당신이 알고 있는 이론은 죽음으로 가는 지름길이오. 사혈은

다혈증인 사람에게 필요하지만, 다른 경우에는 해가 된다는 것을
모르는 거요? 팔이 부러진 그 불쌍한 부인을 어떻게 치료할 거
요? 허약하게 만들어서 치료할 거요? 그 환자에게 좋은 고기와
포도주를 처방해야 되는데, 당신은 그 부인을 굶기고 있지 않소.
좋은 음식이 그 환자를 빨리 낫게 할 거요.”

“성경의 말을 인용해서 불경한 소리를 하시는군. 당신이 조금
만 더 생각을 해보면, 〈인간 몸 안에 있는 피는 샘의 물과 같다〉
고 바탈리가 주장한 것을 기억할 거요. 더 많이 꺼낼수록 더 고인
다고 했소. 피가 적어지면, 더 많이 생긴다는 말이지. 피를 빼내
면, 열과 나쁜 체액들이 모두 사라진단 말이오. 사혈을 할수록 더
건강해지는 거지. 무식한 인간 같으니!”

데카르의 얇은 입술 양 끝에 거품이 보였다.

“그만하게. 자네의 예시는 아주 부적절하네. 파탱 교수는 자기
가 원해서 7번이나 사혈을 하고는 죽었네. 나는 폐하의 주치의
세낙의 말을 믿네. 세낙은 자네도 잘 아는 의사 아닌가? 자네는
학자도 아니고, 정직하지도 않아. 그런데, 자네에게 물어볼 것이
있어…….”

니콜라는 자신과 상관없는 그들의 논쟁을 중단시켜야겠다고
생각했다. 세마귀의 반응도 그다지 공정해 보이지 않았다. 세마
귀가 이런 우스꽝스런 논쟁에 끼어서, 데카르를 응수하고 있는
것이 보기 좋지 않았다.

“그만들 하십시오. 논쟁은 다음에 하시지요. 데카르 씨, 저는
파리 치안감독관님의 대리인으로 이 자리에 있습니다. 치안감독

관님은 라르뎅 반장님 실종사건에 대해 저에게 모든 권한을 일임하셨습니다. 당신이 라르뎅 반장을 마지막으로 만난 사람들 중의 하나라는 것을 알고 있습니다.”

데카르는 몇 걸음을 옮기더니 벽난로의 불을 뒤적거렸다. 불꽃이 탁탁 소리를 내며 벌겋게 다시 타올랐다.

“세상이 타락하니까 별일이 다 생기는군. 어떻게 저런 애송이가……”

데카르는 한숨을 쉬었다.

“제 질문에 대답하지 않으셨습니다.”

“그러니까, 라르뎅의 집에서 저녁을 먹었습니다. 열흘 전이었습니다.”

세마귀가 뭔가 말하려 했지만 니콜라가 그를 붙잡았다. 세마귀가 화가 많이 난 것을 느낄 수 있었다.

“그 후로 라르뎅 반장을 다시 보지 못하셨습니까?”

“방금 말한 대로입니다.”

“그 후로 라르뎅을 만나셨습니까?”

“한 번도 보지 못했습니다. 이 심문은 도대체 뭡니까?”

세마귀는 더 이상 입을 다물고 있을 수가 없었다. 그러나 그의 질문은 니콜라가 예상한 것이 아니었다.

“데카르, 생—루이를 어떻게 했나?”

“어떻게 하다니. 나는 당신의 검둥이에게 관심이 없어. 검둥이는 신성한 주님의 땅을 더럽히는 존재야.”

“제가 알기로는……”

니콜라가 말을 꺼내려고 했다.

그런데 니콜라는 데카르의 말에 다시 한 번 놀랐다.

"내가 그 녀석에게 총을 쏘았는지 묻는 건가? 그 나쁜 녀석이 내 정원에서 체리를 훔쳤어. 소금 세례를 당해도 싼 녀석이지."

"생—루이의 몸에서 소금을 털어내는 데 두 시간이나 걸렸었네. 내 하인은 자네 것을 훔치지 않았어. 그냥 자네 집 앞을 지나갔던 것뿐이네. 생—루이가 없어졌어. 생—루이를 어떻게 했나?"

니콜라는 두 사람이 주고받는 팽팽한 싸움을 흥미롭게 쳐다보았다. 두 개의 돌이 부딪히면서 불꽃을 튀기는 것 같았다. 두 사람을 내버려 두면 아마도 그들의 입을 통해서 저절로 진실이 밝혀질 거라고 생각했다.

"그러면, 자네가 그 검둥이 노예의 마누라와 무슨 짓거리를 하는지 이 젊은 친구한테 설명을 해보시지. 그 검둥이들의 얼굴은 숯검정보다도 더 시꺼멓지. 자네가 그 여자 노예와 벌이는 추잡한 짓거리는 세상 사람들이 다 아는 일이야. 질투에 눈이 먼 검둥이가 자네를 위협했을 거고, 그래서 그놈을 죽인 거지. 내 말이 맞지 않은가!"

세마귀는 자리에서 벌떡 일어났다. 니콜라는 그의 팔을 힘껏 잡아당겼고. 세마귀는 다시 앉았다.

"자네는 신앙심이 깊은 척하면서 남을 헐뜯는 일도 잘하는구만. 내 하인을 찾지 못한다면, 자네를 결코 가만두지 않을 걸세. 그리고 생—루이는 노예가 아니라는 것을 명심하게. 생—루이는 나처럼, 르 플록 씨처럼, 그리고 심지어 사혈을 좋아하는 자네 같은 사람들과 똑같은 인간이네.”

데카르는 핀셋을 쥐고 있던 손을 발작적으로 꽉 움켜쥐었다. 세 사람은 아무 말도 하지 않았다. 니콜라가 침묵을 깨고, 그들을 깜짝 놀라게 할 만큼 위엄 있고 냉정한 목소리로 끝맺음을 했다.

“데카르 선생님, 말씀 잘 들었습니다. 선생님께서 하신 말씀은 사실 확인을 하게 될 것입니다. 그리고 선생님께서는 라르뎅 반장과 생—루이의 실종에 대해 재판관의 심문을 받게 될 겁니다.”

니콜라는 재빨리 세마귀를 끌고 나오면서, 데카르가 중얼거리는 것을 들었다.

“나는 이웃들이 창피하고, 지인들이 혐오스럽다.”

차가운 공기를 마시자 기분이 나아졌다. 햇볕에 그을러서 원래 갈색인 세마귀의 얼굴은 화가 나서 완전히 시뻘겋게 변해 있었고, 관자놀이의 정맥이 툭 불거져서 뛰고 있었다.

“니콜라, 나는 생—루이를 죽이지 않았어. 자네는 나를 믿지?”

“믿습니다. 하지만 라르뎅 반장 사건에 대해서도 선생님을 믿고 싶습니다. 아시겠지만, 선생님은 용의자에 속합니다.”

“이제는 자네가, 마치 라르뎅이 죽은 것처럼 말하는군.”

“그런 의도로 한 말은 아니었습니다.”

“왜 라 뽈레의 술집에서 있었던 일을 말하지 못하게 했었나?”

“데카르가 거기 있었던 것을 본 사람이 아무도 없다고 말씀하시지 않았습니까. 선생님의 증언은 데카르의 증언과 틀린 증언이 되는 거지요. 선생님의 증언을 확인해 줄 수 있는 다른 증거를 기다리고 있습니다. 그런데 의학적인 논쟁 말고도 데카르를 그렇게 싫어하시는 이유가 뭔가요?"

"그와 나의 의학적인 논쟁을 과소평가하지 말게나. 이것은 외과의사와 내과의사 사이의 오래된 경쟁 심리라네. 나는 불쌍한 사람들을 치료해 주고 있네. 그런데 그는 내가 자신의 영역을 침범하고, 자신의 의술을 왜곡하고 있다고 생각하지."

"두 분은 친구이시지 않았습니까?"

"그저 아는 정도지. 그 이상은 아니네. 라르뎅 때문에 알게 된 거지."

"라르뎅 부인과 선생님 사이에 무언가가 있습니까? 대답해 주십시오."

세마귀는 눈부시게 파란 하늘로 시선을 돌렸다. 그는 몇 번 눈을 깜빡이더니 니콜라의 진지한 얼굴을 쳐다보고는, 그의 어깨에 손을 얹고 낮은 목소리로 말했다.

"니콜라, 다시 한 번 말하지만, 자네는 너무 젊어. 사실을 말하자면, 루이즈는 위험한 여자일세. 조심해야 하네."

"그게 제 질문에 대한 대답입니까?"

"대답을 하자면, 그녀와 한 번 관계를 가진 적이 있네."

"라르뎅도 알고 있습니까?"

"그건 모르겠네. 하지만 데카르가 우리를 본 적은 있네."

"얼마나 된 일입니까?"

"일 년 정도."

"왜 데카르가 말하지 않았을까요?"

"왜냐하면, 데카르도 나와 같은 상황이니까. 데카르가 나를 비난하게 되면, 그 화살은 자기 자신에게로 돌아갈 테니까."

"루이즈와 데카르의 관계에 대해 누가 알고 있습니까?"

"카트린에게 물어보게. 카트린은 다 알고 있으니까. 그리고 카트린이 안다는 것은 마리도 알고 있다는 이야기가 되지. 카트린은 마리에게 아무것도 숨기지 않으니까."

니콜라는 밝게 웃으며 세마귀에게 악수를 청했다.

"우리는 항상 친구지요?"

"물론이네. 자네가 이 사건을 해결하기를 나보다 더 바라는 사람은 없을 걸세. 그리고 제발 불쌍한 생—루이 찾는 것을 잊지 말아주게."

니콜라는 새로 알게 된 사실들로 머릿속이 복잡해져서 사무실로 돌아왔다. 하지만 세마귀와 불편했던 느낌이 없어져서 마음이 가벼웠다. 무언가 눈에 보이는 결과가 나올 때까지 사르틴에게 보고하는 것을 미루기로 마음먹었다. 니콜라는 사르틴에게 핀잔 들은 것 때문에 계속 꽁한 마음이 있었다.

부르도가 니콜라를 기다리고 있었다. 뭔가 분주한 모양새가 심상치 않았다. 야간 순찰대의 보고서가 부르도의 시선을 끌었던 것이다. 수프 장수를 하는 에밀리라는 여자가 2월 3일 토요일 새벽 6시경에 순찰대에게 잡혔었다. 탕플 지역 경찰서에 데리고 가서 심문을 했는데, 이 노파가 하는 이야기가 말도 안 되는 소리라서 꾸며낸 이야기라고 생각하고 형식적으로 조사를 했고, 에밀리는 풀려났다. 그래서 부르도가 다시 조사해 보았다. 그 노파는 경찰 쪽에 잘 알려진 여자였다. 옛날에 술집에서 일했는데 나이 먹고 방탕한 생활 속에서 보내다 형편없는 상태로 전락해서 길거리에서 사는 여자로 자잘한 경범죄로 경찰서에 들락거리는 노파였다. 부르도는 당장 마차를 타고 가서 에밀리를 만나, 샤틀레 법원으로 데리고 와서 심문을 했다. 부르도는 니콜라에게 자신의 보고서를 내밀었다.

1761년 2월 7일 화요일.

샤틀레 법원의 형사 피에르 부르도는 일명 '늙은 에밀리'라고 불리는, 쟌느 위팽을 취조함. 수프 장수이며, 다른 곳에 거주함.

피의자는 다음과 같이 말했다.

[오, 하나님, 이게 무슨 일인지, 제가 죄가 많아서 이렇게 된 거예요.]

그녀의 집에서 발견된 썩은 고기들을 불법적으로 훔치러 몽포콩의 짐승 시체 처리장에 갔었는지 질문했다.

이 질문에 대해 피의자는 얼마간의 음식을 얻으려고 몽포콩에 갔다고 대답했다.

그녀가 파는 수프에 그 고기들을 사용하려는 의도였는지 질문했다.

자신이 직접 먹기 위해 그런 것이고, 너무나 가난해서 그렇게 할 수밖에 없었다고 대답했다.

그녀는 자신의 처지를 고려해 준다고 약속하면 밝힐 것이 있다고 말했다.

자신의 잘못을 용서받기 위해서가 아니라, 기독교인으로서 해야 할 행동이고 비밀을 가지고 있는 것이 양심에 걸리기 때문이라고 말했다.

그녀가 죽은 짐승의 고기를 자르고 있을 때 말울음 소리를 들었고, 두 명의 남자가 다가오는 것을 보았다. 그녀는 순찰대라고 생각하고 겁이 나서 숨었다. 두 명의 남자는 횃불을 들고 있었고, 커다란 통에서 피로 얼룩진, 그리고 옷이 입혀진 무언가를 쏟아버렸다. 그녀는 또한 무언가가 부서지는 소리를 들었고, 뭔가를 태우는 것을 보았다고 말했다.

태운 것이 무엇인지 아느냐고 질문했다.

그녀는 너무나 무서웠고, 두려움 때문에 아무것도 분간할 수가 없었다고 대답했다. 그녀는 기절했다가 차가운 공기에 정신을 차리고는, 거기에 모여 있던 개 떼들에게 들킬까 봐 아무것도 쳐다보지 않고 도망쳤다. 그녀는 성곽을 넘다가 야간 순찰대에게 붙잡혀서 심문을 받았다고 대답했다.

부르도는 이 사건을 조사하기 위해 즉시 몽포콩으로 가자고 했다. 늙은 에밀리를 데리고 가서 그녀의 말이 맞는지 확인해야 한다고 했다. 만약 그녀의 말이 확인된다면 라르뎅이 사라진 밤에 무언가 피비린내 나는 일이 벌어졌다는 이야기가 되는 셈이다. 하지만 니콜라는 그 의견에 반대했다. 파리에서는 밤중에 온갖 일들이 벌어지는데, 라르뎅 사건과 이 일이 관계가 있다고 할 만한 근거가 없다고 생각했다. 그렇지만 부르도와 함께 가기로 했다.

에밀리는 샤틀레 법원의 감옥에서 풀려났지만, 자신이 어디로 가는지는 몰랐다. 에밀리가 자신을 방어할 틈을 주지 않기 위해 알려주지 않는 편이 낫다고 생각했다. 에밀리는 부르도의 옆에 앉았다. 맞은편에 앉은 니콜라는 여유있게 에밀리를 관찰할 수 있었다. 니콜라는 화려했던 과거의 보잘것없는 흔적이 이보다 더 초라한 경우를 본 적이 없었다. 노파는 누더기를 덕지덕지 껴입고 있었다. 불쌍한 노파는 사람들이 그 누더기를 뺏어갈까 봐 두려웠던 걸까, 아니면 추워서 그렇게 껴입은 걸까? 겹쳐 입은 더러운 옷들은 마치 둘둘 말아서 포장해 놓은 커다란 외투 같았다. 과거에 화려했던 시절의 유물인 금사와 은사로 수놓은 천, 인조보석이 박힌 천, 누렇게 변한 레이스 조각 같은 고급 천들이 여기저기 삐죽삐죽 보였다. 그녀의 모든 지난 시절이 층층이 겹쳐 입은 누더기 사이로 보였다. 찌그러진 모자를 리본으로 둘러 맨 얼굴은 작고 부어 있었다. 그녀는 불안감 때문에 회색 눈동자를 끊임없이 이리저리 굴리고 있었는데, 그녀의 시커먼 눈 화장은 어린 시절 숯으로 그렸던 수염을 떠오르게 했다. 형태가 뒤틀린 입은 반쯤 벌어져 있어서 부러진 이빨들과 분홍색 혀가 보였다.

심각하게 바라보고 있는 니콜라의 시선을 느끼며 늙은 에밀리는 호기심을 보였다. 그녀는 습관적으로 니콜라에게 눈웃음을 치며 추파를 던졌고, 니콜라는 귀밑까지 얼굴이 빨개졌다. 그녀의 행동에 니콜라는 기가 막혔다. 에밀리는 곧바로 자신이 상대를 잘못 골랐다는 것을 눈치채고, 다시 불쌍한 표정을 지으며 늙은 노파의 태도로 돌아갔다. 그리고는 옛날에는 값나가는 물건이었을, 초록색 새틴으로 된 작은 핸드백을 뒤적거려서 자신의 보물

들을 무릎 위에 하나씩 꺼내놓았다. 검은 빵 한 덩어리, 옥으로
된 부러진 부채, 뿔로 된 작은 칼, 놋쇠로 된 연지통, 깨진 거울
이었다. 더러운 손가락으로 붉은 연지를 약간 찍어서 거울을 들
여다보며 뺨에 바르기 시작했다. 그녀는 조금씩 자신이 했던 익
숙한 동작을 되찾았다. 눈을 깜박거려 보고, 화장이 잘됐는지 얼
굴 전체를 살펴보기 위해 거울을 조금 멀리 보며, 입술을 오므려
보고, 웃어보고, 이마의 주름을 펴보려고 애썼다. 니콜라는 자신
의 맞은편에 앉은 늙고 추한 노파가 조금씩 젊고 매력적인 아가
씨로, 40년 전에 매일 밤 오를레앙공을 모셨던 그 시절의 모습으
로 변해가는 것 같은 착각이 들었다. 니콜라는 마음이 짠해져서
시선을 돌렸다.

　일행은 성벽을 지났고, 얼마 전부터 마차 유리창으로 풍경을
내다보던 늙은 에밀리는 자신이 어디로 가는지 알게 되었다. 그
녀는 불안이 가득한 처량한 시선으로 부르도와 니콜라를 차례로
쳐다보았다. 니콜라는 유리창의 커튼을 내리지 않은 것을 곧 후
회했다. 그리고 앞으로는 이런 종류의 작은 디테일에 더 신경을
써야겠다고 다짐했다. 그는 이런 식으로 실전을 통해서 자기 스
스로의 원칙을 만들어 나갔고 형사라는 직업에 필요한, 책에 쓰
여 있지 않은 규칙들을 매일매일 머릿속에 차곡차곡 쌓아갔다.
그는 자신의 감수성, 관찰력, 풍부한 상상력, 그리고 예상치 못한
반응처럼 보이지만 나중에 그 행동의 이유를 알게 되는 순발력
등을 통해 발전해 가고 있었다. 그는 자기 자신에게 때로는 모욕
을 주기도 하고, 때로는 칭찬을 해주기도 했다. 또한 경험에 근거

한 부드러운 방법을 통해서 진실을 알 수 있게 된다는 것도 깨달았다.

마차가 멈추었다. 부르도는 몰려든 일꾼들과 이야기를 하기 위해 마차에서 내렸다. 가까운 언덕 위에는 말을 탄 사람 하나가 까마귀들이 가득 앉아 있는 커다란 전나무 근처에서 이쪽을 쳐다보고 있었다. 니콜라는 주변 상황을 기억 속에 입력해 두면서, 에밀리가 마차에서 내리도록 도와주었다. 그녀의 손은 땀으로 젖어 있었고 열이 나고 있었다. 그녀는 간신히 몸을 지탱하고 있었고, 완전히 공포에 사로잡혀 있었다.

"오, 하나님, 저는…… 저는 못 가겠어요."

"자, 기운을 내세요. 우리가 함께 있지 않습니까. 두려워할 것 없어요. 아주머니가 숨어 있었던 곳이 어디인지 가르쳐 주세요."

"하나도 모르겠어요. 눈이 너무 와서…… 모르겠어요, 나리."

하늘은 맑게 개어 있었다. 하지만 파리 시내보다 훨씬 더 추웠다. 발밑에서 눈이 뽀드득 소리를 냈다. 그들은 방향을 분간할 수 없는 상태에서 앞으로 갔고, 작은 언덕 위에 도착했다. 부르도는 시체 처리장의 일꾼 하나에게 물었다.

"이 뼈다귀들은 언제부터 여기 있었나?"

"적어도 4일은 됩니다. 사육제 축제 때문에 토요일과 일요일에 일을 안 했으니까요. 게다가 그사이에 모두 얼어버렸어요. 죽은 짐승들을 치우려면 녹을 때까지 기다려야 됩니다."

늙은 에밀리가 손을 들더니 한곳을 가리켰다. 부르도가 눈을 치우자 말의 몸뚱이가 나타났다. 넓적다리 한쪽이 잘려져 있었다.

"이것입니까? 그런데 아주머니, 칼은 어떻게 했습니까?"

"모르겠어요."

부르도는 바닥에 무릎을 꿇고 계속 눈을 헤쳤다. 푸르스름한 빛이 눈 속에서 번쩍였다. 부르도는 눈 속에서 커다란 식칼을 주워 들었다.

"이것, 혹시 아주머니 것 아닙니까?"

에밀리는 얼른 칼을 잡더니 소중한 물건처럼 끌어안았다.

"맞아요, 맞아요. 제 칼이에요."

부르도는 에밀리에게서 칼을 다시 빼내기 위해 그녀를 밀쳐 내야만 했다.

"당분간 이 칼을 압수하겠습니다."

니콜라가 둘 사이에 끼어들었다.

"안심하십시오, 다시 돌려 드릴 겁니다. 그때 어디 있었는지 말씀해 보세요."

니콜라의 침착한 목소리에 에밀리는 흥분을 가라앉혔다. 그리고는 마치 자동인형처럼 땅바닥에 엎드리더니, 얼마간 떨어져 있는 벽돌 건물 쪽을 뚫어지게 쳐다보았다.

"저기로군."

니콜라는 그녀를 일으켜 세워서 눈을 털어주며 조용히 중얼거렸다.

"무서워하지 마세요. 부르도 형사와 나, 둘만 가겠습니다. 아주머니는 여기서 우릴 기다리세요."

두 사람은 곧바로 눈으로 덮인 여러 개의 작은 덩어리들에 부딪혔다. 니콜라는 멈추어서 생각한 후에 부르도에게 눈을 치울 도구를 구해오라고 부탁했다. 분명히, 동물의 뼈는 아니었다. 니콜라는 부르도를 기다리는 동안, 덩어리들 중의 하나를 파보았다. 그의 손가락이 뭔가 딱딱한, 여러 조각으로 된, 마치 커다란 갈퀴의 이빨 같은 것에 닿았다. 그는 간신히 그것을 손으로 움켜쥐고 힘차게 잡아당겼다. 무언가 묵직한 것이 언 땅에서 빠져나왔다. 니콜라는 자기가 꺼낸 것을 보고 경악했다. 자신이 꺼낸 것이 사람의 뼈라는 것을, 갈비뼈의 잔해라는 것을 금방 알 수 있었기 때문이다. 부르도가 빗자루를 구해서 왔을 때, 니콜라는 하얗게 질려서 정신없이 흰 눈으로 손을 문지르고 있었다.

부르도는 곧바로 아직 경험이 없는 젊은 니콜라의 반응을 이해했다. 부르도는 말없이 조심스럽게 주변을 치우고, 지푸라기가 섞여 있는 인간의 뼛조각들을 찾아냈다. 살은 거의 모두 없어지고, 시커멓게 된 얼어붙은 몇 개의 옷 조각들만 남아 있는 뼈들이었다.

그들은 뼈들을 차례대로 땅바닥에 펼쳐 놓고 조금씩 몸뚱이의 형상을 만들어 나갔다. 쥐와 들짐승들이 얼마나 달려들어서 살을 뜯어먹었는지 해골의 상태는 처참했다. 해부학 전문가가 아니라도 여러 개의 뼈가 모자라다는 것을 금방 알 수 있었다. 하지만 머리는 있었다. 턱은 부서져 있었다. 니콜라가 처음에 뼈를 발견한 곳 근처에서 옷을 찾아냈다. 가죽 윗도리와 찢어지고 거무스름하게 피에 젖은 셔츠였다.

결국 니콜라가 걱정하던 일이 현실로 구체화되었다. 라르뎅의 지팡이가 나왔다. 은으로 된 둥근 손잡이 윗부분에 특이한 문양이 새겨져 있고, 자루 부분은 뱀 같은 것이 칭칭 감겨 있는 라르뎅의 지팡이였다. 부르도 역시 고개를 끄덕였다. 그도 같은 생각이었다. 다른 단서들이 계속 나왔다. 회색 바지, 뭔가 거무스름한 것이 묻어서 끈적끈적한 양말, 고리 부분이 떨어져 나간 구두가 나왔다. 니콜라는 자신들이 찾아낸 모든 물건들을 한데 모아서 나중에 좀 더 세밀한 검사를 해야겠다고 결정했다. 니콜라는 다시 한 번 부르도에게 뼈와 옷가지들을 주워 담을 수 있는 것을 찾아오라고 시켰다. 부르도는 곧바로 버드나무 가지로 만든 트렁크를 시체 처리장 인부에게서 사왔다. 그 인부가 작업용 앞치마와 도구들을 넣어두던 트렁크였다. 뼈들을 조심스럽게 옷으로 싸서 트렁크 안에 담았다.

그런데 니콜라는 땅에 쭈그리고 앉아서, 거의 땅바닥에 코를 박은 채로 무언가를 찾고 있었다. 그러더니 갑자기 부르도에게 종이를 달라고 해서 그 주변에 여기저기 널려 있는 작은 웅덩이들의 모형을 종이에 떴다. 그 패인 자국들은 눈으로 덮여서 얼기 전에 진흙 속에 찍혀졌던 것들이다. 니콜라는 아무런 말도 하지 않았다. 그는 자신이 추리하고 있는 것들을 다른 사람에게 알리고 싶지 않았다. 부르도에게도 마찬가지였다. 부르도를 믿지 못해서가 아니라, 부하 앞에서 상관이 얼마간의 비밀을 가지는 것도 나쁘지 않은 일이기 때문이었다. 니콜라는 자신의 이런 조심성을 약간 후회하기는 했지만, 자신의 생각이 아직 불확실한 상태이고 자신이 관찰한 것을 설명할 수 없기 때문에 가능한 침묵을 지키는 것이 더 낫다고 생각했다.

부르도의 궁금해하는 시선에, 니콜라는 아무것도 아니라는 제스처를 했다. 두 사람은 트렁크를 옮겼다. 그들은 뒤에 떨어져서, 넋이 나간 얼굴로 그들을 보고 있던 에밀리를 깜빡 잊어버렸다. 니콜라는 그녀의 팔을 부축해서 마차로 데리고 갔다. 에밀리는 무서워서 울고 있었고, 눈물에 화장이 다 지워져서 줄줄 흘러내려 얼굴이 보기 괴로울 지경으로 변했다. 니콜라는 손수건을 꺼내 친절하게 그녀의 뺨을 타고 흐르는 빨갛고 까만 눈물들을 닦아주었다.

돌아오는 길에는 모두가 침울했다. 니콜라는 생각에 잠겨서 말이 없었다. 파리 성문을 넘을 때쯤엔 날이 어두워졌다. 니콜라가 갑자기 마부에게 옆길로 들어가서 횃불을 끄라고 명령했다. 그리고는 그들이 온 길로 말을 타고 달려가는 사람을 보기 위해 재빨리 밖으로 몸을 던졌다. 몽포콩의 시체 처리장에 도착했을 때, 그들을 지켜보았던 그 사람이었다.

샤틀레 법원에 도착하자 니콜라는 라르뎅 반장의 유골로 추정되는 뼈들을 지하 감옥에 안전하게 보관했다. 또한 자신이 다시 한 번 심문하기 위해 에밀리를 특별 감방에 수감시키고 더운 음식을 가져다주라고 명령했다. 그리고는 당직실에 들어가서 사르틴에게 보낼 보고서를 쓰기 시작했다. 데카르의 집을 방문한 일, 몽포콩에서 발견한 것들, 그러나 세마귀와 나눈 이야기들은 쓰지 않았다. 발견한 유골들이 라르뎅 반장의 것인지 확인해 보기 위해 수사를 진행하겠다고 보고서를 끝맺었다.

5장 타 나 토 스

니콜라는 블랑—망토 거리에 있는 라르뎅의 집으로 늦은 시각에 돌아왔다. 집은 조용했다. 니콜라는 카트린이 평소처럼 화덕 위에 먹다 남은 음식을 남겨두었기를 바랐다. 그런데 식탁 위에 사과주 한 병과 음식이 담긴 그릇이 차려져 있었다. 생소한 야채들로 만든 스튜였다. 카트린이 이탈리아와 독일의 전쟁터를 돌아다니며 발견한 뿌리 식물인데 집 뒤의 정원에 심어서 키운 야채들이었다. 이 스튜의 냄새가 부엌 전체에 퍼져 있었다. 그는 식탁 앞에 앉아 사과주를 한 잔 따랐다. 파슬리와 파가 뿌려진 야채 스튜를 보자 입안에 침이 고였다. 카트린은 이 맛있는 스튜의 요리법을 니콜라에게 가르쳐 주었었다. 우선 감자를 모가 나지 않게 잘 깎아야 한다. 그리고는 비계를 작게 썰어서 집어넣고 국물을 충분히 우려낸 다음에 꺼내야 한다. 기름을 뜨겁게 녹인 다음에 감자를 넣고 백리향과 껍질을 벗기지 않은 마늘 몇 쪽을 넣고 천천히 노릇노릇해지도록 익혀야 한다. 그렇게 해서 야채들의 표면이 바삭바삭해지도록 한다. 계속 끓이면서 속까지 익으면, 밀가루 한 스푼을 넣고 숟가락으로 힘차게 저어준다. 몇 분 후에 부르고뉴 포도주 반병을 넣는다. 그리고 소금, 후추를 넣고 30분 정도 약한 불에 더 끓인다. 스튜의 국물은 진하고, 부드럽고, 반짝반짝 윤이 나며, 무겁지도 가볍지도 않은 상태가 된다. 노랗게 익은 감자의 표면은 바삭하고 향기롭고, 입안에서 살살 녹는다. 카트린은 오직 사랑하는 마음만이 좋은 요리를 만들 수 있다고 했다.

니콜라의 접시가 기우뚱했다. 접시 밑에 종이가 숨겨져 있는 것을 발견했다. 종이에는 카트린의 어린아이 같은, 알아보기 힘든 글씨가 적혀 있었다. 내용은 짧았다.

화냥년이 나에게 욕을 했어.
내일 모든 것을 다 말해 버릴 거야.

니콜라는 얼른 식사를 끝냈다. 무슨 일인지 물어보기 위해 당장 카트린을 찾아갈 수는 없었다. 카트린은 라르뎅의 집에서 약간 떨어진 곳에 방 하나를 얻어서 살고 있었다. 니콜라는 자신이 라르뎅의 집에 머문 지 일 년이 넘었음에도 불구하고 카트린이 어디 살고 있는지 알지 못한다는 것을 깨달았다. 니콜라가

계단을 올라가는데, 갑자기 계단참에서 마리가 나타나 니콜라를
계단 위쪽으로 잡아끌었다. 마리는 니콜라에게 바짝 붙어 있어
서, 그녀의 향수 냄새를 맡을 수 있을 정도였다. 그녀의 뺨이 니
콜라의 뺨을 스치면서 니콜라는 마리가 울고 있다는 것을 알았
다.

"니콜라, 어떻게 해야 좋을지 모르겠어요. 루이즈는 정말 쳐다
보기도 싫어요. 카트린이 루이즈에게 이해할 수 없는 무서운 말
들을 했어요. 둘이 한바탕 싸웠고, 루이즈가 카트린을 내쫓았어
요. 카트린은 저에게 어머니와 같은 존재예요. 아버지는 어디 계
신가요? 무슨 소식이 있나요?"

마리는 니콜라의 옷을 붙잡고 매달렸다. 그녀를 진정시키기 위
해 머리를 쓰다듬어 주고 있는데, 무언가 소리가 나서 두 사람은
소스라치게 놀랐다. 마리는 얼른 니콜라에게서 떨어지더니 그를
계단 위쪽으로 밀어버리고 자신은 벽에 바짝 몸을 붙였다. 불을
든 그림자 하나가 계단참에서 서성이더니 사라졌다.

"안녕, 니콜라."

마리가 조그맣게 속삭였다.

그녀는 새처럼 가볍게 자신의 방으로 도망쳤고, 니콜라는 지
붕 밑 방으로 돌아왔다. 다음에 마리와 충분히 이야기를 나누어
봐야겠다고 마음먹었다. 일반적으로 근심거리가 있으면 니콜라
는 잠이 잘 오지 않는다. 그런데 오늘 저녁은 근심거리가 여러
가지여서 어느 하나만 생각할 수가 없었고, 곧바로 깊은 잠에 빠
졌다.

1761년 2월 7일 수요일

니콜라는 이른 아침 집에서 나왔다. 집은 이상하리만치 조용했다. 어젯밤에 있었던 일은 나중에 알아보기로 하고, 조사를 빨리 시작하고 싶어서 샤틀레 법원으로 서둘러 갔다. 그는 몽포콩에서 발견한 유골들을 지하 감옥 옆에 있는 작은 방에 보관하도록 했다. 그 방은 시체 공시장에 시체를 찾으러 오는 사람들이 보기에 너무 잔혹한 일이나, 혹은 정의롭지 못한 일들을 할 때 숨기기 위해 쓰는 방이었다. 니콜라와 부르도 외에는 절대 문을 열어주지 말라는 명령도 내려두었다.

그런 명령을 해둔 것은 잘한 일이었다. 왜냐하면 어젯밤 늦게 당직자에게 어떤 남자가 찾아왔다는 것이다. 그 남자는 감옥을 조사하라는 까뮈조 반장의 지시를 가지고 왔었다고 한다. 그는 당직 형사와 싸우고, 당직 형사를 위협하기도 했지만, 유골들이 있는 방에 들어가지는 못했다는 것이다. 이 일로 니콜라는 자신이 감시당하고 있다는 생각을 더 굳히게 되었다. 감시는 사르틴이 이 사건을 자신에게 맡긴 순간부터 죽 계속되고 있었다. 어젯밤 감옥에 찾아온 남자는 분명히 몽포콩에서 자신과 부르도를 멀리서 지켜보던 그 기사일 것이다. 첫 번째로 든 생각은, 까뮈조 반장의 오른팔인 모발일 것이라는 추측이다. 만약 그것이 아니라면, 사르틴이 이 사건을 감시하기 위해 이중으로 만든 감시자일 가능성도 배제할 수 없었다.

니콜라는 사르틴이 자신에게 모든 것을 솔직하게 말하지 않았다는 생각이 계속 들었다. 사르틴을 이해할 수도 있었다. 그러나 이런 불안감이 드는 것과 자신의 존재감이 적다는 것은 어쩔 수 없는 사실이었다. 사르틴이 니콜라에게 말할 수 없는 일들이 있을 것이다. 국가적인 차원의 기밀사항이기 때문일 수 있고, 최악의 경우 니콜라는 그저 높은 양반들의 정치 게임에 이용되는 장난감에 불과할 수도 있다. 적을 속이기 위해 장기판의 이쪽 끝에서 저쪽 끝으로 옮기는 말에 불과한 것이다. 사르틴은 그에게 일을 맡겼지만, 조사에 대해서는 별로 관여하지 않았다.

한 번 생각의 고삐가 풀리자, 모든 것이 의심스러웠다. 아무것도 상상하지 않고 기다리고, 그리고 두려움 없이 기대하는 것이 너무나 힘들었다. 니콜라는 자신이 배워야 할 것이 아직 많다는 생각이 들었다. 그러나 자신만의 무기를 가지고 늑대 소굴에서 살아남겠다는 각오를 다졌다.

니콜라는 그런 결심을 하니 힘이 생기는 것 같았다. 부르도의 충고에 따라 유골들의 검사를 취조실에서 하기로 했다. 그 방은 형사 재판소의 기록 보관실 옆에 붙어 있는 방이었다. 고딕 스타일의 어두운 방으로 좁은 창문에서 들어오는 빛이 겨우 실내를 밝히는 곳이었다. 안에서 나는 소리가 밖에서 들리지 않도록 견고한 문이 있고, 안에서 벌어지는 잔혹한 장면들을 외부에서 보지 못하도록 되어 있는 방이었다. 여러 개의 견고한 전나무 테이블, 안락의자, 등받이가 없는 의자들이 있었다. 벽을 따라서 정성스럽게 진열되어 있는 고문 도구들이 눈길을 끌었다. 받침대, 나무판, 인두, 크기가 다른 여러 종류의 망치, 집게, 핀셋, 양동이, 깔때기, 가죽띠, 몽둥이, 칼, 도끼, 취조할 때 사용되는 모든 끔찍한 도구들이 거기 있었다. 니콜라는 그 도구들을 보며 소름이 끼쳤다. 더욱이 성실한 농부가 하루의 일과를 마친 뒤에 자신의 도구들을 정리해 놓은 것처럼 잘 정돈되어 있는 고문 도구들은 더 섬뜩했다.

부르도와 샤틀레 법원의 그날 당번인 내과의사 부이요, 그의 조수인 외과의사 소베가 니콜라를 기다리고 있었다. 부르도가 그들을 새벽부터 호출한 것이다. 두 명의 의사는 자신들의 일상적인 규칙에서 벗어나는 호출에 마지못해 끌려와 있었다. 그들은 짜증이 나 있었고, 니콜라를 무시했다. 니콜라는 곧바로 자신의 권위를 먼저 보여주는 것이 필요하다는 생각이 들었다. 필요없는 말을 하지 말아야 했다. 두 명의 의사를 똑바로 쳐다보며 주머니에서 파리 치안감독관의 위임장을 꺼내 보여주었다. 그들은 불만 가득한 표정으로 그것을 훑어보았다.

"두 분의 도움이 필요해서 오시도록 했습니다. 먼저 밝혀둘 것은, 여러분의 소견은 어떠한 경우에도 누설되어서는 안 됩니다. 검사 결과는 파리 치안감독관님에게만 보고될 것이고, 치안감독관님은 여러분의 신중함을 기대하십니다. 제 말을 이해하셨습니까?"

두 의사는 조용히 고개를 끄덕였다.

"여러분에게는 사례금이 지급될 것입니다."

니콜라의 말에 두 의사의 경직된 분위기가 누그러졌다.

"이것이, 어제 오후에 몽포콩에서 발견한 것입니다. 여러 겹의 눈으로 덮여 있었던 것입니다. 여러분이 보시는 옷들은 뼈를 덮고 있지는 않았습니다. 우리는 몇 가지의 이유로 이 뼈들이 지난 금요일에서 토요일로 넘어가는 밤에 살해된 한 남자의 것이라고 생각하고 있습니다. 우선 옷들의 목록을 작성하고, 그다음에 유골들에 대한 여러분의 의견을 듣겠습니다."

모두가 큰 테이블로 모였다. 부이요와 소베는 악취에 기겁을 하며 커다란 손수건을 꺼내 들었다. 니콜라도 손수건을 꺼내고 싶었지만, 옷을 검사해야 하는 사람이 자신이라 할 수 없이 숨을 참았다.

"바지는 찢어져 있고, 검은 얼룩들이 묻어 있습니다. 셔츠도 마찬가지이고, 한 켤레의 검은 양말과 검은색 가죽 윗도리가……."

갑자기 떠오른 생각이 있어서, 니콜라는 보이지 않게 옷 주머니를 뒤졌다. 오른쪽 주머니에서 종잇조각과 금속으로 된 물건이 손에 잡혔다. 그것들을 조사해 봐야 되지만, 우선은 손에 감추었다. 그리고는 옷의 목록 작성을 계속해 나갔다.

"한 켤레의 가죽 구두가 있습니다. 같은 짝인 것으로 보입니다. 신발의 버클은 떨어졌습니다. 머리 부분이 은장식으로 된 나무 지팡이가 있습니다. 자, 선생님들의 생각을 들어보고 싶습니다."

부이요는 머뭇거리다가 소베가 격려하는 눈짓을 하자, 두 손을 모으고 눈을 감은 채 말했다.

"사람의 뼈, 좀 더 정확히 말하자면 인간의 시체라고 생각됩니다."

니콜라는 기가 막혀서 조롱의 눈빛으로 그들을 쳐다보았다.

"여러분의 가정이 제 생각과 일치해서 무척 기쁩니다. 그러면 좀 더 자세히 들어가 볼까요. 중요한 사실은 나왔고, 세부적인 것에 대해서 말씀해 보시지요. 예를 들면, 머리에 대해서 어떻게 생각하십니까? 두개골의 윗부분은 훼손되지 않았고, 반질거리면서, 머리카락의 흔적이 없는데……."

니콜라는 코와 입을 막고, 테이블에 몸을 숙여 두개골 맨 윗부분의 한곳을 가리켰다. 검은색의 얼룩이 모여 있었다.

"여러분은 이것이 무엇이라고 생각하십니까?"

"피가 응고된 겁니다. 분명합니다."

"턱은 깨진 것 같습니다. 뼈에 붙어 있던 어금니 빼고는 이빨이 발견되지 않았습니다. 머리는 몸통과 분리되어 있고요. 몸통의 경우는, 마치 껍질이 벗겨진 것처럼 보이는데, 왜 이런 모양일까요?"

"썩어서 그런 겁니다."

"이것이 여성인지 남성인지 말씀해 주실 수 있겠습니까? 특히, 언제 사망했는지?"

"그것은 말씀드리기 어렵습니다. 눈에 덮여 있었다고 말씀하시지 않았습니까? 분명히 얼어 있었을 겁니다."

"그러면 어떤 결론을 내리시겠습니까?"

"우리들은 통상적인 규칙에서 벗어나는 이런 일에 참여하고 싶지 않습니다."

"여러분들은 이런 범죄를 아무렇지 않게 생각하신다는 건가요?"

"지금 르 플록 씨께서 우리에게 강요하는 상황들은 비정상적인 것들입니다. 비밀이니, 침묵이니 그런 말씀 하시는데, 우리하고는 상관없는 일입니다. 한마디로 말하자면, 이것은 얼어서 썩은 시체입니다. 게다가 이런 경우는 특별한 경우도 아닙니다. 매년 지하 감옥의 시체 안치실에는 의과 대학생들이 해부학 실습을 한 후에 세느 강에 던져 버려서 떠내려온 시체들이 즐비합니다."

"그러면 옷과 피는 어떻게 설명하시겠습니까?"

"시체를 훔쳐서 쓰고, 몽포콩에 버린 거죠."

외과의사는 동료의 말에 계속 고개를 끄덕이며 동의한다는 표시를 했다.

"여러분의 도움에 감사드립니다. 여러분의 헌신적인 참여에 대해 치안감독관님께 말씀드리겠습니다."

"우리는 치안감독관님 밑에서 일하는 사람들이 아닙니다. 사례금이나 잊지 마십시오."

두 명의 의사는 마땅치 않다는 표정으로 방을 나갔다. 부르도는 의사들에게 길을 비켜주느라고 뒤로 물러섰다. 니콜라는 한숨을 내쉬었다.

"부르도 형사님, 우리만 남았군요. 이 시체가 누구인지 어떻게 알아낼 수 있을까요?"

"제가 도와드려도 될까요?"

니콜라와 부르도는 방의 안쪽 어두운 곳에서 들려오는 부드러운 목소리에 깜짝 놀라서 뒤돌아보았다.

"놀라게 해드려서 정말 송구합니다. 저는 여러분들이 오시기 전부터 이 방에 있었습니다. 하지만 조심스러워서 나서지 못했습니다. 아시는 것처럼, 저는 어둠 속에서 사는 존재니까요."

목소리의 주인공이 어둠 속에서 나왔다. 창문으로 들어오는 빛에 그 사람의 모습이 보였다. 보통 키에, 체격이 좋은, 20살 정도의 젊은 청년이었다. 잘생긴 얼굴이었고, 순수한 눈빛을 가지고 있었다. 하얀색 가발을 쓰고 있었지만 늙어 보이지 않았다. 흑옥으로 된 단추가 달린 적갈색 양복을 입고 있었고, 검정색 조끼와 바지를 입고 있었다. 양말과 구두도 검정색이었다. 반짝거리는 구두 위에 빛이 반사됐다.

부르도는 니콜라에게 다가와 귓속말을 했다.

"저 사람은 일명 '므슈 드 파리'라고 불리는, 사형집행인입니다."

"제가 누군지는 아실 겁니다. 제 이름은 샤를르 앙리 상송입니다. 법정 최고형을 집행하는 사람입니다. 여러분이 누구인지 말씀하실 필요 없습니다. 이미 오래전부터 르 플록 씨를 알고 있었고, 부르도 형사님도 마찬가지입니다."

니콜라는 한 발 앞으로 나가 악수를 청하기 위해 손을 내밀었다. 그 젊은 청년은 움찔 놀라며 뒤로 물러섰다.

"영광입니다만, 제 천한 직업 때문에 사람들은 저와 악수하지 않습니다."

"거절하지 마십시오."

두 사람은 악수를 했다. 니콜라는 사형집행인의 손이 떨리는 것을 느꼈다. 악수를 청한 니콜라의 반응은 본능적인 것이었다. 니콜라는 자신과 같은 또래의 청년에게서 친근감을 느꼈다. 물론 그가 잔인한 직업을 가지고 있지만, 자신과 마찬가지로 폐하와 나라를 위해 일하는 사람이었다.

"제가 여러분께 도움이 될 수 있을 거라고 생각합니다. 여러분께서도 잘 아시는 것처럼, 저희 집안에서는 직업적인 이유로 인체에 대해 많은 연구를 해왔습니다. 저희들은 경우에 따라서 치료를 하기도 하고, 탈구된 뼈를 다시 맞추기도 합니다. 저는 아주 끔찍한 경험을 한 적이 있는데, 그 사형 집행은 여러 시간이 걸렸었고 랭스의 사형집행인이자 제 삼촌인 질베르는 그 일로 이 직업을 그만두어야만 했습니다. 그때 인체에 대한 지식의 필요성을 절감했었습니다."

상송은 서글픈 미소를 띠며 말했다.

"사람들은 사형집행인에 대해 이상한 생각들을 가지고 있습니다. 그렇지만 우리는 다른 사람과 똑같은 사람입니다. 자신의 직업에 따라 막중한 임무를 수행해야 하고, 한 치의 오차도 없이 그 일을 수행해야 되는 사람들입니다."

"그 끔찍한 경험이란 무엇입니까?"

"1757년에 있었던 국왕 시해 사건의 범인 다미엥의 사형 집행이었습니다."

니콜라는 어린 시절 판화에서 보았던 형벌받는 장면이 떠올랐다.

"왜 그 처형이 다른 경우와 달랐었나요?"

"그 경우는 전하의 몸에 손을 댄 사람을 처벌하는 일이었으니까요. 범인은 특별한 형벌을 받아야 했습니다. 저와 삼촌은 관습대로 사형집행인의 옷을 입고 있었습니다. 파란색 바지, 그리고 빨강색 바탕에 교수대와 사다리가 검정색으로 수놓아진 윗도리를 입었습니다. 그리고 옆구리에 칼을 차고 있었지요. 15명의 조수들과 시종들은 가죽으로 된 앞치마를 두르고 있었습니다."

상송은 잠시 말을 멈추었다. 오래된 기억이 다시 되살아나기를 기다리는 것 같았다.

"다미엥은, 하나님께서 그를 불쌍히 여기시기를……. 그는 많은 고통을 당했어요. 자살을 시도했을 뿐 아니라, 사형 집행 전에 바로 이 방에서 일반 심문과 특별 심문을 받았습니다. 사람들은 그가 공범을 발설하기 바랐지만, 공범이 없었어요. 그는 계속 똑같은 말을 반복했습니다. '나는 폐하를 시해할 생각이 없었다. 그럴 생각이었다면 죽였을 거다. 나는 단지 하나님이 폐하를 움직여서 폐하가 정신 차리고 모든 것을 제자리에 돌려놓고, 나라를 평안하게 다스리기 바라고 폐하를 한 대 친 것뿐이다.' 다미엥은 전혀 다른 암시를 하지 않았습니다. 이미 다미엥의 위는 물로 가득 차서 팽창되어 있었고, 형틀에 조여서 발목은 부서지고,

가슴과 사지는 불에 달군 쇠로 지져서 타버린 상태였습니다. 더 이상 손가락 하나 움직일 수 없는 상태였고, 서 있지도 못하는 지경이었습니다."

니콜라는 만약 길에서 마주쳤다면 모르고 지나쳤을 이 청년이 차분한 목소리로 들려주는 이야기에 매료되어 열심히 들었다. 상송은 자신이 하는 이야기들에 대해 상당히 객관적인 입장을 취하는 것처럼 보였지만, 감정의 동요로 손은 떨리고 있었고 이마에는 땀이 배어 있었다.

"그레브 광장의 처형대에 눕혀진 다미엥은 국왕 시해범에게 내려지는 처벌을 받아야 했습니다. 주머니칼을 들고 폐하를 공격했던 그의 손을 유황불에 태웠습니다. 그는 고개를 번쩍 들었고 손이 잘려져 나간 것을 보고 짐승처럼 울부짖었습니다. 그리고는 집게 고문이 행해졌습니다. 집게로 살을 뜯어내는 것입니다. 살을 뜯어내고, 끔찍하게 생긴 상처 위에 불에 탄 송진과 납과 유황 녹인 것을 섞어서 부었습니다. 그는 미친 듯이 울부짖었고, 거품을 내뿜고, 고통으로 제정신이 아니었습니다. 더 하라고 소리를 질렀으니까요. 눈알이 튀어나올 것 같았던 그의 모습이 떠오릅니다."

상송은 잠시 말을 멈추었다. 그는 목이 잠겨 있었다.

"왜 여러분에게 이런 이야기를 하는지 모르겠습니다. 아무에게도 하지 않았던 이야기입니다. 하지만 르 플록 씨는 저와 같은 또래이시고, 부르도 형사님도 정직하고 정의로운 분이라고 생각합니다."

"저희들을 믿어주셔서 감사하게 생각합니다."

니콜라는 말했다.

"가장 끔찍한 형벌은 그다음이었습니다. 죄수는 십자가 모양으로 만든 널빤지 위에 고정되었습니다. 몸통을 널빤지에 단단히 묶었지요. 그의 팔다리에 하나씩 묶인 말들이 힘의 균형을 잘 유지하도록 했습니다. 아시는 것처럼 사지를 찢는 형벌이었습니다."

상송은 의자에 몸을 기대고 이마의 땀을 닦았다.

"채찍을 든 조수가 네 마리 말들을 다루었습니다. 제가 전날 큰돈을 주고 산 힘세고 훌륭한 말들이었지요. 형벌의 시작을 신호하는 사람이 저였습니다. 네 마리의 말은 각기 다른 방향으로 출발했습니다. 그런데 다미엥의 사지는 몸통에 단단히 붙어 있었고, 놀랄 정도로 길게 늘어났습니다. 죄수는 고통으로 끔찍하게 울부짖었어요. 할 수 없이 30분 후에 저는 다리 쪽에 묶은 말 두 마리의 방향을 바꾸도록 지시를 내려야 했습니다. 그렇게 하는 것을 저희들의 전문용어로 '스카라무쉬 벌리기'라고 합니다. 그것은 네 마리의 말이 평행선이 돼서 잡아당기는 방식입니다. 결국 대퇴골 뼈가 분리되었습니다. 그런데 사지는 끊어지지 않고 계속 길게 늘어났어요. 한 시간이 지나자 말들이 너무 지쳐서, 말 한 마리가 주저앉았습니다. 조수들이 그 말을 다시 일으켜 세우기 위해 무척 애를 먹었습니다. 저는 삼촌과 상의를 했습니다. 말들을 자극하기 위해 채찍질을 하고 소리를 질렀지요. 말들이 다시 움직였습니다. 구경꾼들 중에는 기절하는 사람들도 있었습니다. 기도를 하던 신부님이 기절을 하기도 했습니다. 그런데 대부분의 사람들은 놀랍게도, 다미엥의 고통을 보고 즐거워했습니다.”

상송은 말을 멈추고, 땅바닥을 물끄러미 쳐다보았다.

“법을 존중하면서 죄인의 고통을 줄여줄 방법이 없었습니까?”

니콜라가 물었다.

“그것이 바로 제가 결심한 것이었습니다. 담당 외과의사였던 브와이에를 판사에게 보냈습니다. 사지를 찢는 것이 불가능하고, 신경을 제거하지 않으면 아무것도 되지 않을 것이라고 말하라고 했습니다. 그러니까 신경을 절단할 수 있도록 허가를 요구한 것이지요. 브와이에는 판사들의 동의를 받아왔습니다. 문제는 그 작업에 필요한 도구를 찾는 것이었습니다. 백정들이 하는 것처럼, 신경을 도려내기 위해 날렵한 칼이 필요했습니다. 시간이 없었습니다. 그래서 조수에게 도끼를 들고 사지의 연결 부분을 자르도록 시켰습니다. 조수의 몸과 얼굴은 피범벅이 되었습니다. 그리고는 다시 말을 움직이게 했습니다. 그러자 곧바로, 팔 두 개와 다리 하나가 떨어져 나왔습니다. 다미엥의 머리카락은 순식간에 검은색에서 흰색으로 변해 버렸습니다. 몸통은 경련을 일으키고, 그의 입술은 뭔가 말하려고 했는데 그 말을 알아들은 사람은 없습니다. 그가 화형대의 불길 속에 던져질 때, 그는 아직도 숨을 쉬고 있었습니다. 그 끔찍했던 날 이후로, 불필요한 잔혹함 없이 제가 맡은 일을 가장 잘 수행하기 위해 해부학과 인체의 기능에 대해 연구하기로 결심했던 것입니다. 저는 매일 폐하의 몸에 손을 대는 사람이 한 명도 없기를 기도합니다. 그 일들을 다시 겪고 싶지 않습니다.”

그의 고백이 끝나고 긴 침묵이 흘렀다. 상송이 테이블 앞으로 다가오면서 먼저 침묵을 깨고 입을 열었다.

“그 의사들이 일상적인 경우로 치부해 버린 이 유골들을 여러분이 오시기 전에 살펴보았습니다. 그들의 의견을 듣고 실망하신 것을 이해합니다. 제가 몇 가지를 밝혀 드리지요. 우선, 이 시체의 상태는 얼어서 이렇게 된 것이 아니라고 말씀드릴 수 있습니다. 시체가 얼을 경우 건조해지면서 원형 그대로가 유지됩니다. 사실 이 시체는 포식 동물들, 그러니까 쥐, 개, 그리고 까마귀들이 뜯어 먹었습니다.”

그는 돌아서서 니콜라와 부르도에게 가까이 와서 보라고 손짓했다.

“이 다리뼈에 남아 있는 것을 보십시오. 이 부분은 아주 힘이 센 턱을 가진 놈들, 그러니까 개나 늑대가 물어뜯어서 부서진 것입니다. 반면에 몸통뼈는 거의 부서지지 않았는데, 수많은 작은 이빨들이 갉아 먹은 경우입니다. 쥐들이 한 짓이지요. 머리 쪽을 살펴보시면, 뾰족한 부리의 흔적을 발견하실 겁니다. 까마귀들입니다. 이 시체를 발견하신 몽포콩의 시체 처리장은 이런 일들이 일어나기에 안성맞춤인 장소지요.”

“그러면 두개골에 대해서는 어떻게 생각하십니까?”

“많은 것을 알 수 있습니다. 무엇보다 이 시체가 남성이라는 것을 알 수 있죠. 두개골의 이 부분을 잘 보십시오. 골단骨端이라고 하는 부분입니다. 어린이나 여성은 이 부분이 두드러지지 않습니다. 게다가 아이들은 정수리에 있는 숫구멍으로 알 수 있습니다. 뼈가 아직 단단해지지 않았거든요. 그리고 치열을 보고도 알 수 있죠. 그러니까 이것은 중년 정도 연령을 가진 사람의 두개골입니다. 보십시오, 두 개의 골단을 집어서 두개골을 들어 올릴 수 있습니다. 이것은 남자의 두개골입니다. 또한, 르 플록 씨께서 말씀하신 대로 턱은 부서졌습니다. 한쪽은 짐승들이 뜯어갔고, 남아 있는 부분은 금속으로 된 도구에 의해 부서진 흔적을 가지고 있습니다. 칼이나 도끼 같은 것이지요. 제 말을 믿으십시오. 마지막으로, 벌레들은 머리카락을 먹지 않기 때문에 두개골에 머리카락의 흔적이 없는 것으로 보아서 대머리이거나, 아니면 아메리카 인디언처럼 머리 가죽을 벗긴 경우겠지요. 물론, 두 번째 가설은 가능성이 희박해 보입니다. 두개골 윗부분의 얼룩은 원인을 모르겠습니다."

니콜라와 부르도는 감탄하지 않을 수가 없었다.

"그러면 몸통은?"

"같은 경우입니다. 턱과 마찬가지로 뭔가 날카로운 도구에 의해 절단되어서 사지와 분리된 겁니다. 몸체 안에는 장기들이 없습니다. 말라비틀어진 몇 개의 조각들이 남아 있을 뿐입니다. 흉부 역시 피가 하나도 남아 있지 않습니다. 이 시체가 몽포콩에 버려질 때 이미 몸 안에 있는 피가 모두 빠져나간 상태였습니다. 제가 내린 결론이 궁금하십니까?"

“네, 물론입니다.”

“이것은 대머리인 남성의 시신이고, 나이는 4~50대 정도입니다. 그는 분명히 예리하거나 혹은 뾰족한 무기에 의해 살해되었습니다. 이 시신이 몽포콩에 버려졌을 때, 이미 적어도 두 토막으로 절단되어 있었습니다. 그렇지 않았다면 여러분은 바닥이 피로 흥건히 젖어 있는 것을 보셨을 겁니다. 시신, 혹은 시신에 남아 있던 것들은 짐승들의 먹이가 되었습니다. 짐승들이 시신의 여러 부분을 여기저기 분산시켜서 잃어버린 상태입니다. 놀라운 일은 아닙니다. 몽포콩에서는 말 한 마리의 시체가 하룻밤이면 뼈만 앙상하게 남습니다. 턱은 의도적으로 부순 것입니다. 마지막으로, 여러분들께서 이미 확인하신 것을 다시 말씀드리겠습니다. 발견하신 옷들은 시신에 입혀져 있지 않았습니다. 고인은 살해되었을 때 그 옷들을 입고 있지 않았을 겁니다. 입고 있었다면 피가 더 많이 묻어 있었을 테니까요. 그리고 르 플록 씨의 추측이 맞습니다. 절단된 이 시신은 눈과 얼음에 덮여서 오늘까지 신선하다고 할 수 있는 상태로 보존이 되었습니다. 어두운 붉은색을 띠고 있는 것이 그 증거입니다. 부패의 과정은 시신을 이곳 지하 감옥에 옮겨온 이후부터 시작되었습니다. 물론 제가 틀릴 수도 있지만, 이 시신의 남성은 금요일에서 토요일로 넘어가는 밤에 살해되었습니다. 그리고 곧바로, 눈이 내리기 전에, 몽포콩에 버려졌습니다.”

“이렇게 도와주셔서 뭐라고 말씀을 드려야 할지, 어떻게 감사의 표시를……."

"제 이야기를 들어주시고, 제게 악수를 해주신 것으로 이미 다 하셨습니다. 언제든지 제가 필요하시면 찾아주십시오."

상송은 고개를 숙여 인사하고 방에서 나갔다. 니콜라와 부르도는 서로의 얼굴을 쳐다보았다.

"절대로 잊지 못할 순간이었습니다."

부르도가 말했다.

"이 젊은 청년은 사람을 놀라게 하는군요. 요새는 젊은 사람들을 못 쫓아가겠습니다."

부르도는 니콜라를 보며 눈을 찡긋했다.

"부르도 형사님, 저 들으라고 하시는 말씀이지요."

"상송 덕분에 눈 깜짝할 사이에 일이 해결되었습니다. 이 시신은 라르뎅이 분명합니다. 대머리 남자, 중년의 나이, 지팡이, 가죽 윗도리. 어떻게 생각하십니까?"

"모든 자료들이 그러한 가정을 세울 수 있도록 뒷받침을 해주고 있습니다."

"신중해지시는군요."

니콜라의 마음 한구석에서 깊이 생각해 보라는 목소리가 들렸다. 그 목소리는 겉모양이 항상 진실을 말하지는 않는다고 속삭였다. 니콜라는 모든 것이 갑자기 너무 간단해져 버린 것이, 모든 것이 차곡차곡 겹쳐져서 하나의 완성품이 되어버린 것이 아쉬웠다. 아직 많은 것들이 풀리지 않은 상태에서 자신의 머리가 꽉 막혀 버린 느낌이었다. 그는 갑자기 가죽 윗도리에서 발견한 것을 생각해 내고, 테이블 위에 접혀진 종잇조각과 금속으로 된 것을 올려놓았다.

"이게 어디서 나온 겁니까?"

부르도가 물었다.

"고인의 윗도리에서 나왔습니다."

"라르뎅의 옷에서요?"

"고인의 옷이라고 하는 편이 낫겠지요, 당분간은. 이것은 한 귀퉁이가 찢어진 편지 조각인데, 도장도 안 찍혀 있고, 주소도 없습니다."

니콜라는 편지를 보고 웃기 시작했다.

제 성의의 표시로
지난번 아이보다 훨씬 나은
아주 예쁘고, 키 크고 몸매도 좋은 아이로
보시면 아주 만족하실 겁니다. 게다가 이 아이는
대화를 나눕니다. 선생님의 방문을 기다리
금요일. 여기에 변장에 필요한 것들을
언제나 선생님을 존경하는.

—라 뽈레.

부르도는 너무나 흥분해서 제자리에서 펄쩍뛰며 소리쳤다.

"증거예요! 이게 바로 증거예요! 이것은 데카르가 '왕관을 쓴 돌고래’에서 라르뎅과 싸울 때, 그의 주머니 속에 있던 쪽지예요.”

니콜라는 금속으로 된 물건을 쳐다보았다. 약간 녹이 슬어 있어서 팔로 문질렀더니 왕관을 쓴 물고기 그림이 나타났다.

“이상한 동전이군! 이것도 왕관을 쓴 돌고래잖아!”

“그것은 쓰이는 용도가 다릅니다. 사창가에서 쓰는 엽전입니다. 술집에 가면 마담에게 화대를 지불합니다. 그러면 이런 엽전을 주지요. 그리고 술을 다 마시고 나서…… 아가씨와 함께 이층으로 올라가면…… 그 아가씨가 이 엽전을 달라고 하지요. 어떤 건지 한 번 해보시겠습니까?”

니콜라는 얼굴을 붉히고는 부르도의 질문에 아무런 대답도 하지 않았다.

“그렇다면 이 동전은 ‘왕관을 쓴 돌고래’에서 나왔겠군요. 추측들이 하나둘씩 늘어나고, 증거가 나오고 있습니다. 운명은 우리를 돕는 것 같습니다.”

“기분이 좋으신 것 같군요?”

“쉬운 길은 진실로 가는 길이 아니라는 것을, 그리고 운명은 우리에게 의심스러운 선물도 주었다는 것을 말씀드리고 싶군요. 모든 것을 확인해 봐야만 합니다. 부르도 형사님, 에밀리를 석방하세요. 당분간, 그녀에게서 더 알아낼 것이 없습니다. 그녀에게 제가 주는 이 돈을 수고비로 주세요. 그리고 곧장 블랑—망토 가에 있는 라르뎅 반장의 집으로 가세요. 카트린을 찾아보세요. 라르뎅의 요리사 말입니다. 카트린이 뭔가 내게 말하고 싶어했어요. 카트린이 그 집에서 쫓겨났기 때문에 오늘 아침에 나올 때 보지 못했습니다. 나는 바로 '왕관을 쓴 돌고래'로 가서 라 뽈레를 만나보겠습니다."

"라르뎅 부인에게 남편의 죽음을 알려야 할까요?"

"잠정적으로, 그래야겠지요."

"잠정적이라니요?"

"음, 그것은 제가 알아서 하겠습니다. 유골들은 어딘가 서늘한 곳에 잘 보관해 두세요. 편지와 엽전은 제가 보관하겠습니다. 그러면 나가볼까요."

니콜라는 '왕관을 쓴 돌고래'가 있는 포부르그—생—또노레 거리까지 걸어가기로 했다. 좀 걸어야 되는 거리지만, 날씨가 좋았다. 얼음이 얼어서 땅은 더 단단해져 있었고, 니콜라는 울퉁불퉁한 거리를 씩씩하게 성큼성큼 걸었다. 그는 항상 걷는 것을 좋아했다. 그에게 걷는 시간은 항상 생각하는 시간이 되었다. 고향 브르타뉴에서는 인적 없는 모래사장에 서서, 해변이 안개 속으로 사라지는 것을 보는 걸 좋아했다. 걸으면서 그 끝에 닿고, 다시 가야만 하는 새로운 끝을 또 발견하는 것이었다. 파리의 아침 산책이 니콜라의 기분을 상쾌하게 했다. 영혼을 맑게 해주는 것 같았다. 라르뎅의 것으로 추정되는 뼈들의 모습과 상송이 해준 이야기들이 머릿속에서 떠나지 않았다.

무언가가 꺼림칙한 것들이 있었다. 왜 사지를 절단하고, 옷을 버리고, 시신을 몽포콩에 버린 걸까? 세느 강에 던져 버리는 것이 훨씬 더 간단했을 텐데. 왜 암살자는 가죽 윗도리의 주머니를 꼼꼼하게 뒤져 보지 않았을까? 주머니에서 나온 것들이 증거가 되고 자신을 잡을 단서가 되는데. 오히려 단서들이 발견되기를 기다리며 거기에 놓은 것처럼 보였다. 왜 턱을 일부러 부수고, 두개골 정수리 부분의 얼룩은 무엇일까? 블랑—망토 가의 라르뎅 집에서는 무슨 일이 있었던 걸까? 루이즈는 무슨 생각을 하고 있는 걸까? 마리의 친엄마 자리를 빼앗은 계모라는 이유 하나로 카트린은 루이즈를 증오하는 걸까? 어디든지 계속 따라다니는 그 기사와 까뮈조 반장의 관계는 무엇일까? 그리고 이 모든 생각들 너머로, 자신을 미궁 속으로 몰아넣고 있는, 가까우면서도 다가갈 수 없는 사르틴의 모습이 떠올랐다.

니콜라는 국왕의 기마상을 세우려고 커다란 광장을 준비하고 있는 곳에 도착했다. 개미굴처럼 사람들이 분주하게 움직이던 곳이었는데, 겨울이라 추워서 공사가 중단되어 있었다. 광장의 주변에는 팔각형 형태로 호壕를 파기 시작했다. 파리 중심가 쪽에는 대칭을 이루는 커다란 두 개의 건물이 세워져 있었다. 나무로 만든 발판들에 하얗게 성에가 덮여서 크리스털 궁전 같았다. 모든 것들이 눈 속에 반쯤 덮여 있어서 마치 거대한 바윗덩어리들이 쌓여 있는 것 같았다. 여러 개의 단층과 동굴, 절벽으로 된 도시의 빙하 같았다. 태양 아래서 이 얼음덩어리들은 거울처럼 빛을 반사했고, 그 속에서 차가운 물이 흘러나오면서 프리즘처럼 무지개색을 내뿜었다.

니콜라는 둑을 따라서 걸었고, 정원을 지나 본느—모뤼 거리에 닿았다. 그 길은 포부르그—생—또노레 거리와 마주친다. 얼마 안 가서 겉모양새가 보기 좋은 집을 발견했다. 3층으로 된 집으로, 간판에 '왕관을 쓴 돌고래'가 그려진 것을 빼고는 다른 집과 다를 것이 없었다. 니콜라는 대문의 고리를 두드렸다.

6장 에로스

커다란 천을 뒤집어쓴 흑인 소녀가 문을 열고, 어색한 발음으로 용건을 물었다. 광대 옷을 입은 원숭이가 그 소녀의 주변에서 껑충껑충 뛰어다녔다. 원숭이는 니콜라를 보자 얼른 소녀의 어깨 위로 올라가 두 손으로 천을 꽉 움켜쥐었다. 소녀에게 매달려서 분노에 가득 찬 눈초리로 방문객을 노려보며 침을 뱉고 소리를 질렀다. 소녀는 원숭이 꼬리를 잡아당기며 조용히 하라고 명령했다. 그러자 원숭이는 난리 치던 것을 멈추고 낑낑대기 시작했다. 집 안쪽에서 그 소리에 답이라도 하듯이 누군가 쉰 목소리로 소리를 질렀다.

"들어오세요, 잘생긴 신사 양반."

라 뽈레를 만나고 싶다고 하자, 하녀는 놀라지도 않고 대기실로 안내했다. 크리스털 장식이 달린 커다란 샹들리에가 방을 환하게 밝히고 있었고, 회색 벨벳을 씌운 두 개의 긴 의자가 서로 마주 보게 놓여 있었다. 하녀는 작은 문을 열더니 니콜라에게 거실로 들어오라고 했다. 그녀는 니콜라를 거실에 남겨놓고 사라졌다.

거실은 상당히 컸는데, 벽을 덮고 있는 커다란 거울 때문에 더 커 보였다. 기둥의 밑 부분과 벽면의 띠 부분에는 금장식으로 된 조각이 있었다. 두꺼운 양탄자가 거리의 소음을 차단하고 있었다. 담황색, 흰색, 핑크색, 파란색, 초록색 비단으로 덮여 있는 긴 의자들은 발랄하고 봄날 같은 느낌을 주었다. 거울로 덮여 있지 않은 벽면은 회색 다마스 천으로 덮여 있었고 판화들이 걸려 있었다. 판화의 주제는 외설의 수준을 뛰어넘는 것들이어서 니콜라는 깜짝 놀랐다. 창 맞은편에는 커다란 회색 벨벳 커튼이 쳐져 있었는데, 그 뒤에는 일종의 단상 같은 것이 숨겨져 있었다. 파리에 살면서 취향이 점점 더 세련되어진 니콜라는 이 방의 화려한 치장들에 속아 넘어가지 않았다. 과시적인 사치는 보잘것없는 현실을 감추고 있었다. 얼룩이 여기저기 묻어 있는 천들은 질이 좋지 않은 것들이었고, 금으로 된 조각들은 칠한 것들이고, 그림에 정신이 팔린 손님이라면 낡은 양탄자를 못 볼 수도 있겠지만 자세히 살펴보면 호화스런 치장들이 가짜라는 것을 알 수 있었다.

─그녀가 마음에 드십니까? 그녀가 마음에 드십니까? 빌어먹을! 빌어먹을!

니콜라는 놀라서 뒤를 돌아보았다. 창문 쪽에 있는 횃대 위에 한쪽 다리를 들고 머리를 갸우뚱하고 있는 앵무새가 니콜라를 쳐다보고 있었다. 이자벨의 고모인 게루엘 부인이 앵무새를 하나 가지고 있었는데, 항상 그녀를 따라다녔었다. 그 앵무새는 늙고 털도 다 빠지고 성질도 까칠해서, 항상 자기 주인에게만 붙어 있었다. 그런데 이 앵무새는 매우 아름답고, 몸통은 반짝이는 회색인데 꼬리는 눈부신 붉은색으로 대조적이었다. 금빛으로 장식된 그의 눈은 공격적이라기보다는 호기심으로 가득해 보였다. 앵무새는 우스꽝스런 소리와 어리광 부리는 소리를 번갈아내며 횃대 위를 왔다 갔다 했다. 앵무새에게 별로 좋지 않은 기억이 있던 니콜라는 새가 혹시 공격할까 봐 조심스럽게 손등을 내밀어 보았다. 앵무새는 움직임을 멈추고 망설이더니 몸뚱이를 커다랗게 부풀려서 부르르 떨었다. 그리고는 작은 소리를 내며 그의 손등을 부리로 문질렀다.

"그 녀석이 당신을 믿는군요. 좋은 신호예요."

니콜라는 깜짝 놀라서 돌아섰다.

"저 아이는 친구를 선택할 줄 알아요. 나는 언제나 저 아이를 믿어요. 그런데 무슨 일로 잘생긴 청년이 라 뽈레를 찾아주신 건가?"

모든 것을 받아들일 준비가 되어 있던 니콜라는 자기 눈앞에 나타난 포주의 모습에 흠칫 놀랐다. 거대한 몸집이었다. 땅딸막한 키에 데굴데굴 굴러갈 것처럼 생겨서 더 그렇게 보였는데, 덩치가 좋은 카트린보다도 훨씬 더 뚱뚱했다. 비곗덩어리로 뭉쳐진 뚱뚱한 몸에 얼굴은 찐빵처럼 부풀어 있었고, 두 눈은 마치 빈대 떡 같이 널편한 얼굴에 콕 박혀 있는 것 같았다. 얼굴은 천으로 둘둘 감겨 있었고, 강렬한 색깔들로 두껍게 화장을 하고 있었다. 그녀의 커다란 몸은 보라색에 붉은색 줄무늬가 들어간 모슬린 드 레스 속에 감춰져 있었다. 목에 건 검은색 목걸이는 목걸이라기 보다 허리띠 같아 보였다. 실크로 된 장갑 밖으로 짧고 통통한 손 가락들이 나와 있었다. 몸을 칭칭 감고 있는 많은 천들 사이로 수 종에 걸려 통통 부어 있는 발이 보였는데, 낡고 늘어난 신발 사이 로 살이 삐죽삐죽 튀어나와 있었다. 이 거대하고 둔해 보이는 몸 뚱이에서 살아 있는 것은 끊임없이 움직이는 두 눈뿐이었다. 파 충류의 눈처럼 차가운 눈이었다. 자신에게 관심을 가져 주지 않 는 것에 심통이 난 앵무새는 소리를 지르고 날개를 퍼덕였다.

"조용히 해, 안 그러면 경찰을 부를 거야."

라 뽈레는 키득거리며 말했다.

라 뽈레를 만나리라는 생각을 미리 하지 못했기 때문에 아무런 계획도 준비하지 못한 니콜라는 갑자기 한 번 부딪혀 보자는 생 각이 스쳤다. 무리수를 두는 셈이지만, 별다른 방법이 없었다. 니 콜라는 부드러운 미소를 지으며 말했다.

"부인, 경찰을 원하십니까, 당신 앞에 있지 않습니까."

라 뽈레의 반응은 니콜라가 전혀 예상치 못한 것이었다.

"염병할 것! 까뮈조가 이번 달 선물을 너무 재촉하는군. 아직 날짜도 안 됐는데. 하지만 잘생긴 청년을 보내서 내 기분을 맞추 려는 속셈이군. 내가 잃을 것은 없어. 늘 오는 그 모발이라는 놈은 눈빛이 섬뜩해. 하지만 나를 겁주는 것은 쉬운 일이 아니야. 내가 그놈하고 한판 붙지 않으려고 많이 참고 있지. 그 녀석은 주인 행세를 하고, 아가씨들을 못살게 굴고, 우리 집 술을 맘대로 마시고, 영업을 방해한단 말이야. 내가 정말 착한 사람이지만, 경찰을 엄청 좋아하지 않고서는 그렇게 기둥서방 노릇하는 것을 참기 힘들어.”

그녀는 니콜라에게 눈을 찡긋하며 추파를 던졌다. 몽포콩으로 가는 마차에서 에밀리가 했던 행동이 떠올랐다.

“경찰이 부인께 신세를 많이 지고 있다는 것을 알고 있습니다. 경찰도 받은 만큼 돌려 드리고 있지 않습니까.”

“그래, 그런데 나는 확실하게 눈에 보이는 것을 좋아해. 먹고 살아야 하거든. 나는 협조를 하고 있어. 염탐을 하고, 정보를 수집하고, 고자질하고, 미리 알려주고, 도와주고 있어. 그리고 경찰이 나를 보호해 주지. 이건 아주 정직한 거래야. 각자 자기 몫을 하는 거니까. 하지만 좀 비싼 거래야!”

“윗분들께서 부인의 협조를 고마워하십니다. 까뮈조 반장 말고 다른 반장들도 아십니까?”

질문은 다소 직접적이었고 속임수는 그다지 능숙하지 않았다. 니콜라는 자신의 순진한 얼굴과 여성들에게 어필하는 매력으로라 뽈레의 의심을 잠재우길 바랄 수밖에 없었다. 그녀는 한동안 아무 말 없이 니콜라를 응시했다. 그러나 그의 얼굴에서 순진무구함밖에 읽을 수 없게 되자, 경계심을 풀었다.

“오래된 친구들이 있지. 까도, 테리옹, 까뮈조, 라르뎅, 우리 모두 오랜 친구들이야. 라르뎅은 대단한 친구지!"

"당신의 고객이었나요?"

"내 손님이었냐고? 순진한 친구로군. 아니야, 라르뎅은 노름을 좋아하지. 젊은 양반도 까뮈조 반장 팀이면 잘 알 거야."

"물론이죠. 그런데 어떻게 그렇게 된 건가요? 저는 대충 이야기를 들어서 자세한 것은 모릅니다. 부인은 친절하시니까 이야기해……."

"잘생긴 청년이 원한다면 말해주지. 젊은 사람들을 가르쳐야 하니까. 그런데 우선 좀 앉으면 좋겠네. 나는 서 있으면 금방 피곤해지거든. 그러면 피부색이 안 좋아져."

니콜라는 그것이 피부색과 무슨 상관이 있는지 알 수 없었다. 하얗게 회칠을 한 그녀의 두터운 화장은 피부색을 드러내기 힘든 상태였으니까. 라 뽈레는 널따란 긴 의자에 편안하게 앉았다. 그녀가 앉자 의자가 꽉 찼다. 라 뽈레는 니콜라에게 옆에 있는 긴 의자에 앉으라고 했다. 그리고는 원형 탁자 위에 놓여 있던 나무 상자를 앞으로 잡아당겨서 열었다. 여러 개의 술병들이 작은 술잔들과 함께 담겨 있었다.

"이야기가 길어질 거야. 나는 목을 좀 축여야 되니까, 젊은 양반이 내 동무가 되어주겠지. 여기 생—루이 St. Louis 섬에서 직접 가져온 라타피아 증류주에 과실이나 꽃을 담가 만든 술—역자 주가 있다오. 거기서 농장을 하는 친구가 매년 보내주는 거지. 자, 한잔합시다."

"이렇게 폐를 끼쳐도 되는 건지 모르겠습니다."

"젊은 양반, 당신 같은 스타일은 아주 크게 성공하거나 아니면 쫄딱 망할 거야. 자, 우리가 하던 얘기를 다시 합시다. 라르뎅은 뭔가 큰 성과를 올리고 싶어했어. 하지만 그럴 능력이 안 됐지. 라르뎅은 이미 도박에 깊숙이 빠져 있었는데, 사람들은 그가 도박 사건을 해결하길 바랐던 거야. 베리에가 라르뎅에게 우리의 거래에 대해 조사를 명령했을 때, 까뮈조는 겁을 먹었지. 하지만 나, 라 뽈레는 정신을 바짝 차리고 있었어. 라르뎅은 여기서 도박을 했어. 큰판이었지. 그는 돈을 따기도 하고, 잃기도 했지. 그게 도박의 규칙이니까. 하지만 도박판에서 규칙은 언제든지 바꿀 수 있어. 아니면 적어도 우연한 일이 일어나도록 만들 수는 있지……. 라르뎅이 수사를 하면 할수록, 도박판에서 그의 운은 기울어 갔어. 꽥!"

그녀는 술잔을 벌컥 마시고는 곧바로 한 잔을 또 따랐다.

"꽥이라니요?"

"파라오 카드놀이 판에서 일하는 내 딜러가 오랫동안 라르뎅을 봐주고 있었지. 그런데 라르뎅은 그걸 모르고 있었어. 그래서 점점 더 판을 크게 벌인 거야. 어느 날, 판돈을 다 싹쓸이하려고 했어. 내가 한 번도 본 적이 없는 어마어마한 판이 벌어진 거야. 치명적인 도박이었지……."

"치명적이요?"

"라르뎅이 다시 재기할 수 없는 그런 큰돈을 걸은 거야. 그는 완전히 파산했어. 하지만 무슨 일이 있어도 그 돈을 갚아야만 돼. 그래서 내가 라르뎅한테 까뮈조를 붙여주었지. 그는 신이 났어.

그렇게 해서 판을 벌이면, 둘이 나누어 가지는 거야. 라르뎅은 둘이 나눈다고 알고 있고, 실은 내가 가지는 거지."

"그런데 라르뎅 반장이 돈을 갚을까요? 파산했다면서요."

"만들어내겠지. 돈을 갚아야지, 안 갚으면……."

니콜라는 위협적인 분위기를 피해 가고 싶어서 화제를 돌렸다.

"그런데, 라르뎅 반장은 왜 그렇게 도박을 했을까요?"

"자, 마시게. 이렇게 잘생기고 멋진 몸을 가진 사람은 좀 마셔야 돼."

라 뽈레는 니콜라에게 한 잔을 새로 따라주고, 자기 잔도 채웠다.

"그건 오래된 이야기야. 라르뎅과 나는 오래된 친구지. 그게 10년전이었지. 라르뎅의 첫 번째 부인이 죽고, 그는 혼자 지내고 있었어. 그래서 여기, '왕관을 쓴 돌고래'에 늘 왔었어. 우리 집은 최고의 상류층들이 오는 곳이었지. 궁궐에서 은밀하게 나온 양반들도 있었어. 으리으리한 사륜마차를 타고 왔는데, 가문의 문장이나 표시 같은 것도 달지 않고 하인들도 제복을 입지 않고 왔었지. 우리 집은 부자들한테도 인기가 좋았어. 그렇게 잘나가고 있었지만, 나는 항상 라르뎅에게 새로운 아가씨들을 보내주었어. 내가 손님들을 만족시키기 위해 얼마나 신경을 쓰는지 상상도 못할 거야! 그는 저녁을 먹고, 얌전하게 한판을 놀고, 아가씨들 한두 명과 함께 위층으로 올라가고는 했지."

"돈도 안 내구요?"

"그런 것은 흔히 있는 일이야. 성공의 비결은 잘나가는 친구들을 많이 알고 있어야 되는 거니까. 그런데 어느 날 저녁, 연극을 했지……."

"연극이요?"

"잘생긴 친구, 그렇게 놀랄 것 없어. 이 커튼을 봐. 이 뒤에서 작은 연극 공연을 하는 거지. 어떤 연극이냐 하면…… 음, 약간, 고상한…… 그런 종류지. 젊은 친구는 눈치가 빠른 것 같지 않군."

"부인의 말을 열심히 듣고 있습니다."

"한 잔 하시게. 몇몇 부자들은 약간 몽롱하고 남녀의 연애 이야기로 꾸며진 그런 연극을 좋아해. 이런 연극들은 여자에게 완전히 흥미를 잃은 사람들도 화끈하게 흥분시킬 수 있거든. 이런 공연들이 어떻게 되는가 하면…… 젊은 양반은 아주 순진한 얼굴을 하고 있군. 이런 연극은 가장 방탕한 행위들로 변하게 되지. 한마디로 하면, 두 눈 뜨고 보기 힘든 장면들이 벌어지는 거야. 연극이 그런 종류의 것이다 보니 그날 저녁, 라르뎅은 아주 매력적인 아가씨와 짝을 짓게 된 거야. 이미 샴페인을 많이 마신 상태였지. 그 자리에서 그 여자에게 완전히 홀딱 반한 거야. 라르뎅에게 그런 아이를 싼값에 갖다 바치는 것은 말도 안 되는 소리였지. 내 지시에 따라서, 그 아이는 라르뎅의 애를 태우고, 라르뎅이 목을 빼고 기다리게 만들었어. 라르뎅은 미칠 지경이었지. 약삭빠른 라르뎅은 내게 중간에서 다리를 놓아달라고 부탁했어. 남자들은 다 그러니까. 라르뎅은 내게 상당한 액수의 돈을 주었어. 그리고 우리는 해결해야 할 빚이 좀 있다고 핑계를 대었지. 마침내 라르뎅은 그 아가씨와 결혼을 했고, 그리고 지옥이 시작됐어. 그 여자의 애인은 파리에 있는 종탑 숫자만큼이나 많았으니까. 그년은 교활하고, 탐욕스럽고, 꼬리가 아홉 개 달린 여우야. 사치스럽고, 지가 원하는 것은 무엇이든 하고, 돈을 물 쓰듯 한다니까!"

"라르뎅 부인은 좋은 집안 출신 아닌가요? 사람들 말이 돈 많은 친척이 있다던데요?"

라 뽈레의 눈이 휘둥그레지더니 차가운 눈빛으로 니콜라를 뚫어지게 쳐다보았다. 그녀는 마른 입술에 침을 바르며 말했다.

"잘생긴 양반, 그 부분에 대해 나만큼 잘 알고 있는 것 같군……."

니콜라는 갑자기 등에서 식은땀이 흘렀다.

"까뮈조 반장이 라르뎅 부인의 친척 하나가 의사라고 말했거든요……."

까뮈조의 이름이 라 뽈레의 경계심을 늦추었다.

"까뮈조 말은 맞는 말이야. 루이즈의 부모는 그녀가 14살 때 천연두로 모두 죽었어. 의사인 친척 데카르가 그녀의 재산을 가로채고, 그녀를 모자 상점에 견습생으로 보내 버렸지. 그다음에 일어난 일들은 보나마나 뻔한 거지. 루이즈는 맨 처음 만난 남자와 사랑에 빠지게 되고, 그렇게 이런저런 남자들을 거쳐서 우리 집까지 흘러들어 오게 된 거지. 나는 착하고 관대한 사람이야. 그래서 내가 그녀를 우리 집에 받아주고 사람들에게 소개시켜 주었지."

그녀는 눈물을 닦는 시늉을 했다. 눈물이 보이지는 않았다. 그리고는 혼자 감정에 사로잡혀서 술잔을 비웠다.

"그럼, 루이즈가 그 못된 친척을 증오하겠군요?"

니콜라는 위험을 감수하며 한마디 던져 보았다.

"젊은 양반, 여자는 예상할 수 없는 동물이란 걸 알게 되면, 여자에 대해 더 많은 것을 알게 될 거야. 당신의 예상과는 반대로 그 친척과 잘 지내고 있지. 루이즈는 자기가 무엇을 하고 있는지 잘 알고 있어. 나는 루이즈가 언젠가 어떤 방법으로든지 자기 재산을 되찾을 거라고 생각해. 내가 루이즈를 아는데, 아주 잔인하게 복수할 거야. 게다가 그 친척이란 놈은, 우리 집 손님인데, 목을 매달아 죽이기에 끈도 아까운 놈이거든. 독실한 신자인 척하는데, 사실은 추잡하고 더러운 놈이야. 그놈이 하는 짓거리가 잘 돌아가게 하기 위해 초콜릿에 정력제를 타서 갖다 줘야 해. 짠돌이에다가, 은밀한 만남을 주선해 주어야 하고, 어찌나 조심하고 딴전을 부리는지. 제일 좋은 애들만 쏙쏙 차지하는데, 그럴 가치도 없는 인간이 말이야……."

"그 정도예요?"

"최악이야. 지난 금요일에 왔었는데, 라르뎅하고 무슨 꼬투리를 잡아서 한판 싸움이 붙은 거야. 그놈들이 내 장사를 망쳐 놨어!"

"그렇게 자기 평판에 신경 쓰는 사람이 사육제 저녁에 여기 온다는 것은 신중하지 못한 행동이 아닐까요?"

"바로 그래서 온 거야. 사육제 때는 마스크를 쓰는 것이 전혀 이상하지 않고, 아무도 그를 알아보지 못할 테니까. 어떻게 그렇게 된 것인지는 나도 모르겠어. 하지만 이상한 것은…… 그놈 얘기는 그만하지. 자, 우리 일이나 얘기하세."

훗날, 니콜라는 이 순간을 자신이 경찰이라는 직업에 진짜로 발을 들여놓은 순간이라고 생각하게 될 것이다. 몇 분 사이에, 그는 오직 진실만을 믿는 정직한 사람에서 어떤 일이 있어도 자신의 목표물을 절대 놓쳐서는 안 되는 경찰의 세계에 들어선 것이다. 그것은 포기와 계산이 필요한, 그리고 망설여서는 안 되는 일이었다. 니콜라는 자신이 선택한 어려운 길을 효과적으로 가기 위해서는, 지금까지 고귀하다고 생각했던 모든 것을 버려야만 한다는 것을 알았다. 그는 자신의 선택이 무엇을 의미하는지 깨달으며 두려웠다.

니콜라가 생각에 잠겼던 시간은 너무나 짧은 순간이었기 때문에 자신의 마음속에서 타협이 이루어지고 있다는 느낌조차 없었다. 그 순간처럼, 모든 생각이 한꺼번에 번개처럼 스치고 지나가는 일은 그 후로 다시는 일어나지 않았다. 자신도 알 수 없는 마음속의 어떤 목소리가 니콜라가 해야 할 일을 말했다. 그는 그 목소리에 끌려 자신도 모르게 라 뽈레에게 다가가서 그녀의 두 손을 움켜쥐고, 빈정거리는 투로 말했다.

"가장 신기한 것은 말입니다…… 데카르와 라르뎅의 만남이 우연이 아니라는 것을 당신이 잘 알고 있다는 겁니다. 데카르가 왔다면, 그것은 초대받았기 때문이지요."

니콜라의 목소리가 변한 것을 감지한 앵무새는 소리를 지르기 시작했고, 라 뽈레는 버둥거리며 자신의 팔을 틀어쥐고 있는 니콜라의 손아귀에서 빠져나오려고 안간힘을 썼다. 그녀는 고개를 저었고, 마치 숨을 쉬지 못하는 것처럼 입을 벌렸다. 그녀의 벌어진 입에서 침이 떨어져 옷 위에 얼룩을 남겼다. 놀라움과 분노로 그녀의 얼굴은 무섭게 일그러졌다.

"더러운 놈, 놔라. 아프잖아! 어떻게 알아냈어? 너는 밀정보다도 더 지독한 놈이야! 데카르가 그렇게 얘기했어? 이런 벼락 맞아 죽을 놈, 가만두지 않을 거야."

"아니, 라르뎅이 얘기했는데."

니콜라는 그녀의 반응을 살폈다.

라 뽈레는 얼빠진 눈으로 니콜라를 멍하니 쳐다보았다.

"말도 안 돼."

"왜?"

"그…… 그건…… 몰라."

"내가 알고 있는 것이 있어. 그것은 '왕관을 쓴 돌고래'가 요새 장사가 안 되고 있다는 것. 그리고 라 뽈레가 누군가를 까뮈조 반장의 부하로 착각하고 말했다는 것. 라 뽈레가 아주 중요한 일들을 상세하게 떠들었다는 것. 그 이야기 속에는 '왕관을 쓴 돌고래'의 문을 닫게 하고, 라 뽈레를 체포하기에 충분한 수많은 사실들이 담겨 있었다는 것. 라 뽈레를 샤틀레 법원으로 데려가서 심문하고, 평생을 감옥에서 보내게 할 수 있다는 것. 라 뽈레의 모든 변명이 아무 소용도 없을 것이고, 라 뽈레가 체포되었다는 것을 알면 그동안 도와주었던 친구들은 코빼기도 보이지 않을 것이라는 사실이지. 한마디로 하면, 불행하게도 당신은 나를 딴

사람으로 착각했다는 것이야.”

“도대체 누…… 누구세요?”

“나는 파리 치안감독관이 보낸 사람입니다.”

라 뽈레가 주저앉는 것을 보고, 니콜라는 물고기가 낚싯바늘을 물었다는 것을 알았다. 이제 약간의 부드러움이 필요했다. 어린 시절, 또래의 개구쟁이들과 함께 강물을 거슬러 올라오는 커다란 연어를 잡으러 갔었던 것이 생각났다. 라 뽈레는 그의 손안에 들어왔다. 이제 좀 더 다그쳐서 토해내게 만들어야 한다.

“나한테 원하는 것이 뭔가요?”

“자, 자, 나는 나쁜 사람이 아닙니다. 나를 친절하게 맞아주셨고, 나는 친절을 저버리는 그런 사람이 아닙니다. 하지만 좀 진지해질 필요는 있습니다. 내가 당신의 문제들을 해결해 주기 바란다면, 당신도 어느 편에 서야 할지를 잘 선택해야 합니다. 좋은 쪽을 선택해야겠지요. 좋은 쪽이란, 가장 힘이 센 쪽입니다. 가장 안전하게 자신을 지켜줄 상대 말입니다. 부인의 처지에서는 명심해야 될 말이겠지요.”

손안에 들어온 물고기가 움직이기 시작했다. 그리고 무언가 교란 작전을 시도했다.

“제가 도와드릴 것이 없어요. 저는 그저 나쁜 놈들한테 이용당한 불쌍한 사람입니다. 경찰에서 하라는 대로 했어요. 당신들끼리의 문제는 당신들끼리 해결하세요.”

“그 문제는 나중에 다시 이야기합시다. 내가 알고 싶은 것은, 왜, 그리고 어떻게 데카르가 금요일 밤에 여기 있었는가 하는 겁니다.”

“모릅니다.”

“전에도 그렇게 갑작스럽게 온 적이 있나요?”

“물론이지요.”

물고기가 땅에 닿아서 헤엄을 치기 시작하더니, 낚싯줄을 끊으려고 하고 있었다. 다시 한 번 공격을 해야 할 때가 된 것이다. 니콜라는 주머니에서 사부가 물려준 시계를 꺼냈다. 시계는 조금 전에 11시를 알렸다.

“3분을 드리겠습니다. 가장 정확하고, 가장 자세하게, 금요일 밤에 데카르가 어떻게 여기 왔었는지 말하십시오. 3분을 넘기면, 당신을 샤틀레 법원으로 끌고 가겠습니다.”

“라르뎅 반장이 데카르를 초대했어요.”

“초대해서, 그다음에 치고 박고 싸우려고요. 상식적으로 말이 안 되죠.”

“그게 내가 아는 전부예요.”

“당신이 아는 전부가 아니라, 당신이 말하고 싶은 전부겠지요?”

라 뽈레는 고집을 부리고 있었다. 겁먹은 얼굴에 입을 꽉 다물고, 석고상처럼 굳어 있었다. 니콜라는 물고기를 물에서 꺼내기로 마음먹었다. 그는 라 뽈레의 눈앞에 몽포콩에서 발견한 시체의 옷에서 나온 종이쪽지를 흔들었다. 그는 자신이 종이의 반 토막밖에 가지고 있지 않다는 것을 라 뽈레가 눈치채지 못하도록 종이를 교묘하게 쥐고 있었다.

"당신의 글씨와 사인을 알아보겠지요, 부인?"

라 뽈레는 온몸을 비틀며 날카로운 비명을 질렀고, 미친 듯이 자신의 옷을 찢었다. 거실이 삽시간에 아수라장이 되었다. 앵무새가 퍼덕거리며 날아오르더니 벽과 샹들리에에 마구 부딪혔다. 샹들리에의 크리스털이 부딪히며 쨍그렁거리는 소리가 방 안을 더 소란스럽게 만들었다. 흑인 소녀가 뛰어 들어와서 보더니 비명을 지르며, 사람 살려달라고 외쳐 댔다. 흑인 소녀를 따라 들어온 원숭이는 펄쩍펄쩍 뛰었고, 뱅글뱅글 돌며 춤추는 데르비시처럼 혼자 맴을 돌았다.

니콜라는 아무렇지 않게 일어나서, 나무상자 속에 있는 물병을 하나 집어 들고 양탄자가 덮이지 않은 타일 바닥에 던져서 산산조각을 냈다. 병 깨지는 소리에 모두가 겁을 집어먹었다. 라 뽈레는 일어섰고, 앵무새는 원형탁자 위에 내려앉았다. 원숭이는 머리를 감싸고 입을 크게 벌린 채 굳어 있는 흑인 소녀의 치마 밑으로 숨었다. 흑인 소녀의 놀란 표정은 니콜라에게 강한 인상을 주었다. 무엇을 생각하는지 알 수 없는 표정이었다.

"부인, 그만하세요. 아가씨, 펜과 종이를 가져와."

니콜라는 흑인 소녀에게 말했다.

원숭이가 제일 먼저 거실에서 나갔다. 원숭이는 소녀의 치마 밑에서 나와 현관으로 도망갔다. 흑인 소녀는 니콜라의 말을 듣고 밖으로 나갔다.

"이 글씨를 알아보겠지요?"

"나는 그냥 시키는 대로 한 거예요, 젊은 양반. 라르뎅이 나한테 부탁을 하나 들어달라고 했어요. 새로 온 아가씨를 소개시켜 준다는 핑계로 데카르를 초대하는 거였어요. 검정색 긴 코트와 마스크를 편지와 함께 보냈어요. 나는 하라는 대로 했을 뿐이에요. 그게 전부예요. 맹세할 수 있어요. 믿어주세요. 저는, 이 바닥에서는 정직한 여자예요. 가난한 사람들도 도와주고, 부활절도 잘 지켜요."

"됐습니다. 이제부터 당신은 나의 보호를 받게 될 겁니다. 보세요, 나와의 거래에서 당신이 얻는 것이 무엇인지 알겠지요."

하녀는 종이와 잉크, 펜이 있는 쟁반을 니콜라에게 내밀었다. 그는 무언가를 적어서 라 뽈레에게 주었다.

"만약 내 도움이 필요하거나, 내게 알리는 것이 좋겠다고 판단되는 일이 있을 때, 이 편지를 사인하지 말고 보내세요."

라 뽈레는 편지를 읽어보았다. 편지에는 이렇게 적혀 있었다.

연어가 강에 있다.

"이게 무슨 뜻인가요……."

"당신에게는 아무 의미 없고, 나에게는 많은 의미가 있는 것이죠. 마지막으로 해야 할 일은, 내가 부르는 대로 쓰세요 〈데카르 씨에게 보낸 편지를 쓴 것을 인정합니다. 1761년 2월 2일, 금요일, '왕관을 쓴 돌고래' 에 그를 초대하는 편지였습니다〉."

라 뽈레는 혀를 내밀며 어린애 같은 글씨체로 열심히 받아 적었다.

"〈그리고 이것은 라르뎅 반장의 강경한 부탁에 의한 것이었습니다〉 이제 사인하세요. 감사합니다, 부인. 우리의 대화는 아주 유익했습니다."

니콜라는 자기 스스로에게 매우 만족해서 그곳을 빠져 나왔다. 해야 할 일을 끝낸 기분이었다. 조사는 많이 진척되었고, 도박 사건과 라르뎅 실종사건이 서로 맞물려 있는 것 같았다. 이제 라 뽈레라는 중요한 증인을 확보하게 된 셈이다. 까뮈조의 음모가 드러났고, 라르뎅과 까뮈조의 충돌에 대해서도 알게 되었다. 라르뎅은 자신이 맡은 도박 수사와 관련된 함정에 빠졌고, 협박을 받고 있었던 것 같았다. 새로운 사실들이 계속 드러나면서 그에 대한 이미지가 안 좋아졌다.

니콜라가 그의 부인 루이즈에게서 받은 인상은 틀리지 않았다는 것이 확인되었고, 그녀를 볼 때마다 불편했던 이유를 이제야 알 것 같았다. 만약 그녀의 남편이 정말로 살해되었다면 여러 가지 가설이 가능하다. 도저히 빚을 갚을 수 없는 상태에서 빚쟁이들이 협박을 행동으로 옮긴 것이거나, 자신의 추악한 행위들을 들켜 버린 데카르가 라르뎅에게 복수를 한 것일 수도 있다. 두 번째 경우에, 루이즈의 역할과 책임은 어디까지일까?

이런 상황 속에서 다행인 것은 세마귀가 루이즈와 바람피운 것을 빼고는 이 사건과 관련이 없다는 것이었다. 니콜라는 이제야 사르틴이 왜 조심스러워하고 망설였는지 이해할 수 있었다. 그는 라르뎅의 충성심을 미심쩍어 했고, 까뮈조를 막지 못하고 있다는 것 때문에 불안해하고 있었다.

　니콜라는 신이 나서, 거의 뛰다시피 걸었다. 눈이 쌓인 곳을 껑충 뛰어넘고, 빙판 위에서는 미끄럼을 타며 달렸다. 니콜라는 사르틴에게 보고할 생각에 마음이 조급했다. 사르틴의 놀라움과 만족스런 표정을 혼자 상상해 보기도 했다. 사르틴은 수요일마다 샤틀레 법원에서 정례회의를 하기 때문에, 가능한 빨리 샤틀레로 가기 위해 마차를 타기로 마음먹었다. 마차를 잡기 위해 길을 살펴보고 있을 때, 눈이 쌓여 있기 때문에 약하게 들렸지만, 뒤쪽에서 마차가 달려오는 소리를 들었다. 순간적으로 얼굴을 털로 둘둘 감은 마부를 보았다. 니콜라는 그에게 멈추라는 신호를 했지만, 마부는 채찍을 휘둘러 말을 더 빨리 달리게 했다. 마차는 니콜라를 향해 전력 질주하고 있었다. 니콜라가 기억하는 자신의 마지막 행동은 비켜서려고 한 것이었다. 그러나 그와 집들 사이의 공간이 너무 좁았다. 그는 갑자기 어깨를 무언가에 심하게 부딪혔고, 허공에 던져졌다가 얼어붙은 길바닥에 내동댕이쳐졌다. 눈앞에서 별이 보였고, 의식을 잃었다.

7장 소 문

"니콜라, 좀 어때? 깜짝 놀랐잖아!"

니콜라는 눈을 떠보려고 애썼다. 손으로 머리를 만져 보니 왼쪽 귀 뒤에 커다란 혹이 나 있고 타프타 천으로 감겨져 있었다. 그는 알몸으로 침대 위에 누워 있었다. 잠옷 차림의 아가씨가 침대 옆에 앉아서 웃으며 그를 쳐다보고 있었다. 니콜라는 이불을 목까지 끌어당기며, 그 아가씨에게 어찌 된 영문인지 눈빛으로 물었다.

"나를 모르겠어? 네 친구 앙트와네트야."

"알아…… 나한테 무슨 일이 있었던 거야? 말에서 떨어지는 꿈을 꾸었어."

"물론, 말이 문제긴 했지! 내가 집에서 나가는데, 어떤 마차가 너를 치는 것을 보았어. 정말이야. 너를 죽이려고 했어. 마부는 너를 향해 돌진했으니까. 너는 쓰러졌는데 마부는 차를 멈추지 않았어. 내가 정신없이 뛰어가 보았는데, 너는 피를 흘리고 있었고, 얼굴이 너무 창백해서 얼마나 겁이 났는지 몰라. 너를 내 방으로 옮기고, 이웃에 사는 이발사가 도와줬어. 그 사람이 너를 치료하고 붕대로 감고, 사혈을 해주었어. 그 사람이 너는 머리를 맞고 쓰러진 거라고 했어. 네가 이렇게 깨어나서 너무 안심이 된다.”

“누가 내 옷을 벗겼어?”

“뭐라고! 여전히 수줍음 타는구나! 내가 벗겼어. 이게 처음은 아니잖아…… 흙투성이에 피로 얼룩진 네 옷 때문에 내 이불을 엉망으로 만들면 좋겠니?”

니콜라는 얼굴을 붉혔다. 앙트와네트는 니콜라가 파리에 왔던 초창기에 그에게 작은 위안을 주던 상대였다. 물론 이자벨을 생각하며 죄책감을 느끼기도 했었다. 하지만 그녀의 친절함과 소박함에 매료되었고 감동받았었다. 그녀는 어떤 고등법원 재판장 부인의 하녀로 일하고 있었다. 언제나 웃는 얼굴이었고 사려 깊었다. 그녀는 니콜라에게 아무것도 요구하는 것이 없었다. 니콜라는 그녀에게 따뜻한 우정을 느끼고 있었고 숄, 꽃다발, 은으로 된 골무 같은 작은 선물을 했었다. 그리고 가끔 날씨가 좋을 때는 식당에 데리고 가서 같이 점심을 먹기도 했었다.

“그런데 지금 몇 시지?”

“조금 전에 생—록 교회에서 저녁 기도 종소리가 울렸어.”

"뭐, 벌써 그렇게 됐어? 가봐야 돼."

니콜라는 일어서려고 했으나, 현기증 때문에 다시 쓰러졌다.

"아직 더 쉬어야 돼, 니콜라."

"그런데 너는 어떻게 된 거야? 너 일하러 안 가?"

그녀는 시선을 피하면서 대답하지 않았다. 방 안에는 난방이 되지 않아서 그녀는 떨고 있었다. 앙트와네트는 침대 속으로 들어와 니콜라에게 기댔다. 니콜라는 그녀에게 너무나 고마웠다. 그녀의 냄새와 부드러움을 다시 느끼며, 마치 중단되었던 꿈을 다시 꾸고 있는 것 같았다. 니콜라는 그녀가 옷 벗는 것을 보지 못했다. 그녀를 밀어낼 용기도 없었다. 익숙한 그러나 늘 새로운 느낌 속으로 빠져들었다. 깊은 나락으로 떨어지는 것 같은 무감각 상태 속으로 빠져들었고, 그는 후회 없이 이 평온한 순간을 마음껏 누렸다.

1761년 2월 8일 목요일

니콜라는 커피 냄새에 잠에서 깨어났다. 비록 머리의 상처가 어제의 고통을 상기시켰지만, 몸이 가벼운 느낌이었다. 벌써 옷을 챙겨 입은 앙트와네트가 그에게 커피와 빵을 건넸다. 그녀는 빵을 사러 새벽에 나갔다 온 것이다. 니콜라는 그녀를 잡아당겨서 끌어안았다. 그녀는 웃으면서 몸을 뺐다.

"너, 넘어지더니 다시 태어난 것 같아. 어젯밤에는 예전의 네가 아니었어. 훨씬 더 부드럽고, 더……."

니콜라는 아무 말 없이 커피를 마셨다. 그는 연민과 번민이 섞인 눈길로 그녀를 바라보았다.

"앙트와네트, 너 이제 재판장 집에서 살지 않는 거니?"

니콜라는 그녀의 작은 방과 들킬까 봐 신발을 들고 올라갔던 하인 전용 계단이 생각났다.

"얘기가 길어. 그 집에 있으면서 2년 동안 행복했어. 일은 힘들지 않았고, 재판장 부인은 내게 친절했으니까. 그런데 일 년 전쯤, 주인어른의 사촌이 그 집에 머물게 되었고 나에게 치근덕대기 시작했어. 처음에는 그냥 웃었어. 나는 수치스런 일을 당하기 위해 그 집에 들어온 것도 아니고, 그런 종류의 가벼운 놀이의 상대가 아니라고, 게다가 그 사람은 젊고 아름다운 부인이 있으니 부인에게 잘하라고 말하면서 치근덕거리는 것을 무시했어."

니콜라는 그녀가 자신과 함께 있기 위해 그녀의 순결을 아무렇지 않게 포기했던 것을 생각하며 후회했다.

"그 후부터 그 사람은 끈질기게 나를 쫓아다녔어. 작년 1월의 어느 날 저녁에는, 내가 주인마님의 방을 나와서 지붕 밑에 있는 내 방으로 가는데 나를 쫓아온 거야. 내 방까지 들어와서 두 팔로 나를 끌어안았고, 나는 기절해 버렸어……."

"그래서?"

"그는 내가 기절한 틈을 이용했어. 얼마 후에, 달거리가 끊어졌어. 나는 주인마님께 모두 이야기했고, 부인은 그 일에 대해 나에게 잔소리를 많이 했어. 주인어른이 그 사촌을 매우 믿고 있었기 때문에 마님은 남편에게 아무 말도 못했지. 결국, 나는 쫓겨났고, 거리에 내몰렸어. 12월에 애를 낳았고 나를 그렇게 만든 사람은 도움을 거절했어. 그래서 시골에 애를 맡겼어. 추천장도 없고, 도와주는 사람도 없이 나 혼자 뭘 할 수 있겠어? 주인마님은 모두 다 거절했어.”

“왜 나한테 알리지 않았어? 그 애는, 내 애일지도 모르잖아?”

“그렇게 말해줘서 고마워. 날짜를 계산해 봤어. 네가 나를 만나지 않은 지 이미 오래된 때였어. 그렇게 되어서, 나는 새로운 생활을 할 수밖에 없게 됐어. 네가 경찰이니 곧 알게 될 거야. 나, 라 뽈레의 술집에서 일해. 그곳에서는 나를 ‘샤탱’이라고 불러.”

니콜라는 벌떡 일어나서 그녀의 손목을 잡았다. 자신이 심문하는 여자에게 강경한 태도를 보일 때 이런 행동을 하는 습관이 있다는 것을 그 순간 깨달았다. 자기 스스로를 비웃으면서, 동시에 앙트와네트가 방금 한 말 때문에 두려웠다. 자신의 사고를 앙트와네트가 목격하게 되고, 그녀가 바로 니콜라가 맡고 있는 사건의 중요한 증인이라니, 심술궂고 잔인한 운명이지 않은가?

니콜라는 자신의 실수에서 금방 교훈을 얻어내며, 라 뽈레를 더 추궁하지 않은 것을 후회했다. 더 물어보았더라면 세마귀가 말한 2월 2일 밤의 행적에 대해 정확하게 확인할 수 있었을 것이다. 라 뽈레를 만나고 나오면서 자신이 가졌던 만족감을 후회했다. 자신이 한 것은 견습생 수준이었다. 그는 경찰로는 아직도 갓난아기에 불과했다. 니콜라는 자신의 충동을 너무 믿었다. 충동을 직감이라고 여긴 것이다. 경험을 통해서 얻는 훌륭한 기술을 대신할 수 있는 것은 없었다.

그러니까 세마귀가 그날 밤 같이 있었던 아가씨가 앙트와네트라는 것이다. 니콜라는 마음이 불편했다. 자기 자신에 대한 약간의 창피함과 어쩔 수 없는 운명에 떠밀려 이런 인생을 살게 된 친구에 대한 연민이었다.

창백하게 질린 앙트와네트는 두려움에 떨었다. 예전의 어린 소녀의 모습이었다. 위로 올린 금발 머리 아래로 니콜라가 그토록 좋아했던 그녀의 하얀 뒷목이 드러나 있었다. 그녀의 얼굴이 붉게 굳어졌다.

"나를 미워하는 거야, 니콜라? 그렇구나. 나를 경멸하는구나."

니콜라는 쥐었던 손을 풀고, 그녀의 뺨을 어루만졌다.

"앙트와네트, 내가 물어보는 것은 아주 중요해. 가장 정직하게 대답하겠다고 나에게 약속해 줘야 해. 너의 대답에 어떤 사람의 명예와 인생이 달려 있어."

"약속할게."

앙트와네트는 놀라서 대답했다.

"지난 금요일에 무엇을 했지? 정확히 말하면 금요일에서 토요일로 넘어가는 밤에 말이야."

"라 뽈레가 어떤 손님을 기다리라고 했어."

"네가 아는 사람이야?"

"아니, 라 뽈레가 순진한 얼굴을 하라고, 그리고 교양 있는 아가씨처럼 굴라고 주문했어. 그렇게 하면 그 손님에게 돈을 조금 더 받아낼 수 있다고 했어. 약간 특이했어……."

"그날 밤 무슨 일이 있었어?"

"오기로 한 사람이 오지 않았어. 그리고 다른 사람이 위층으로 올라왔어."

"그럼 올라온 그 사람은 아는 사람이야?"

"모르는 사람이야. 왜?"

"어떻게 생겼는지 기억나지?"

"얼굴이 붉고 키가 큰 남자였어. 50대 정도의 나이 먹은 남자였어. 그런데 그 남자의 얼굴을 똑바로 볼 시간이 없었어. 그 사람은 나에게 엽전을 주고, 새벽 3시까지 같이 있었다고 말하라고 부탁하면서 1루이^{화폐 단위—역자 주}를 주었어. 그리고는 떠나 버렸어."

"그가 나가는 것을 누가 보았어?"

"아무도 보지 못했어. 정원에 있는 비밀 문으로 나갔으니까. 경찰이 덮쳤을 때 도박꾼들이 도망가는 문이야."

"그때가 몇 시였어?"

"자정에서 15분 정도 지났을 때야. 아무에게도 말하지 않았어. 라 뽈레에게도. 나는 새벽에 이곳으로 돌아왔어."

"내 옷 어디 있지?"

"벌써 가려고?"

"가야 돼. 내 옷 좀 줘."

그는 열이 났고, 이 방에서 나가고 싶었다. 잠시 전부터, 추위에도 불구하고 방 안에 있는 것이 숨이 막혔다.

"아침에 옷에 솔질을 했어. 찢어진 곳은 꿰매었어."

앙트와네트는 조심스럽게 말했다.

니콜라는 옷을 입기 위해 침대에서 일어났다. 그리고는 주머니 속에서 시신의 가죽 윗도리에서 나온 엽전을 꺼냈다. 그것을 앙트와네트에게 보여주었다.

"이게 무엇인지 알겠어?"

그녀는 그것을 촛불 가까이 가져가서 살펴보았다.

"'왕관을 쓴 돌고래'의 엽전이야. 그런데 일반적으로 쓰는 것은 아니야. 이것은 라 뽈레가 자기 친구들에게 무료로 사용하라고 주는 것이야. 봐, 뒷면에 번호가 없잖아."

"네 손님의 엽전에는 번호가 있었어?"

"응. 7번이었어."

"고마워, 앙트와네트. 이 돈은 시골에 있는 유모에게 보내는 돈에 써……."

니콜라는 말하다 말고 멈칫했다. 어찌해야 좋을지 몰라서 살며시 앙트와네트를 팔에 안았다.

"지난밤 때문에 주는 돈이 아니야. 내 말 이해하지? 네가 혹시…… 그런 생각을 할까 봐. 이것은 아이에게 주는 거야."

그녀는 미소를 지으며, 말없이 니콜라의 옷을 털어주었다.

니콜라가 거리로 나왔을 때, 그는 참담한 기분이었다. 라 뽈레의 집에서 나올 때의 하늘로 날아오를 것 같은 행복한 기분과는 거리가 멀었다. 새로운 사실들로 혼란스러웠고, 뭐라고 설명할 수 없는 후회가 밀려왔다. 또한 세마귀가 그를 속였다는 생각이 머릿속에서 떠나지 않았다. 세마귀는 다시 용의자가 되었다. 몽포콩에서 찾은 시신이 라르뎅의 것이라면 강력한 용의자가 되는 것이다.

아침 해는 좀처럼 떠오르지 않았다. 눈은 녹기 시작하고 있었고, 니콜라는 어둠 속에서 한 치 앞도 보이지 않았다. 거리는 자욱한 안개로 꽉 찬 어두운 터널 같았다. 니콜라는 진창에 빠지고, 희끄무레하고 불확실한 그림자들에 부딪혀 가며 장님처럼 걸었다. 가끔 안개 사이로 갈색의 벽들이 보이기도 했다. 한참 동안 그 벽을 따라서 더듬거리며 걸었다.

길을 건너는 것은 위험했다. 어제 있었던 습격의 여파로, 니콜라는 갑자기 뒤에서 마차가 달려올 것 같은 공포를 느꼈다. 오늘처럼 자신의 죽음에 대해서 생각해 본 적이 없었다. 고향 게랑드에서 있었던 사부의 장례식 때보다 더 인간이 약한 존재라는 생각이 들었다. 만약 그의 머리가 길바닥에 조금만 더 세게 부딪혔다면, 샤틀레의 시체 안치소에서 매일 아침 보는 피 범벅이 된 형체를 알 수 없는 시신이 되어 있을 것이다. 니콜라는 마차를 타고 싶었지만, 도대체 이 안개 속에서 어디서 마차를 찾는단 말인가? 마치 몇 백 년처럼 길게 느껴졌던 이 새벽길의 방황을 그는 오래도록 기억하게 될 것이다. 조금씩, 빛이 찾아왔다. 희미한 빛이 거리의 어둠을 밀어내기 시작했다. 익숙한 소리들과 함께 사람들의 얼굴이 주변에서 나타나기 시작했다. 니콜라는 여러 번 헤맨 끝에 샤틀레 법원으로 가는 길에 들어섰다.

샤틀레 법원의 어두컴컴한 입구로 들어서려는 순간, 누군가가 그의 이름을 불렀다. 그는 뒤를 돌아보았다. 움직이는 사다리꼴 모양의 지게를 지고 높다란 모자를 쓴 사람이 서 있었다. 마치 양쪽으로 접은 날개를 달고 있는 것처럼 보였다. 브르타뉴 지방 출신인 쟝이었다. 그는 간이 화장실을 지고 다니는 사람이었다.[1] '티르포'라는 이름으로 더 알려져 있는데, 니콜라에게 잘해주는 사람이었다. 그는 자신의 직업 특성상 파리의 거리를 여기저기 돌아다니기 때문에, 자신이 본 것들을 니콜라에게 이야기해 주었다. 그는 직업적인 밀정은 아니었다. 하지만 모든 정보와 에피소드의 산실이었다. 파리에서 일어나는 일들을 잘 아는 사람이었다. 그의 정보는 유용할 때가 많았다.

그는 어깨에 지고 있는 막대기에 두 개의 양동이를 매달고 커다란 천으로 그 양동이들을 가려놓았다. 티르포는 등받이 아래쪽에 작은 의자를 달아서 자신의 시스템에 완성도를 더 높였다. 그 의자 덕분에 그는 쉴 때 앉아 있을 수가 있었다.

"니콜라, 이리 와서 앉아봐. 너에게 해줄 중요한 이야기가 있어."

"지금은 시간이 없어. 이 근처에 있어, 조금 있다 올게."

쟝은 고개를 끄덕이고, 다시 일을 하러 떠났다. 그의 익숙한 외침이 울려 퍼졌다. 니콜라는 샤틀레 법원 건물로 들어섰다. 납골당 같은 푸르스름한 빛에 휩싸인 채 곰팡이 썩는 냄새가 나는, 법

---

[1]파리에는 간이 화장실이 턱없이 부족했다. 사람 많은 거리에서 갑자기 볼일이 급해졌을 때는 매우 당혹스럽게 된다. 인적이 없는 곳을 찾아야 되는데 사실상 어렵고, 아니면 남의 집에 들어가서 실례를 해야 되는데, 이것도 많은 위험 부담을 감수해야 했다. 그럴 때 바로 이 사람에게 달려가게 된다.

과 경찰의 업무를 담당하고 있는 이 건물이 그렇게 음산해 보인 적은 없었다. 몸이 마비되어 가는 느낌이었다. 그는 몸과 마음이 모두 지쳐 있었다. 그렇지만 험난한 하루가 기다리고 있다는 것을 알고 있었다. 니콜라는 다시 기운을 차리려고 애쓰며 어두운 생각들을 떨쳐 버리려고 노력했다.

니콜라는 중앙 계단으로 들어섰다. 니콜라는 위층에서 꼼짝도 하지 않고 서서 그가 올라오는 것을 내려다보고 있는 사람을 눈치채지 못했다. 그다음에 일어난 일은 너무나 순식간이었고 갑작스럽게 벌어진 일이었다. 그의 앞에 뭔가 검은 그림자가 불쑥 나타났다. 니콜라가 처음 느낀 것은 젖은 가죽 냄새와 땀 냄새였다. 니콜라는 벽으로 던져졌다. 모자가 떨어졌고, 아직 통증이 남아 있는 그의 머리는 또다시 벽에 부딪혔다. 상처가 다시 터졌고, 누군가가 니콜라의 목을 한 손으로 눌렀다. 그제야 니콜라는 자신을 습격한 사람의 얼굴을 볼 수 있었다. 습격자는 얼굴을 숨길 생각이 전혀 없어 보였다. 젊은 남자였다. 짧은 머리카락 사이로 두상에 나 있는 흉터 자국들이 보였다. 얼핏 보기에는 균형 잡힌 부드러운 인상이었으나, 냉혹한 눈빛을 가지고 있었다. 얇은 입술을 너무나 꽉 다물고 있어서 입술이 일그러질 때, 핏기도 없고 생기도 없는 그의 얼굴은 시체 같았다.

그는 니콜라를 꼼짝 못하게 잡고 있었다. 그의 얼굴 윤곽은 다시 순식간에 변하더니 부드러운 인상으로 돌아왔다. 니콜라는 두 얼굴을 가진 이 사나이에게 두려움을 느꼈다.

"이봐, 브르타뉴 출신, 충고하나 하지. 어제는 네가 피해 갔는데, 다음에는 그렇게 쉽게 빠져나갈 수 없을 거야. 네가 알고 있는 것을 모두 잊어. 안 그러면⋯⋯."

그 남자는 더욱 거칠게 나왔다. 니콜라는 자신의 옆구리를 흉기로 찌르는 것을 느꼈다. 하지만 칼이 몸속으로 들어가지는 않았다. 그 남자는 니콜라를 풀어주더니 벽으로 밀었고, 니콜라는 다시 한 번 벽에 머리를 부딪혔다. 그 남자는 펄쩍 뛰어서 계단을 뛰어내려 가더니 사라졌다.

니콜라는 초록빛의 창백한 그 눈동자를 결코 잊지 못할 것이다. 생명이 없는 것 같은 눈빛, 니콜라는 그런 눈을 알고 있었다. 그것은 파충류의 눈이었다. 어린 시절 고향의 늪지대에서 개양귀비 이파리에 앉아 있는 개구리를 잡으려고 웅크리고 있었던 것이 기억났다. 커다란 뱀이 나타나서 그 개구리를 덮치기 전에 미동도 없는 눈빛으로 니콜라를 뚫어지게 쳐다보던 그 눈빛이었다.

법을 수호하는 건물 안에서 너무나 태연하게 자행된 두 번째 습격은 니콜라의 조사가 그들을 얼마나 위협하고 있는지 보여주는 것이었다. 또한 그들이 백주 대낮에 거리낌 없이 니콜라를 공격한다는 것은 자신들이 손을 댈 수 없는 존재라는 것을 보여주는 셈이었다.

니콜라는 계단참까지 몸을 질질 끌며 갔다. 심장이 너무 빨리 뛰어서 숨을 쉬기가 힘들었다. 사르틴의 방 앞에 있는 대기실을 지키고 있던 문지기는 니콜라가 들어오는 것을 보지 못했다. 그는 마침 자신이 좋아하는 일에 정신이 팔려 있었다. 그는 담배를 잘게 썰어서, 부스러기 하나도 잃어버리지 않도록 조심스럽게 주석으로 된 작은 상자에 담고 있었다. 니콜라의 거친 숨소리에 문지기는 고개를 들었다. 그는 피로 범벅이 되어 있는 니콜라를 보고 놀라서 소리를 질렀다.

"맙소사! 이게 무슨 일이에요, 르 플록 씨. 제가 사람을 부르러 갈게요. 부르도 형사님이 당신을 찾았어요. 이 근처에 있을 거예요. 오! 하나님, 성모님, 대체 무슨 일이 있었던 겁니까?"

"아무것도 아니에요. 머리에 있던 상처가 다시 터져서 그래요. 그 부위는 항상 피가 많이 흘러요. 지금 당장 치안감독관님을 만나야만 돼요. 안에 계신가요?"

니콜라는 앞으로 넘어지지 않기 위해 두 손으로 테이블을 붙잡고 있어야만 했다. 시야가 뿌옇게 흐려지고 주변의 모든 것이 흔들거렸다. 문지기는 주머니에서 병을 하나 꺼냈다. 주변에 아무도 없는지 살펴보고는, 니콜라에게 마시라고 권했다.

"마셔요. 좋은 거예요. 이렇게 추울 때면, 나는 항상 럼주를 가지고 다녀요. 자, 마셔요. 기운이 날 거예요."

니콜라는 싸구려 독주의 역한 냄새에 기침을 했다. 그러나 알코올은 몸을 따뜻하게 덥혀주고 혈색이 돌게 했다.

"금방, 얼굴색이 아주 좋네요! 어때요, 기운이 나지요? 치안감독관님을 뵙고 싶다고요? 잘됐네요. 당신이 오면 즉각 들여보내라고 하셨어요. 그런데 감독관님 기분이 전혀 좋지 않으세요. 가발을 괴롭히고 계세요. 어떤 상태인지 말 안 해도 아시겠지요……."

무슨 일인지 오늘 아침에는 모든 사람들이 니콜라를 기다리고 있었다.

　문지기는 문을 살며시 두드리고, 오라고 손짓을 하더니 앞으로 가버렸다. 그리고는 니콜라를 남겨두고 휙 사라졌다.

　방은 텅 빈 것처럼 느껴졌다. 단지 벽난로에서 불이 타오르는 소리만 들렸다. 침묵 속에서 장작들이 재로 변할 때 불꽃을 날리며 부서지는 소리만이 들렸다. 벽난로의 열기가 니콜라의 몸을 따스하게 녹여주었다. 앙트와네트의 집에서 나온 이후 처음으로 편안한 순간이었다. 거의 무감각한 상태에서 꼼짝 않고 있던 니콜라는 갑자기 책상 뒤에 있는 안락의자들의 등받이 위로 비죽 솟아나와 있는 두 개의 가발을 발견했다. 소리를 낼 수도 없고, 어찌해야 좋을지 모르는 상태에서 니콜라는 두 사람의 대화를 듣게 되었다.

　"이보게, 우리가 어떻게 그렇게까지 된 거지?"

　사르틴이 물었다.

　"오늘 아침 우편으로 런던에 소문이 돌고 있다는 것을 알게 됐어. 랄리 장군이 포위돼서 항복했다는군! 캐나다에 이어서 인도에 있는 우리 땅까지 위협을 받고 있어……."

　날카로운 목소리가 사르틴의 말을 끊었다.

　"어찌겠는가, 우리는 이미 영국과 전쟁을 했어. 게다가 오스트리아가 합세하는 것도 계산에 넣어야 하네. 해상전쟁에 육상전쟁까지 더해진 거지. 두 마리 토끼를 쫓는 거야……. 게다가 이 모든 것이 돈을 필요로 하네. 엄청난 돈을……. 장군들도 필요하고. 그래, 특히 장군들이 필요하지. 많은 군인들이 법을 우습게 알고

있어. 상관들은 무기력하고, 부하들은 불신에 빠져 있고, 무질서
와 과도한 욕망, 궁정의 권력 다툼……."

"그런 점들을 충분히 고려하지 않았나?"

"물론, 고려하고 심사숙고했지. 하지만 유혹이 너무 컸네. 내
가 유혹이라고 하는 것은…… 오스트리아의 코니츠 수상은 파리
와 베르사이유 궁에서 총애를 받고 있었어……."

손 하나가 의자 등받이 위로 올라오더니 가발이 잘 씌워져 있
는지 확인했다.

"……그는 퐁파두르 후작부인_{루이 15세의 애첩—역자 주}의 환심을
샀고, 부인은 오스트리아에서 그녀에게 감사해한다는 것을 알게
되었네. 그녀는 자신에게서 외교관의 능력을 발견하고 새로운 역
할을 찾은 것이지. 자신이 놀던 곳이 비좁게 느껴진 거야. 거짓
신앙과 국가의 중대한 일들, 이게 바로 늙어가고 있는 애첩의 관
심사라네! 만약, 내가 프랑스의 상태를 판단한다면, 이 나라가 버
티고 있는 것이 기적이네. 첫 번째 충격에 부서지게 될 낡아빠진
기계라고 할까. 우리의 가장 큰 문제점은 아무도 이 상태의 밑바
닥을 들여다보려고 하지 않는다는 걸세. 들여다보지 않는 것을
해결책으로 여기는 판국이네."

"이보게, 친구. 자네 조심성이 없구만."

"우리뿐이지 않은가, 사르틴. 자네에게 말하면서 동시에 나 자
신에게 하는 말이기도 하네. 우리는 오랜 친구 아닌가. 파리에서
는 퐁파두르 부인이 맹트농 부인에 대한 모든 기록들을 모으고
있다는 말도 돌고 있네……."

"그렇게 말하고 있고, 그리고 사실이네."

"그것은 자네가 제일 잘 알겠지…… 나는 혼란스럽네. 모든 부담을 감수하면서 영국과의 전쟁을 선택해야 하는지, 아니면 육상전의 위험 부담을 안고 동맹으로 돌아서야 하는지. 그런데 그 생각 없는 인간들은 전쟁이 금방 끝날 거라고 믿고 있어. 이 나라를 위해 얻는 것이 무엇인가? 뜬구름을 쫓아다니는 거지……."

"무슨 말인가?"

"각자 자신들의 몽상에 빠져 있네. 경솔한 인간들! 오스트리아가 여러 가지를 넌지시 늘어놓고 마음을 들뜨게 해놓은 거지. 동필립은 이태리에 있는 자신의 영토를 네덜란드 진출과 바꾸었네. 오스텐트와 뉴포트를 프랑스에 담보로 주었고, 우리는 프랑스의 부실한 북쪽 국경을 보호하면서 그 도시들을 점령하고 있네. 그런데 우리의 동맹국 스웨덴은 더 많은 이득을 취하지 않았는가! 오스트리아는 콩티 왕자가 폴란드 왕위를 차지하는 문제에 우리가 반대하지 못하도록 하면서 온갖 듣기 좋은 말들을 늘어놓고 있네. 퐁파두르 부인은 벌써 자신이 그쪽에 영향력이 있다고 믿고 있어. 적이었던 합스부르그 왕가와 적대 관계를 청산한 것이 정치력과 신중함이 낳은 위대한 걸작인 것처럼 여기고 있지. 그런데 과연 평화가 이루어지고 동맹이 지속될까? 벌써부터 업적을 기리고 메달을 새기고 난리가 아닌가…… 그들은 영국과 프러시아 왕 프레데릭 2세를 계산에 넣지 않고 있어."

"영국과의 전쟁은 우리 손에 달린 문제가 아니지 않나."

사르틴이 말했다.

"그 말이 맞네. 영국은 우리에게 선택권을 주지 않았어. 해적 놈들, 나쁜놈들……."

자신의 존재를 알려야 하는지 말아야 하는지 망설이고 있던 니콜라는 책상 모서리를 주먹으로 쾅, 치는 소리에 깜짝 놀랐다.

"영국놈들이 우리 배 300척과 선원 6,000명을 끌고 갔어. 그리고 지금 우리 해군을 지휘하고 있는 인물은, 자네도 알지만, 능력이 안 되는 사람일세. 자네의 전임자였던 베리에는 퐁파두르 부인에게 파리에 떠도는 소문들을 고해바치고, 있지도 않은 음모를 꾸미면서 환심을 사더니 그녀 덕분에 유명세를 탔네. 그런 인물이 해군을 책임지고 있어. 스와쥘은 스코틀랜드 상륙작전을 바랐다네. 해군에서 근무한 내 친구 하나가 지도를 펴놓고 그런 계획이 말도 안 되는 생각이라는 것을 보여주었네. 게다가……."

갑자기 가발 하나가 사라지더니 목소리가 은밀해졌다.

"게다가 우리는 배신을 당했다네."

"배신이라니, 무슨 소리인가?"

"그렇다네, 사르틴. 외무부에서 일하는 내 동료 중의 하나가 우리 기밀문서를 영국에 팔았다네."

"그 사람을 잡았나?"

"아니. 너무 시끄러워지면 안 되는 일이었네. 지금은 우리가 통제를 하고 있는데, 너무 늦었네. 이미 물은 엎질러졌고, 빌렌느에 있는 강 하구 쪽에 아직도 묶여 있는 배들이 있다네."

니콜라는 사부가 보냈던 마지막 편지에서 사부가 랑뤠이 후작과 함께 트레이기에 해안가에 있는 프랑스 배들을 보러 갔었다고 한 말이 기억났다.

"이보게, 그 배신 사건이 우리가 진행하고 있는 일과 관련이 있는가?"

사르틴이 낮은 목소리로 물었다.

"그렇지는 않네. 하지만 결과는 마찬가지가 될 걸세. 상황이 이렇다 보니 폐하와 폐하의 주변 인물들에게 누가 되는 일이 일어나서는 안 되네. 로스바흐 전투프랑스가 프러시아 왕 프레데릭 2세에게 패함—역자 주에서의 패배 이후로 어떤 것도 소홀히하지 않는 것이 좋을 걸세. 우리는 프러시아 왕 프레데릭 2세를 바보 취급하지 않았나. 그런데 결과를 보게. 프레데릭 2세를 밟아버리는 대신에 그와 협상을 했던 것이 결국 모든 걸 망쳐 놓은 거야."

"자네 말은 수비즈 장군에게 심하지 않은가, 그래도 포르 마옹에서는 승리하지 않았나?"

"그것을 위해 우리가 어떤 대가를 치렀나. 너무나 비싼 승리였네. 그리고 장군이 로스바흐 전투에서 취했던 태도는 배신보다도 더한 것이었네. 완전히 바보 같은 짓이었어. 여자가 조종을 하게 내버려 두면 일이 이렇게 되는 걸세. 퐁파두르 부인은 프레데릭 2세에게 승리하게 되면 모든 공을 자기 친구인 수비즈에게 돌릴 생각이었지. 전쟁터에서 1,200킬로미터 떨어진 곳에서 퐁파두르 부인의 측근인 재정담당이 세운 전략 가지고 더 이상 무슨 결과를 바라겠는가? 그 후로 성공과 실패가 번갈아 일어나고 있네. 도대체 무엇 때문인가? 나는 이제 지치고, 우울하네."

"왜 그러나, 자네답지 않네. 우리가 승리할 걸세. 그리고 폐하께서……."

"그 이야기를 해보세. 자네는 폐하를 뵙지 않는가, 폐하의 상태는 어떠신가?"

"일주일에 한 번씩 뵙고 있지. 지난 일요일 저녁 베르사이유 궁에서 뵈었네. 폐하 역시 지치고 우울해 보이셨네. 얼굴은 부어 계셨고, 안색은 누렇고……."

"한밤의 만찬, 기름진 고기들, 포도주…… 이제는 그런 것을 즐기실 나이가 아니시지."

"기분이 침울하셨네. 전에는 그렇게 흥미 있어 하시던 연애사건들에 관한 이야기에도 관심을 보이지 않으셨네. 그날 저녁에는 최근에 죽은 사람들, 특히 갑자기 죽은 경우들에 대한 관심뿐이셨네. 임종을 맞은 사람을 위한 기도와 죽음에 대한 이야기들이었네. 그런 관심이 자주 집착으로 변하는 경우가 있네."

"특히 폐하에 대한 살해 시도 이후부터."

"자네 말이 맞네. 다미엥의 주머니칼이 폐하께 상처를 내고 나서, 달려온 주치의가 살펴보고 상처가 깊지 않다고 안심하시라고 말씀드렸더니 폐하께서 뭐라고 대답하셨는지 아는가? 〈상처는 자네가 생각하는 것보다 훨씬 깊다. 왜냐하면 마음을 다쳤기 때문이다〉 또한 선대왕들을 얘기하시며, 폐하의 나이에는 그분들도 더 이상 행복하지 않았다고 말씀하셨네. 그래도 루이 14세께서 말년에 여러 가지 역경에 처하셨을 때보다, 폐하는 지금 훨씬 더 젊지 않으신가. 나중에는 생─드니 성당에 대해 이렇게 말씀하셨네 〈왕들은 그 성당을 보지 못한다. 왜냐하면 장례식 날, 관

속에 누워서만 그곳에 갈 수 있기 때문이다〉."

"그 모든 것들이 퐁파두르 부인 책임이네. 폐하의 우울한 기분을 달래 드린다는 핑계로 온갖 종류의 기분 전환거리를 만들어내고 있지 않은가."

"나라의 불행이 계속된다면, 백성들은 그녀를 싫어하게 될 걸세. 전쟁, 고등법원과의 싸움, 그리고 종교 문제들, 너무 문제가 많네."

"그런데 우리의 사건 말일세."

사르틴의 방문객이 말했다.

"새로운 소식이 있는가? 나는 불안하네. 만약에 그것이…… 내가 희망을 가져도 되겠는가?"

긴 침묵이 흘렀다. 니콜라는 숨도 쉴 수가 없었다.

"그 사건에 내 사람을 하나 심어두었네. 그 친구는 자신이 무엇을 찾고 있는지 모르네. 그는 사냥개이면서 동시에 토끼이기도 하지. 특히 얼굴이 알려져 있지 않은 인물이고 아무것도 모른다는 장점이 있지."

순간 니콜라는 다리에 힘이 확 풀리는 것을 느꼈다. 간신히 넘어지는 것을 면했지만, 손이 바닥에 부딪혔다. 그 작은 소리가 마치 벼락 치는 소리처럼 방 안에 울렸다. 두 가지의 서로 다른 움직임이 동시에 일어났다. 사르틴은 벌떡 일어나서 뒤를 돌아보고, 돌부처처럼 굳어 있는 니콜라를 발견했다. 반면에 사르틴의 방문객은 얼른 모자로 얼굴을 가리고 등을 돌렸다. 곧바로 사르틴은 책상 뒤에 있는 서가를 손으로 가리켰다. 방문객은 그쪽으로 달려가더니 금색으로 된 모서리를 손으로 눌렀다. 책이 놓인 책꽂이가 빙그르 돌더니 통로가 나오고 방문객은 그 안으로 사라졌다. 그 모든 것이 벌어지는 데 3초도 안 걸렸다.

사르틴은 팔짱을 끼고, 침묵 속에서 니콜라를 노려보았다.

"저, 저는 그게 아니라……."

"르 플록, 자네가 한 행동은 있을 수 없는 일이네! 자네를 믿었는데…… 자네는 아무것도 듣지 못한 것이네. 자네 목숨을 걸고 명심해야 해. 그런데 자네 모양새가 왜 그런가? 사창가에서 뒹굴더니 그 꼴이 되었군. 그래, 뭐 할 말이 있는가?"

사르틴은 자신이 모든 정보를 꿰뚫고 있다는 것을 보여줄 때마다 느끼는 만족감에 젖어서 니콜라를 뚫어지게 쳐다보았다.

"치안감독관님, 정말 솔직하게 말씀드리면, 저는 감독관님의 노여움이나 비웃음을 살 만한 행동은 하지 않았습니다. 방금 일어난 일은 억울한 일입니다. 제가 원한 것도, 의도한 것도 아니었습니다. 감독관님이 저를 찾으셨다고, 그리고 지체하지 말고 들여보내라고 하셨다며 문지기가 들어가라고 했습니다. 상처 때문에 정신이 혼미했고 거의 쓰러질 지경이라 감독관님의 사무실이 비어 있는 줄 알았습니다. 그런데 감독관님과 손님께서 거기 계시다는 것을 알았을 때, 제가 나설 수가 없었습니다. 어떻게 해야 좋을지를 몰랐습니다."

사르틴은 아무 말도 하지 않았다. 묵묵부답으로 일관하는 그의 이런 태도는 유명했다. 사람들은 사르틴의 이런 태도는 벙어리도 말하게 만들고, 아무리 단호한 사람이라도 벌벌 떨게 만든다고 했다. 니콜라는 전에는 이런 반응을 경험해 본 적이 없었다. 사르턴은 가끔 참을성이 없거나 거친 면이 있지만, 항상 말을 많이 하고 정중했었다.

"감독관님께서 잘못 알고 계십니다……."

니콜라는 반응을 기다렸지만, 아무 대답이 없었다.

"말씀하시는 것처럼, 사창가에서 뒹굴다 온 것이 아닙니다. 어제, 제가 맡고 있는 라르뎅 반장 실종사건 때문에 라 뽈레라는 포주가 운영하는 술집에 가게 되었습니다. 감독관님도 '왕관을 쓴 돌고래'를 아시지요? 그 집에서 나오는데, 마차 하나가 저를 죽이려고 달려들었습니다. 저는 길거리에 쓰러졌고 의식을 잃었습니다. 어떤 아가씨가 저를 도와주었고, 자기 집에 데려가서 치료를 해주었습니다."

니콜라는 이 부분에서 자기 개인적인 일까지 밝히며 길게 애기할 필요가 없다고 생각했다.

"오늘 아침, 감독관님께 보고드릴 생각으로 서둘러서 샤틀레 법원으로 왔습니다. 중앙 계단을 올라오는데, 자객에게 다시 한 번 습격을 받았습니다. 저를 위협하고 다치게 했습니다. 자객은 모발이라고 생각됩니다. 제 차림새가 엉망이고, 감독관님의 사무실에 들어왔을 때 제정신이 아니었던 이유가 바로 이것입니다."

니콜라는 점점 더 살아났고 목소리 톤이 올라갔다. 그러나 사르턴은 아무런 반응도 보이지 않았다.

"불행하게도 제가 감독관님을 불쾌하게 했거나, 아니면 더 이상 저를 신임하지 않으신다면, 제 고향으로 돌아가겠습니다. 하지만 그전에, 이것만은 꼭 말씀드리고 싶습니다. 저는 만족하면서 일했던 소박한 직장을 갑자기 그만두어야 했고, 가족도 없고 아는 사람도 없는 파리에 던져졌습니다. 감독관님께서 친절하게 저를 받아주셨고, 감독관님을 위해 일을 하도록 해주셨습니다. 깊이 감사드립니다. 감독관님은 저를 라르뎅 반장 곁에 두셨는데, 그를 감시하는 것이 저의 임무라는 것은 바보라도 알 수 있는 일이었습니다. 감독관님은 라르뎅 반장 실종사건이라는 특별 임무를 저에게 맡기셨습니다. 그런데 방금 전에 제가 들을 수밖에 없었던 이야기에 의하면 감독관님은 저를 전혀 믿지 않으셨고, 감독관님이 생각하고 계시는 것을 저에게 밝히시지 않으셨습니다. 물론 의심은 상하관계에서 필요한 것이라는 것을 압니다. 그것은 감독관님께서 가르치신 것입니다. 그러나 저는 아무것도 모르는 상태에서 출발했다는 것을 이해해 주십시오. 제가 정보를 미리 가지고 있었다면 피할 수도 있었던 함정을 피하지 못했습니다. 이 자리에서 물러나기 전에, 그동안의 진행 과정을 보고하겠습니다.”

사르틴은 여전히 아무런 반응도 보이지 않았다.

“라르뎅 반장이 사라지고, 그를 찾기 위해 감독관님은 저에게 많은 힘을 실어주셨습니다. 당시에 무슨 일이 있었을까요? 라르뎅은 실종되던 그날 저녁 ‘왕관을 쓴 돌고래’에서 있었던 파티에 참석했습니다. 그의 친구인 의사 세마귀와 같이 있었습니다. 라르뎅 부인의 친척인 데카르와 라르뎅 사이에 싸움이 벌어졌습니다. 조사를 통해서 데카르와 세마귀도 서로 앙숙이라는 것을 알게 되었습니다. 의사들 간의 경쟁심과 다른 이유들로 인한 것이 었습니다. 데카르는 자신이 라 뽈레의 술집에 있었다는 것을 숨 겼습니다. 수프 장수인 늙은 에밀리가 들려준 이야기로 저희는 몽포콩으로 가게 되었습니다. 몽포콩에서 신원을 알 수 없는 기 사가 저희를 감시했었습니다. 눈 속에서 발견한 시신을 가지고 어떤 확신도 가지기는 어렵습니다. 시신은 형태를 알아볼 수 없 는 상태이지만, 라르뎅 반장의 지팡이와 윗도리가 시체 옆에서 발견되었습니다. 범행 장소에 대해서는 의심을 가지게 됩니다. 발견된 윗도리에서 라 뽈레가 쓴 편지 조각과 사창가에서 쓰는 엽전이 나왔습니다. 이런 물건들은 라르뎅과의 난투극 중에 뺏은 것일 수도 있습니다. 저는 조사를 계속했고, 라 뽈레를 속인 덕분 에 까뮈조와 모발이 라르뎅을 협박하고 있었다는 것을 알게 되었 습니다. 라르뎅은 많은 노름빚을 지고 있었습니다. 그래서 까뮈 조에 대한 라르뎅의 조사는 제대로 이루어질 수가 없었습니다. 라르뎅은 데카르와 마찬가지로 '왕관을 쓴 돌고래' 의 단골손님 이며, 그곳에서 일하던 루이즈라는 아가씨와 결혼했다는 것을 알 았습니다. 루이즈는 라르뎅을 파산시키고 바람을 피우고 있습니 다. 특히, 그녀는 친척인 데카르의 정부입니다. 라르뎅은 사라진 날 저녁에 라 뽈레를 시켜서 데카르를 초대했다는 것을 확인했습 니다. 또한 세마귀는 그날 밤 술집 아가씨와 자지 않았다는 것을 알아냈습니다. 세마귀의 흑인 노예 생—루이도 실종되었습니다. 이것이 감독관님의 대리인을 두 번이나 습격한 사실과 함께, 제 가 조사한 내용입니다. 저는 오늘 제가 감독관님에게 그저 하나의 도구에 불과했다는 것을 알았습니다. 저는 제가 무엇을 찾고 있는지 알지 못했고, 어떤 먹이를 뒤쫓아야 하는지도 몰랐습니다. 저를 그렇게 취급하신 데에는 그럴 만한 특별한 이유가 있었을 거라고 감히 추측을 해봅니다. 저는 항상 감독관님의 충실한 부하라는 것을 알아주시기 바라며 이만 물러가겠습니다.”

니콜라는 심장이 벌떡거리고 감정이 격해져 있었지만, 말을 하고 나니 마음이 가벼워졌다. 마음속에 있던 말들이 하나씩 입 밖으로 나오면서 가슴을 짓누르고 있던 것이 풀어졌다. 이 순간 니콜라가 느끼는 것은 일종의 기쁨이었다. 그의 조사에 대한 브리핑은 매우 상세했지만, 몇 가지 세부적인 것들은 일부러 말하지 않았다. 니콜라는 자신의 이런 소심함이 자랑스럽지는 않았지만, 일종의 작은 복수였다. 자신이 느낀 모욕감에 대한 대답이었다. 자신은 사르틴이 시킨 일을 위해 모든 것을 바쳐서 일했는데, 자신이 존경하는 사람이 자신을 하찮게 여겼다는 것에 은근히 화가 났었다. 이제 모든 것이 끝났고, 마음이 편해졌다. 미래, 운명, 파리에서의 생활, 니콜라는 그 모든 것에 초연해졌다.

니콜라가 방에서 나가려고 할 때, 사르틴이 갑자기 믿을 수 없는 행동을 했다. 그는 가발을 훌러덩 벗어 던졌다. 가발은 책상 위로 굴러떨어지고, 그는 신경질적으로 머리카락을 뒤죽박죽으로 만들었다. 그리고는 벽난로 쪽으로 가서, 죽어가고 있던 불씨를 마구 뒤적거렸다. 그리고 사르틴의 번개 같은 동작에 놀라서 한 발자국도 움직이지 못하고 있는 니콜라에게 다가왔다. 사르틴은 니콜라의 어깨를 잡더니 자기 쪽으로 끌어당겼다. 심판관 같은 눈빛으로 한참 동안 그를 노려보았다. 니콜라는 눈썹 하나 까딱하지 않고 그의 시선을 버텨냈다. 그러더니 사르틴은 니콜라를 안락의자 쪽으로 데리고 가서 앉혔다. 니콜라에게 손수건을 꺼내주었다.

"니콜라, 이것을 받게나. 이걸로 상처를 꾹 누르도록 해."

사르틴은 문 쪽으로 갔다. 니콜라는 사르틴이 문지기에게 하는 말을 들었다.

"자네 술병을 가지고 있겠지…… 그래, 자네의 술병 말일세. 바보 같은 짓 말고, 자, 그걸 이리 주게."

뭐라고 중얼중얼거리는 희미한 소리가 들렸다. 사르틴은 방으로 들어와서 니콜라가 이미 알고 있는 그 작은 술병을 내밀었다.

"한입 마시게. 곧 괜찮아질 거야. 저 친구는 자기가 술 마시는 것을 내가 모르고 있는 줄 아는군."

니콜라는 자기도 모르게 웃음이 나왔다. 덕분에 입으로 넘기던 알코올이 목에 걸렸다. 그러자 계속 딸꾹질이 멈추지 않았고, 딸꾹질은 웃음보를 터뜨리게 만들었다.

"공증인 사무실 서기 양반, 필요할 경우에는 꽤 오만해지는군. 게다가 다시 시골로 돌아가고 싶어하지 않는가! 기가 막힌 연설이야! 뛰어난 열정과 재능이야! 축하하네."

니콜라는 축하에 대한 답례로 일어서는 흉내를 냈다.

"자, 어린애 같은 짓은 그만하게. 내 말을 잘 듣게나. 내가 맡긴 일로 그런 어려움에까지 봉착하게 될 줄은 몰랐네. 물론, 어려운 사건이야. 자네는 빠른 시간 안에 많은 것을 알아냈네. 나는 쉽게 놀라지 않는 사람인데, 자네는 나를 놀라게 했네. 하지만 여러 가지 석연치 않은 것들이 남아 있네…… 자네가 모르는 상태에서 조사를 진행하면서 어려움이 있었을 거야. 이 사건의 목표는…… 음! 말하기가 무척 조심스러운 일이라……."

니콜라는 사르틴의 난감한 입장을 느낄 수 있었고, 그를 이해했다. 거북한 그의 상황에 딸꾹질이 규칙적으로 계속되면서 더욱 민망해졌다. 딸꾹질을 멈추려고 온갖 노력을 해봤지만 더 심해지기만 했다. 니콜라가 온몸을 뒤틀며 정신없이 웃자, 웃음은 사르틴에게까지 전염되었다. 니콜라는 한 번도 사르틴이 웃는 것을 본 적이 없었다. 니콜라는 이 황당한 상황 속에서 자신의 상관이 평소보다 훨씬 더 젊어 보였다. 사실 사르틴과의 나이 차이가 8~9살 정도밖에 나지 않는다는 것이 생각났고, 갑자기 마음이 편해졌다. 두 사람은 곧 다시 진지한 얼굴로 돌아왔다. 사르틴은 자신이 평소와 다른 모습을 보였던 것에 당황해하며 헛기침을 했다.

"자네를 과소평가하고 마치 꼭두각시처럼 사용하는 실수를 했어. 큰 실수였어. 자네는 스스로 자네의 가치를 증명했네. 내가 오해했었네……."

니콜라는 사르틴이 '오해'라는 단어로 은근슬쩍 자기를 속여넘기려 한다고 생각했다. 그렇지만, 사르틴이 자신의 잘못을 인정했고, 니콜라의 '가치'를 공표함으로써 그의 마음에 났던 상처를 어루만져 주었다.

"자네에게 나의 가장 은밀한 생각까지 말을 해야 될 것 같군.

자네는 이미 많은 것을 알고 있네. 내 말을 들어보게."

니콜라는 어떤 얘기도 들을 준비가 되어 있었다. 사르틴은 다시 본래의 모습으로 돌아가서 계속 말을 이었다.

"나는 라르뎅에게 내 전임자인 베리에가 부정부패로 의심했었던 까뮈조를 조사하는 임무를 맡겼네. 그것은 오래된 부패를 청산하는 일이었어. 그런데 라르뎅이 빈둥거리며 시간을 보내고, 내 지시를 따르지 않는다는 것을 금방 알았네. 그리고 랑뢰이 후작이 나에게 자네를 맡겼어. 나는 자네를 라르뎅 곁에 두었고, 자네가 나에게 하는 보고들을 통해, 물론 자네가 알고 하는 것이든 모르고 하는 것이든 간에, 나는 그가 충실한 부하가 아니라는 확신을 가지게 되었네. 그런데 가장 골치 아픈 것은 딴 문제였어."

뭔가 중대한 이야기에 이르자 사르틴은 자신의 가발을 다시 매만졌다.

"페테르스부르그에서 전권을 가진 외교사절이었던 올레옹 백작이 1760년 8월 말에 사망하고 나서, 그의 서류들을 점검하고 봉인하는 임무를 라르뎅이 맡았었네. 이러한 일은 나라의 중대한 협상을 맡았던 모든 사람들에게 행해지는 관례였어. 스와쥘의 명령에 따른 거였지. 그런데 우리는 라르뎅이 여러 개의 서류를 훔쳤고, 특히 폐하와 퐁파두르 부인이 주고받은 편지들을 훔쳤다는 확신을 가지게 되었네. 그가 실종되기 며칠 전에 그를 불렀어. 라르뎅은 만약 자신에 대한 기소가 이루어진다면, 이 편지들을 주변의 강대국들에게 폭로해 버리겠다고 협박했어. 알겠나, 나를 협박 했다니까. 지금 우리가 전쟁을 하고 있는데 말일세. 자네도 상황이 어찌 돌아가는지 알지 않나……."

"왜 바스티유 감옥에 집어넣지 않으셨습니까?"

"그 생각도 해봤네. 하지만 그건 위험 부담이 있네. 내가, 가브리엘 드 사르틴, 파리 치안감독관인 내가 그 대역죄인에게 사정을 해야만 했네. 당시에는 라르뎅이 도박까지 하는 줄은 몰랐네. 나는 그저 라르뎅이 훔친 문서들을 이용해 보호를 받으려는 줄 알고 있었어. 이제는 그가 문서들을 아무한테나 넘기지 않았을까 걱정이 되는군. 그래서 라르뎅이 정말로 죽었는지 밝혀내는 것이 중요하네. 만약 그럴 경우, 훔친 편지는 어떻게 되었는지 알아야 하네."

"까뮈조와 모발을 체포해야 합니다."

"살살 해야 하네, 니콜라. 그렇게 하면 일시적인 만족감을 위해 모든 흔적을 잃어버리는 꼴이 되네. 자네도 앞으로 배우게 될 걸세. 나라의 안위는 때때로 우회적인 방법을 통해 얻을 수 있다는 것을. 게다가 까뮈조는 너무나 오랫동안 경찰 조직 속에 있었기 때문에 사람들에 대해 아주 많은 것을 알고 있어. 섣불리 건드려서는 안 되네. 폐하를 섬기는 사람들은 그런 위험을 조심해야 하네. 그다지 정의롭지는 않지, 안 그런가? 하지만 리슐리에 경의 이 말을 기억해 보게 〈개인적으로는 비난의 대상이 되지 않는 사람이 공인으로서는 영벌을 받게 된다〉."

사르틴은 마치 리슐리에 경의 이름을 거론하는 것만으로도 경건해지는 것처럼 말을 멈추었다. 얼마 동안 침묵이 흐르고 그는 다시 말을 이었다.

"그러한 이유로 라르뎅의 생사를 확인하는 것이 가장 급선무이네. 몽포콩에서 발견한 시체가 라르뎅이라고 확신하나? 자네는 이 점에 대해 망설이는 것 같은데…….

"사실 증거가 부족합니다. 제가 확신하는 한 가지는 그 유골들은 범행 장소에서 몽포콩으로 옮겨졌다는 것입니다. 그리고…….

"전혀 만족스럽지 않구만. 이런 상황 속에서…….

사르틴은 급한 노크 소리에 말을 멈추었다. 문이 열리고, 부르도 형사가 얼굴이 벌게져서 뛰어 들어왔다. 사르틴은 눈이 휘둥그레져서 자리에서 벌떡 일어났다.

"아니! 내 방에 함부로 들어오다니! 부르도, 이게 무슨 행동인가?"

"정말 죄송합니다, 치안감독관님. 심각한 사건이 발생해서 이렇게 무례하게 들어왔습니다. 감독관님과 르 플록 형사님께 보고드릴 것이 있습니다. 어젯밤 데카르가 살해되었습니다. 그리고 정황상 미루어볼 때 세마귀가 살해자로 추정됩니다."

<h1 style="text-align:center">8장 첩첩산중</h1>

사르틴이 신경질적으로 벽난로의 불씨를 뒤적거리고 방 안을 왔다 갔다 하며 편집광적으로 서성대고 있었지만, 부르도는 아랑곳하지 않고 무슨 일이 있었는지 이야기를 시작했다. 그는 사르틴과 니콜라 앞에서 이렇게 말할 수 있는 것에 내심 뿌듯해하는 것 같았다.

블랑—망토 가에 있는 라르뎅의 집에서 쫓겨난 카트린을 찾아보라는 니콜라의 명령에 따라, 부르도는 집 근처를 수소문하고 다녔다. 그런데 운이 좋았다. 어떤 일꾼이 카트린이 두고 갔던 짐을 찾으러 온 것이다. 부르도는 카트린이 의사 세마귀의 집에 머무르고 있다는 소식을 듣고 별로 놀라지 않았다. 중요한 정보를 얻었으니, 세마귀의 집이 있는 보지라르 쪽으로 향했다. 그런데 날씨가 너무 추워서, 성 밖에 있는 도박장에 잠시 들렀다. 그곳에서 토끼 고기와 덜 숙성된 포도주로 허기를 채웠다.

사르틴은 생략하고 빨리 다음 이야기로 넘어가라고 손짓을 했다. 당황한 부르도는 카트린을 만난 이야기를 했다. 그녀는 세마귀의 친절에 대해 침이 마르도록 칭찬을 했다. 세마귀는 고마움을 아는 사람이고, 자신을 오랜 친구처럼 받아들였다고 했다. 카트린은 일자리를 잃어버리고 쫓겨나서, 아와는 남편 생—루이가 실종되어서, 심난한 상황에 있었던 두 명의 요리사는 금방 친해지게 되었다. 아와는 카트린의 명랑함에 매료되었다. 두 사람은 벌써 자신들의 요리 비법을 교환하였고, 부르도는 도착하자마자 새로 만든 파이가 성공했는지 판단해 달라는 부탁을 받았다. 파이에서는 송로버섯과 육두구 향료가 섞인 좋은 냄새가 났었다.

사르틴은 다시 한 번 세차게 가발을 흔들어서 부르도에게 본론으로 들어가라는 신호를 했다. 암튼, 세마귀는 집에 없었다. 부르도는 세마귀와 카트린에 대해 상의하기 위해 기다리기로 했다. 그동안 부르도는 카트린에게 말을 시켰고, 카트린은 기다렸다는 듯이 입을 열었다.

그녀의 말에 따르면, 카트린은 어찌 되었든 간에 라르뎅의 집을 떠날 수밖에 없었다. 왜냐하면 루이즈가 돌이킬 수 없는 상황으로 몰고 갔었다고 한다. 우선 카트린이 일을 불성실하게 한다고 비난했고, 또 다른 하나는 카트린이 그녀의 부도덕한 행실을 알고 있었기 때문이었다. 카트린이 가장 참기 힘든 것은 계모인 루이즈가 착한 마리를 대하는 태도였다. 카트린과 마리는 서로 많이 의지하고 있었기 때문에, 카트린이 그 집에서 나오고 싶은 것을 오랫동안 참아왔던 것도 마리 때문이었다. 그리고 라르뎅도 다른 사람에게는 매우 퉁명스럽지만, 카트린에게는 그다지 못되게 굴지 않았다고 했다.

카트린의 말을 종합해 본 결과, 루이즈의 불륜은 데카르와 세 마귀에서 끝나지 않았다는 것이다. 그녀는 어떤 젊은 놈하고도 바람이 났는데, 라르뎅이 사라진 후로 그놈이 수시로 집에 온다는 것이다.

그런데 시계가 6시를 알렸을 때, 세마귀가 옷이 엉망이 되어 돌아와서는 알아들을 수 없는 소리를 지껄였다. 평소에 매우 침착한 사람이 너무나 뜻밖의 태도였다. 무슨 소리인지 들어보니까 데카르가 살해되었다는 말이었다.

부르도는 세마귀를 진정시키고, 정신을 차리고 어떻게 된 건지 자세히 얘기해 보라고 했다.

세마귀의 설명에 따르면 그는 전날 문 밑으로 밀어 넣은 편지를 받았는데, 데카르가 만나자는 내용이었다. 사이가 좋지 않은 사람한테 그런 편지를 보낸 것이 예상치 못한 일이었다. 그렇지만 절박한 말투로 보아서 뭔가 중요한, 아마도 의학적인 문제에 관한 것일 거라고 생각했다. 약속 시간은 오후 5시 반이었다. 그는 시내에서 볼일을 마치고, 약속 시간에 맞추기 위해 마차를 탔다. 세마귀는 약속 시간보다 좀 이른 5시경에 데카르의 집에 도착했다. 그런데 집의 모든 문이, 정원의 문도, 건물의 문도 열려 있는 것을 보고 놀랐다. 세마귀는 더듬더듬 대문을 넘어섰다. 이미 날이 어두웠는데, 집 안에는 불이 켜져 있지 않았기 때문이었다. 계단으로 연결되는 발코니에 간신히 도착했을 때, 뭔가에 부딪혔다. 처음에는 바닥에 놓아둔 자루인 줄 알았다. 그런데 그것은 사람의 몸이었다.

너무나 놀란 세마귀는 안으로 들어가 양초를 찾아냈고, 불을 켜서 비추어보니 그것은 데카르의 시체였다. 사혈할 때 쓰는 칼에 찔려 있었다. 세마귀는 넋이 나가서 한참 동안 멍하니 있다가 신고하기 위해 집으로 돌아온 것이라고 했다.

부르도는 곧바로 야간 순찰대를 불러 세마귀를 지키게 하고, 데카르의 시신을 조사하기 위해 데카르의 집으로 달려갔다.

데카르의 집은 완전히 어둠 속에 파묻혀 있었고, 세마귀가 켜놓은 양초는 꺼진 상태였다. 부르도는 힘들게 불을 밝힐 수 있는 것을 찾아내서 시신을 면밀히 관찰했다. 시체는 옆으로 누워 있었고 칼은 심장 근처에 꽂혀 있었다. 시신은 아직 굳어 있지는 않았다. 거무스름한 반점들이 보이는 얼굴빛은 붉은색이었고, 무언가에 매우 놀란 표정이었다. 마치 마지막 순간에 소리를 지르려고 했거나, 아니면 누군가를 지목하려고 한 것처럼 입을 아주 크게 벌리고 있었다.

바닥에는 발자국들이 찍혀 있었다. 부르도는 재빨리 집을 둘러보았지만, 이상한 것은 없었다. 그래서 시체를 샤틀레의 지하 안치소로 옮기도록 지시했다.

세마귀는 당분간 샤틀레의 감방에 두는 것이 필요하겠다고 판단했다. 세마귀는 유일한 증인이고, 그에게는 안됐지만, 두 사람이 앙숙이었던 점으로 볼 때 중요한 용의자이기도 했기 때문이다. 마침내 부르도는 대문을 봉인한 뒤에, 열쇠를 가지고 돌아왔다.

부르도의 보고가 끝나고 긴 침묵이 흘렀다. 사르틴은 계속 방안을 왔다 갔다 했다. 그는 손을 들어서 니콜라와 둘이 할 얘기가 있으니 나가보라는 시늉을 했다.

"수고했네, 부르도. 우리는 할 얘기가 있네. 자네 상관에게 지시내릴 것이 있어."

니콜라는 사르틴의 말을 듣고 구름 위에 뜬 기분이어서 기쁜 표정을 감출 수가 없었다. 사르틴의 말은 니콜라에게 임무를 다시 맡긴다는 표시였다.

"감독관님, 허락하신다면 부르도 형사에게 질문이 있습니다."

사르틴은 약간 안절부절인 기색으로 고개를 끄덕였다.

"세마귀에게 피가 묻어 있었습니까?"

"한 방울도 안 묻어 있었습니다."

"데카르는 틀림없이 피로 물들어 있었을 겁니다. 데카르의 시신이 세마귀의 팔에 떨어졌을 때, 옷에 피가 묻었어야 합니다. 그렇게 생각하지 않으세요?"

부르도는 망치로 맞은 듯이 어안이 벙벙했다.

"그렇게 물어보시니까, 어디에도 피가 있지 않았던 것이 생각이 납니다. 시체에도 바닥에도 없었습니다."

"멀리 가지 마시고 있으세요. 할 얘기들이 있습니다. 시신을 보러 가야 하고, 세마귀를 심문해야 합니다.”

부르도는 니콜라에게 존경의 눈빛을 보내며 방에서 나갔다. 약간 짜증이 나 있던 사르틴이 다시 말을 꺼냈다.

“이 모든 것들이 일을 더 복잡하게 만들고 있어. 니콜라, 지금까지 빠르게 조사를 진행했네. 그런데 우리의 사건과 아무런 상관이 없는 일을 해결하기 위해 소중한 시간을 허비하지 말게나. 서두르게. 어떤 것도 그리고 누구도 자네를 방해하지 못하도록 필요한 모든 지시를 해두겠네. 가장 중요한 것은, 폐하에 대한 충성과 국가의 안위를 지키는 것이네. 나는 라르뎅의 운명에는 관심이 없네. 그 편지가 바람직하지 않는 곳으로 가게 되지 않을까, 그것이 나를 불안하게 하는 일이네. 내 말을 잘 이해했나?”

“이제는 감독관님께서 제게 맡기고자 하신 임무의 중요성에 대해 알고 있습니다. 그렇지만 제 생각에는 우리가 알고 있는 여러 가지 사건들은, 데카르의 죽음까지도, 서로 연결되어 있는 것 같습니다. 이 모든 것들이 거슬러 올라가면 하나의 근원을 가지고 있을 수 있습니다. 그러므로 어느 하나도 소홀히 할 수 없습니다. 라르뎅의 주변에 있던 사람들, 특히 ‘왕관을 쓴 돌고래’에서 그날 밤 라르뎅과 함께 있었던 사람들은, 어떤 방식으로든지 감독관님께서 해결하라고 하신 문제와 연관되어 있습니다.”

사르틴은 니콜라의 분석을 이해하지 못했다.

“자네가 좀 더 경계심을 가지도록 만들어야겠군. 설사 그것이 자네가 가지고 있는 순진한 시각을 혼란스럽게 하더라도 말이야. 나는 재판관이었고, 지금도 그러하네. 자네는 전권을 가진 나로부터 권한을 위임받은 재판관이네. 우리는 나라의 법규를 존중해야만 하고, 우리의 권한은 모든 권력의 주인인 국왕폐하로부터 위임받은 것이네. 그러므로 그 권력을 명예롭게 사용해야 하네. 재판관의 권력은 왕권으로부터 오는 것이고 우리가 입는 법복은 신성한 것이지.”

사르틴은 마치 파리고등법원의 높은 자리에 화려한 예복을 입고 앉아 있는 것처럼 자신의 양복을 쓰다듬었다.

“간단히 말하면, 프랑스의 운명에 커다란 영향을 줄 수 있는 몇 가지 사건들을 내가 맡고 있네. 자네가 조사하는 사건도 그것들 중의 하나이지. 나라의 안전과 영광은 우리가 치르는 대가로 이루어지는 것이네. 게다가 전쟁 중에는 더욱 그러하네. 우리의 병사들이 매일 전장에서 죽어가고 있어. 자신의 나라를 사랑하는 마음을 가진 사람이라면 우리의 적들이 폐하의 이름을 더럽힐 수 있는 방법을 확보하게 된다는 상상만으로도 심장이 떨릴 것이네.”

사르틴은 니콜라의 두 눈을 똑바로 쳐다보며, 좀 전의 엄숙한 목소리와는 다른 목소리로 말했다.

“니콜라, 모든 것은 비밀이어야 하네. 완벽한 비밀이어야 돼. 노블쿠르 씨에게 배운 대로 일반적인 절차를 따르는 것은 절대 안 되네. 나는 당분간 이 사건에 재판관이 지명되는 것을 원치 않네. 우리는 아무도 믿을 수 없어. 완벽하게 일을 해야 돼. 필요하면, 바스티유 감옥에 보내도 되네. 얼마든지 나에게 요구해도 돼. 그곳이 온갖 종류의 사람들이 아무런 통제도 받지 않고 들락날락

하는 시장 바닥 같은 우리 감옥보다 훨씬 더 안전하니까. 자네에게 시체가 생겼다, 그러면 시체를 감추게! 자네에게 확인해야 할 것이 생겼다, 그것을 숨기게! 자네는 상송과 친해졌네. 그를 이용하게. 상송은 비밀을 무덤까지 가져갈 사람이니까. 모든 일들에 얽혀 있는 비밀을 따라가면 미로의 끝에 도착하게 될 거야. 자네는 법의 지배를 받지 않는 나의 전권을 가지고 있네. 그리고 잊지 말게. 만약 자네가 실패하거나 나의 권력을 남용하면, 자네의 목을 걸어야 될 거야. 자네는 아무의 지배도 받지 않네. 마음대로 하게. 나는 자네를 신뢰하고 지지하네. 최선을 다해서 빨리 목적을 달성하게."

니콜라는 사르틴의 위엄에 감동되어서, 말없이 고개를 숙여서 인사했다. 니콜라가 문 쪽으로 가려고 하자, 사르틴이 그의 어깨를 붙잡았다.

"니콜라, 조심하게. 이제는 자네가 누구를 상대해야 하는지 알고 있겠지. 그놈은 무서운 놈일세. 무모한 행동은 하지 말게. 우리는 자네가 필요해."

부르도는 문지기의 질문 공세에 시달리며 대기실에서 니콜라를 기다리고 있었다. 아침부터 난리법석인 이유가 궁금한 문지기는 이것저것 물어보았지만 부르도가 아무 대답도 하지 않자, 화가 나서 파이프 담배만 피워대며 매운 연기를 방 안 가득 뿜어내고 있었다.

니콜라는 데카르의 시체를 살펴보기 위해 부르도와 지하 시체 안치소로 가려고 했으나, 부르도는 니콜라의 상처에서 아직 피가 마르지 않았고, 옷도 찢어져 있고, 지금 상태에서는 쓰러질 수도 있다고 반대했다. 니콜라는 무언가 먹고, 기운을 회복해야만 했다. 부르도는 니콜라가 어제 자신과 만난 이후로 아무것도 먹지 않았을 거라고 추측했다.

사실, 라 뽈레가 준 라타피아 술과 앙트와네트 집에서 마신 커피 한 잔, 그리고 문지기의 독주 두 모금을 삼킨 것밖에 없다고 말했다. 니콜라는 배가 등가죽에 붙은 상태였다.

부르도는 니콜라르 데리고 밖으로 나와서 친구 중의 하나인 약제사에게 데리고 갔다. 경찰 임무 수행 중에 다치는 순찰대가 있을 때 치료를 해주는 사람이었다. 니콜라가 간단하게 씻고 나자, 약제사는 머리의 상처를 소독했다. 어두운 색깔의 냄새가 지독한 크림을 상처에 발랐다. 약사는 짐짓 엄숙한 표정을 지으며, 이 크림은 엉터리 크림이 아니라고 했다. 처음에는 불이 붙은 것처럼 화닥거리더니, 곧이어 무감각해져서 니콜라는 놀랐다. 머리는 천으로 잘 감겨져서 모자 밖으로 하나도 보이지 않았다. 옆구리에 난 칼에 찔린 상처도 같은 방식으로 치료했다. 약사는 상처에 반창고를 붙여주었다. 그렇게 붙여두면 상처가 나아져서, 며칠 후면 상처가 없어질 거라고 말했다.

니콜라는 자신의 옆구리 상처를 보며 '다미엥 스타일의 상처'라고 그가 비웃는 것이 마음에 들지 않았다. 다미엥이 폐하에게 낸 상처와 비슷한 상처라고 하는 말이었는데, 생각만 해도 등골이 오싹한 대역죄가 웃음거리가 된다는 것이 불쾌했다.

　그들은 약방을 나오다 티르포와 마주쳤다. 그는 샤틀레 근처를 떠나지 않고 인근을 돌아다니며 니콜라를 기다리고 있었다. 부르도는 피에—드—뵈프에 있는 그의 단골집에 가서 몸을 녹이고 요기를 하는데 티르포를 데리고 가자고 했다. 하늘은 낮게 드리워져 있었고, 그랑드 부쉬리 가의 꼬불꼬불한 거리들은 어두웠다. 사람들이 어둠 속에서 유령처럼 나타났다 사라졌다 했다. 그들의 굳은 얼굴들만이 보였다. 눈이 젖어 있어서 발자국 소리는 얼음을 밟을 때처럼 경쾌한 소리를 내지는 않았다.

　음식점 주인은 기쁘게 그들을 맞으며 곧 화덕에 불을 지폈다. 부르도는 주인과 기운을 차리게 할 음식을 상의했다. 그들은 곧바로 식탁 앞에 앉고, 돼지 비곗살이 둥둥 떠 있는 강낭콩 수프가 나왔다. 이어서 계란 요리를 여러 병의 백포도주와 함께 먹었다. 그러더니 부르도가 니콜라의 피곤을 풀어주고 기운을 돋아줄 탕약을 만든다고 비밀스런 표정을 지으며 주방으로 사라졌다. 그는 설탕과 계피, 후추, 정향, 꿀, 그리고 두 병의 적포도주를 섞어서 끓인 다음에 커다란 그릇에 담고, 증류주 반병을 부었다. 거기에다가 불을 붙인 다음에 의기양양한 표정으로 그릇을 들고 식탁으로 돌아왔다.

　니콜라는 정신없이 먹고 마셨다. 불타는 술도 거침없이 마셨다. 그랬더니 이미 마신 술들과 섞여 슬슬 잠이 오기 시작했다. 그는 모든 사람들에 대해 따뜻한 온정을 느꼈고, 특히 그의 옆에 있는 사람들에 대해 더욱 그랬다. 평소에는 점잖던 니콜라가 말이 많아졌다. 그는 농담까지 해서 두 사람을 깜짝 놀라게 했다.

그러더니 결국 두 사람의 부축을 받아야 했고, 부르도와 티르포
는 그를 뒷방에 있는 긴 의자에 눕혔다. 두 사람은 다시 식탁으로
돌아와서 담배를 태우고, 흡족한 표정으로 천천히 불타는 술을
마셨다. 시계가 오후 1시를 알렸을 때, 니콜라가 잔뜩 화난 얼굴
로 다시 나타났다.

"부르도 형사님, 당신은 정말 몹쓸 사람이군요. 앞으로는 형사
님이 만드는 술을 조심하겠습니다."

"몸이 좀 나으신가요?"

"솔직히 말하자면, 상당히 가뿐해요……."

니콜라는 웃었다.

"한 잔 더 마실 수도 있을 것 같아요……."

부르도의 표정이 시무룩해졌다. 그는 슬픈 표정으로 빈 그릇을
가리켰다.

"어쩌지요, 그 술이 더 필요 하신 거죠……."

니콜라는 불타는 술을 다시 만들기 위해 주방으로 들어가려는
부르도를 말리고, 티르포에게 말했다.

"티르포, 나에게 할 말이 있다고 했지?"

"응, 니콜라. 내가 항상 눈과 귀를 열어두고 다닌다는 것을 잘
알지? 나는 항상 그래. 그리고 내가 너에게 빚진 것을 잊지 않고
있어. 네가 없었다면 난……."

니콜라는 손을 들어서 그다음에 나올 이야기들을 막았다. 수없
이 들어서 다 외우는 이야기들이었다. 티르포는 니콜라 덕분에
위기를 모면한 이후로 그에게 늘 고마워했다. 티르포가 소매치기

로 몰렸는데, 니콜라의 명석한 도움으로 티르포의 라이벌이 그를 모함하기 위해 만들어낸 함정이었다는 것을 밝혀낼 수 있었다.

"무슨 말인지 알고 있어, 티르포. 할 얘기가 뭐야. 부르도 형사와 나는 가야 할 곳이 있어. 우리는 이미 시간을 너무 많이 허비했어."

부르도는 고개를 숙이며 미안한 척했다.

"그게 뭐냐면, 어제 저녁 랑포노의 식당에서 나는 내 간이 화장실을 내려놓고 사람들이 밤참을 먹고 나오기를 기다리며 술을 한잔했어. 사람들이 밤참 먹고 나올 때가 장사가 제일 잘되는 시간이야. 배가 가득 불러 있잖아. 배가 부르면 부를수록, 그만큼 비워내야 되거든. 그게 인생이지. 그때 내가 돈을 버는 거야. 내 옆에 두 놈이 앉아 있었는데, 눈 깜짝할 사이에 좀 전에 우리가 마신 양의 세 배 정도를 마셨어. 둘 중의 하나는 퇴역한 군인 같았어. 말투가 군인이었고, 한쪽 다리가 나무로 된 의족이었어. 오랫동안 전쟁터에서 대포 소리를 들으며 산 사람들이 그런 것처럼 큰소리로 말을 했어. 그 작자는 술을 어찌나 빨리 마시는지 들이부었어. 둘이서 은어로 말을 했는데, 나는 다 알아들었어. 뭔가 좋지 않은 일에 대한 얘기였는데, 이미 저질렀거나 아니면 저지를 일이었어. 내가 이해가 안 된 것은, 그들이 떠들어대면서 금화를 만지작거렸는데, 내가 한 번도 본 적이 없는 거였어. 그리고 그 녀석들은 고블렝 거리에 있는 차고에 감추어둔 말과 마차를 팔 거라고 말했어. 그러다가 어느 순간, 그놈들이 내가 듣는 것을 눈치채고 나가 버렸어. 나는 상황이 좀 난처해진 것 같아서 뒷문으로 나왔어. 혹시 무슨 일이 있을지 몰라서.”

“그 늙은 군인, 나무다리가 오른쪽이었어, 왼쪽이었어?”

부르도는 니콜라의 몸이 파르르 떠는 것을 느꼈다.

“잠깐만, 따져 봐야 돼. 그놈들이 내 오른쪽 테이블에 있었고, 하나는 나하고 같은 줄에 있었고, 퇴역 군인, 그 작자는 맞은편에 있었고, 의족을 내 쪽으로 내밀고 있었어. 그러니까 오른쪽 다리였어. 확실해. 네가 아는 놈이야?”

니콜라는 이마를 찡그리고 있었고, 대답이 없었다. 그는 무언가 골똘하게 생각하고 있었고, 두 사람은 감히 방해할 수가 없어서 가만히 있었다.

“티르포, 그 두 놈을 찾아보도록 해. 네 끄나풀들을 좀 풀어봐. 그리고 이것은 너에게 주는 거야.”

니콜라는 티르포에게 여러 개의 은화를 건네주고, 수첩에다가 사용처를 적었다.

“니콜라, 이렇게 하면 섭섭해. 나는 너에게 도움이 되려고, 재미 삼아서 일하는 거야. 너에게 보답하기 위해서.”

“이건 너 때문에 주는 것이 아니야. 네가 그렇게 생각해 주는 것은 정말 고마워. 그런데 사람 찾는 일은 돈이 필요해. 그리고 어쩌면 네 영업에 지장을 줄 수도 있어. 내 말 이해하겠지?”

티르포는 알았다고 했다. 그러나 습관적으로 은화가 진짜인지 알기 위해 이빨로 깨물어보아서 니콜라를 웃게 만들었다.

“너는 나를 사기꾼으로 보는 거야? 그놈들에 대한 정보가 있으면, 평소처럼 샤틀레 근처에서 만나도록하자. 그 녀석들을 찾아야만 해."

　그들이 식당에서 나왔을 때, 바깥은 여전히 흐리고 침침했다. 게다가 추위까지 더했다. 니콜라와 부르도는 서둘러 샤틀레 법원으로 향했다. 니콜라는 기분이 나아졌고, 부르도에게 자신이 발견한 것들과 있었던 일들을 이야기해 주었고, 부르도는 놀라서 입을 다물지 못했다. 니콜라는 술에 취해서 잠깐 휴식을 취한 것이 정신을 더욱 맑게 하고 우울한 기분도 몰아낸 것 같았다. 상처 때문에 피를 흘리고, 술까지 마셨더니 몸이 정화된 것처럼 불안과 어두운 생각들이 다 빠져 나갔다. 두 번 연속으로 이어진 습격 때문에 생겨났던 나약한 마음이 확고한 결단력으로 바뀌었다.

　니콜라는 습관대로 혼자서 정리를 해보았다. 사르틴은 결국에는 아버지 같은 모습을 보여주었다. 그런 생각을 하자 마음이 아파지면서 사부의 모습이 떠올랐다. 이어서 랑뒈이 후작의 모습이 떠오르고, 곧 이자벨의 미소가 다가왔다. 니콜라는 얼른 이런 생각들을 떨쳐 버렸다. 기운을 차리기 위해 사르틴이 자신을 얼마나 신임하고 있는지를 생각했다. 그가 맡은 임무는 흔한 범죄가 아니라, 국가의 일이었다. 니콜라는 숨을 깊게 들이마시고 내쉬었다. 어떤 대가를 치르더라도 끝까지 갈 수 있다는 느낌이 들었다.

　니콜라와 부르도가 샤틀레 지하에 있는 시체 안치소에 내려갔을 때, 잃어버린 가족을 찾으러 온 사람들 혹은 단순히 호기심에 구경 온 사람들이 침묵 속에서 밀려다니고 있었다. 부르도는 니콜라에게 낮은 목소리로 시신은 여기 없을 것이고, 검사실로 옮겨졌을 거라고 말했다. 샤틀레 법원의 의사들이 관례적으로 확인 작업을 하고 가장 의심이 되는 경우에 부검을 하는 곳이다.

검사실은 둥근 천장을 가진 지하실이었다. 돌로 된 커다란 테이블이 있고 물청소를 할 수 있도록 배수구가 있는 방이었다. 몇 개의 양초가 초라하게 실내를 비추고 있었는데, 어떤 남자가 움직이지 않고 서서 데카르의 시신을 쳐다보고 있었다. 그 남자는 두 사람이 들어오는 소리에 뒤를 돌아보았고, 두 사람은 곧 상송을 알아보았다. 니콜라는 상송에게 손을 내밀었고, 이번에는 상송도 주저 없이 악수를 했다. 기쁜 마음으로 악수를 하는 것 같아 보였다.

"르 플록 씨, 이렇게 빨리 다시 뵙게 될 줄은 상상도 못했습니다. 부르도 형사님이 보내신 메시지에 의하면, 저의 보잘것없는 도움을 필요로 하신다고요."

"다른 일로 뵙게 되었더라면 좋았을 텐데, 폐하를 위해서 하는 일이라 미룰 수가 없었습니다. 당신은 비밀을 지키는 분이라는 것을 알고 있으니까요."

상송은 손을 들어 괜찮다는 표시를 했다.

"살펴보신 시체는 어제 아침에 우리의 궁금증을 기가 막히게 풀어주셨던 그 유골들과 분명히 연관이 있는 것 같습니다."

니콜라는 이마의 땀을 닦았다. 자신이 파리로 돌아온 지 백 년은 된 것 같은데, 고향 게랑드에서 파리로 돌아온 지 겨우 나흘밖에 되지 않았다는 생각이 들자 소름이 끼쳤다. 니콜라는 나흘 동안 많이 늙어버렸다. 상송은 친근한 눈빛으로 니콜라를 쳐다보았다.

"우리는 새로운 수수께끼에 부딪혔습니다. 이 남자는 가슴에 칼이 꽂혀 있고, 죽은 채로 발견되었습니다."

"칼은 계속 거기에 꽂혀 있습니다. 시신에 손을 대서는 안 된다고 생각했고, 그래서 그 상태로 옮겼습니다."

부르도가 설명했다.

"부르도 형사님, 당신의 세심한 주의에 감사드립니다. 덕분에 우리의 일이 수월해질 것입니다. 르 플록 씨께서 제 의견을 듣고 싶어하셨습니다. 그런데 저는 당신이 주의 깊고, 정확하며, 세부적인 것을 밝혀내는 능력이 있다는 것을 알고 있습니다. 저의 제자가 되어보지 않으시겠습니까, 당신이 관찰한 것에 대해 말씀해 보시겠습니까?"

"상송 선생님, 사실 당신에게서 배울 것이 많습니다."

니콜라는 시신을 덮고 있는 천을 치웠다. 시신은 옷이 벗겨진 상태로 칼이 꽂혀 있는 셔츠만이 남아 있었다. 얼굴은 끔찍한 상태였다. 이마에는 주름이 잔뜩 잡혀 있었고, 눈구멍 속에 깊숙이 박혀 있는 두 눈은 뜨고 있었는데 눈빛은 흐려져 있었다. 관자놀이는 푹 패어 있었는데, 파진 것이 뺨까지 이어졌다. 데카르인지 알아볼 수 없는 지경이었다. 단지 턱이 없는 것이, 벌어진 입 때문에 더 그래 보였지만, 데카르의 생전 모습에서 인상적이었던 부분을 생각나게 했다.

"첫 번째로 눈에 띄는 것은, 시신을 발견한 사람과 부르도 형사의 증언대로 시신과 시신의 주변에 피의 흔적이 전혀 없었다는 것입니다. 피를 흘리지 않고 누군가를 칼로 찌를 수 있습니까? 그리고 얼굴이 충혈되어 보이고, 입은 기이할 정도로 크게 벌어져 있고, 검은 반점들이 보입니다. 여기…… 그리고 여기도…….”

니콜라의 손가락이 시신의 얼굴 여기저기를 가리켰다.

“……거무스름하고 보기 흉한 반점들이 있습니다. 이상한 반점들입니다.”

“르 플록 씨, 좋은 방법을 선택하셨습니다. 감정이나 상상력의 개입 없는 냉철한 확인 작업만이 정확한 질문에 도달할 수 있습니다. 두 분이 오시기 전에 얼굴밖에 보지 못했는데, 이미 얼굴만으로도 많은 것을 알 수 있었습니다. 얼굴만 놓고 본다면, 피해자는 목이 졸려서 질식했고, 또한 독을 먹은 것 같습니다. 그런데 이 칼이 문제를 복잡하게 만들고 있습니다.”

상송은 돌로 된 테이블 가까이 다가갔다. 그는 데카르의 머리를 살펴보고, 몸을 숙여서 냄새를 맡아보고, 무어라고 혼자 알아들을 수 없는 말을 중얼대더니, 시신의 벌어진 입속에 손가락 두 개를 집어넣었다. 그리고는 무언가를 입속에서 끄집어내서 손수건 위에 조심스럽게 올려놓았다. 상송은 자신이 꺼낸 것을 두 사람에게 보여주었다.

“이것이 뭐라고 생각하십니까?”

부르도는 안경을 꺼내서 썼다. 눈이 밝은 젊은 니콜라가 먼저 대답했다.

"작은 깃털인데요."

"분명히 깃털입니다. 어디서 나온 것일까요? 타일에서 아니면 베개에서? 여러분께서 확인해 보시기 바랍니다. 그러나 르 플록 씨, 이것을 통해 어떤 결론을 내릴 수 있을까요?"

"피해자는 질식사 했다는 것……."

"……목이 졸린 것이 아니라는 말이죠. 왜냐하면 목 주변에 교살의 흔적이 전혀 없습니다. 그리고 이 나이의 남자를 질식시키는 일이 쉬운 것이 아니기 때문에, 질식되기 전에 마약으로 정신을 잃게 했을 것이라고 확신합니다. 이상한 냄새가 나는데, 입 근처에서……."

"그렇다면 상송 선생님, 이 칼은 무엇입니까?"

"그것은 르 플록 씨께서 밝혀내셔야 할 일입니다. 제 분야를 벗어나는 일입니다. 그러나 인생에서 때로는 진실과 단순함이 최선의 방책이 되기도 합니다. 이 칼의 연출은 혼돈을 일으키기 위한 위장으로 보입니다. 그리고 그것이 더욱 확실한 것은……."

상송은 다시 시신의 가슴 쪽으로 몸을 숙였다. 그리고 살며시 칼을 뽑았다.

"……이 칼은, 사실, 살해할 만한 위력이 없었습니다. 심장에 꽂히지 않았습니다. 그리고 중요한 장기를 건드리지 않았습니다."

니콜라는 잠시 생각하더니 상송에게 물었다.

"칼로 찌른 것이 치명적이지 않았다면, 가해자가 해부학에 대해 아무런 지식이 없다는 유추가 가능하지 않을까요?"

부르도는 슬며시 미소를 지었다. 그는 니콜라가 무슨 생각을 하는지 알 수 있었다.

"가능하지요. 살해자는 피를 보는 방법으로 죽이고 싶지 않았던 것 같습니다. 살해 후에 일종의 위장을 했고, 그 이유는 르 플록 씨께서 알아보셔야 되겠죠. 그런데 살해자는 두 가지 실수를 했습니다. 첫 번째는 심장에 치명적인 상처를 입은 것처럼 꾸미고 싶어했어요. 그런데 출혈이 전혀 없었습니다. 두 번째 실수는 정확한 부위를 찌르지 못했다는 것입니다. 처음에는 살해자가 해부학을 전혀 모르는 사람이라고 결론 내렸습니다. 그런데 다시 생각해 보니, 살해자의 모든 행동은 치밀하게 계산된 것이고, 오히려 신체에 대해 잘 알고 있는 사람의 소행일 수도 있다는 겁니다."

"아니, 그러면 왜 그런 실수들을 했을까요?"

"제 말을 잘 들어보세요. 살해자는 피해자가 정신을 잃게 하기 위해 마약을 사용했습니다. 그리고 질식시켰죠. 이어서 칼로 위장을 했습니다. 그런데 칼에 찔린 상처에 나타난 실수는 특별히 사악한 면이 있습니다. 의도된 것이었습니다. 그가 만약 의사라면, 의사가 그런 말도 안 되는 실수를 저질렀을 리가 없다고 하면서 자신의 결백을 주장하는데 이용할 겁니다."

부르도와 니콜라는 상송의 명석함과 그의 말이 의미하는 것에 섬뜩해서, 돌처럼 굳어져서 서로를 쳐다보았다.

"말씀하신 검은 반점에 대해 살펴보지요. 가지런히 누운 채 죽은 사람은, 시간이 얼마 경과되지 않았을 때, 혈액 순환이 되지 않기 때문에 피가 빠지면서 창백한 얼굴을 가지게 됩니다. 반면에 바닥과 닿은 부분들, 즉 견갑골, 엉덩이, 그리고 종아리 뒷부분은 자줏빛으로 변합니다. 그러한 이유로 저는, 어쩌면 조금 성급한 결론일지도 모르지만, 피해자가 얼굴이 바닥을 향한 상태에서 질식되었고, 어느 정도의 시간 동안 그 상태로 있었다고 봅니다. 보십시오. 시체의 앞부분 전체가 어두운 색으로 변해 있지 않습니까. 이런 현상은 사망한 지 30분 정도 지나면서 나타나기 시작해서 5~6시간 지나면 가장 심해집니다. 시신의 위치를 바꾸어주면서 그런 현상을 진행시킬 수도 있습니다. 하지만 그렇지 않은 경우에는 색깔이 변하는 현상은 지속되고, 금방 어두운 색으로 변하면서 검은 보랏빛으로 되지요."

"제가 시신을 발견했을 때, 엎어져 있었습니다. 그리고 그 상태 그대로 옮겼습니다. 샤틀레 지하 안치소에 와서, 그러니까 몇 시간이 지나서 똑바로 뒤집어놓았습니다."

부르도가 설명했다.

"그렇다면 제 생각이 더욱 확고해지는군요. 우리는 지금 두 가지 현상이 복합적으로 나타난 것을 보고 있습니다. 질식으로 인한 울혈과 시신의 자세 때문에 나타나는 일반적인 변색입니다. 결론을 내리자면, 이 시체는 마약을 먹었고, 얼굴이 바닥에 닿는 자세로 질식되었고, 그 자세로 적지 않은 시간을, 30분 이상 있었습니다. 그리고 나서 사혈용 칼에 서투르게 찔렸습니다. 칼에 찔린 상처는 치명적이지 않았고, 칼에 찔린 순간의 시신의 상태로 인해 출혈이 없었습니다."

니콜라는 감탄했다.

"존경스럽습니다. 그리고 도와주셔서 정말 감사합니다. 그리고 치안감독관님의 이름으로 부탁드리는데, 이 사건은 절대적인 비밀 유지가 필요합니다. 또한 우리의 추측을 확인하기 위해 부검이 필요합니다. 그런데 샤틀레 법원의 의사들에게서 무엇을 기대할 수 있겠습니까? 처음 경험한 것이지만, 어제 겪어본 바로는 그들에게서는 상투적인 것밖에 나올 것이 없다는 생각이 들었습니다. 부검을 맡아주실 수 없겠습니까?"

"저는 의사가 아닙니다. 하지만 의학 공부를 마친 제 조카의 도움을 받는다면, 해볼 수 있겠습니다."

"조카분이 비밀을 지킬 수 있을까요?"

"제가 지키는 것과 마찬가지로 지킵니다. 그리고 제 목을 걸겠습니다."

상송에게 여러 번 감사의 말을 전하고, 그를 데카르의 시체 옆에 혼자 두고서 니콜라와 부르도는 샤틀레 법원의 감옥이 있는 구역으로 향했다. 니콜라는 생각에 잠겨서 갑자기 걸음을 멈추더니 부르도의 팔을 잡아당겼다.

"지금 세마귀를 심문하고 싶지 않습니다. 세마귀는 그가 원하든 원하지 않든, 이 끔찍한 사건의 당사자이거나 아니면 피해자입니다. 제 생각들을 뒷받침하기 위해 다른 정보들이 필요합니다. 현장에서 찾아보기 위해 보지라르의 데카르 집에 가봐야겠습니다. 형사님이 어제 집 안을 자세하게 조사하고 단서를 확보하기에는 시간이 부족했을 겁니다.”

“그것은 사실입니다. 그렇지만 눈에 띄는 이상한 점은 없었습니다. 그런데 거기에 혼자 가시게 제가 내버려 둘 거라고 생각하지는 마세요. 이제는 무슨 일이 생길지 알 수가 없습니다.”

“부르도 형사님, 괜찮아요. 형사님이 세마귀와 함께 있는 것이 중요한 일입니다. 무슨 일이 벌어질 수 있는 곳은 여기예요. 내가 그를 심문할 때까지 형사님이 옆에서 지키고 있었으면 좋겠습니다. 그리고 형사님이 나를 도울 것이 있어요. 횃불이나 아니면 초롱불을 가져다주세요. 곧 밤이 될 거고, 어둠 속에서 헤매고 싶지는 않아요. 그리고 마차 하나를 불러주세요.”

부르도가 자신의 명령을 수행하러 사라진 동안, 니콜라는 사무실로 갔다. 그는 벽장 하나를 열었다. 옷과 모자, 가발들이 어지럽게 쌓여 있었다. 거기에 있는 고물들은 헌옷 장수들이 무척 좋아할 만한 것들이고, 파리의 거지들이 입으면 딱 어울릴 만한 것들이었다. 니콜라는 동료들이 임무 수행을 위해 변장을 하고 시내에 나갈 때 사용하는 먼지 나는 옷들 속에서 적당한 것을 골랐다. 부르도는 작은 초롱불을 들고 다시 나타났다. 그는 수줍은 미소를 지으며 니콜라에게 작은 권총 하나와 화약, 그리고 총알이 든 주머니를 주었다.

“사용할 줄 아시죠. 한 방밖에 쏠 수 없습니다. 하지만 작아서 소리가 크지 않고, 목숨에 지장은 없습니다. 제가 도움을 주었던 무기상 하는 친구가 제게 선물한 것이에요. 견본품의 두 번째 샘플입니다. 선물로 드리고 싶어서…… 필요한 경우에는 주저 없이 이 총을 사용하겠다고 약속해 주세요."

니콜라느 부르도의 손을 꼭 잡았다. 그는 자신에 대한 동료의 깊은 배려에 감동했다. 부르도는 겉모습은 투박하지만 마음속에 보물을 간직하고 있는 동료였다. 니콜라는 권총을 호주머니에 넣고, 손에 옷 보따리 하나를 들고 법원 밖으로 나와 기다리고 있던 마차에 올라탔다. 니콜라는 누군가가 쳐다보고 있다는 느낌이 들었지만, 어디에 숨어 있는지 알 수가 없었다. 니콜라는 마부에게 전속력으로 생—위스타쉬 성당으로 가라고 말했다.

마차가 교회 앞에 도착하자, 정문 앞에서 멈추게 하고는 마차에서 내려 교회 안으로 들어갔다. 니콜라는 그곳에서 자주 예배에 참석했기 때문에 지리를 잘 알고 있었다. 니콜라는 성당의 넓은 내부와 높은 천장 아래서 울려 퍼지는 파이프 오르간 소리를 좋아했다. 그는 커다란 빗장을 잡아당겼다. 주중에 옆문은 잠겨 있었다. 설사 열려 있다 해도, 그를 쫓아오는 사람이 도착하기 전에 계획을 실천에 옮길 시간이 충분했다.

니콜라는 작은 예배실의 어두운 구석으로 몸을 숨겼다. 입고 있던 옷을 모두 벗었다. 다른 옷으로 갈아입고, 커다란 낡은 외투를 걸쳤다. 옛날 스타일의 가발과 알이 뿌연 안경, 챙이 높은 섭정시대 스타일의 모자를 쓰니 전혀 딴사람이었다. 그는 작은 손거울로 자신의 변장을 확인해 보았다. 완벽하게 마무리를 하기 위해 양초통에서 집어온 시커먼 그을음을 얼굴에 발랐다. 권총을 주머니 속에 감춘 채 니콜라는 정면 돌파를 하기로 마음먹고 문

의 빗장을 잡아당겼다. 모발이 그의 앞에 서 있었다. 그의 얼음
같은 눈빛이 다시 한 번 니콜라를 움찔하게 했다. 니콜라는 노인
의 목소리로 위장을 하고 먼저 선수를 쳤다.

"이 빗장을 어떻게 여는지 아시오! 이보시오, 나 좀 도와주시
오. 조금 전에 들어왔던 빌어먹을 놈이 나를 밀쳤어."

모발은 그를 옆으로 밀어버리고, 안으로 뛰어 들어갔다. 마차
는 니콜라를 기다리고 있었고, 곧바로 그를 태워서 떠났다.

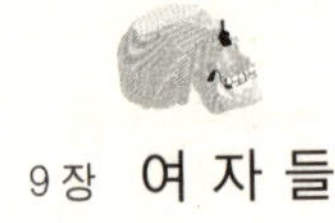

9장 여 자 들

니콜라가 보지라르에 도착했을 때는 이미 밤이었다. 그는 파리로 돌아갈 일을 위해 마차를 남겨두고 싶었다. 그러나 후한 액수에도 불구하고, 마부는 기다리는 것을 거절했다. 마부는 밤에 성곽 밖에 있어본 적이 없다고, 특히 눈이 왔을 때는 더욱 어렵다고 말했다. 니콜라는 마차 삯을 지불하고, 더 이상 부탁하지 않았다. 그는 아무도 없는 길에 혼자 남겨졌다.

세상은 이제 완전히 깜깜했고 바람은 거세게 불었다. 바람 소리에 귀가 멍해지면서, 다시 한 번 마음이 약해지는 것을 느꼈다. 하지만 미행을 보기 좋게 따돌렸다. 니콜라는 한참 동안 어둠 속에서 움직이지 않고 가만히 있었다. 혹시 무언가 수상한 움직임이 있는지 살펴보았다. 점점 더 불안해졌다. 니콜라는 어둠 속에 있는 것을 싫어했었다. 어렸을 때, 날이 어두워졌는데 핀느가 정원에 가서 장작을 가져오라고 시키면, 무서워서 목청껏 찬송가를 불렀었다. 장작을 들고 최대한 빨리 뛰어왔었다.

또 하나의 추억이 떠올랐다. 어느 날 대부인 랑뤠이 후작이 필립스부르그 전투에서 포탄이 쏟아지는 불길 속을 돌진했던 이야기를 들려주었다. 그의 상관이었던 베르윅 장군이 빗발치는 총탄 속에서 후작에게 소리쳤다고 한다. 〈고개를 똑바로 들어라. 그리고 아무렇지도 않은 척해라〉 두려움은 대개의 경우 붙잡히지 않을까 무서워하기 때문에 생기는 것이라고 후작은 설명했다. 먼 곳을 향해 가야만 한다. 그리고 행동 속에서 두려움은 거짓말처럼 사라질 것이다. 이자벨의 아버지를 떠올리는 것이 마음 한구석을 찌르는 것도 있지만, 그래도 니콜라의 기분을 풀어주었다. 부싯돌로 불을 켰지만, 초롱불에 불을 붙이기 위해서는 여러 번 반복해야만 했다. 초롱불은 바람 속에서 금방 꺼질 것처럼 흔들거렸다.

니콜라는 대문을 열고 정원으로 들어갔다. 이곳에서 데카르와 세마귀가 서로 으르렁거리며 싸웠던 것이 바로 이틀 전이었다. 얼음이 다시 얼면서 땅바닥과 어지럽게 찍힌 발자국들이 모두 굳어 있었다. 니콜라는 순찰대원들과 부르도가 왔다 갔다 하는 모습, 시체를 들어서 옮기고, 울퉁불퉁한 길 위에서 수레가 뒤뚱거리며 흔들리는 모습들이 눈에 선했다. 니콜라는 중간쯤에서 멈추어 섰다. 집은 그의 기억 속에서보다도 더 음산해 보였다. 초롱불의 약한 빛이 창문이 닫혀져 있는 건물의 정면을 희미하게 비추었다. 니콜라는 항상 돌로 된 건물이 풍기는, 자신의 영혼을 보여주는 것 같은 신비로운 매력에 감탄했다. 켈트 지방의 피를 이어받아서 몽상가의 성향을 가져서일까, 아니면 어린 시절의 경험들 때문일까?

차갑고 거센 바람이 몰아치며 니콜라를 공상에서 깨어나게 만들었다. 그는 갑자기 꿈에서 깨어난 사람처럼 몸을 부르르 떨었다. 낮 동안의 피곤과 상처의 통증이 다시 밀려오면서 가능한 빨리 일을 끝내고 싶다는 생각이 들었다. 하지만 어느 것 하나도 소홀히 해서는 안 된다는 것을 알고 있었다. 그는 부르도에게 상처를 주고· 싶지 않았었다. 하지만 어제저녁에 조사가 피상적으로 대충 마무리되었다. 니콜라는 순찰대와 경비대가 우왕좌왕하며 중요한 단서가 될 수 있는 것들을 없애 버리지 않았기를 바랐다.

부르도가 문 사이에 붙여놓았던 봉인은 그대로 있었다. 그는 문을 열었다. 한 걸음 더 들어가니 발코니였다. 발코니에서 아래에 있는 응접실로 이어지는 계단이 있었다. 우선 보이는 것은 데카르가 발견된 장소와 난간뿐이었다. 그 너머는 완전히 깜깜한 어둠이었다.

집은 니콜라가 처음 방문했을 때보다도 더 괴이한 느낌을 주었다. 이 집은 지하실이 없었고, 데카르가 환자들을 받는 공간이 지하에 위치하고 있었다. 그래서 창문의 위치가 높았다. 일반 주택이라기보다는 지하묘지 같은 곳이었다.

니콜라는 계단참을 자세히 살펴보았지만 특별한 것은 없었다. 그리고 오른쪽 계단으로 내려가면서, 계단 하나하나를 살펴보았다. 다른 쪽 계단도 마찬가지로 살펴보고, 응접실로 내려갔다. 벽 난로 위에 있는 양초를 찾아서 불을 켰다. 상아로 된 커다란 십자 가상이 어둠 속에서 불쑥 드러났다.

니콜라의 눈에 먼저 들어온 것은 바닥에 거무스름한 흔적을 남 긴 발자국이었다. 그리고 고개를 들면서 기가 막힌 광경이 벌어 진 것을 보았다. 응접실이 완전히 뒤집어져 있었다. 데카르가 책 상으로 쓰던 큰 테이블 위에 있던 종이들과 모든 물건들이 다 바 닥에 떨어져서 뒹굴고 있었다. 잉크병은 엎어져서 바닥에 시커멓 게 잉크가 흘렀고, 그 위에 발자국이 어지럽게 찍혀 있었다. 짚을 넣어 만든 의자 세 개는 멀쩡했는데, 타피스리 천으로 씌워진 안 락의자는 찢어져서 안에 있는 털이 다 밖으로 나와 있었다. 선반 위에 있던 책들과 병들은 깨지고 찢겨져서 바닥에 널려 있었다. 의료기구들도 바닥에 여기저기 흩어져 있었다. 벽장도 마찬가지 로 난장판이었다.

니콜라는 조사를 계속했다. 벽난로의 오른쪽에 있는 문으로 나 가니 복도가 있고, 복도는 부엌, 식당, 작은 거실, 세탁장으로 연 결되어 있었다. 또 다른 계단은 2층으로 올라가는 것이었다. 집 의 뒷부분이 위층으로 연결되어 있는 이상한 구조였다. 모든 방 들이 똑같이 아수라장이었고, 니콜라는 계속해서 부서진 조각들 을 밟으며 걸어야 했다.

그는 우선 2층부터 시작했다. 어디나 마찬가지 광경이었다. 배 가 갈라진 매트리스, 바닥에 어지럽게 흩어져 있는 옷과 침대 시 트, 찢어진 책들, 부서진 가구들. 니콜라는 이 참혹한 광경을 연출한 장본인이 정작 비싼 시계들과 값나가는 물건들에는 관심이 없었다는 것을 알 수 있었다. 하지만 그 사람은 무언가를 찾고 있었다. 바닥에는 심지어 금화가 가득 채워진 벨벳으로 된 돈주머니도 떨어져 있었다. 무언가를 숨겨놓을 수 있는 장소를 모두 뒤지고, 부수고, 찢어놓았다. 벽에 걸려 있는 그림들조차 뒤집어져 있었다. 이렇게 난폭하게 무엇을 찾고 있었던 걸까?

거무스름한 자국들이 니콜라의 시선을 끌었고, 그것을 따라가 보았다. 흔적은 사방에 나 있었고 계단 쪽으로 향했다. 잉크병을 엎은 후 위층으로 올라간 것이 분명했다. 마침내, 같은 발자국이 올라갔다 내려갔다 한 것을 발견했다. 그는 발자국들이 섞여서 분간이 힘들어지면 멈추어서 초롱불을 비추면서 다시 뒤로 돌아가 발자국에 집중했다. 작은 종이에 연필로 발자국의 본을 뜨기도 했다. 그렇게 해서 아주 작은 것까지 침입자의 움직임을 재구성하는데 성공했다. 침입자는 혼자 움직인 것 같았다.

니콜라는 침착함을 되찾았고 조사에 대한 열정만이 불타올랐다. 그는 세탁장에서 사용하지 않는 물건들을 쌓아놓은 작은 공간을 발견했다. 얼음처럼 차가운 바람이 휙 불어왔다. 낡은 의자 하나가 열려진 창문 밑 벽에 기대어져 있었다. 가구에는 잉크 자국들이 나 있었다. 여기저기 흠집이 나 있는 벽에도 잉크 발자국들이 있었다. 침입자는 집 안을 다 뒤집어놓은 다음에 이 창문으로 도망친 것이다.

니콜라는 창문을 확인하고는 머리카락이 곤두서는 느낌이었다. 만약 그 침입자가 창문으로 도망쳤다면, 그것은 대문이 잠겨 있었고 봉인으로 막혀 있었기 때문이다. 그 말은 세마귀가 데카르를 발견했을 때, 그는 아직 집 안에 있었고, 나중에 방해받지 않고 집 안을 뒤지기 위해서 숨어 있었다는 이야기다. 그렇다면 그 침입자가 바로 데카르의 살해자인 것이다.

세마귀가 부르도에게 약속 시간보다 30분 정도 빨리 왔다고 말했다. 그래서 살해범의 계획이 방해를 받은 것일 수 있다. 그런 추측은 세마귀에 대한 의심을 풀어줄 수도 있게 만들었다. 하지만 설명이 안 되는 것들도 많이 있다. 우선, 이 약탈의 이유를 알 수가 없다. 부르도는 이상한 점을 발견하지 못했고, 집 안이 멀쩡한 상태에서 대문을 잠갔다.

많은 추측이 가능하고, 여러 가지의 추측을 조합해 볼 수도 있을 것이다. 보석과 돈을 내버려 두고 찾을 만큼 중요한 것이 무엇이었을까?

니콜라는 생각에 잠겨서 창문을 살펴보았다. 그는 의자 위에 올라가서 작은 끈을 사용해 창문을 재보았다. 마지막으로 방의 위치를 찬찬히 파악해 두고, 창문마다 모두 봉인을 붙이고, 잊어버린 것이 없는지 확인해 보고 나서 양초를 끄고, 문을 닫은 후에 문에 봉인을 붙였다.

니콜라는 밖으로 나와서 세탁장의 창문을 보기 위해 집 둘레를 한 바퀴 돌았다. 창문은 땅 바닥에서 대략 2미터 정도 높이에 있었다. 니콜라는 얼은 땅바닥에 무릎을 꿇었다. 얼음 속에 패인 자국이 나 있었고, 이 자국은 집 안에서 본 발자국보다 더 선명했다. 발자국의 형태를 본을 떠서 들여다보며 니콜라는 난감한 표정을 지었다. 발자국은 정원을 통과해서 배나무 사이를 지나 담장의 벽까지 이어졌다. 벽 위로 기어오르는 것은 어려운 일이 아니었다.

니콜라는 옷에다가 초롱불을 매달고, 돌의 튀어나온 부분에 몸을 의지해서 담장의 꼭대기를 살펴보았다. 니콜라는 피의 흔적이 있기를 바랐다. 그러면 침입자가 담장 위에 박혀 있는 병조각들에 찔려서 상처가 났다는 증거니까. 그런데 아무런 흔적도 없었다. 하지만 단추 하나와 천 조각 하나를 발견하고 주머니 속에 잘 넣어두었다.

병 조각에 찔리고 싶지 않았기 때문에 담장에서 내려와 대문으로 나와서, 열쇠로 대문을 잠갔다. 길 쪽으로 같은 발자국들이 있었고, 얼마 안 가서 마차 바퀴 자국들 속으로 사라졌다. 살을 에이는 찬바람이 불고 있었다. 니콜라는 돌아갈 교통수단도 없이 혼자 길 위에 서 있었고, 초롱불은 금시라도 꺼질 것 같았다. 그는 시계를 쳐다보았다. 7시였다. 그는 세마귀의 집에 들러서 카트린에게 몇 가지 물어보기로 마음먹었다. 그동안 정이 많이 들었던 요리사를 다시 볼 수 있는 좋은 핑곗거리였다. 세마귀는 도둑맞은 마차 외에도 말이 한 필 있으니까 그것을 빌려 타고 파리로 돌아갈 생각을 했다.

갑자기 가벼운 휘파람 소리가 들렸다. 처음에는 나뭇가지를 스치고 지나가는 바람이라고 생각했다. 그런데 똑같은 소리가 다시 들렸고, 겨우 알아들을 만큼 작은 목소리가 들렸다.

"무서워하지 마세요, 니콜라 형사님. 저예요, 라부인. 부르도 형사님 부하. 저는 수풀 뒤에 연장을 넣어두는 오두막 안에 있어요. 뒤돌아보지 마세요. 그냥 장화를 만지는 척하세요. 부르도 형사님이 어제저녁에 저를 여기에 보내셨어요. 그 이후로 꼼짝도 않고 있는 거예요. 술과 빵을 가지고 있어서 다행이지요. 이런 임무에 대해서는 제가 준비성이 좋거든요. 절대로 움직이지 마세요. 혹시 모르는 일이니까요."

니콜라는 부르도가 일을 소홀히 했다고 의심한 것을 후회했다. 부르도는 오히려 매우 유용할 수도 있는 방법을 선택했던 것이다. 부르도가 따라오겠다고 강력하게 주장하지 않았을 때 눈치를 챘어야 했다. 니콜라의 보좌관은 혹시 생길지 모르는 위험에 그를 혼자 내버려 둘 그런 종류의 사람이 아니었다. 부르도는 만약의 경우 라부인이 도와줄 수 있다는 것을 알고 있었다.

"만나서 반갑군. 그런데 나인지 어떻게 알았나?"

"처음에는 다른 사람인 줄 알았어요. 모르는 사람이요. 아주 감쪽같아요, 변장 말이에요. 그런데 나오시는 것을 보고, 문에 봉인을 하는 것을 보고는 알았죠. 그런데 저 좀 교대하게 해주시면 안 될까요? 몸이 얼고, 손발은 동상으로 아파요. 이제 먹을 것도 없고요. 밤을 보내기가 너무 힘들 것 같아요."

"그래, 집에 가도 좋네. 그런데 감시해서 뭐 수확이 있었나?"

"그럼요. 어제저녁 부르도 형사님이 떠나고 한 시간 정도 후에 어떤 사람이 정원의 담장 위에 나타났어요. 그러니까 조금 전에 계시던 바로 그곳에요……."

"어떻게 생겼는지 설명할 수 있겠나?"

"사실, 잘 보이지는 않았어요. 묵직하면서도 가벼워 보였어요."

"그게 무슨 말인가?"

"뭔가 조금 이상해요. 그 남자는 덩치가 컸어요. 그런데 분명히 봤는데, 아주 유연하게 움직이는 거예요. 가면을 쓰고 있었고 어두운 색깔의 옷을 입고 있었어요. 그리고 조심조심하면서 걸었어요……."

"조심조심 걸었다……."

"네, 마치 어디다 발을 디뎌야 할지 고르는 것처럼 보였어요. 그래서 저는 되게 이상했어요. 아직 땅바닥이 얼지는 않았었거든요."

"뒤쫓아가지는 않았나?"

"부르도 형사님이 어떤 이유로도 움직이면 안 된다고 명령하셨어요. 명령을 어기면 안 된다고 생각했습니다."

니콜라는 실망하는 몸짓을 얼른 거두었다.

"잘했네. 지금 떠나도 좋아. 오늘 저녁 여기에서 아무 일도 없을 거야. 그런데 나를 좀 도와주어야겠네. 마차를 하나 불러서 의사 세마귀의 집으로 보내주게."

니콜라는 라부인에게 돈을 주었다.

"자네에게 주는 거야. 일을 잘했네. 부르도에게 말해주겠네."

"부르도 형사님이 이미 주셨는데. 히히, 거절한다는 말은 아니고요. 감사합니다요. 니콜라 형사님을 위해 일하는 것은 언제나 즐거운 일입니다요."

니콜라는 빙판길을 걷기 시작했다. 길은 온통 울퉁불퉁했고, 곳곳에 패인 웅덩이들이 얼어서 중심을 잃고 흔들리거나 발이 미끄러졌다. 니콜라는 여러 번 발목을 삘 뻔했다. 결국 한 번 넘어졌다. 다행히도 곧 세마귀의 집에 도착했다. 세마귀의 집은 단층이었고, 중앙에 있는 마당을 둘러싸고 U자 형태로 되어 있었다.

대문은 손으로 미니까 열렸다. 세마귀는 언제나 대문을 잠그지 않았다. 건강을 지키는 사람의 문은 도움을 필요로 하는 사람에게 항상 열려 있어야 한다고 말했었다. 부엌에서 희미한 빛이 새어 나왔다.

니콜라는 다가가서 살며시 문을 열었는데, 괴상한 장면이 눈앞에 펼쳐지고 있었다. 장작불이 이글이글 타고 있는 벽난로 앞에 카트린이 주저앉아서 옷이 반쯤은 벗겨지고 고개는 뒤로 젖혀진 아와를 팔에 안고 있었다. 카트린은 아와의 귀에 자장가를 불러 주고 있는 것처럼 보였다. 아와는 땀에 젖어 있었고, 희미하게 신음 소리를 내고 있었다. 아와는 가끔씩 알아들을 수 없는 말을 중얼거리며 온몸을 비틀었다. 그녀의 몸은 활처럼 휘어졌다, 부르르 떨었다 하며, 카트린이 안고 있기 힘들 지경이었다.

고개를 들어서 니콜라를 본 카트린은 비명을 지르며 일어서려고 했다. 카트린은 아와를 떨어트렸고, 무의식 상태인 아와는 바닥으로 미끄러졌다. 카트린은 무언가 자신을 방어할 도구를 찾았다. 니콜라는 카트린의 태도를 이해할 수 없었다. 거지 차림인 자신의 행색과 양초의 그을음으로 시커멓게 칠한 얼굴을 까맣게 잊고 있었던 것이다. 그러나 카트린은 두려움에 떨면서 가만히 있을 여자가 아니었다. 젊은 날 군대에서 주방 일을 맡아했던 그녀는 군인들 혹은 강도들과 수없이 난투극을 겪었고, 그때마다 난리통에서 살아나왔다. 그녀는 테이블 위에 있던 식칼을 얼른 집어 들고, 낯선 사람을 향해 칼을 휘둘렀다. 그러는 동안 아와는 경련을 일으키기 시작했고, 부엌 바닥에 있는 목이 잘려진 닭의 피가 그녀에게 묻었다.

니콜라는 달려드는 카트린의 공격을 피하면서, 그녀의 허리를 붙잡고 귀에 대고 말했다.

"카트린, 이런 식으로 니콜라를 환영하는 거야?"

니콜라의 말은 금방 효과가 있었다. 카트린은 식칼을 떨어트리고 니콜라의 팔에 안겨 울기 시작했고, 그는 카트린을 조심스럽게 의자에 앉혔다.

"이게 뭐야! 놀랐잖아. 이렇게 무섭게 옷을 입고……."

"미안해, 카트린. 내가 변장한 것을 깜빡했어."

니콜라는 커다란 모자를 벗었다. 그러자 머리를 감고 있는 피가 배인 붕대가 나타났다.

"맙소사, 무슨 일이 있었던 거야? 불쌍한 니콜라."

"얘기하자면 길어. 그것보다 지금 뭐 하고 있는 거야? 아와가 어디 아픈 거야?"

카트린은 당혹스러워했다. 머리에 쓰고 있는 모자 옆으로 빠져나온 회색 머리카락을 빙빙 돌리며 망설였다. 그러다가 마침내 결심한 듯 입을 열었다.

“아픈 것이 아니야. 귀신들에게 물어보고 싶다고 했어.”

“귀신이라니?”

카트린은 있었던 일을 속사포처럼 쏟아냈다.

“그들의 나라에서는 귀신들에게 물어보기 위해 이상한 의식을 해. 아와는 일종의 약 같은 것을 만들어서 들이마셨어. 그러고 나면, 닭의 목을 잘라야 해. 아와는 신들린 것처럼 춤을 추었어. 염소가 깡충깡충 뛰는 것 같았다니까. 그러고 나서 닭 피를 쳐다보고 있었어. 괴성을 지르고 자기 얼굴을 찢으려고 했어. 진정시키느라고 많이 힘들었어. 아직도 진정되지는 않은 것 같아.”

“그런 것을 왜 하는 거야?”

“남편 생—루이에게 무슨 일이 일어난 건지 알고 싶어했어. 물론, 자기들 방식으로 알아내는 거지. 아와는 씩씩한 여자야. 나는 아와를 좋아해. 그녀는 계란으로 요리하는…….”

카트린이 요리에 관한 이야기를 시작하면 끝이 없다는 것을 아는 니콜라는 그녀의 말을 끊었다.

“그래서, 이 마녀 놀이에서 무엇을 알아낸 거야?”

카트린은 기겁을 하며 성호를 그었다.

“그런 말 하지 마. 이것은 그들의 관습이야. 함부로 판단하면 안 돼. 우리는 그들의 전통을 모르잖아. 어쩌면, 우리의 관습이 그들 눈에는 아주 이상하게 보일 수도 있어. 니콜라, 나는 많은 곳을 돌아다녔어. 그리고 내가 이해할 수 없는 많은 것들을 보았어.”

니콜라는 소박한 그녀의 지혜와 따뜻한 마음을 존경했다. 카트린이 다시 말했다.

"아와가 저렇게 계속 힘들어하는 것을 보면, 대답이 그리 좋지 않은 것 같아. 이게 무슨 일인지! 붙잡혀 간 세마귀는, 네가 풀어 줄 거지, 그렇지?"

"이 사건들의 진실이 무엇인지 밝혀내기 위해 최선을 다할 거야."

니콜라는 신중한 대답을 했다.

바닥에 쓰러져 있던 아와는 이제 좀 진정이 된 것 같았다. 마치 잠이 든 것처럼 쉬고 있었다. 니콜라는 카트린의 손을 잡고, 그녀의 두 눈을 똑바로 쳐다보았다.

"라르뎅 부인에 대해서 말해줘, 카트린. 아무것도 숨기지 마. 진짜와 가짜를 구분할 만큼 나도 많은 것을 알고 있으니까. 화요일 저녁에 부엌에서, 내 접시 밑에다가 남긴 쪽지를 보았어……."

"그 여자가 어떤 인간인지 네가 알아야만 해. 그 여자는 계속 바람을 피웠어. 주인 영감님은 어떻게 하면 부인을 즐겁게 해줄 수 있는지 몰랐어. 그 여자를 위해 옷, 보석, 가구, 그런 것에 모든 돈을 다 쏟아부었어. 그런데 그 악귀 같은 여자는 주면 줄수록, 더 달라고 했어. 그리고 그 여자는 애인이 있었어. 데카르, 불쌍한 세마귀, 그리고 얼굴에 칼자국이 있는 어떤 남자. 그 남자는 무서웠어. 모두 그 화냥년 손아귀로 들어갔어. 그리고도 항상 더 달라고 하고 뭔가를 요구했어. 그년은 돈주머니를 가득 채웠을 거야. 주인 영감님은 좋았어. 나한테 잘해주었어. 모든 사람들

한테 그리고 너한테도 딱딱하고 거칠게 대했지만, 나한테는 친절
했어. 물론, 주인 영감님도 잘못이 있어. 그 여자가 잠자리를 거
부하면, 사창가에 갔어. 그리고 도박을 많이 했어. 도박을 하면
할수록 돈을 더 잃었어. 새벽에 형편없는 몰골로 나한테 왔
어……."

"도대체 라르뎅 반장은 어떻게 계속 도박을 할 수 있었던 거
야?"

카트린은 손수건을 꺼내서 눈물을 닦았다. 그리고 한숨을 쉬었
다. 손수건에 침을 묻히더니 마치 애들의 얼굴을 닦는 것처럼, 니
콜라의 얼굴을 덮고 있는 그을음을 닦아내려고 했다. 니콜라는
가만히 있었다. 순간, 니콜라는 자신이 고향 게랑드에 있는 느낌
이 들었고, 늙은 핀느의 얼굴이 카트린의 얼굴에 겹쳐졌다.

"내가 도와주었어. 모아놓은 돈이 모두 그리로 들어갔어. 군대
주방은 생기는 것이 없어. 가끔 전리품이나 약탈한 것들에서 떡
고물이 좀 떨어지지만, 그것은 전투에서 승리했을 때만 그래. 내
남편이 죽고 나서 약간의 재산을 물려받았는데, 그걸 팔았어. 금
액이 상당히 됐는데, 나중을 위해서 가지고 있었지. 라르뎅 반장
이 어찌나 돈을 빌려달라고 졸라대는지, 결국 조금씩 주었어. 일
년 전부터, 내 월급도 주지 않고 있어. 여기저기 주변에서 빌려서
살았어. 그리고 마리 때문에, 그 착한 아이를 버리고 나올 수가
없어서, 내가 그 집에서 일찌감치 나오지 못한 것은 마리 때문이
야."

"결국 나왔잖아."

카트린은 한숨을 쉬었다.

"화요일에, 그러니까 3일 전이지. 그 화냥년이 마리에게 짐을 싸라고 하는 소리를 들은 거야. 마리에게 다음날 오를레앙에 사는 대모에게로 가라는 거였어. 누군지도 모르는 대모한테 가라는 거야. 마리는 울고, 매달리며 애원을 했어. 불쌍한 것! 나는 피가 부글부글 끓어올라서 더 이상 참을 수가 없었어. 그래서 그 여자에게 내가 하고 싶었던 말을 다 했어. 그랬더니 노발대발하면서 나를 개 취급하는 거야. 입에 담을 수 없는 욕설을 퍼부으면서 참을 수 없는 말들을 했어. 나한테 달려들더니 목을 졸랐어. 여기저기 물어뜯기고, 긁혔어."

그녀는 상처투성인 팔을 보여주었다.

"그년이 나를 내쫓았어. 마리가 울고, 소리 지르고 그랬는데도. 내가 무얼 할 수 있겠어? 미친년처럼 그 집에서 나왔어. 어디로 가야 하나 밤새 고민을 해보았지. 세마귀가 생각났어. 나한테 항상 친절하고 잘해주었거든. 그래서 결심을 했지. 그리고 다음날, 여기로 왔어. 비록 다른 놈들처럼 그년이 만든 함정에 빠지기는 했지만, 어쩌면 세마귀는 나를 이해할 거라고 생각했어."

카트린은 니콜라의 이마를 쓰다듬었다.

"니콜라, 나는 이제 아무것도 가진 것이 없어. 곧 늙은이가 될 거야. 하지만 아직은 기운이 팔팔하고, 일을 잘할 수 있어. 내 팔자가 왜 이럴까? 방법이 없어. 내 나이에는 순식간에 비참한 꼴이 되고, 결국 행려병자로 병원에서 죽게 되겠지. 차라리 죽는 것이 나을 거야. 세느 강에 빠져 죽을 거야. 나는 혼자니까, 그렇게

해도 아무에게도 폐를 끼치지는 않을 거야. 내 돈을 가지고 있었
다면, 남은 여생을 편안히 살 수 있었을 텐데.”

카트린의 못생긴 얼굴이 일그러지면서 또다시 눈물이 흘렀다.
눈물을 삼키려고 하다가 딸꾹질을 했다. 그녀의 넓은 가슴은 절
망으로 들썩거렸다. 그녀는 큰소리로 울지는 않았지만, 억눌린
깊은 한숨이 새어 나왔다. 니콜라는 카트린의 슬픔을 더 이상 참
을 수가 없었다.

“카트린, 그만해. 내가 도와줄게. 약속할게. 나를 믿어도 돼.”

그녀는 훌쩍거리며 니콜라를 쳐다보았다. 갑자기 얼굴이 환해
졌다.

“그런데 우선, 내 질문에 대답을 해야만 돼. 그럴 수 있겠어?
이것은 아주 중요한 거야.”

그녀는 고개를 끄덕였다. 훨씬 편안해진 얼굴이었다.

“라르뎅 반장이 사라진 밤에, 블랑―망토 가街의 집에 있었
어?”

“아니, 그것은 확실히 기억해. 라르뎅 부인이 저녁에 자유 시
간을 주었어. 나는 하숙방에서 튀김을 먹으면서 밖에서 나는 사
육제의 왁자지껄한 소리를 듣고 있었어. 그리고 11시쯤에 잤어.
그리고 다음날 아침 7시에 부엌에 가서 화덕에 불을 피웠어.”

“그날 아침, 뭔가 평소와 다른 것은 없었어?”

“잠깐만…… 그 여자가 굉장히 늦게 일어났어.”

“평소보다 늦게?”

“응. 정오쯤에 일어났어. 감기에 걸렸다고 했어. 그럴 만도 하

지. 신발이 젖어 있었거든. 눈에 젖어서 신발이 엉망이 되어 있었
어. 내가 라르뎅 부인에게 신발이 못 쓰게 됐다고 얘기를 했더니,
늘 그렇듯이 나한테 막 뭐라고 화를 냈어. 저녁 예배에 갔었다고
그 여자가 말했어. 저녁 예배, 흥, 사육제 복장에 가면을 쓰고
서!”

“그래서 그 말에 놀랐어?”

“그렇기도 하고, 아니기도 하고. 그 여자는 남자를 꼬시러 성
당에 가기도 하니까. 하나님 때문에 가는 것이 아니야. 그것은 확
실해. 치장을 하고서, 사람들의 시선을 끌기 위해 가는 거야. 어
느 성당에 갔었는지도 얘기 했어. 쁘띠—생—앙트완느 성당에 갔
었대. 그런데 그 복장을 하고서……..”

“블랑—망토 가街에 있는 성당에 갈 수도 있었을 텐데.”

“맞아, 나도 그런 생각을 했어. 그날 날씨도 안 좋았는데 말이
야. 길만 건너면 성당이 있는데, 길 하나 건너는 것이 더 쉽잖
아.”

“다른 질문이야. 라르뎅 반장의 옷들은 아줌마가 세탁을 했
지?”

“그는 다른 사람이 자기 옷에 손대는 것을 싫어했어. 그의 옷
주머니에는 항상 서류가 들어 있었어. 나는 셔츠와 속옷만 빨았
어.”

“라르뎅 반장의 재단사가 누구였지?”

“니콜라, 네가 아는 사람이야. 바숑 씨. 네가 촌스럽게 입고 파
리에 왔을 때 너에게 옷을 만들어주었던 그 재단사.”

니콜라는 카트린이 뭔가 불편해한다는 것을 눈치챘다. 카트린은 두 손을 너무 꽉 쥐고 있어서 피부가 파랗게 변해 있었다. 니콜라는 조금 더 알아보기 위해 슬쩍 물어보았다.

"그의 주머니에 항상 서류가 있는지 어떻게 알고 있는 거야?"

카트린은 소리 없이 울기 시작했다.

"카트린, 나는 이것을 물어봐야만 해. 이것이 내 조사에 도움을 줄 수 있어. 그러니까 이해해 줘. 나에게 털어놓고 말하지 못한다면, 누구한테 말할 수 있겠어?"

카트린은 울면서 대답했다.

"내가 항상 그의 호주머니를 뒤졌어. 그는 도박에서 돈을 따면 주머니에 아무렇게나 집어넣었거든. 돈을 다시 몽땅 날려 버리기 전에, 살림에 쓰려고 약간씩 꺼냈어. 주인 영감님이 돈을 세어보지 않는다는 것을 알고부터 계속 그렇게 했어. 하지만 니콜라, 맹세할 수 있어. 그것은 나를 위해서 그런 것이 아니야. 나는 도둑년이 아니야……."

그녀는 갑자기 도전적으로 고개를 꼿꼿이 세웠다.

"하지만, 내가 빌려준 돈과 밀린 월급을 받을 권리가 나에게도 있어."

"그의 호주머니 속에 있던 종이들에 뭔가 특별한 것은 없었어?"

"아니, 사라지기 전날 빼고는 없었어. 그동안은 생각해 본 적이 없었는데, 어쩌면 그것이 중요할 수도 있겠다. 그럴 수도 있고, 아닐 수도 있겠지. 사라지기 전날에, 주머니에 찢어진 종잇조각이 있었는데, 종이 구석에 네 이름이 써져 있었어.”

“내 이름? 뭐라고 써져 있었는지 기억나?”

“응, 아주 짧았어. 그리고 좀 이상했어. 마치 무슨 격언 같기도 하고. 〈세 개가 한 쌍이고 그것들을 잠그는 사람이 모두에게 준다〉라고 써져 있었어.”

“그 종잇조각을 다시 본 적이 있어?”

“아니, 종이도 주인 영감님도 다시 보지 못했어.”

니콜라는 카트린에게서 더 이상 들을 이야기가 없다고 판단했다. 그녀를 다시 한 번 위로해 주고, 아와를 침대에 옮기는 것을 도와주었다. 그리고 세마귀의 집에서 나왔다.

라부인은 약속을 지켰다. 마차 한 대가 길에서 니콜라를 기다리고 있었다. 마차는 어둠 속에 서 있었다. 눈 때문에 모든 소리가 작게 들렸다. 커다란 눈송이가 천천히 계속 내렸다. 갑자기 불어온 바람에 눈송이들이 회오리치면서 하늘로 올라가고, 멀리서 보이는 불빛들이 달무리처럼 희미하게 빛나고 있었다.

니콜라는 마차의 구석에 웅크리고 앉아서, 벽에 머리를 기대고 생각에 잠겼다. 보지라르에 간 것을 후회하지 않았다. 무언가 쓸 만한 일을 한 것 같은 느낌이 들었다. 한 가지는 분명했다. 데카르의 집에 비밀이 있다. 또한, 침입자가 찾던 물건을 발견했을 것이라고 생각했다. 왜냐하면 찾는 일을 그만두었으니까. 무엇을 찾았던 걸까?

그다음에 세마귀 집에서의 일들은 큰 도움을 주는 것이 없었다. 파리에서 아프리카의 주술과 이교도의 관습이 행해지고 있는 것을 목격한 것밖에. 불쌍한 아와는 남편의 운명을 알아보기 위해 자신들의 관습을 따른 것이다. 니콜라도 생—루이를 잊지 않고 있었다. 그러나 시간이 가면 갈수록, 세마귀의 하인을 찾을 확률은 줄어들고 있었다.

카트린과 얘기를 하면서 니콜라가 루이즈에 대해 이미 알고 있었던 것들이 확인되었다. 라르뎅은 바람난 부인을 가진 멍청한 남편이었고, 돈이 없는 노름꾼이었으며, 양심 없는 주인이었다. 하지만 니콜라가 볼 때 라르뎅은, 착한 카트린이 생각하는 것보다 훨씬 더 걱정스러운 인물이었다. 그리고 카트린이 라르뎅의 실종 전날 그의 주머니에서 발견했다는 수수께끼 같은 문장은 무슨 의미인지 전혀 알 수가 없었다.

니콜라는 다시 한 번 자신의 임무가 얼마나 막중한지 깨달았다. 사르틴이 한 말들이 귓가에서 울렸다. 니콜라는 갑자기 치안감독관이 소식을 가져오기를 기다리고 있을 폐하가 생각났다. 전쟁은 계속되고 있고, 군인들은 눈 쌓인 전장에서, 진창에서, 시체더미 속에서 싸우고 있었다. 이 사건이 얼마나 큰 파장을 몰고 올지 짐작할 수 있었고, 그래서 니콜라의 등에서는 식은땀이 흘렀다.

니콜라는 블랑—망토 가街의 라르뎅의 집으로 돌아가기로 결정했다. 씻고 옷을 갈아입어야 했다. 수염이 덥수룩해지고 있었다. 붕대도 다시 갈아야만 했다. 그리고 루이즈에게 남편의 죽음을 추측하고 있다는 것을 알려야만 했다. 루이즈의 슬픔의 정도가 어느 만큼인지 관찰해 보는 것도 흥미로운 일이 될 것이다.

마리가 생각났다. 그녀는 어떻게 되었을까? 그 집에서 니콜라를 반길까, 아니면 대모의 집으로 이미 떠났을까? 니콜라는 현실적이고 도덕적인 결정을 이미 내렸다. 라르뎅의 집에 더 이상 있을 수는 없다. 이 사건의 수사를 책임지고 있는 사람으로서의 결정이었다. 그 집에 함께 살면서 수사관의 역할을 수행한다는 것은 너무 힘든 일이다. 그는, 만약에 부르도가 아직 지시를 내리지 않았다면, 라르뎅의 집을 감시해야 한다는 생각도 하고 있었다. 게다가 니콜라는 자신의 옷들을 세탁해 주지 않으면 지내기가 힘들었다. 루이즈가 카트린 대신 다른 사람을 구했는지, 아니면 혼자 있는지 알 수가 없었다.

니콜라가 이런저런 생각에 빠져 있는 동안에 마차는 벌써 성곽 안으로 들어왔다. 불빛들이 많아지고 훨씬 더 밝게 빛나고 있었다. 마차가 세느 강에 가까워졌다. 마스크를 쓴 무리들이 웃고 소리 지르고 난리법석을 피우는 아수라장을 통과했다. 그들 중의 하나가 발판 위로 뛰어 올라와 유리창에 눈을 뿌리고 해골 마스크를 쓴 얼굴을 유리창에 바짝 갖다 댔다. 니콜라는 몇 분 동안을, 며칠 전부터 그의 주위를 맴돌고 있는 죽음의 사자 같은 그 해골 마스크와 마주 보고 있어야 했다.

니콜라는 곧 블랑—망토 거리에 도착했다. 겉보기에는 늘 그런 것처럼 조용하고 인적이 없었다. 그런데 성당 문 앞에 누군가가 웅크리고 있었다. 그는 의심이 가기는 했지만, 못 본 척하고 지나쳤다. 거지이거나 아니면 부르도의 밀정일 것이다. 정말로, 부르도는 모든 것을 생각해 둔다. 온화한 얼굴 뒤에 풍부한 경험과 경찰의 자질을 감추고 있다. 어쨌든 니콜라를 미행하는 것은 아닌 것 같고, 그의 적이 니콜라의 생각을 미리 알아차리고 길목을 지키고 있는 것은 아니었다.

그것은 나중에 알아보기로 하고, 니콜라는 열쇠 구멍에 열쇠를 집어넣었다. 그런데 열쇠 구멍이 바뀌어서 들어가지 않는다는 것을 알았다. 그는 문고리를 두드리기로 마음먹고, 여러 번 반복해서 두드렸다.

마침내 문이 열리고 횃불을 손에 든 까칠한 표정의 루이즈가 나타났다. 그녀는 은색으로 수를 놓은 상아색의 무도회 드레스를 입고 있었다. 상의는 깊이 파여서 가슴에 분을 칠한 것이 보였다. 드레스 자락은 둥글게 퍼져서 여러 가지 천으로 장식된 꼬리가 뒤로 길게 늘어져 있었다. 모든 패티코트가 밖으로 드러나 있었고, 두세 단의 엄청난 주름 장식이 달려 있었다. 하얗게 분칠을 하고 진하게 화장을 한 얼굴에는 애교점이 군데군데 박혀 있었다. 뺨은 붉게 강조되어 있고 입술은 주홍색이었다. '드레곤' 스타일로 두 갈래로 크게 땋은 머리는 뒤쪽으로 해서 어깨 위로 떨어졌다.

"니콜라, 당신이군요?"

그녀는 날카로운 목소리로 말했다.

"당신도 사라진 줄 알았어요. 차림새를 보니 싸움판에서 뒹굴다가 온 모양이군요. 어쨌든 간에, 이 집에서 나가주었으면 좋겠어요. 당장 보따리를 싸세요. 나는 부랑자를 재워줄 기분이 아니니까."

"부인, 이 차림새는 어쩔 수 없는 상황이 있었기 때문입니다. 너무 빨리 판단하시는군요. 제가 나가기를 원하시는데, 말씀하시기 전에 이미 나갈 결심을 했습니다. 저를 반기시지 않는 것 같군요."

"내가 당신을 얼마나 원하는 가는 당신 하기 나름이지요."

루이즈의 애매모호한 말에 니콜라는 얼굴이 빨개졌다.

"알겠습니다, 부인. 내일 아침에 떠나겠습니다. 날씨도 그렇고 시간도 너무 늦어서, 이 밤에 묵을 곳을 찾기는 어려울 것 같습니다. 그런데, 부인께 중요한 이야기를 해야만 합니다."

그녀는 복도 한가운데 버티고 서서, 움직이지 않았다.

"이렇게 보게 되었으니까 드리는 말씀인데, 남편이 실종됐는데 부인이 무도회 드레스 차림인 것은 놀라운 일이군요."

"갑자기, 아주 오만불손하군요. 그래요, 나는 무도회 복장을 하고 있고, 내 나이의 여자가 놓칠 수 없는 즐거운 시간을 가지기 위해 외출하려던 참이었어요. 답변이 충분한가요, 심부름꾼 양반."

"물론, 심부름꾼에게는 그걸로 충분합니다. 그러나 파리 치안 감독관의 대리인에게는 절대 충분치 않습니다."

"간이 부었군요."

"흥분하신 것 같군요, 부인. 그리고 제가 가져온 슬픈 소식에 대해 걱정하시지 않는 것 같군요."

루이즈는 패티코트 위에 두 손을 얹고, 고개를 빳빳이 세우고, 도전적인 태도로 불량배 같은 포즈를 취해 니콜라를 놀라게 했다. 순식간에 라 뽈레의 술집에서 손님들을 상대하던 예전의 모습이 나왔다.

"걱정? 당신이 몽포콩의 쓰레기 더미에서 끄집어낸 그 시체를 말하는 건가요? 왜, 내 말에 놀라셨나? 당신이 생각하는 것보다 내가 많은 것을 알고 있지. 그게 내 남편이다, 그거죠? 그게 나하고 무슨 상관이야? 당신은 돈 벌려고 시체를 찾으러 간 거잖아. 나한테 뭘 기대하는 거죠? 내가 눈물에 젖은 과부 흉내를 내길 바라셨나? 나는 한 번도 라르뎅을 사랑하지 않았어. 이제 라르뎅이 사라졌으니 나는 자유야. 자유. 그래서 무도회에 가는 겁니다."

니콜라는 다른 사람처럼 변해서 기세가 등등한 루이즈가 갑자기 매우 아름다워 보였다. 그녀는 흥분해서 몸을 움직였고, 그럴 때마다 드레스의 꼬리가 요동치면서 새틴의 사각거리는 소리가 들렸다.

"원하는 대로 하시지요, 부인. 하지만 몇 가지 질문에 대답해 주셔야겠습니다. 부인께서 큰 슬픔에 빠져 계시지는 않은 것 같으니까, 제 질문이 그다지 충격적이지 않으실 겁니다. 덕분에 제가 일하기 훨씬 수월해졌습니다. 돌리지 않고 바로 말씀드리겠습니다. 제 질문에 거짓 없이 대답해 주시기 바랍니다. 그렇지 않을 경우, 할 수 없이 다른 방법을 찾아보아야 될 테니까요."

"그러시죠, 견습생 나으리. 고문을 당하고 싶지는 않으니까…… 하지만 빨리 끝냅시다. 약속이 있으니까."

"지난 금요일 저녁, 부인께서는 외출하셨습니다. 어디에 가셨고, 그리고 몇 시에 들어오셨습니까?"

"어떤 날 무엇을 했는지 다 기억해야 합니까! 내 하루 일과를 적어놓고 다니지 않아서 몰라요."

"부인의 기억을 되살려 드리기 위해서 말씀드리지요. 바로 그 날 밤에, 남편께서 실종되셨습니다."

"저녁 예배에 갔었던 것 같군요."

"블랑―망토 가街에 있는 성당에 가셨나요?"

"성당 말고 다른 곳에 가서 예배를 볼 수 있나요?"

"이 동네 성당인가요, 아니면 다른 성당인가요?"

"오! 무슨 말인지 알겠어. 그 부엌데기 카트린이 말했군…….
쁘띠―생―앙트완느 성당에 갔어요."

"검은 망토에 마스크를 쓰고서 말인가요?"

"사육제 기간에 점잖은 여자들이 험한 꼴을 당하지 않고 밤에 돌아다니려면, 사육제에 어울리는 복장을 하는 것이 좋으니까 요."

"망토가 눈으로부터 보호해 주었나요?"

그녀는 니콜라를 뚫어지게 쳐다보고 입술에 침을 묻혔다.

"눈이 오지 않았어요. 바람으로부터 보호해 주었지요."

니콜라는 아무 말도 하지 않았다. 긴 침묵이 흘렀다. 루이즈가 쉰 목소리로 물었다.

"니콜라, 왜 나를 그토록 싫어하죠?"

그녀는 니콜라에게 다가왔다. 머리에 뿌린 분과 화장품 냄새, 아이리스 향수 냄새와 또 다른 냄새들이 섞여서 정신을 아찔하게 했다.

"제가 맡은 임무를 수행할 뿐입니다. 제가 오랫동안 신세를 졌
던 곳에서 임무를 수행하게 되어서 유감입니다."

"당신이 원한다면, 얼마든지 과거로 다시 돌아갈 수 있어요.
남편은 없어졌고, 날더러 어쩌란 말인가요? 내가 남편의 죽음에
대해 아는 것이 없다는 것을 당신이 믿게 하려면 어떻게 해야 되
죠?"

니콜라는 자신이 원하는 방향에서 벗어나고 싶지 않았다. 그는
다른 질문을 던져 보았다.

"사람들이 그날 저녁 쁘띠—생—앙트완느 성당에서 들은 도베
른느의 새로운 합창곡이 매우 아름다웠다고 하더군요."

루이즈는 함정을 피해 갔다.

"나는 음악에는 취미가 없어요. 듣지도 않아요."

"어제 무엇을 하셨습니까? 집에 계셨나요?"

"내 애인 중의 하나와 함께 있었어요. 당신도 이미 알다시피,
나는 여러 명의 애인이 있어요. 돈에 팔려서 결혼한 여자한테 무
엇을 기대하시나요?"

루이즈의 얼굴에 붙어 있던 분가루가 옷 위에 떨어졌다. 그녀
의 솔직함이 동정심을 불러일으켰다.

"이제 만족하시나요?"

"부인의 솔직한 답변에 감사드립니다. 그 남자의 이름을 말씀
해 주실 수 있습니까?"

"제가 솔직하다는 것을 보여주기 위해서 말하죠. 그 남자는 모

발이에요. 여자를 사랑할 줄 알고, 그리고 당신도 알겠지만, 천한
것들의 버릇을 고쳐 놓을 줄도 아는 남자예요.”

니콜라는 그녀의 말에서 모욕을 느끼지는 않았지만, 위협은 감
지했다. 모발이 루이즈의 애인이라니, 세상이 갑자기 너무 좁아
보였다.

“그를 몇 시에 만나셨습니까?”

“정오에 만났어요. 그리고 그 사람은 오늘 아침 일찍 갔어요.
이런 질문은 수치스럽군요.”

“제가 깜빡 잊고 있었습니다, 부인. 친척이 사망하신 것을 진
심으로 애도합니다.”

니콜라는 상대방을 제압하고 빈틈을 찾기 위해, 위험을 감수하
면서 미끼를 던져 보았다. 그런데 효과가 없었다. 루이즈는 데카
르의 죽음을 알지 못하는 것 같았다.

“강제로 주어진 남편이 친척은 아니죠. 뜬금없이 그런 말을 하
니까 전혀 고맙지 않군요. 나는 이제 나가야 돼요. 마차 오는 소
리가 들리고 있어요. 내일 아침에 내 집에서 나가기를 바랍니
다.”

“한 마디만 더, 마리 양은 어디 있습니까?”

“오를레앙에 있는 대모 집에 있어요. 속세를 떠나서 수도원에
들어가고 싶다는군요.”

“갑작스런 결정이군요.”

“신의 부름은 지름길로 올 때도 있으니까요.”

“라르뎅 반장님이 실종된 밤에 마리 양은 어디에 있었습니까?”

“친구네 집에 있었어요.”

“부인, 누가 당신 남편을 죽였을까요?”

루이즈는 희미하게 웃으며, 털이 달린 짧은 케이프로 몸을 감싸고 빙그르 돌았다.

“사육제 기간에 길거리에는 위험이 널려 있어요. 마스크 쓴 강도를 만났겠지요.”

그녀는 문을 쾅 닫으며 나가 버렸다.

니콜라는 돌처럼 굳어서 서 있었다. 루이즈와의 결투는 니콜라의 힘을 다 빼앗았고 몸은 물먹은 솜처럼 무거웠다. 루이즈는 죄가 없고 단지 그녀의 말이 도덕적 관점에서 충격적일 뿐이거나, 아니면 그녀는 흠잡을 데 없는 완벽한 배우일 것이다. 하지만 지나치게 도발적이고, 자신의 부도덕한 모습을 보란 듯이 늘어놓는 것은 무언가 다른 것을 감추기 위한 것일 수도 있다고 생각했다. 자신의 도덕성을 내던지며 결백을 주장하는 사람을 의심할 수 있을까? 니콜라는 이런 종류의 적과 싸우는 일에 익숙하지 않았다. 그의 청소년 시절은 이런 경험과는 거리가 멀었고, 그의 경험의 폭은 매우 좁았다. 니콜라는 이제 막 다양한 인간들을 만나기 시작했다. 루이즈의 파렴치한 영혼은 그를 당혹스럽게 했다. 하지만 일주일 전부터, 니콜라는 정신없이 다양한 영혼들을 경험하고 있다. 루이즈는 사회를 움직이는 규범의 결함을 보여주는 인물 같았다. 니콜라의 머릿속에 또 다른 생각도 스쳤다. 어쩌면 루이즈의 그런 태도는 길을 잃은 영혼이 더 심각한 혼돈 속으로 빠지지 않기 위한 마지막 시도이고, 그녀의 진솔함은 악덕이 미덕에게 보내는 존중의 표시일 수도 있다.

그러나 혼자서 철학적인 명상에 빠져 있을 때가 아니었다. 니콜라는 그 집에 혼자 있고, 그 기회를 이용해야 한다. 망설여지기는 했지만 그가 맡은 임무의 중요성을 생각해 보면 아무것도 아닌 일이었다. 서재에는 누군가가—라르뎅, 그의 부인, 아니면 누군가가—서류들을 모두 치워 버렸다. 루이즈의 방에도 특별한 것은 전혀 없었다. 니콜라는 사람의 흔적이 남아 있는, 흐트러져 있는 침대를 물끄러미 쳐다보았다. 빈 술병과 두 개의 술잔이 그곳에서 밤을 보냈다는 루이즈의 증언에 진실성을 부여할 수도 있었다. 블랑—망또 가에서 보초를 서고 있는 사람이, 부르도가 보낸 밀정이 확실하다면, 모발과 루이즈가 들어오고 나간 시간을 말해 줄 수 있을 것이다.

니콜라는 옷과 신발들을 조심스럽게 살펴보았다. 그리고 마리의 방에서도 마찬가지로 조사를 했다. 그런데 마리의 방에서 놀라운 것이 있었다. 옷장의 옷이 그대로 있었다. 마리는 짐도 싸지 않고 떠난 걸까? 니콜라는 보지라르에서 채취한 발자국을 진흙이 많이 묻어 있는 신발에 대보았다. 발자국은 신발과 일치했다.

니콜라는 더 이상 피곤을 견딜 수가 없었다. 천천히 다락방으로 올라갔다. 내일이면 영원히 이곳을 떠나야 한다. 그는 이곳에서 행복하지도, 불행하지도 않았다. 단지 더 많이 배우기 위해 애썼고, 견습 시절 동안 잘하기 위해 노력했었다. 이 방은 그의 기억과 아쉬움 속에 남을 것이다. 마치 길을 가면서 버려야 했던 모든 것들이 기억에 남는 것처럼.

니콜라는 옷들을 챙겼다. 내일 입을 옷의 주머니에 손을 넣었다가, 주머니에서 여러 번 접은 종이가 떨어졌다. 종이를 펼치자 제일 먼저 귀퉁이에 적혀진 자신의 이름이 눈에 들어왔다. 종이에는 그가 이미 알고 있는 문장들이 적혀 있었다.

세 개가 한 쌍이고
그것들을 잠그는 사람이
모두에게 준다.

그렇다면 라르뎅은 니콜라가 아직 고향 게랑드에 있을 때, 이 수수께끼 같은 메시지를 그에게 남기려고 했다는 것이다. 왜 그랬을까? 라르뎅은 무슨 말을 하고 싶었던 걸까? 그런 생각들을 하며 니콜라는 잠 속으로 빠져들었다.

10장 미 로

1761년 2월 9일 금요일

땅바닥에 누워서, 두 눈을 감은 채 태양이 붉게 빛나고 있는 것을 느꼈다. 미친 듯이 벌판을 달린 후에, 모래밭에 반쯤 파묻힌 부서진 배에 말을 묶어두었다. 파도 소리가 자장가처럼 들리며 잠 속으로 빠져들게 했다. 그런데 갑자기 익숙한 그 소리가 멈추었다. 니콜라는 바다가 자신의 영원한 움직임을 멈추는 것을 한 번도 본 적이 없었다. 숨이 막혔다. 그는 벌떡 일어나면서 눈을 떴다. 하지만 눈이 부셔서 바로 다시 감았다. 니콜라는 몸을 휘감는 회오리바람을 느끼면서 추위에 얼어 있는 자신을 발견했다. 지난밤, 너무 피곤해서 옷을 입은 채 그대로 골아떨어졌던 것이다. 그러면서 창문 닫는 것을 잊어버렸었고, 겨울 햇빛이 그의 얼굴 위로 비추고 있었다. 그는 조심스럽게 팔과 다리를 하나씩 움직여 보았다. 잠을 자고 나니까 통증이 사라졌는데, 대신에 몸이 뻣뻣하게 굳어 있었다. 아침마다 늘 하던 대로 어둠에 대한 두려움을 떨치기 위해 깊게 숨을 내쉬고, 이제 새로운 하루를 시작할 준비를 했다.

니콜라는 몸이 지저분하고, 여기저기 쑤시는 것을 느꼈다. 목욕이 필요했다. 하지만 목욕하기가 어려울 것 같았다. 여러 가지 궁리를 한 끝에 가능한 방법들을 모두 동원해 보기로 했다. 카트린은 빨래를 하기 위해 커다란 나무통을 사용했었다. 그 통을 써먹을 수 있었다. 그리고 부엌의 화덕에 불을 피워 물을 데우면 된다. 그렇게 계획이 서자 기분이 좋아져서 창가로 갔다. 정원은 눈이 쌓여서 마치 하얀 천을 깔아놓은 것 같았다. 그 위에 새, 혹은 고양이의 흔적이 간간히 찍혀 있을 뿐이었다. 날씨는 너무나 맑았고 공기는 차가웠다. 이웃집 지붕 위에 쌓인 눈이 파르스름한 빛을 내며 반짝이고 있었다.

니콜라는 허름하지만 소중하게 여기는 자신의 물건들을 짐 속에 챙겼다. 작은 판화, 법률 책, 드라마르의 〈경찰 사전〉, 1716년 판 〈파리의 신기한 것들〉, 사부가 쓰던 오래된 미사 경본, 예수교회 소속인 부르달루 신부가 종교와 도덕에 대해서 쓴 책, 르 사즈의 〈절름발이 악마〉, 이 책은 〈동키호테〉처럼 그의 어린 시절 동안 읽고 또 읽은 책이었다. 이자벨이 준 부러진 부채, 그리고 마지막으로 그가 처음으로 멧돼지를 사냥한 날 대부인 랑퀘이 후작이 그에게 준 사냥용 단검. 니콜라는 아직도 씁쓰름하게 그날을 기억하고 있다. 사람들은 그런 영광이 부모도 없고, 천한 신분의 니콜라에게 돌아가는 것을 보고 기가 막혀 했었다. 고물장수에게서 헐값에 산 가죽으로 된 여행 가방이 옷 보따리와 함께 그의 이삿짐의 전부였다.

어디로 갈까? 그에게는 너무 비싸지 않은 숙소가 필요했다. 숙소를 찾을 동안 부르도의 집에서 신세를 질까 하는 생각도 해보았다. 하지만 부르도가 좁은 집에서 부인과 세 아이와 함께 살고 있어서 망설여지고, 무엇보다도 그와의 좋은 관계를 무너트릴 수 있는 불편한 상황이 생길 수도 있기 때문에 부르도에게 도움을 요청할 수가 없었다. 그레그와르 신부님은 니콜라를 반길 것이다. 하지만 원장 신부님이 거절할 수도 있고, 일에 따라서 불규칙하게 변하는 니콜라의 생활이 수도원의 규칙적인 생활과 맞지 않을 것 같았다. 물론, 사르틴에게 말을 해볼 수도 있다. 하지만 그의 상관은 이런 종류의 일에 되도록 관여하고 싶어하지 않는다. 니콜라는 익히 잘 알고 있는 그의 냉소적인 눈초리를 보고 싶지 않았다. 니콜라 혼자서 해결해야만 한다.

그는 갑자기 자신에게 법률 수업을 했던 노블쿠르 씨가 예전에 했던 제안이 생각났다. 그는 고등법원의 검사로 일했었고, 자식 없이 홀아비로 혼자 살고 있는데, 라르뎅이 니콜라에게 냉랭하게 대하는 것을 일찌감치 눈치채고 자기 집에 빈방이 있으니 함께 살자고 제안을 했었다. 당시에 니콜라는 그 제안을 정중히 거절했었다. 왜냐하면 사르틴이 한 번도 공식적으로 언급한 적은 없지만, 라르뎅의 집에 있는 것이 자신이 수행해야 될 일종의 임무

라고 생각했기 때문이다. 사르틴이 그에게 규칙적으로 라르뎅에
대해 이것저것 질문했었기 때문에 그런 생각을 할 수밖에 없었
다. 이제는 노블쿠르 씨의 제안이 너무나 구세주 같았다. 게다가
니콜라는 그를 진심으로 좋아했다. 걱정거리가 풀리자 편안한 마
음이 되어서, 목욕을 해야겠다고 생각했다.

집은 조용했고 루이즈가 돌아온 흔적은 보이지 않았다. 니콜라
는 어두운 계단을 내려가기 전에 양초에 불을 붙였다. 이제는 몸
에 배어버린 사냥개와 같은 반사 신경으로 각층과 복도를 살펴보
았다. 눈이나 흙의 흔적은 어디에도 없었다. 어제저녁 이후로 아
무도 들어오지 않은 것이 분명했다.

니콜라는 목욕을 준비하기 위해 부엌으로 갔다. 우선 화덕에
불을 피웠다. 그는 불을 피우는데 필요한 숯과 잔가지들을 카트
린이 어디에 보관해 두는지 알고 있었다. 그런데 부엌 안에 퍼져
있는 시큼털털하고 역겨운 냄새 때문에 구역질이 났다. 카트린이
규칙적으로 비소를 섞은 미끼를 놓아두는데, 그것을 먹은 쥐가
어딘가에서 죽어서 나는 썩은 냄새라고 생각했다. 어디에서 냄새
가 나는지 찾아보았지만 헛수고였고, 니콜라는 냄새를 잊으려고
노력했다. 신나게 타고 있는 장작에 입김을 불었다. 이제 마당에
있는 샘에서 물을 퍼다가 덥혀지기를 기다리면 된다.

나무통은 항상 지하실에 포도주, 기름통, 돼지비계, 햄과 함께
정돈되어 있었다. 카트린은 돼지비계와 햄을 포대 속에 고이 모
셔놓고 정성 들여서 관리를 했었다. 니콜라는 지하실의 문을 열
었다. 돌로 된 계단이 지하로 연결되어 있었다. 지하실은 지금은

사라진 옛날 건물에 속한 것이었다. 니콜라는 또다시 아까와 같은 지독한 냄새를 맡았다. 계단을 내려가서 양초를 높이 들었다. 고기를 매달아놓는 갈고리 중 하나에 갈색 포대 자루로 덮여진 커다란 것이 매달려 있었다. 그 커다란 포대 밑의 바닥에는 피가 흥건하게 고여서 엉겨 붙어 있었다.

냄새 때문에 공기가 역해서 숨을 최대한 참았다. 니콜라는 무엇이 나올지 예상하면서 쿵쾅거리는 심장으로 포대 자루를 잡아당겼다. 반쯤 썩은 멧돼지 한 마리가 바닥으로 뚝 떨어졌다. 카트린이 떠난 후에 여기에 방치된 걸까? 사냥한 고기는 숙성을 시켜야만 한다는 것을 니콜라는 알고 있었다. 그는 어린 시절에 사냥한 새의 머리에 벌레들이 우글거리는 것을 많이 보았다. 사부가 그 고기를 좋아해서 랑뤠이 후작이 준 것이었다. 핀느는 요리를 하기 위해서 부리가 몸통에서 떨어져 나가기를 기다렸었다. 하지만 니콜라는 완전히 썩을 때까지 진행되는 숙성 과정은 한 번도 지켜본 적이 없었다. 지하실 바닥에는 많은 발자국들이 있었고, 어떤 발자국들은 커다란 나무 문 앞에서 멈추었다. 그 문은 술병이 있는 테라스로 연결되어 있었다. 니콜라는 발자국들을 오랫동안 쳐다보았다. 나무통을 찾아서 냄새 나고 좁은 지하실에서 얼른 빠져나왔다. 그리고 물이 끓기 시작하는 부엌으로 돌아왔다.

니콜라는 옷을 벗고 거울로 사용하는 커다란 구리 냄비를 힐끗 쳐다보았다. 자신의 모습이 무서운 것이 사실이었다. 수염은 덥수룩하고, 몸은 시퍼런 멍과 상처로 덮여 있었다. 붕대를 풀어보았다. 머리와 옆구리 상처는 아물고 괜찮았다. 약사가 치료를 잘

했던 것 같다. 그는 끓는 물을 나무통에 부었다. 그런데 물통이 비어 있었다. 정원으로 난 문을 열고, 벌벌 떨면서 단지에 깨끗한 눈을 담아다가 뜨거운 목욕물을 식혔다. 니콜라는 목욕물에 카트린이 빨래할 때 사용하는 잿물을 약간 넣었다. 그리고 나무통에 쭈그리고 앉아서 국자로 물을 몸에 끼얹었다. 물의 더운 열기가 근육통을 조금씩 풀어주었다. 몸이 나른해지면서 기분이 좋아졌고, 니콜라는 이 짧은 휴식 시간을 즐겼다.

니콜라의 사부는 분명히 이 즐거움에 대해 비난했을 것이다. 그는 위생을 위한 새로운 방법인 목욕에 대해 신랄하게 비난했었다. 목욕은 계몽주의 철학과 함께 그의 사부와 랑퀘이 후작 사이에서 끊임없이 벌어진 논쟁의 주제였다. 사부는 물로 몸을 씻는 것에 반대했고, 눈에 보이는 부분인 얼굴과 손을 제외한 몸에 대해 무관심해야 된다고 했다. 오직 속옷으로만 위생을 해결하는 것이다. 친구와 토론하는 것을 무척 재미있어 했던 후작은 껄껄거리면서 벌거벗은 신부들에게서 나는 신성한 냄새를 이야기했고, 신부들을 연옥 대신에 잿물을 넣은 목욕통에 집어넣어 보고 싶다고 했다. 후작은 군인 생활의 경험을 통해서 새로운 단어인 '위생' 이라는 것의 필요성을 잘 알고 있었다. 후작은 목욕을 통해 전염병을 피하기도 했다고 말했다. 그리고 니콜라에게도 자신의 방법을 따르라고 부추겼다. 니콜라는 반느에 있는 예수교회 학교에 다닐 때, 그에게는 일상적인 것이 되어버린 목욕을 마음대로 할 수가 없어서 무척 힘들었다.

니콜라는 나무통에서 나와 몸의 물기를 닦았다. 그는 마치 낡은 껍질을 목욕물 속에 벗어버린 느낌이었다. 상처의 딱지가 물에 불어서 부드러워졌다. 니콜라는 옆구리의 붕대를 지탱해 줄수 있는 허리띠, 그리고 머리의 상처를 감을 천이 필요해서 낡은 셔츠 하나를 희생하기로 마음먹었다. 그는 카트린이 찬장 서랍에 약용 식초와 고약을 가지고 있다는 것을 알고 있었다. 서랍 안에는 소독약으로 쓸 수 있는 것이 있었다. 그것으로 상처를 씻어내고, 붕대를 다시 붙이고, 수염을 깎고, 새로 옷을 갈아입었다. 무언가 먹는 것은 포기했다. 부엌에서 계속 나는 역겨운 냄새 때문에 먹을 수가 없었다. 모든 것을 제자리에 정돈해 놓고, 방에 올라가서 짐을 가지고 내려와서 잊어버린 것이 없는지 살핀 후에 견습생의 다락방을 떠났다.

이제 짐을 옮기기 위해 마차를 잡아야 했다. 대문 앞에 짐을 놓고 빈 마차를 찾으러 갈 수도 있지만, 다시 돌아왔을 때 짐이 모두 사라져 버릴 수도 있었다. 그리고 대문 열쇠가 없기 때문에 한번 닫은 후에는 다시 열 수가 없었다.

니콜라는 어제 길에서 보았던 그림자가 생각났다. 그는 대문을 열고, 성당 정문을 살펴보았다. 그 남자는 여전히 거기 있었다. 신발 바닥을 두드리고 손바닥을 치면서 앉아 있었다. 니콜라는 그에게 신호를 보냈다. 그는 머뭇거리더니 오른쪽과 왼쪽을 살펴보고는 눈으로 덮인 길을 건너왔다. 니콜라는 그가 경찰청에서 고용한 정보원 중의 하나라는 것을 금방 알아보았다. 니콜라는 그에게 자신이 망을 볼 테니 그동안 마차를 하나 불러달라고 부탁했다. 그 남자는 니콜라에게 루이즈가 지난밤 집에 돌아오지 않았다는 것을 확인해 주었다.

곧 마차가 나타났고, 그 정보원이 마차에서 내렸다. 니콜라는 짐을 싣고, 마부에게 주소를 주었다. 몽마르트르 거리에 있는 노블쿠르의 집은 6층짜리 건물로, 자신이 2층과 3층을 쓰고 위층은 세를 주었다. 1층에는 빵집이 있고, 그리고 가정부인 마리옹과 주인만큼이나 나이를 먹은 하인 프와트뱅이 살고 있었다. 니콜라는 자신이 생—위스타쉬 성당의 작은 예배실에 감추어둔 옷들을 되찾을 수 있을까 생각했다. 그 성당을 수시로 드나드는 거지들의 예리한 눈길을 피했다면 옷이 아직 남아 있을지도 모른다.

마차는 소리 없이 움직였다. 그러나 말의 목에 매달린 방울이 경쾌하게 울렸다. 며칠 동안 도시를 덮고 있던 안개와 구름이 걷혀지고 있었다. 레알 지역부터는 사람이 점점 더 많아졌고, 교통은 매우 혼잡해졌다. 마침내, 마차가 몽마르트르 거리로 들어섰다.

니콜라는 기쁜 마음으로 노블쿠르가 사는 건물을 보았다. 가운데 부분이 불룩하면서 약간 비스듬하게 서 있는 건물은 파리의 땅에 튼튼하게 뿌리를 내리고 있는 것 같았다. 세월이 흐르면서 건물의 측면이 넓어졌고, 좌초된 범선의 옆구리처럼 불룩해졌다. 철제 장식으로 꾸며진 발코니의 구불구불한 라인은, 마치 커다란 조각상의 입술처럼, 신비로우면서도 자비로운 미소를 떠오르게 했다. 니콜라는 그 집이 시야에 들어오자 힘이 솟아나는 것 같았다. 그는 이 집을 좋아했다. 마차 삯을 지불하고 건물의 대문 앞에 짐을 내려놓았다. 빵집에서 따뜻한 빵 냄새가 풍겼다. 주름진 마리옹의 얼굴이 니콜라를 보자 기쁨으로 환해졌다.

"오! 니콜라 씨, 다시 보니 너무 반갑네요! 주인 나으리께서 어제도 불평을 하셨어요. 니콜라 씨가 찾아오시지 않는다고. 나으리께서 당신을 얼마나 좋아하시는지 아시잖아요."

"안녕, 마리옹. 어쩔 수 없는 일만 생기지 않았다면, 좀 더 일찍 찾아뵈었을 거예요."

회색의 꼬불꼬불한 공 같은, 곱슬곱슬하고 긴 털을 가진 강아지가 갑자기 나타나서 니콜라의 주변에서 껑충껑충 뛰며 소리를 질렀다.

"보세요, 시루스가 얼마나 좋아하는지! 이 아이는 자신의 친구들과 주인 나으리의 친구들을 알아본답니다. 동물들이 우리보다 훨씬 낫다고 제가 항상 말하지요……."

누가 왔느냐고 묻는 소리가 들렸다.

"주인님이 궁금해하세요. 방에서, 언제나처럼 따뜻한 초콜릿 차를 마시고 계세요. 저를 따라오세요. 무척 기뻐하실 거예요."

노블쿠르의 방은 밝은 초록색 바탕에 금빛으로 장식한 아름다운 방이었다. 그의 방 창문은 몽마르트르 거리 쪽으로 향해 있었다. 노블쿠르는 아침마다 실내복 차림으로 앉아서 초콜릿을 마시며 몽상에 빠지는 즐거움에 대해 설명했었다. 노블쿠르는 거리에 사람들이 북적거리며 하루가 시작되는 것을 쳐다보고, 일상에서 벌어지는 크고 작은 수많은 사건들을 관찰하는 것을 좋아했다. 이국적인 음료인 더운 초콜릿의 열기와 나른함이 주는 행복함은 그에게 더 없는 기쁨을 주었고, 때때로 편안하게 잠에 빠지기도 했다. 시루스가 자기 주인과 니콜라 사이를 왔다 갔다 하다가 노블쿠르의 무릎 위로 껑충 뛰어올라 갔다.

"햇빛과 니콜라가 돌아왔군, 할렐루야! 어서 오게, 이리 앉게나. 마리옹, 빨리 의자와 찻잔을. 더운 초콜릿 차와 빵가게 주인이 보내준 부드러운 빵을 빨리 가져와."

노블쿠르의 혈색 좋은 얼굴과 놀랍도록 맑은 눈이 기쁨으로 밝아졌다. 노블쿠르의 코 오른쪽에는 사마귀가 하나 있는데, 니콜라는 늘 키케로의 사마귀와 비교했었다. 그의 재기 발랄하면서 미식가적인 입가에는 양 볼이 늘어져 있고, 과거에는 단단했던 턱 선이 지금은 세 겹으로 겹쳐져 있었다.

"내 습관을 충실히 따르면서 지내고 있다네. 다른 방법이 없기도 하니까. 크게 놀라지도, 충격 받지도 않고 내가 늙어가는 것을 받아들이고 있지…… 곧, 몸을 움직일 수 없게 되겠지. 다른 안락의자를 하나 만들어야 될 거야. 고풍스런 스타일로 할 생각이네. 덮개도 만들고, 작은 테이블도 달린 걸로, 밑에 바퀴도 달면 되겠군. 내가 그 의자에서 빠져나오지 않고 살려면 의자에 구멍만 하나 만들면 될 거야. 룩상부르그 총사령관 부인은 추운 겨울에는 짐꾼들에게 자신의 의자를 거실로 옮기도록 시켰어. 나는 여기서 움직이지 않을 걸세. 어느 날 아침, 나보다 더 늙은 마리옹이 초콜릿 찻잔에 코를 박고 죽어 있는 나를 발견하겠지."

니콜라는 노블쿠르의 성격을 잘 알고 있었다. 그의 모든 말들은 상대방을 자극하기 위한 것이었다. 그는 반박을 기다리고, 만약 반박이 오지 않으면 그것을 불러일으키기 위해 더 할 것이다.

"통풍환자로서는 굉장히 멋있는 생각이십니다. 선생님이 찻잔에 코를 박고 돌아가실 일은 전혀 걱정하지 않으셔도 될 것 같습니다. 선생님은 볼테르와 닮으셨습니다. 사람들은 15년 전부터 볼테르가 그 해를 넘기기 어려울 것이라고 말하지 않았습니까. 또한 선생님께서는 선생님의 젊은 친구들에게 의무가 있다는 것을 잊으시면 안 됩니다. 만약 선생님이 안 계시다면 그들이 누구와 대화를 할 수 있겠습니까? 젊은 사람들이 그 죽음을 아쉬워하는 선배들은 그리 많지 않습니다."

노블쿠르는 매우 기뻐하며 박수를 치고, 시루스는 신나서 컹컹 짖어댔다.

"자네에게 항복했네. 자네는 다른 사람을 기쁘게 할 줄 아는군. 어느 날엔가 학생이 선생을 따라잡는 것이 세상의 이치라네. 나는 늙은 수다쟁이에 불과해. 그런데 니콜라 자네가 갑작스럽게 사라진 이유를 설명해 주어야겠네."

노블쿠르는 통통한 손으로 강아지를 쓰다듬었다. 시루스는 몸을 뒤집고, 분홍색의 배를 드러내고 있었다.

"제 사부께서 운명하셔서 고향 브르타뉴에 갔었습니다. 사부님께 마지막 인사를 드리고 파리로 돌아왔습니다. 그런데 매우 어려운 상황이 발생했습니다. 선생님께서도 라르뎅 반장이 실종되었다는 것을 아실 겁니다. 파리 치안감독관님께서 그 사건의 조사를 저에게 맡기셨습니다."

노블쿠르의 온화한 얼굴은 니콜라가 상을 당했다는 이야기에 애도를 표하다가 갑자기 확 변했다. 두 눈이 커지고 입은 벌어졌다. 자신의 제자가 이 분야에서 그렇게 빨리 승진했다는 것이 믿기지 않았다.

"놀라운 소식이군! 사르틴의 대리인이라! 라르뎅의 실종으로 자네는 성공했군. 라르뎅은 나의 친구였지. 하지만 거리를 두고 지내는 편이 좋은 친구였어. 지난주에도 그를 만났었네."

마리옹이 들어와서 테이블 위에 초콜릿 차가 담긴 은으로 된 주전자와 찻잔 하나, 루앙에서 만든 도자기로 된 받침 접시, 그리고 부드러운 빵과 잼 그릇을 놓았다.

"니콜라, 잘 보게나. 나는 이 맛있는 것들을 먹을 권리가 없다네."

"그냥 보시기만 하는 것도 좋을 거예요! 주인님은 먹는 것을 너무 좋아하세요."

마리옹은 낮은 소리로 꿍얼거리며 김이 나는 음료수를 따랐다. 찻잔 가득 엷은 밤색의 거품 나는 액체가 채워지고, 초콜릿의 달콤한 냄새와 은은한 계피 냄새가 퍼졌다. 시루스는 자기에게 인심이 후한 니콜라의 무릎 위로 뛰어올라 왔다. 사냥꾼의 본능이 언제나 깨어 있는 니콜라는 머릿속에 가지고 있는 생각을 놓치지 않았다. 그는 마리옹이 나가기를 기다렸다가 노블쿠르에게 라르뎅에 대해 물어보았다.

"언제 라르뎅 반장을 만나셨습니까?"

"지난 목요일."

"그렇다면, 선생님은 그를 마지막으로 본 사람들 중의 한 분이 되시겠군요."

"잠깐 만났어. 그 사람은 평소보다 표정이 아주 어두웠어. 자네도 그 친구를 알지 않나. 뭔가 비밀이 있고, 복수심이 강하고, 흥분 잘하고. 기분 좋은 사람은 전혀 아니지. 그렇지만 좋은 경찰이기는 해. 그런 면에서 우리는 서로 가깝게 지냈지. 지난 목요일, 평소와 비슷했어. 그런데 헤어질 때 어딘가 불쌍해 보였어. 어찌해야 될지를 모르는 사람 같았네."

"라르뎅 부인은요?"

노블쿠르는 허공에서 어떤 아름다운 모습을 쳐다보는 것 같았다.

"아름다운 루이즈 말인가? 그녀에게 인사를 전하지 않은 지 오래된 것 같군. 30세가 다 되었지만, 아직도 아름답지. 하지만 내 나이에는 어울리지 않아. 하긴, 루이즈에게 나이는 문제가 안 되지. 젊은 남자든, 늙은 남자든 눈에서 불꽃이 튀기기만 하면……."

노블쿠르는 이 말을 하면서 한쪽 눈을 껌뻑하고 눈짓을 했다. 그 바람에 머리에 쓰고 있던 모자가 움직여서 이마 위로 미끄러졌다. 그는 초콜릿 차를 한 모금 마시고, 입을 닦은 후에 빵을 한 조각 들었다가 한숨을 쉬고는 포기하고 다시 내려놓았다. 그리고 니콜라 쪽으로 몸을 숙이며 말했다.

"그런데 좀 수상하군. 내가 라르뎅에 대한 소문을 모를 정도로 세상일에 어둡지는 않네. 그리고 사르틴이 어떤 목적으로 자네를 그 악마 같은 부부 곁에 두었는지 이해하지 못할 정도로 순진하지는 않아."

노블쿠르는 말을 멈추었고, 니콜라는 돌처럼 굳어서 가만히 있었다.

"루이즈가 자네를 유혹하지 않았다고 말하지는 말게."

순간적으로 니콜라의 얼굴이 빨개졌다.

"저런, 저런. 그 정도였나? 하지만 그 일을 알고 싶지는 않네. 그 집에 불행한 기운이 감돌고 있어. 이유를 묻지는 말게. 하지만 느낄 수가 있어. 라르뎅의 끝이 좋지 않을 거라는 생각이 드네. 방탕한 생활에 모든 것을 다 바치고 있어. 육체나 돈에 대한 탐욕, 그것이 이 시대의 정신이지. 아무런 제약 없이 즐기고 싶어해. 만약 가장 은밀한 장소에 구멍을 뚫고 들여다볼 수 있다면, 아주 추악한 일들이 벌어지고 있다는 것을 알게 될 걸세. 나는 늙은 회의주의자이고, 한편으로는 미식주의자이기도 하지. 나는 우리 시대에 대해 곰곰이 생각해 보네. 그리고 죄를 처벌하고 나서 타락한 도덕을 비난하지."

노블쿠르는 빵과 잼을 번갈아 쳐다보며 슬픈 표정으로 고개를 흔들었다. 시루스는 주인이 하는 동작을 보고 흥분해서 몸을 세우고 부르르 떨었다. 노블쿠르는 마리옹이 근처에 없는 것을 확인한 후에, 재빨리 빵을 집어서 두껍게 잼을 바르고는 한입에 꿀꺽 삼켰다.

"이제는 제가 라르뎅 반장 집에 있는 것이 매우 불편하게 되었습니다. 사실은, 불가능하게 되었지요. 그의 실종사건을 맡게 되었고, 이 사건에 얽혀 있는 비밀을 모두 말씀드릴 수는 없지만,

그 집에 살면서 심판관의 역할을 계속할 수가 없었습니다."

"잘 판단했네 〈그는 재물을 경멸하고, 돈에 엄격했으며, 위협에 굴하지 않았다〉."

노블쿠르는 만족스런 표정으로 타키투스의 문장을 읊었다.

"자네는 이제 블랑—망토 가의 그 집에 있을 수 없네."

"오늘 아침 그 집에서 나왔습니다. 그래서 선생님께 조언을 구하러 왔습니다. 제가 사실……."

"오! 니콜라, 자네가 뛰어난 자질을 가지고 있고 훌륭한 교육을 받았다는 점에 대해서 나는 사르틴의 의견에 전적으로 동감하네. 이곳에서 지내라고 이미 자네에게 제안하지 않았었나. 나의 손님이 되어주게. 그리고 고마워할 것 없네. 이것은 내가 즐거워서 하는 일이야. 마리옹, 마리옹."

노블쿠르는 손뼉을 쳤고, 그 소리에 시루스는 즐거워서 팽이처럼 방 안을 빙글빙글 뛰어다니더니 마리옹을 찾아서 밖으로 나갔다.

"선생님의 친절에 무어라고 말씀을 드려야 할지……."

"괜찮네, 괜찮아. 우리 집의 규칙을 말해주겠네. 이 건물은 텔렘 수도원의 별관일세. 자네는 3층에 있는 방을 쓰게나. 자네가 책을 무서워하지 않는다는 것을 알고 있네. 그 방은 벽이 책으로 도배가 되어 있거든. 내 서재가 이미 꽉 차서 책들이 그 방에 들어가 있네. 그 방에는 독립된 출입문이 따로 있네. 작은 문을 열면 층계가 나오고 1층 하인들의 방으로 연결되네. 마리옹과 프와트뱅이 자네를 보살펴 줄 거야. 자네가 원할 때, 혹은 자네가 할 수 있을 때, 나와 함께 저녁식사를 하면 되네. 내가 직접 경험해 보았기 때문에 자네가 하는 일이 얼마나 힘든지 잘 알고 있네. 이 집이 자네의 안식처가 되기를 바라네. 그래, 짐은 어디에 있나?”

“아래층에 있습니다. 선생님께 오랫동안 신세를 지지 않도록 할 것입니다. 곧바로 있을 곳을 찾아…….”

“그만하게나. 나를 화나게 할 참인가. 벌써 떠날 생각을 하다니 은혜를 모르는구만! 내 말을 잘 들어야 하네. 일에만 전념하고, 내 말에 토를 달지 말게.”

마리옹이 부엌으로 그녀를 찾으러 갔던 시루스와 함께 나타났다.

“마리옹, 니콜라가 이제부터 우리와 함께 살게 되었네. 파란방을 준비하고, 프와트뱅에게 짐을 방으로 옮기라고 해. 그다음, 이번 일요일 저녁에 손님들을 초대할 거야. 음악도 연주할 거야. 인원은 5명이 되겠군. 니콜라와 그의 친구들, 그러니까 그레그와르 신부, 그리고 음악회에서 니콜라가 소개해 주었던 젊은 신학생 피노. 그리고 오르간 연주자인 발바스트르가 올 거야. 내가 초대장을 써줄 테니까 보내면 돼. 음식에 대해서는, 마리옹을 믿겠네. 이 세상에 신부와 음악가만큼 입이 까다로운 사람도 없다는 것을 명심해야 해.”

마리옹은 좋아서 두 손을 맞잡고, 만족스러운 얼굴로 주인의 말을 들었다. 그녀는 기쁜 소식을 프와트뱅에게 알려주기 위해, 자신의 늙은 몸이 움직일 수 있는 최대한 빨리 아래층으로 내려갔다.

니콜라는 황홀한 기분으로 자신의 방을 둘러보았다. 알코브에는 작은 침대가 있었고, 양쪽 벽은 책장으로 둘러싸여 있었다. 책들이 그의 주변에서 조용히 보초를 서고 있는 것 같았다. 니콜라는 어렸을 때, 게랑드의 집에서 다락방에 올라가 책들과 함께 보냈었고, 나중에는 랑뤠이 후작의 서재에서 책 속에 파묻혀서 보낼 수 있었다. 나란히 줄지어 있는 책들에 의해 보호받고 있을 때는 어떤 나쁜 일도 생기지 않는다. 책 한 권을 꺼내서 펼치기만 하면 언제나 감동적이고 새로운 음악이 들려온다. 방에는 뚜껑이 달린 책상, 안락의자, 세면대, 그리고 벽난로가 있었다. 방은 꽃무늬가 들어 있는 파란색 벽지로 도배되어 있었다. 니콜라는 한 번도 이렇게 고급스런 방에서 지내본 적이 없었다. 블랑—망토가의 다락방과는 비교도 할 수 없는 곳이었다.

노블쿠르의 집에서 환대를 받고, 날씨도 화창해서 니콜라는 행복한 마음으로 샤틀레로 갔다. 법원 근처를 둘러보았지만, 티르포는 보이지 않았다. 분명히 아직 찾아내지 못했기 때문일 것이다. 사람을 찾아내는 일은 조심성이 많이 필요한 일이다. 이런 종류의 일이 정보원의 목숨을 위험에 빠트리는 경우가 흔하다는 것을 니콜라는 잘 알고 있었다. 정보원들이 파리의 범죄 소굴에서 일할 때, 최대한 신중하게 움직이는 것을 나무랄 수는 없는 일이었다.

법원에 들어서자마자, 부르도가 세마귀를 넣은 감옥의 책임자를 만났다. 책임자는 부르도가 ‘디씨’ 라는 이름으로 등록된 모르는 죄수와 밤새 감옥 안에 같이 있었다고 말했다.

그리고 아직도 같이 있다고 했다. 그 감옥은 독방으로 비교적 안락하고, 외부에서 음식을 시켜 먹을 수 있는 곳이었다. 니콜라는 부르도의 신중함에 감탄했다.

니콜라는 자신의 신분을 밝히고, 감옥 안으로 들어갔다. 지푸라기 냄새와 매운 냄새가 뒤섞인 밀폐된 공기가 얼굴로 확 다가왔다. 연기가 방 안에 자욱했다. 애연가인 세마귀와 부르도가 담배를 피웠기 때문이다. 부르도는 프록코트를 입고 있었고, 넥타이는 풀어져 있고, 회색 머리카락은 헝클어져 있었다. 세마귀는 간이침대의 지푸라기 위에 누워서 모자로 눈을 가리고 자고 있었다. 테이블 위에 닭 뼈와 두 개의 잔과 세 개의 빈 술병이 있는 걸로 보아서 보지라르의 살인 사건이 두 사람의 식욕을 방해하지는 않은 것 같았다. 니콜라는 이런 것이 살인범이 가질 법한 태도는 아니라는 생각이 들었다. 하지만 곧 생각을 바꾸었다. 범죄자가 얼마나 독하고 자신의 범죄 행위에 대해 무감각한지를 보여주는 것일 수도 있기 때문이다. 니콜라는 이런 모습을 보고 교훈으로 삼았다. 모든 겉모습은 그것을 어떤 방향으로 판단하는가에 따라서 항상 두 가지의 얼굴을 가지고 있다. 그는 또한 사람들의 증언이 얼마나 불안정한 것인지 깨달았다. 그 사람의 당시의 기분과 첫 인상에 좌우되기 때문이다.

니콜라는 누워 있는 세마귀를 살펴본 다음에, 부르도에게 나가서 씻고 오라고 권했다. 그는 용의자와 혼자 있고 싶었다. 부르도는 나가 있으라는 말에 실망을 감추지는 않았지만, 명령에 복종했다. 사실, 니콜라가 증인이 없는 면담을 원하는 데는 이유가 있었다. 자신만의 비밀을 가지기 위해서이고, 그것이 결과적으로 부하 앞에서 권위를 높여주기 때문이라고 스스로에게 설명했다. 물론 이런 설명이 니콜라 자신에게 그다지 설득력이 있지는 않았다. 왜냐하면 진심은, 사실 평범한 이유인데, 부르도에게 샤탱의 집에서 보낸 밤에 대해 모두 이야기하지 않았기 때문에, 자신이 감춘 것이 곧바로 드러나는 것이 싫었기 때문이었다.

니콜라는 세마귀를 흔들어 깨우기 전에 다시 한 번 망설였다. 세마귀는 심각한 범죄의 용의자로 지목되어 있는데, 니콜라는 여전히 그에게 우호적인 감정을 가지고 있기 때문이다. 세마귀는 한숨을 내쉬며 몸을 일으켜 세웠고, 모자가 바닥으로 떨어졌다. 순간적으로 그의 얼굴에 나타난 두려움은 니콜라의 얼굴을 알아보면서 사라졌다.

"부르도 형사의 술은 최면과 마취의 능력에 있어서 아편으로 만든 약보다도 더 강한 것 같네. 잠에 완전히 취했었어. 그런데 니콜라, 자네의 표정이 매우 심각하군……."

세마귀는 침대에서 일어나 의자를 하나 당겨서 걸터앉았다.

"아마도 내가 이 방에서 지내는 것은 자네 덕분이겠지? 고맙구만."

그의 말에는 감사의 뉘앙스와 조롱의 뉘앙스가 동시에 들어 있었다.

"고마워하셔야겠지요. 매우 멋있는 수감 생활을 할 수 있는 '야만' 감옥이나 '쇠사슬' 감옥 같은 곳에 보내지 않았으니까요.

악어와 쓰레기로 가득한 감옥 '안락함의 끝'이나, 거꾸로 뒤집어진 원뿔 모양의 감옥인 '구덩이'에 가실 수도 있었습니다. 그곳에서 친구들을 믿지 않은 결과가 어떤 것인지 여유 있게 생각해 보실 수도 있었을 테니까요."

"왜 이러는가? 내가 모르는 일을 날보고 설명하라는 말인가?"

니콜라는 다른 의자에 앉았다.

"저는 증인 없이 면담을 하려고 합니다. 그러니까 이것은 공식적인 심문이 아닙니다. 공식적인 심문은 아마도 앞으로 하게 되겠지요. 그러나 우선 몇 가지 사항들에 대해서 선생님과 아주 솔직하게 이야기를 나누고 싶습니다. 제가 술수를 쓰거나 잔꾀를 부린다고 생각하지는 마십시오. 저의 이런 태도가 순진한 짓이라고 생각하실 수도 있습니다. 하지만 이것은 아직은 버리고 싶지 않은 저의 본모습이기도 합니다. 불신의 벽이 높아졌고, 그 벽을 높이는데 선생님의 공로가 큽니다."

세마귀는 아무런 동요 없이 잠자코 니콜라의 말을 들었다.

"선생님은 단 한 번도 저에게 솔직했던 적이 없습니다. 우리가 처음 샤틀레 법원의 지하 시체 안치소에서 만났을 때부터, 선생님은 뭔가 감추고 있었고, 불분명한 태도를 보였습니다. 그럼, 처음부터 다시 시작해 볼까요. 선생님은 라 뽈레의 술집에서 새벽 3시에 나왔다고 진술했습니다. 아가씨를 사서 이층으로 올라간 사람이 그 시간에 나왔다는 것은 의외였습니다. 그때부터 선생님을 용의자로 생각했습니다……."

"라르뎅의 살인자로 말인가?"

"살인자가 아니라, 용의자로. 라르뎅 반장이 살해되었을 수 있다고 추측한 사람도 선생님입니다. 숨긴 것이 또 있습니다. 루이즈 라르뎅의 유혹에 한 번 넘어간 적이 있다고 진술했었습니다. 그런데 증언에 따르면 선생님은 자기 친구의 부인과 밀애를 계속했었고, 아마 지금 이 순간까지도 두 사람의 관계는 지속되고 있을 겁니다. 그래서……."

니콜라는 주머니에서 아무것도 안 적힌 종이 하나를 꺼내서 읽는 시늉을 했다.

"그녀는 모르는 손님이 새벽 3시까지 함께 있었다고 말하라고 했고, 그 이전에 떠났다는 것을 아무에게도 말하지 않기로 하고 1루이 당시의 화폐 단위—역자 주를 받았다고 진술했다. 그 모르는 손님은 경찰이 왔을 때 노름꾼들이 도망가는 정원의 뒷문을 통해 아무에게도 들키지 않고 나갔다고 진술했다. 몇 시에 그 손님이 떠났는지 묻자, '밤 12시 15분경'이라고 대답했다. 이 진술을 한 여성의 이름은 샤탱입니다. 이 여성을 아시는지 물어볼 필요도 없겠지요?"

"니콜라, 자네가 질문과 대답을 모두 하고 있네. 이 모든 것들이 데카르의 살인과 무슨 관계가 있는 건가?"

"무슨 관계가 있는지 증명을 해야 되겠지요. 단지 제가 말씀드리고 싶은 것은 선생님을 모르는 검사가 라르뎅 사건과 관련해서 선생님을 조사하게 될 때, 선생님의 진술을 의심하게 될 것이라는 것을 알려 드리는 겁니다. 게다가 그 검사가 데카르 살인 사건에서 선생님을 만나게 되었는데, 선생님과 데카르의 관계가 나쁘다는 것을 누구나 다 알고 있습니다. 이 모든 사실들을 종합해 보십시오. 그리고 어떤 결과가 나올지 스스로 판단해 보세요. 하지만 이 두 사건에 대해서 무제한의 권력을 가지고 있고, 그리고 선생님이 이 사건들과 아무 관련이 없기를 바라는, 친구인 저를 상대한다면, 저에게 얘기를 한다면 어떻게 될지 계산을 해보십시오. 제가 어떤 위치에 있는지 생각해 보십시오. 선생님이 어떤 상황에 처해 있었는지, 그리고 진실이 무엇인지 저에게 말해야 될 때가 아닌가 판단을 하십시오.”

니콜라는 책상을 손바닥으로 치면서 강한 어조로 세마귀를 몰아쳤고, 그의 말이 끝나자 긴 침묵이 흘렀다. 세마귀는 생각에 잠겨서 일어나더니, 감옥 안에서 몇 걸음을 왔다 갔다 하고 나서 다시 앉았다. 그는 깊은 한숨을 쉬면서 말을 시작했다.

“자네가 그런 마음을 가져준 것에 대해 고맙게 생각하네. 조사관이 친구인 것이 얼마나 다행인지 미처 깨닫지 못했어. 내가 자네를 높이 평가함에도 불구하고 자네의 승진은 너무 갑작스러운 것이라. 미안하네. 자네를 전적으로 신뢰하기가 어려운 상황이었어. 내가 그동안 이런저런 핑계로 망설였던 것을 모두 잊어버리고 다시 시작해 보세. 자네의 모든 질문에 대답할 준비가 되었네. 그렇지만 분명한 것들이 때로는 잘못된 길로 인도할 수도 있다는 것을 알기 바라네. 이것은 결백한 사람의 입장에서 하는 말일세.”

“이게 바로 제가 듣고 싶었던 말들입니다. 우선, 부르도가 데카르트의 시신을 발견할 당시의 정황에 대해 보고를 했지만, 그저

께 선생님이 데카르를 만나러 가게 된 동기가 무엇이었는지 설명을 해주십시오.”

세마귀는 잠깐 생각을 하더니 입을 열었다.

“9시경에 누가 대문의 초인종을 잡아당겼어. 밤낮 없이 생—루이의 소식을 기다리고 있던 아와가 대문으로 뛰어갔지. 아와는 봉인이 된 접혀진 편지가 땅 바닥에 떨어져 있는 것을 보았네. 그녀는 어떻게 해야 될지 몰라서 그 편지를 내게 가져왔고, 나는 편지를 뜯어보았지…….”

세마귀는 오른쪽 소매의 안쪽에서 편지 하나를 꺼내서 니콜라에게 주었다.

“주소가 없군요…… 봉인에도 아무런 표시가 없고. 〈오늘 저녁에 집으로 오세요. 5시 반에 기다리겠습니다. 앙리 데카르〉라고 써 있군요. 편지지는 찢어져 있고…….”

“내가 아와에게 받았을 때 그 상태였었네. 데카르는 알뜰한 사람이지. 사실은 구두쇠에 더 가깝지만.”

“아와가 종이를 잘라냈을 수도 있지 않습니까?”

“그럴 리가 없네. 그녀는 글을 읽을 줄 모르네. 종이 전체를 살펴보게나. 접힌 부분이나, 봉인의 자국이 일치하네.”

“그렇군요. 이 편지를 읽고 어떤 생각이 드셨습니까? 데카르의 필체가 이상하지 않았습니까?”

“사실, 데카르와 나의 관계가 조금 나았을 때는, 그가 자신의 말도 안 되는 의술에 대해 내게 편지를 보냈었지. 그래서 그의 글씨를 확실하게 알아볼 수 있었네. 솔직히 말하면 편지가 너무 짧은 것이 좀 이상했지만, 워낙 기이한 사람이니까, 나는 그냥 편지 그대로, 할 얘기가 있으니 만나고 싶다는 것으로 받아들였네. 무엇 때문에 보자는 걸까 골똘하게 생각을 해보았지. 내가 데카르를 마지막으로 만났을 때, 자네도 있었지. 그때 우리의 대화가 중간에 끊겨 버렸잖아. 물론, 데카르가 화해를 제안할 거라는 기대는 전혀 하지 않았네."

"선생님은 부르도에게 선생님의 의료 행위에 관한 중대한 문제로 데카르가 보자고 했을 거라고 말씀하셨습니다."

"그렇네. 데카르가 나의 의료 행위를 금지시키려는 소송을 제기했는데, 그것에 대해 나에게 뭔가 할 말이 있는 것이라고 생각했네. 이런 일들이 그에게는 신나는 일이니까."

"왜 데카르의 집에 일찍 도착했습니까?"

"나는 식물원에 열대식물 표본 하나를 가져다주러 나갔었네. 날씨가 안 좋았기 때문에 시간 여유가 있게 나갔었지. 그래서 조금 일찍 돌아왔고, 데카르의 집에 약속 시간보다 일찍 가는 것이 욕먹을 짓이라고는 생각하지 않았네."

"데카르의 시신을 발견했을 때, 이상한 것은 없었습니까?"

"내가 어떤 함정에 빠졌는지, 그리고 용의자로 완전히 의심받게 될 거라는 생각이 들자 제정신이 아니었네. 나는 사망을 확인했고, 사혈에 쓰는 칼을 보았네. 그 칼을 보니 지난번에 만났을 때 사혈에 관해 논쟁을 했던 것이 생각났고, 그 범죄의 도구 역시 내게 불리한 것이었네. 다른 것은 아무것도 보지 못했네. 하지만 내가 희미한 촛불 하나만을 들고 있었다는 것을 잊지 말게."

니콜라는 잠시 침묵이 흐르도록 내버려 두었다. 세마귀는 두 손으로 머리를 감싸 쥐었다.

"저 혼자만 알고 있는 몇 가지 증거에 비추어볼 때, 선생님의 진술은 사실입니다. 하지만 거짓말의 연속이라고 보고 있는 또 다른 진술에 대해서 대답을 하셔야 합니다. 지난 금요일 밤, 몇 시에 라 뽈레의 술집에서 나왔습니까?"

"자네는 질문을 하고 있지만 대답을 이미 알고 있지 않은가."

"선생님 입으로 직접 확인하고 싶습니다. 제가 처음에 이 질문을 했을 때, 거짓말을 한 이유를 알고 싶습니다. 왜 그 아가씨와 이런 연극을 꾸민 겁니까?"

"제3의 인물을 개입시키고 싶지 않아서 자네에게 숨겼던 것을 어쩔 수 없이 인정하게 만드는군……."

"관계를 정리하지 않았고, 계속해서 만나고 있는 그 제3의 인물……."

세마귀는 니콜라를 뚫어져라 쳐다보았다.

"사르틴이 자네에게 이 사건을 맡긴 것이 놀라운 일이 아니었어. 자네는 앞질러서 추측하는 능력이 있군. 자네는 범죄자들에게 공포의 대상이 될 걸세."

"그런 듣기 좋은 소리를 하실 필요는 없습니다. 그날 밤 라르뎅이 화가 나서 '왕관을 쓴 돌고래'에서 나갔고, 그가 집으로 돌아갈 수 있는데, 왜 라르뎅 부인에게 갔습니까?"

"자네는 창피스런 내 사생활을 다 까발리게 만드는군. 루이즈와 나 사이에는 언제나 약속된 것이 있었는데, 그녀의 방 창가에 촛불을 밝혀놓으면 안전하다는 신호였었네. 그리고 내가 라르뎅을 아는데, 그렇게 화가 나면 새벽까지 여기저기 술집을 배회하고 다닐 것이 분명했어. 그래서 루이즈에게 가는 것이 그리 큰 위험부담은 없었지.”

“라르뎅 집에 몇 시까지 있었습니까?”

“새벽 6시까지 있었네. 하마터면 일하러 온 카트린과 부딪힐 뻔했었지.”

“그 후로 라르뎅 부인을 만났습니까?”

“아니, 한 번도.”

“데카르가 루이즈 라르뎅의 정부라는 것을 알고 있었지요? 선생님이 직접 말했지 않습니까. 그런 것이 불편하지 않았습니까?”

“니콜라, 잔인하구만. 사랑은 도덕이 인정하지 않는 것을 인정하게 만든다네.”

“선생님은 데카르와 루이즈의 관계를 카트린이 알고 있다고 말했습니다. 카트린이 그런 사실을 마리에게 말했을까요?”

“분명히 그랬을 걸세. 카트린은 루이즈에 관한 것이라면 하나도 놓치지 않으니까. 카트린은 자신의 계모를 증오하는 마리에게 모든 것을 이야기했었네. 마리가 나이가 어리고 얌전해 보이지만, 성격은 매우 강하다네. 마리는 자기 아버지를 무척 좋아했어.”

니콜라는 생각에 잠겼다. 그렇다면 그 착한 마리가……. 그는 블랑―망토 가의 그녀의 방에서 찾은 신발과 보지라르에서 채취한 발자국이 일치했던 것을 생각했다.

"세마귀 선생님, 어떻게 루이즈 라르뎅을 사랑할 수 있습니까?"

"어떻게 그렇게 될 수 있는지, 그걸 알 수 있는 기회가 자네에게 생기지 않기를 바라네. 인정할 수 없는 사람을 사랑하는 것은 가장 끔찍한 일이라네. 혹시 생—루이에 대한 소식이 있나?"

"아무런 소식도 없습니다. 그에 대해 헛된 희망을 드리고 싶지는 않습니다."

세마귀는 고개를 숙이더니, 크게 실망해서 벽 쪽으로 돌아앉았다.

"아직 부탁드릴 것이 더 있습니다. 선생님의 신변 보호를 위해서, 그리고 조사의 순조로운 진행을 위해서 선생님을 비밀 장소에 모셔야만 합니다. 가능한 최대한 빨리 조사를 마칠 것입니다. 저는 아무나 들어올 수 있는 샤틀레 법원의 감옥을 믿을 수가 없습니다. 그래서 선생님을 바스티유 감옥으로 안내할 겁니다. 그곳이 훨씬 안전하다는 것을 믿어주십시오. 이것은 선생님의 생명과 관계있는 일입니다. 어떤 감옥에는 비소가 있어서 자살을 하도록 유도한다고 합니다. 그렇게 해서 죄인은 무죄가 되는 것이죠. 라르뎅 사건과 데카르 사건에는 위험한 사람들이 연루되어 있습니다."

"내 목숨을 자네 손에 맡기는 것 말고 다른 방법이 있겠는가?"

"사실, 없습니다. 하지만 자신감을 잃지 마십시오. 바스티유에서 불편하지 않게 지내시도록 지시를 해두겠습니다. 필요한 것들을 적어서 주세요. 바깥세상의 사람들에게 선생님은 사라진 것이 되는 겁니다. 그렇게 하는 것이 덜 위험합니다. 저를 믿으세요.”

세마귀는 포기한 눈빛으로 니콜라를 쳐다보았다. 니콜라는 그에게 인사를 하고 감옥 문을 닫고 열쇠로 잠갔다. 그리고 부르도를 찾았다. 부르도는 사무실에서 문지기가 가져다준 수프 그릇을 앞에 놓고 책상 앞에 앉아 있었다.

니콜라는 부르도를 세마귀와의 면담에서 제외시킨 것에 미안함을 느꼈다. 하지만 부르도는 어색한 분위기를 피하면서 아무 말 없이 그에게 편지 두 통을 건네주었다. 편지 한 통에는 니콜라의 주소가 큼지막하고 강한 필체로 적혀 있었고, 붉은 양초 위에 사르틴의 문장^{紋章}이 찍혀서 봉인되어 있었다. 또 한 통의 편지를 보는 순간 니콜라의 가슴은 요동쳤다. 이자벨의 글씨였다. 그는 머릿속으로 이자벨을 만난 것이 며칠 전인지 계산해 보았다. 일주일도 더 되었다. 우편마차가 게랑드에서 파리까지 오는데 필요한 시간이었다. 그녀는 토요일 점심이나, 월요일에 편지를 부쳤을 것이다. 니콜라는 나중에 혼자 있을 때 여유 있게 읽으려고 편지를 셔츠 안 깊숙이 집어넣었다. 편지가 가슴의 살갖에 닿았다. 그리고 사르틴의 편지를 열어보았다. 내용은 간결했다. 폐하께서 마담 퐁파두르와 함께 스와지 성에 가시기 때문에 매주 일요일에 베르사이유 궁에서 있는 정례회의가 연기되었다는 것이다. 이런 상황으로 인해 〈문제의 사건을 해결하는데 유예기간이 생겼다〉 사르틴은 니콜라에게 〈사건 해결을 위해 무엇이든, 누구든 모두 사용하라〉고 지시했다. 니콜라가 편지를 읽는 동안 부르도의 태도가 누그러졌다. 부르도는 오랫동안 뿌루퉁해 있던 적은

없었다. 니콜라는 말없이 데카르의 편지를 부르도에게 보여주었
다.

"부르도 형사님, 어떻게 생각하십니까?"

"이 종이는 편지의 한 부분이었을 것 같고, 무언가에 쓰기 위
해 나중에 잘라낸 것 같습니다."

"형사님과 저는 그 문제에 대해 같은 생각인 것 같습니다. 잘
라낸 사람과 그 이유를 알아내야 합니다. 보지라르에 보초를 세
워둔 것은 잘하신 일입니다. 라부인을 보았어요. 덕분에 큰 도움
이 되었습니다. 블랑—망토 가에 배치한 부하도 보았습니다."

부르도는 니콜라의 칭찬에 기쁨으로 얼굴이 빨개지면서, 조금
전에 실망했던 것을 잊어버리는 것 같았다.

"그 정보원이 교대하면서 보고를 했습니다. 라르뎅 부인이 9시
에 집에서 나갔고……."

"말도 안 됩니다. 라르뎅 부인이 집에 들어오는 것을 그 정보
원도 보지 못했다고 분명히 말했어요. 아니면 그 사람이 졸았거
나, 날씨가 추우니까 졸았을 수도 있겠죠."

"그 부분에 대해서 말씀드리려고 했습니다. 그 정보원은 졸지
않았다고 확신했어요. 그 사람에게 여러 번 일을 시켜봤는데, 군
말이 필요 없을 정도로 일을 잘했었기 때문에 그의 말을 믿는 편
입니다."

"그렇다면 조사를 해봐야 합니다. 모든 의혹에는 이유가 있으
니까요. 라르뎅 반장의 집에 잠복 인원을 두 배로 늘리세요. 어쩌
면 라르뎅 부인을 미행해야 되지 않을까요?"

“제가 오늘 아침에 미행하도록 지시를 해두었습니다.”

“부르도 형사님은 완벽하십니다.”

“너무 완벽해서, 사람들이 가장 중요한 것을 제게 알려주질 않습니다.”

니콜라는 부르도의 화가 풀어졌다고 너무 빨리 믿어버린 것이다. 니콜라는 입술을 깨물었다. 그는 아직까지 사람들을 잘 부리는 기술이 부족했다. 하지만 그는 곧 이 난감한 상황을 풀어낼 방법을 찾아냈고, 웃음을 터트렸다.

“부르도 형사님, 바보 같으십니다. 세마귀 같은 사람이 자기와 비슷한 또래에다가 점잖은 부르도 형사님 같은 분 앞에서 심문을 하면 제대로 말하지 않을 거라는 것을 모르셨습니까. 형사님께 문제가 있어서 나가 계시라고 한 것이 아닙니다. 그것을 증명하기 위해서 제가 알아낸 것을 말씀드리죠. 세마귀는 우리에게 거짓말을 했습니다. 그는 ‘왕관을 쓴 돌고래’에서 밤 12시 15분에 나왔습니다. 루이즈 라르뎅을 만나기 위해서였습니다. 그녀와 새벽 6시까지 함께 있었습니다. 데카르 살인 사건에 대해서는, 나는 그가 관련이 없다고 생각합니다. 데카르의 시체를 옮기는 동안 집 안에 누군가가 있었다는 것을 라부인이 얘기했을 겁니다. 사람들이 나가고 나서 숨어 있던 사람이 집 안을 뒤졌습니다. 자, 이제 자존심이 좀 회복되십니까?”

부르도는 말없이 고개를 끄덕였다.

“그런데 라부인과 다른 정보원들에 대해서 말인데요. 월요일부터 두 가지 사건과 관련해서 그들에게 주어야 될 비용과 제가 지불한 돈이 여기 있습니다. 제 돈으로 우선 들어간 비용들을 지불했습니다. 여기 자세한 목록과 가격이 있습니다. 원래는 이 지출 보고서에 치안감독관님의 사인을 받아서 재무과 책임자에게 보내면 검토한 후에 지출 내역을 처리해 줍니다. 그렇게 하려면 시간이 오래 걸려요……. 특별 수사에는, 특별 처리를 하는 거지요. 사르틴 감독관님이 지출 문제를 처리하는 일을 제게 맡기셨습니다.”

니콜라는 부르도가 내민 종이를 쳐다보았다. 왼쪽에는 지출 내역이, 오른쪽에는 경찰들이나 고용된 인력들이 일한 날과 합계가 적혀 있었다. 그는 호기심이 가득한 눈으로 부르도와 그의 정보원들의 비용과 조사를 위해 이동하는 데 사용한 마차와 수레의 숫자를 보았다. 정보원들의 활동 내역이 적혀 있었고, 상송과 두 명의 의사들에 대한 비용도 있었다. 몽포콩과 보지라르에 출동하는데 들어간 비용과 에밀리와 세마귀의 감옥 사용료도 있었다. 모두 합해서 85리브르 ^{당시 화폐 단위. 24리브르가 1루이—역자 주} 정도 되었다. 니콜라는 사르틴에게서 받은 돈으로 계산을 하려고 했다. 하지만 받았던 20루이는 벌써 많이 줄어 있었고, 돈이 충분하지 않았다. 니콜라는 남은 돈을 갈라서, 절반을 부르도에게 주었다.

“자, 이것은 선금으로 드리는 겁니다. 영수증을 주세요.”

부르도는 서류의 뒷면에 영수증을 적어주었다.

“사르틴 감독관님께 보내는 편지를 형사님께 드릴게요. 감독관님께 상황을 보고하고, 활동비를 청구하고, 세마귀를 바스티유</sup>

에 보내기 위해 감독관님의 사인을 부탁드릴 겁니다. 형사님이 세마귀를 바스티유까지 조심해서 호송하세요. 내가 걱정하는 것은 그의 도망이 아니고, 세마귀에 대한 공격이나 음모입니다. 우리는 누구와 싸워야 되는지도 모르는 상황이니까요. 그동안 나는 몇 가지를 확인하러 갔다 오겠습니다. 아 참, 부르도 형사님. 저 이사 했습니다. 사태가 이러니 라르뎅 반장의 집에 더 이상 있을 수가 없어서요. 그리고 라르뎅 부인이 나를 내쫓았거든요. 그래서 우선 몽마르트에 있는 노블쿠르 씨 댁에 있어요. 누군지 아시지요.”

“언제든 저희 집에 오셔도 됩니다.”

“말씀은 고맙지만, 이미 식구들이 많으시잖아요.”

니콜라는 사르틴에게 보낼 편지를 썼다. 그리고 부르도와 헤어져서 샤틀레 법원을 나왔다. 이자벨의 편지를 보고 싶은 마음에 조급했다. 그는 세느 강가로 향했다.

11장 망중한

니콜라의 발아래 세느 강이 흐르고 있었다. 강가에는 눈과 진흙이 여기저기 쌓여 있었다. 회색빛의 거친 물살은 흐름이 너무나 빨라서 눈으로 따라갈 수가 없었다. 상류에서 뽑혀진 나무들이 떠내려가면서 물 위로 불쑥 올라왔다가 소용돌이에 휘말려 사라지고는 했다. 바람이 얼어붙은 강기슭으로 세차게 불어왔다. 눈을 감으면, 니콜라는 마치 바닷가에 와 있는 착각에 빠질 수도 있었다. 이런 착각은 먹이를 찾아서 바람을 거스르며 강 위를 날고 있는 바닷새들의 울음소리 때문에 더욱 커졌다. 단지 얼었다가 강물에 씻겨서 녹은 진흙 냄새들이 바다라는 착각을 방해했다. 강물을 쳐다보고 있는 니콜라의 머릿속에서는 의혹이 가시지를 않았다. 다시 한 번 이자벨의 편지를 읽었다. 세 번째 읽는 것이었다. 글자들이 그의 눈앞에서 춤을 추는 것 같았다. 혼란스럽고, 불안한, 모순투성이의 이 편지가 무엇을 의미하는 것인지 이해할 수가 없었다.

니콜라에게.

내 하녀인 리보트에게 이 편지를 부쳐 달라고 부탁했어요. 이 편지가 무사히 당신에게 도착하기를 하나님께 기도합니다. 당신이 떠나고 난 후부터 아버지는 매우 침울한 상태이시고 저를 철저하게 감시하세요. 어제부터 계속 누워 계시고 한마디도 말씀을 안 하세요. 그래서 의사를 불렀어요. 아버지와 당신이 싸웠던 그날을 생각하면 끔찍해요. 아버지는 당신을 사랑하셨고 당신은 아버지를 존경하셨지요. 어떻게 하다가 두 분이 이렇게 된 걸까요?

저는 당신과 또 한 번 멀리 떨어져 지내는 것에 상심해 있어요. 당신이 그렇게 서둘러 떠난 것이 얼마나 저에게 상처를 주었는지 말하는 것이 잘하는 일인지 모르겠어요. 오로지 저에 대한 당신의 마음이 제게 위로가 될 뿐입니다. 당신은 관대하고 친절하니까 자신의 마음이 가는 대로 따라가지 못하는 사람을 용서하실 거예요. 제가 무슨 말을 하는지 저도 모르겠어요. 안녕, 그리운 사람. 당신의 소식을 전해주세요. 당신에 대한 소식이 상심한 제 마음에 위안이 될 것 같아요. 아니, 차라리 저를 잊어버리세요.

랑뤄이 성에서, 1761년 2월 2일.

니콜라는 자신의 마음이 왜 심란한 것인지 이유를 알기 위해서 다시 한 번 노력했다. 이자벨의 편지를 받은 기쁨은, 편지를 읽어내려가면서 조금씩 불안으로 바뀌었다. 우선 대부인 랑뤄이 후작의 건강이 걱정되었다. 그러고 나서 편지에 쓰인 단어와 문장들은 오직 불확실한 감정들뿐이었다.

파리에서 지낸 지 2년이 넘으면서, 니콜라는 오페라를 보러 갈 기회가 있었다. 이자벨의 편지는 좋지 않은 오페라에 나오는 한 장면 같았다. 편지에 드러난 감정들은 무언가 꾸며진 것처럼 보였다. 이유를 설명할 수는 없지만 코미디가 벌어지고 있는 것이 아닌가, 심각한 상황과 어울리지 않는 애교 같은 것이 아닌가 하는 생각이 들었다. 이런 인상은 랑뤄이 성에서 이자벨을 다시 만났을 때도 들었었다. 니콜라와 이자벨이 연출한 장면은 오페라의 잘 알려진 레퍼토리였다. 마리보의 연극에서 젊은 연인들 사이에서 자주 벌어지는 애인에게 버림받고 원통해하는 장면이었다. 니콜라는 모든 것을 걸었지만 마드므와젤 랑뤄이는 게임을 하고 있거나, 아니면 니콜라에게 헛된 사랑의 감정을 불러일으키는 불장난을 하고 있는 것일 수도 있다. 어쩌면 그는 자기 혼자 그녀를 자신의 연인으로 착각하고, 꿈을 믿는 것이 얼마나 위험한 일인지 알지 못하고 있는 것이 아닐까. 니콜라의 마음 한구석에서는, 없어질 땅덩어리처럼 보호해야 되고 법정에 선 변호사처럼 옹호하고 설명해야만 하는 사랑이라면, 그 사랑은 이미 죽어가고 있는 사랑이 아닌가 하는 느낌도 들었다.

이자벨과 어린 시절을 같이 보냈고 그녀의 고귀하고 훌륭한 가문에 대한 매력 때문에 깊은 생각 없이 사랑한다고 생각했던 것은 아닐까? 어떻게 길에서 주운 아이가 자신의 조건과는 너무나 거리가 먼 높은 신분을 감히 넘볼 수 있단 말인가? 씁쓸함과 수치심이 물밀듯이 밀려왔다. 때로는 이자벨이 쓴 문장들이 다른 의미로 다가오기도 하고 희망이 고개를 들기도 했다. 그는 이 갈등에 대해 나중에 결론을 내리기로 하고, 한참 동안 이리저리 헤매다가 시청 앞까지 왔다.

그는 이 생각 저 생각으로 갈팡질팡하며 부질없이 시간을 보냈다. 그러고 있는 자기 자신에게 화가 났고, 사실 이자벨의 문제는 지금 당장 급한 일이 아니라는 생각이 들었다. 좀 더 오랫동안 걷고 싶어서 시청을 왼쪽에 두고 강가를 따라 계속 걸었다. 생—제르베 성당을 지나, 생—쟝 시장의 소란스러움을 뒤로한 채 비에이—뒤—탕플 거리로 들어섰다. 바숑의 양복점은 길가에 있지 않았다. 오래된 저택의 정문을 지나서 안으로 들어가야만 했다. 그 저택의 주인이 형편이 어려워져서 부속건물과 일층을 수공업자들에게 세를 놓아야만 했었다. 양복점 주인 바숑은 예전에 니콜라에게 자신은 이미 유명해서 홍보를 위해 길가에 가게를 열어야 할 필요가 없고, 포석이 깔린 안뜰에 위치해서 남의 눈에 잘 안 띄는 자신의 가게를 부유한 고객들이 더 좋아한다고 설명해 주었다. 마차가 가게 문 앞에 바로 손님을 내려놓으면 사람들의 시선을 받을 필요도 없고, 안뜰에 포석이 깔려 있으니 거리의 진흙이 묻지 않기 때문이었다.

니콜라가 바숑의 가게를 방문한 목적은 여러 가지이다. 한편으로는 낡아버린 옷들과 생—위스타쉬 성당에서 잃어버린 옷들을 대신할 것을 새로 장만하기 위해서이다. 또 다른 한편으로는 바송의 고객 중의 하나인 라르뎅 반장에 대해 바송이 무어라고 하는지 들어보기 위해서였다.

니콜라는 가게 문을 열고 들어서면서, 불편한 실내 구조에 놀랐다. 어두운 실내는 수많은 양초들로 밝혀져 있었다. 그래서 처음 방문한 손님에게 이 아름다움의 신전은 빛으로 가득한 예배당처럼 보였다. 회색 양복을 입은 바송이 백 년 전에나 썼을 것 같은 지팡이로 바닥을 쿵쿵 치며 큰소리로 연설을 하고 있었다. 그는 책상 앞에서 옷감 속에 파묻혀서 바느질을 하고 있는 세 명의 견습공들에게 훈시를 하고 있었다.

"왕이 멍청한 놈들을 그대로 놔두다니 세상이 망할 징조야. 재무부 관리가 엄청난 세금을 때리니까 바보 같은 짓거리들이 나오는 거야. 이제는 모든 사람들이 힘들어하고 있다는 것을 다 알고 있어. 사람들은 극도로 비열해지고 있어. 장관이 잘못하고 있다는 것을 보여주기 위해서가 아니라, 비웃기 위해서 그러는 거야. 프랑스에서는 패션이 지성의 꽃이기 때문에 사람들은 경쟁적으로 따르고 있지. 여러분, 이제 더 이상 주름도, 호주머니도, 장식도 없습니다. 옷의 여유로움은 사라지고, 옷자락은 짧아지고, 옷의 앞부분은 더 깊이 파이고…… 바늘의 실을 더 길게 하라니까. 내가 수없이 말했지 않나……."

그는 한 견습공 앞에서 목청을 높였고, 견습공은 바송의 꾸중에 거의 옷감 속으로 사라질 지경으로 머리를 처박고 있었다.

"자수는 또 어떤가 말이야? 너무나 간소해졌어. 말이 간소해진 거지, 사실은 인색한 거야. 보석 세공업자들은 완전히 절망 상태야. 보석 대신 금속조각이나 유리, 아니면 외국에서 들어온 끔찍한 발명품인 가짜 보석을 사용하고 있잖아. 오! 상상도 할 수 없는 일이야……. 재무부 관리 실루엣 씨에게 신의 은총이 있기를! 그 사람의 허수아비를 만들어서 간판 대신 문 앞에 매달아놓아야겠어. 패션 업계에서 그 사람은 저주의 대상이야…… 아니, 르 플록 씨께서 오셨군요."

바송은 니콜라에게 몸을 숙여 인사를 했다. 그의 주름진 얼굴이 갑자기 매력적인 미소로 환해졌다. 바송은 60대로 날씬하고 키가 컸으며, 그렇게 마른 몸에서 어떻게 그렇게 우렁찬 목소리가 나오는지 항상 놀라왔다.

"안녕하세요, 바송 선생님. 기운이 펄펄 나시는 것을 보니 건강이 좋으신 것 같습니다."

"니콜라 씨, 나를 속이지 마세요. 뭔가 필요한 것이 있을 때 상대방의 기분을 좋게 해야 한다는 것을 아시는군요."

"저는 그런 생각을 잘 못합니다. 옷을 좀 맞추려고 왔어요. 튼튼하고 비바람에 잘 견디는 낮에 입을 옷과 망또, 바지, 그리고 좀 더 고급스럽고 우아한 것으로, 시내에서 그리고 오페라 같은 곳에 갈 때 입을 수 있는 것이 필요합니다. 하지만 옷에 대해서 저보다 잘 아시니까 제게 좋은 것을 골라주십시오."

바송은 지팡이를 내려놓고, 선반 위에 쌓아놓은 옷감들을 쳐다보았다. 그는 옷감과 니콜라를 번갈아 보았다.

"젊은 남자에…… 주로 밖에서 보내고…… 편해야 되고. 이 밤색 모직이 손님에게 어울릴 것 같습니다. 장식줄을 넣은 양복이 좋을 것 같습니다. 바람에 펄럭이지 않도록 올리브색의 장식을 다는 겁니다. 같은 천으로 바지를 하고요. 망또 얘기는 하지 마십시오. 망또는 시골 사람들이 여행 갈 때나 군인들이 말을 탈 때 입는 옷입니다. 이제는 한물간 유행입니다. 손님에게 필요한 것은 프록코트입니다. 모직으로 된 멋있는 프록코트, 안감을 넣고 그리고 다시 이중으로 안감을 한 번 더 넣는 겁니다. 이렇게 추운 겨울에 아주 따뜻할 겁니다. 그리고 짧은 망토를 두 벌 해드리지요. 좀 더 격식 있는 정장으로는, 생각나는 것이 하나 있습니다. 이 옷이 어떠십니까?"

바숑은 조심스럽게 종이 포장지 속에서 어두운 초록색 벨벳 양복 한 벌을 꺼냈다. 가장자리는 은사로 수놓인 양복이었다.

"이 옷은 아주 훌륭한 것인데, 어떤 프러시아 남작이 급히 떠나는 바람에 남아 있는 것입니다. 약간만 손질을 하고, 그리고 그 손님의 주문으로 만든 훈장들을 떼어버리면 될 겁니다. 한 번 입어보시겠습니까?"

바숑은 니콜라를 프시케 조각상이 있는 작은 공간으로 데리고 갔다. 니콜라는 옷을 벗고, 별 생각 없이 초록색 양복을 입었다. 거울을 보기 위해 고개를 들었을 때, 니콜라는 모르는 사람을 보고 있는 것 같았다. 옷은 니콜라에게 너무나 잘 맞았다. 몸의 전체적인 비율을 돋보이게 하면서 날씬하게 만들었다. 거울 속에서 니콜라를 바라보고 있는 새로운 인물은 그가 어렸을 때 랑뭬이 후작의 살롱에서 몰래 훔쳐보았던 범접할 수 없는 기품을 지닌 귀족들을 떠오르게 했다. 그는 뒤돌아서 가게 안을 걸어 다녀 보았다. 견습공 하나를 혼내고 있던 바숑은 갑자기 말을 멈추었고, 눈앞에 나타난 고귀한 모습에 깜짝 놀랐다. 니콜라는 순간적으로 자신이 다른 세상에 있는 것 같다는 생각이 들었다. 바숑이 먼저 입을 열었다. 왠지 당황한 것 같았다.

"손님께 너무 잘 어울리는군요. 아, 제 말은 완벽하다는 겁니다. 칼만 차시면 베르사이유 궁에 가서도 되겠습니다. 옷이 마음에 드십니까?"

"이 옷을 사겠습니다. 훈장을 떼고 바지는 약간 늘리면 될 것 같습니다. 언제쯤 될까요?"

"내일이면 됩니다. 라르뎅 반장님 댁으로 배달해 드리면 되지요. 반장님은 안녕하시지요?"

니콜라는 속으로 너무 기뻤다. 바숑이 스스로 말문을 열어주었기 때문이다.

"라르뎅 반장님을 본 지 오래되셨습니까?"

"주현절 지나고 뵈었습니다. 검은색 새틴으로 된 케이프 4벌과 마스크를 주문하러 오셨지요. 그리고 반장님이 늘 입으시는 가죽으로 된 웃옷도 주문하셨어요."

"네 개의 케이프는 모두 같은 사이즈였나요?"

"같은 사이즈였습니다."

"그것들을 직접 배달하셨습니까?"

"아닙니다. 1월 말경에 반장님이 찾으러 오셨습니다. 그런데 왜 그러십니까? 옷이 마음에 안 드신다고 했나요?"

"아직 모르고 계신 것 같습니다. 지난 2월 2일 이후, 라르뎅 반장님이 집에 돌아오지 않아서 경찰에서 찾고 있습니다."

니콜라는 이런 갑작스런 이야기를 듣고 바숑이 뭔가 반응이 있을 것이라고 생각했었다. 그런데 아무런 반응이 없었다. 처음에 좀 놀라더니 옷에 대한 이야기만 했다. 치수를 재고, 사르틴의 총애를 받는 니콜라를 만족시키기 위해 그의 비위를 맞추는 데만 신경을 썼다.

바숑의 가게에서 나온 니콜라는 그곳에서 가까운 블랑—망토 가에 가봐야겠다는 생각이 들었다. 그는 교대 근무를 하고 있는 정보원을 금방 알아보고, 인사를 나누었다. 루이즈는 집에 있었다. 요리사가 쫓겨났다는 소문이 이웃에 퍼졌고, 여러 명의 아줌마와 한 명의 아가씨가 요리사를 하겠다고 라르뎅의 집에 찾아왔었다. 잘생긴 정보원은 그녀들에게 쉽게 접근할 수 있었다. 그녀들은 화가 나서 자신들이 받은 푸대접을 정보원에게 설명해 주었다. 잔뜩 찌푸린 얼굴의 건방진 루이즈는 그녀들에게 '아무도 필요 없다'고 했고, 신경질적으로 대문을 닫아버렸다고 한다. 니콜라는 지난밤에 집 안이 얼마나 더러운지 보았었다. 카트린이 있었다면 절대로 고기가 지하실에서 썩게 내버려 두지 않았을 것이다. 집 안의 여러 가지 것들이 지금 살림이 얼마나 엉망인지 보여 주었다. 그렇게 깐깐하고 세련된 루이즈가 어떻게 집 안을 그 지경으로 내팽개쳐 둘 수 있을까? 니콜라는 그녀가 집 안에 사람을 들이고 싶어하지 않는다는 것을 느낄 수 있었다. 그래서 카트린과 자신을 쫓아낸 것이고, 마리도 멀리 보낸 것이다.

또한 정보원은 라르뎅과 비슷한 사람이 블랑—망토 가의 성당 문 앞에 나타났었다고 말했다. 그 사람은 정보원을 발견하자 성당 안으로 뛰어 들어갔고, 정보원이 곧 뒤따라갔지만 놓쳐 버렸다. 성당에는 다른 출입구가 또 있었다. 왜 라르뎅과 비슷하다고 생각했는지 물어보자, 라르뎅이 즐겨 입는 가죽 웃옷을 입고 있었기 때문이라고 정보원은 대답했다. 하지만 정보원은 그 사람의 얼굴을 보지는 못했다.

아침부터 먹은 것이라고는 노블쿠르 씨 집에서 먹은 핫초코와 빵 한 조각이 전부인 니콜라는 허기로 위장이 꼬이는 것 같았다. 하지만 해결해야 될 일들이 남아 있었다. 데카르가 죽었으니, 그의 재산은 누가 가지는 걸까? 라 뽈레가 한 말에 따르면, 데카르의 재산은 상당하다고 했다. 다행히도 니콜라는 라르뎅이 빚 때문에 과수원을 팔 때 데카르의 공증인에 대해 얘기하는 것을 들었었다. 데카르의 공증인은 뒤포르인데, 찾아보니 뷔씨 가街에 살고 있었다. 날씨도 좋고 하니, 니콜라는 거기까지 걸어갈 생각이었다. 공기는 차갑고 맑아서 가슴속까지 뻥 뚫리게 했다. 정오의 햇빛이 빛나고 있었다. 도시는 추위로 얼어붙고, 햇빛 아래서 얼음들이 눈부시게 빛나고 있었다. 니콜라는 생—제르맹 뒷골목 푸줏간 거리의 정육점 식당에서 요기를 할 생각으로 걸음을 재촉했다.

니콜라는 걸으면서 오전에 있었던 일들을 머릿속에서 다시 한 번 정리했다. 노블쿠르 씨는 라르뎅에 대해 확실히 신중한 태도를 보였고 라르뎅 부부의 이상한 행동들을 의심했다. 물론 라르뎅 부부의 불화를 잘 알고 있었다.

바숑 씨의 반응을 통해서는 두 가지를 알 수 있었다. 첫 번째는 라르뎅이 여러 개의 가죽 윗도리를 가지고 있었다는 것이다. 바숑이 그 말을 했을 때는 그것이 특별한 의미가 있을 것이라고 생각지 못했었다. 몽포콩에서 발견된 그 가죽 윗도리 중의 하나가 라르뎅의 죽음에 대한 결정적인 단서가 되었고 시신의 신분을 확인할 수 있게 해주었다. 그런데 블랑―망토 가에서 잠복했던 정보원의 보고를 들은 후에, 이런 확인이 뭔가 꺼림칙한 느낌을 주었다. 두 번째 사실은 라르뎅이 주문한 네 개의 검은색 케이프이다. 왜 카니발 복장을 네 벌이나 주문했을까? 니콜라는 세 개의 행방은 분명히 알 수 있었다. 라르뎅 본인, 세마귀, 그리고 데카르. '왕관을 쓴 돌고래'에서 벌인 파티에 온 사람들의 숫자와 일치한다. 그렇다면 네 번째 케이프는 누구의 것일까? 카트린의 증언에 따르면 루이즈도 금요일 밤에 검은색 새틴 케이프를 입고 외출했었다. 그 케이프가 바숑이 만든 것일까, 아니면 다른 케이프일까? 루이즈가 입은 케이프가 바숑이 만든 것이라면, 왜 라르뎅은 그것을 자기 부인에게 주었을까? 뭔가 비밀이 있는 것 같다. 니콜라가 라르뎅의 집을 뒤졌을 때 그 케이프를 본 기억이 없었다. 아무래도 그 옷을 어떻게 했는지 알아보기 위해 카트린에게 다시 물어보아야 할 것 같았다. 그렇지 않으면······.

니콜라는 퐁―뇌프 다리를 통해 세느 강을 건넜다. 그리고 뷔씨 사거리에 도착했다. 니콜라는 자신이 카름 데 쇼 수도원에 묵고 있을 때 자주 돌아다녔던 이 동네를 좋아했다. 그는 일요일 저녁에 노블쿠르 씨의 저녁식사에서 만나게 될 그레그와르 신부님을 생각했다.

니콜라는 점심시간에 공증인을 만나러 가는 것이 별로 현명한 행동은 아닐 것 같았다. 그래서 생—제르맹 뒤의 백정들의 동네로 향했다. 그는 파리의 푸줏간은 별개의 세상이라는 것도 파리에 와서 알게 되었다. 이 업종은 식육업자들의 규칙과 관례에 의해서 운영되었다. 니콜라는 고기 가격을 정하는 사람이 파리 치안감독관이라는 것을 알고 놀랐었다. 고기 물량에 따라서 치안감독관이 정했다. 그리고 판매가 제대로 이루어지는지 관리들이 감독했다. 그래서 니콜라도 몇 가지 사건을 맡았던 적이 있었다. 경찰은 어디서 가져다 파는지 출처를 알 수 없는 무허가 노점상들을 단속했다. 시전의 식육업자들은 이런 고기가 훔친 것이고 상한 고기라고 말했다. 노점상들은 그들도 자신들의 손님이 있고, 자기들은 시전의 정육 조합원들보다 싸게 판다고 주장했다. 그리고 경찰은 치안감독관과 정육업자들, 그리고 손님들 간에 서로 대립되는 수많은 문제들을 다루어야 했다. 고기의 중량을 늘리려고 뼈를 섞어 파는 문제는 늘 이 동네 사람들을 시끄럽게 만드는 일이었다. 니콜라는 특히 먹을 수 없는 부분을 섞어 파는 것을 보고 분개했었다.

길바닥에 반쯤 얼어붙어 있는 흥건한 핏자국은 니콜라가 목적지에 도착했다는 신호였다. 그는 큰 대문을 지나 정육점 식당이 있는 안으로 들어갔다. 마당에는 도살장, 열탕처리장, 기름 녹이는 곳, 그리고 좀 더 멀리에는 소와 양의 축사가 있었다. 백정은 허드레 고기를 모아서 팔았다. 그런 부위는 싸기 때문에 가난한 백성들이 좋아하는 것이었다.

니콜라가 밥을 먹으러 오는 데포르즈 정육점은 내장장수인 모렐 아줌마에게 조그만 가게를 세놓았다. 그곳에서는 허드레 고기, 다리, 간, 허파, 그리고 여러 가지 방법으로 요리한 창자를 팔았다. 니콜라는 소의 위를 주문했다. 그는 이것이라면 사족을 못 쓰고 좋아했다. 그런데 니콜라를 예쁘게 본 모렐 아줌마가 은근히 자기 집의 주특기인 돼지 다리 프리까세를 먹어보라고 권유했다. 모렐 아줌마는 신중하게 권했다. 왜냐하면 돼지고기를 팔 수 있는 권리가 없었기 때문이다. 돼지고기는 돈육업자들만 판매할 수 있었다. 돼지 다리를 부드럽게 하기 위해 솥에서 펄펄 끓였다고 했다. 그렇게 끓이면 뼈가 저절로 떨어진다. 그때 다진 양파와 양념을 넣고 기름 덩어리와 녹인 버터 속에서 한 번 더 볶아준다. 이때는 한 스무 번 정도 뒤집어주면서 빠르게 볶아야 한다. 국물을 한 국자 정도 부어준다. 그리고 음식을 내놓기 전에 소스를 진하게 하기 위해 식초와 포도즙에 겨자 녹인 것을 약간 끼얹어주는 것이 매우 중요하다.

니콜라는 주인의 권유를 따라 돼지 요리를 시켰고, 너무 맛있어서 세 번이나 가져다 먹었다. 배불리 먹고 나니 마음이 편안해지고, 몸도 따뜻해져서 이제 공증인을 만날 수 있을 것 같았다. 이런 평범한 음식들이 항상 그에게 힘을 주었다. 그는 백성들의 소박한 생활을 좋아했다. 그는 이런 생활 속에 섞이는 것을 좋아했고, 그의 정직한 말과 행동들이 사람들의 호감을 샀다. 그래서 사람들이 그를 믿고 호의를 베풀게 되지만, 니콜라 자신은 본인의 그런 매력을 잘 몰랐다.

니콜라가 밥을 먹고 기운을 차린 것은 잘한 일이었다. 공증인 뒤포르는 쉽사리 입을 열지 않는 사람이었다. 데카르의 재산과 유언장에 대한 니콜라의 예의 바른 질문에 대해 그는 곧바로 대답을 거절했다. 뒤포르는 니콜라를 내쫓기 위해 조수를 부르기까지 했다. 니콜라는 자신의 권위만으로 그를 압도하고 싶었으나, 할 수 없이 사르틴의 위임장을 그의 코 앞에 디밀어야만 했다. 그러자 공증인은 아주 불편한 기색으로 어쩔 수 없이 니콜라의 질문에 대답했다. 그렇다, 데카르는 많은 재산을 가지고 있었다. 토지와 농장, 그리고 연금을 받고 있었다. 또한 은행에 은화가 예금되어 있었다. 그는 얼마 전, 그러니까 1760년 말에 마지막 유언장을 작성해 놓았다. 그런데 그가 유언장에 자신의 재산 상속자로 지정한 사람은 마리 라르뎅이었다.

공증인의 말을 듣고 니콜라는 머리가 멍했다. 그러니까 데카르는 죽기 얼마 전에 자신의 일을 정리해 둘 필요성을 느꼈었다. 그런데 재산을 자신의 유일한 친척인 루이즈에게 물려준 것이 아니라, 피 한 방울 섞이지 않은 라르뎅 반장의 딸을 선택한 것이다. 라르뎅이 사라진 후에 수수께끼 같은 메시지로 뭔가를 말하려고 했던 것과 데카르의 유언이 왠지 모르게 닮은 느낌이 들었다. 그들은 산 자에게 무언가 알 수 없는 신호를 보내고 있었다. 왜 데카르는 자기하고 아무 상관도 없는 마리에게 재산을 주었을까?

위선적이고 타락한 신앙인 데카르가 순수한 매력을 가진 마리에게 반한 것일까? 아니면, 남의 눈에 띄지 않는 성격의 마리에게 무언가 감추어진 어두운 면모가 있었던 걸까? 아니면, 탐욕스럽고 믿을 수 없는 자신의 정부 루이즈에게 대비하기 위해서 그렇게 한 걸까? 하지만 자신이 사라지게 될 거라는 생각을 미리 했을 리는 없다.

이런저런 생각을 하며 니콜라는 세느 강을 건너서 샤틀레 법원으로 달려갔다. 부르도는 없었다. 세마귀를 데리고 바스티유 감옥으로 출발했다. 부르도는 상송에게서 받은 데카르의 시신 부검 결과를 남겨놓았다. 데카르는 독극물이 든 빵에 의해서 독살되었다. 아마도 그는 질식되기 전에 벌써 의식을 잃고 쓰러졌을 것이고, 쿠션 속에 머리를 처박아서 질식시킨 것이다. 니콜라는 두 가지의 방법을 섞은 고도의 살해 수법에 충격을 받았다. 칼로 찔린 장면을 연출한 것은 의심을 돌리기 위해서이거나, 아니면 앞의 두 가지 살해 수법을 감추기 위해서일 것이다. 마치 사육제의 마스크로 진짜 얼굴을 감추듯이 이 모든 것들이 감추어져서 사라질 것이라고 생각했을 것이다. 정말 사육제의 악몽 같은 사건이다.

니콜라는 샤틀레 법원에서 나왔다. 그는 파리에 돌아온 후 처음으로 한가한 느낌이 들었다. 벌써 밤이 되었고, 어둠과 동시에 기온이 뚝 떨어져서 춥고 바람이 많이 불었다. 그는 몽오르게이 거리에 있는 스토레 빵집에 잠깐 들렀다. 니콜라는 그곳에서 자신이 좋아하는 술이 들어간 카스테라를 배가 터지도록 먹었다. 그가 노블쿠르 씨 집에 들어왔을 때 마리옹은 화덕에서 뭔가를 끓이고 있었다. 노블쿠르 씨는 저녁식사 약속이 있어서 외출 중이었다. 니콜라는 자신의 새로운 왕국으로 올라갔다. 몇 개 안 되는 짐을 정리하고 옷을 벗은 뒤에, 벽을 가득 채우고 있는 책 중에서 아무거나 한 권을 뽑았다. 그레세의 〈초록색—초록색〉이라는 시집이었다. 그는 책을 펼쳤고, 시 하나가 눈에 들어왔다.

오! 위대한 이름은 얼마나 위험한가.
숨겨진 운명이 항상 더 행복하나니.

  니콜라는 씁쓸한 미소를 지었다. 이자벨의 편지를 읽고 느꼈던 슬픔이 다시 몰려왔고, 그 편지 때문에 들었던 슬픈 생각들이 다시 떠올랐다. 그리고 바송의 가게에서 거울 속에 비쳤던 젊은 남자, 그 자신이기도 하면서 모르는 사람이기도 했던, 그 모습이 다시 머릿속을 스쳤다. 촛불이 연기를 내며 길게 위로 올라갔다. 그을음이 마치 기둥처럼 길게 대들보로 이어져서 대들보의 표면에 서서히 검은 자국을 만들었다. 니콜라는 생각에 잠겨서 그것을 쳐다보았다. 그는 일어나서 젖은 손가락으로 초의 심지를 줄이고, 다시 누웠다. 뭔가 딱 꼬집어서 말할 수는 없지만 머릿속을 맴도는 생각이 있었다. 대들보의 검은 그을음 자국이 뭔가를 떠오르게 했다. 그렇다. 몽포콩에서 가져온 시신의 두개골 윗부분에 있었던 검은 자국이 생각났다. 니콜라는 새로운 것을 발견하고 잠이 들었다.

1761년 2월 11일 일요일

　니콜라는 토요일 낮에 아무것도 하지 않으며 시간을 보내는 즐거움을 만끽했다. 늦게 일어나서 파리 시내를 이리저리 돌아다녔다. 성당에도 들렀다가, 그림과 판화를 파는 상인들의 진열대를 기웃거리기도 했다. 오후 늦게 레알 동네의 주점에서 저녁을 먹었다. 돌아오는 길에 사육제의 가면을 쓴 아이들이 몰려오더니 쥐의 모양으로 자른 천 조각을 붙이고 백묵을 문지르고는 도망쳤다. 니콜라는 온몸에 뒤집어쓴 백묵 가루를 털어내기 위해 할 수 없이 솔질하는 사람에게 도움을 청해야 했다. 그는 완전히 지쳐서 조용히 집으로 들어왔고, 밤늦게까지 책을 읽었다. 다음날 아침, 그는 생—위스타쉬 성당의 미사에 참석했다. 그는 이 성당이 크고 오르간 소리가 잘 울려서 좋아했다.

　그가 다시 노블쿠르 씨 집으로 돌아왔을 때는 정오가 지나 있었다. 아름다운 소리가 집 안에서 들려왔다. 니콜라는 살금살금 서재로 가보았다. 서재는 어느새 음악실로 변해 있었다. 노블쿠르는 편한 실내복 차림이었고, 다른 두 명의 연주자와 함께 바이올린을 켜고 있었다. 두 명의 연주자 중의 하나는 놀랍게도 그레그와르 신부님이었다. 신부님에게 이런 면이 있는지 니콜라는 모르고 있었다. 또 다른 한 명의 키가 작은 연주자는 날카로운 느낌의 얼굴이었고, 색깔이 매우 강한 금발의 가발을 쓰고 있었다. 노트르담 성당의 오르간 연주자인 발바스트르가 틀림없었다. 그는 클라브생 앞에 앉아서 열심히 연주를 하고 있었다. 니콜라의 친구 피노는 악기 옆에 서서 악보를 붙들고 있었다. 니콜라는 청중이 자기 혼자뿐이어서 약간 머쓱했지만 안락의자에 앉아서 음악 속에 빠져들었다. 연주하는 사람들의 표정이 니콜라의 시선을 끌었다. 집중을 하느라고 눈썹은 치켜 올라가고 얼굴은 벌겋게 된 노블쿠르가 힘들어 보였다. 그러나 그는 가끔 발바스트르의 즉흥적인 클라브생 연주에 감탄하며 자기도 모르게 작은 소리를 내뱉었다. 그레그와르 신부님은 카름 데 쇼 수도원에서 약을 조제하기 위해 엑기스들의 양을 조절할 때보다도 더 집중하고 있었고, 발로 바닥을 치면서 박자를 맞추고 있었다. 발바스트르는 완벽한 대가의 모습이었다. 그는 거의 악보를 보지 않고 건반을 치고 있었고, 손가락이 건반 위를 날라 다니고 있는 것 같았다.

세 명의 소나타 연주가 끝났다. 연주가 끝난 후 한동안 긴 침묵이 이어졌다. 노블쿠르는 한숨을 내쉬고는 가발을 벗었다. 그리고는 소매 속에서 커다란 손수건을 꺼내서 이마의 땀을 닦았다. 그제야 노블쿠르는 니콜라를 쳐다보았다. 인사와 소개가 이어졌다. 니콜라는 그레그와르 신부님과 피노를 껴안았다. 두 사람 모두 니콜라를 다시 만나서 너무나 반가워했다. 니콜라는 무명의 젊은 사람이 처음 보는 유명인사에게 할 수 있는 최대한의 예의를 갖추어서 발바스트르에게 인사를 했다. 니콜라는 '사르틴 씨의 총애를 받는 앞날이 촉망받는 젊은이'라고 소개되자 당황해서 얼굴이 발개졌다. 그때 마리옹과 프와트뱅이 포도주를 들고 들어왔다. 각자 자리에 앉아서 옆 사람과 건배를 들었다. 니콜라와 콘서트에 대해 평가하는 것을 즐기는 피노는 그에게 방금 들은 연주에 대해 물었다. 니콜라는 그제야 방금 연주한 소나타가 르클레르의 작품이라는 것을 알게 되었다. 발바스트르가 끼어들어서 피노에게 저음연주 부분에 대해 이야기했다.

그때 마리옹이 서재로 들어와 노블쿠르의 귀에 대고 뭐라고 말을 했다.

"물론이지. 들어오시라고 해. 그리고 식사 준비를 더 하게."

니콜라보다 약간 더 나이를 먹어 보이는 기사 한 명이 서재로 들어왔다. 손님은 모자를 벗어서 모두에게 인사를 하고는 프와트뱅에게 칼을 맡겼다. 그는 쓰다듬듯이 바이올린을 어루만지고는 클라브생 앞에 섰다. 그리고는 서재 안에 있는 사람들을 죽 훑어보았다. 하얀색의 가발을 쓰고 있었지만, 그의 젊고 약간 오만해 보이는 얼굴을 나이 들어 보이게 하지는 않았다. 짙은 눈썹과 매부리코, 약간 비웃는 듯 샐쭉한 모양의 입은 전체적으로 잘 조화를 이루고 있었다. 그가 입은 파스텔 톤의 파란색 양복을 보며 니콜라는 바숑의 가게에서 자신이 입었던 양복이 떠올랐다.

"여러분, 폐하의 제1시종인 라 보르드 씨를 소개합니다."

다시 한 번 소개와 인사의 시간이 진행되었다. 유명인사인 발바스트르도 이 손님에게 큰 호감을 보이는 것 같았다. 니콜라가 치안감독관 곁에서 일한다는 소개를 들은 그는 니콜라를 날카로운 눈빛으로 쳐다보았다.

"자네가 우리 집에 오다니 웬일인가? 자네 보기가 힘들어. 좀 더 자주 보면 좋으련만. 자네 아버지와의 우정은 이제 아들인 자네에게 옮겨졌네. 이 집은 언제나 자네에게 열려 있어."

"감사합니다. 제가 하루 정도의 자유 시간을 얻었습니다. 그래서 검사님의 안부가 궁금해서 들러보았습니다. 폐하께서는 퐁파두르 후작부인과 스와지 성에 가셨습니다. 폐하께서는 자비롭게도 제게 휴가를 주셨습니다. 폐하께서 안 계실 때는 모두 베르사이유에서 도망치지요. 저는 곧장 검사님 댁으로 저녁식사를 하러 왔습니다."

손님들 사이에 대화가 오고 갔고, 피노가 궁정의 일들에 대해서 그렇게 아는 것이 많은지 니콜라는 처음 알았다. 그는 니콜라의 귀에 대고 시종이라는 단어에 속으면 안 된다며, 라 보르드 씨는 중요한 인물이라고 알려주었다. 폐하의 방에서 일하는 네 명의 제1시종 중의 한 명으로, 궁 안에서 행해지는 폐하에 대한 모든 시중을 책임지고 있고, 무엇보다 항상 폐하의 곁에 있을 수 있는 엄청난 특권을 가지고 있다고 했다. 그는 근무 중에는 왕의 침대 발치에서 잠을 잔다. 게다가 그는 왕의 총애를 받고 있으며, 재산도 많은 것으로 알려져 있다. 그리고 왕실의 가까운 사람들끼리만 하는 야식 파티에도 참석하는 인물이다. 마지막으로, 그는 시종장인 리슐리외 총사령관과 매우 친하다는 소문이 있다고 피노는 말했다.

니콜라는 전하를 그렇게 가까이서 모시는 사람에 대해 존경의 눈길을 보냈다. 그런 특권을 누리는 사람에게는 특별한 아우라가 있을 것이라고 기대했다. 노블쿠르가 안락의자에서 일어나 손님들에게 식탁으로 가자고 권했다.

서로가 예의를 차리며 다른 사람을 위해 뒤로 물러섰다. 그들
은 길 쪽으로 창이 나 있는 거실로 갔다. 타원형의 테이블이 차려
져 있었다. 식탁 맞은편 벽에는 책장과 커다란 찬장이 있었고, 찬
장에는 술병들이 있었다.

"여러분, 우리는 가족 같은 사이니 격식에 신경 쓰실 필요 없
습니다. 가장 젊은 니콜라가 내 맞은편에 앉고, 신부님이 제 오른
쪽, 그리고 라 보르드 씨는 제 왼쪽에 앉으십시오. 발바스트르 씨
와 피노 씨는 니콜라의 옆에 앉으세요."

그레그와르 신부님이 감사의 말을 하고, 각자 자리에 앉았다.
마리옹이 엄청나게 큰 수프 그릇을 들고 들어와서 노블쿠르 앞에
놓았고, 그가 직접 손님들에게 수프를 떠주었다. 프와트뱅은 손
님들의 요구에 따라 백포도주와 적포도주를 따랐다. 모두가 조용
히 음식을 맛보고 나자, 노블쿠르는 수프의 맛을 칭찬하고 라 보
르드와 대화를 시작했다.

"요새 궁궐은 어떤가?"

"전하께서는 폰디체리 전투 때문에 신경을 많이 쓰고 계십니
다. 퐁파두르 후작부인이 폐하의 우울한 기분을 달래기 위해 애
를 쓰고 있지요. 후작부인은 폐하의 건강을 지키기 위해서도 노
력하고 있습니다. 여러분들은 후작부인이 얼마나 다방면으로 애
를 쓰는지 아마 모르실 겁니다. 파리는 그녀에게 너무나 불공평
합니다. 사람들은 퐁파두르 부인에 대해 험담을 하고, 비방문을
쓰고 그러지만, 그녀의 공로에 대해서는 말하지 않습니다. 그녀
는 군함 건설을 위해서 엄청난 돈을 투자했습니다. 퐁파두르 후

작부인은 여러 가지 계획들에 대해 매우 열정적인 태도를 보이고 있습니다. 제가 감히 말씀드릴 수 있는 것은, 이것은 비밀이지만, 여러분은 믿을 수 있는 분들이니까……."

라 보르드는 좌중을 한 번 훑어보았다.

"……말씀드리는데, 어제도 이런 상황에서 자신이 여자라는 것이 답답하다고 하셨고, 백성과 폐하를 위해 앞장서야 할 사람들이 아무것도 하지 않고 있는 것이 걱정이라고 하셨습니다."

노블쿠르가 그의 말을 끊으며 물었다.

"총사령관은 어떻게 지내시나?"

"젊은 나이는 아니시지만, 아주 잘 지내고 계십니다. 의사들과 약장수들에게서 도움을 받고 계시지요. 보르도와 파리를 오가며 일을 하고 계십니다. 파리에서는 아카데미와 연극에 열정을 쏟아붓고 계십니다. 아, 제가 연극이라고 말한 것은 여배우라고 말하는 것이 정확하겠지요……."

마리옹과 프와트뱅이 다시 들어왔다. 고기를 넣은 스튜와 구운 송로버섯과 하노버 햄을 커다란 접시에 담아서 들고 왔다. 라 보르드는 음식의 냄새를 맡아보고는 술잔을 들고 말했다.

"언제나 우리를 왕처럼 맞아주시는 검사님을 위해 건배합시다. 그런데 이 음식은 무엇인가요?"

"이것은 고기를 다져 넣은 스튜라네. 닭 벼슬, 송아지 가슴살, 토끼의 콩팥, 송아지의 허벅지고기 그리고 버섯을 넣은 것이지."

"이 포도주는 매우 훌륭합니다. 맛이 아주 섬세하군요!"

"그것은 이랑시의 부르고뉴 적포도주일세. 백포도주는 샹판느의 베르튜에서 온 것이지."

"제가 검사님의 식탁을 왕의 식탁이라고 한 것이 틀린 말이 아니었습니다. 얼마 전에 폐하께서 선대왕이신 루이 14세께서 드셨던 포도주에 대해 물어보셨습니다. 그래서 저는 소믈리에와 함께 조사를 했습니다. 오래된 자료들을 찾아보았지요. 루이 14세께서는 오랫동안 샹판느 포도주를 드셨습니다. 그런데 주치의가 이 포도주가 신맛이 너무 강해서 위에 좋지 않다고 부르고뉴 포도주를 권해 드렸습니다. 이것이 위가 여유 있게 소화시키는데 훨씬 더 도움이 된다고 했습니다. 그래서 옥세르, 쿨랑즈, 그리고 이랑시의 포도주를 드셨습니다."

"나는 이랑시 포도주를 좋아하네. 색깔이 맑고 깊지. 달콤한 향과 명랑한 느낌이 좋아."

"검사님께서는 열렬한 전통 요리 수호자이십니다. 그런데 요새는 이 분야에서 혁신적인 것들이 많이 나오고 있습니다."

발바스트르가 말했다.

"아주 적절한 말씀을 하셨습니다. 그 문제는 우리 시대의 결정적인 논쟁거리라고 할 수 있습니다. 나는 몇몇 책들을 읽고 화가 났었습니다. 라 보르드, 마랭을 아는가?"

"아주 잘 알지요. 마담 제브르 댁에서 데뷔한 요리사입니다. 그 후에 수비즈 총사령관의 주방을 책임졌지요. 폐하께서도 그 사람의 요리를 칭찬하셨습니다. 퐁파두르 후작부인은 그의 요리를 너무나 좋아하십니다. 그는 감각을 훈련시키는 것을 좋아하지요……."

"감각을 훈련시킨다고요?"

카름 데 쇼 수도원의 약제사인 그레그와르 신부가 큰소리로 말했다.

"그러면, 제 동료군요."

그레그와르 신부의 농담에 모두가 웃었다.

"맞아, 바로 그 요리사 얘기를 하는 거네. 황공하게도 나는 폐하와 의견이 다르다네."

노블쿠르가 말했다. 그리고 그는 자신의 무거운 몸을 최대한 빨리 움직여 책장으로 가더니 책을 하나 뽑아 들었다. 책에는 작은 책갈피들이 여기저기 끼워져 있었다.

"자, 이걸 보게. 프랑수아 마랭이 1739년에 발표한 〈코뮈의 선물〉일세."

그는 자신이 표시해 놓은 페이지를 찾아서 큰소리로 읽기 시작했다.

"〈요리는 일종의 화학 작용과 같은 것이다. 그리고 요리사의 일은 고기를 분해하고 순화시켜서 영양가 있으면서도 소하하기 가벼운 육즙을 뽑아내 어느 한 가지가 도드라지지 않으면서 모든 맛을 느낄 수 있도록 잘 섞는 것이다〉 나는 도대체 이게 무슨 말인지 모르겠네. 내 생각은 말이지, 고기는 고기여야 하고 고기 맛이 나야 한다고 생각하네."

그는 책갈피가 수북하게 꽂혀 있는 또 다른 책을 하나 집어 들었다.

"이건 1740년에 데살레르가 쓴 〈영국 제빵사가 프랑스의 새로운 요리사에게 쓰는 편지〉라는 책이네. 여러분, 들어보십시오. 〈탐미적인 취향을 가진 사람들에게 정확하게 정제된 엑기스만이 들어간 요리는 얼마나 매력적인가. 새로운 요리의 위대한 기술은 생선에 육류의 맛을 내고, 육류에는 생선의 맛을 내는 것이며, 야채의 맛은 전혀 나지 않게 하는 것이다〉 이것이 바로 단죄해야 할 새로운 요리라는 겁니다. 비상식적이라고 할 수 있죠."

노블쿠르는 기가 막힌다는 표정으로 씩씩거리며 자리로 돌아와서 앉았다.

"저는 요리를 그렇게 어려운 수준까지 밀고나가는 열정을 좋아합니다. 그런 것들을 보면 저는 1747년에 나온 〈가스콘 출신의 요리사〉라는 책이 생각납니다. 저자가 알려져 있지 않은데, 부르봉 공이 아닐까 하고 생각합니다. 폐하의 야식 때 그분이 여러 번 요리사의 조수 역할을 하신 적이 있거든요. 하기는 폐하와 왕비마마, 공주님들과 왕자님들도 모두 앞치마를 두르기도 했지요. 그 책에서 보면 새로운 요리들의 이름이 우스꽝스럽게 표현되어 있습니다. 초록 원숭이 소스, 당나귀 똥으로 된 송아지 고기, 카라카타카 닭요리, 그 외에도 여러 가지 새로운 이름들이 있습니다."

라 보르드가 말했다.

"여러분, 저는 행복한 사람입니다. 음식은 훌륭하고 손님들은 재치가 넘치는 분들입니다."

노블쿠르가 말했다.

그러나 모든 사람이 새로운 요리 기법에 대해 같은 생각을 가진 것은 아니었기 때문에 노블쿠르는 화제를 바꾸었다.

"볼테르는 어떻게 지냅니까?"

그러자 발바스트르가 얼른 대화에 끼어들었다.

"볼테르는 영국 사람들 때문에 흥분해 있습니다. 그들은 우리의 적일 뿐 아니라, 세익스피어가 코르네이유보다 월등하다고 했기 때문이지요. 그래서 볼테르는 이렇게 말했답니다 〈그들의 세익스피어는 장터 연극에 나오는 인물보다도 한참 모자라다〉."

"빈정거림이 올바른 판단을 방해할 수 있습니다."

니콜라가 위험을 무릅쓰고 반박했다.

"그 영국 작가의 작품에는 아름다운 부분들과 영혼을 사로잡는 감동적인 것들이 있습니다."

"자네가 세익스피어를 읽었는가?"

"네, 제 대부인 랑뤼이 후작 댁에서 영어 원본으로 읽었습니다."

"요새는 경찰청 하급직까지도 유명작가를 읽는구만!"

발바스트르는 감탄하면서 말했다.

니콜라는 곧바로, 의도한 것은 아니지만 귀한 신분의 이름을 더구나 모든 관계를 끊은 사람의 이름을 언급한 것을 후회했다. 니콜라를 측은하게 바라보는 피노의 눈길이 그를 더욱 괴롭게 했다. 자신을 돋보이게 하려고 가장 천박한 방법을 선택한 것이 아닐까? 니콜라는 발바스트르의 비꼬는 말을 들어도 할 말이 없었다. 분위기가 어색해진 것을 눈치챈 노블쿠르는 자신이 썰고 있는 닭요리에 대해 이야기하며 화제를 바꾸었다. 호감을 가지고 계속 니콜라를 쳐다보았던 라 보르드도 노블쿠르의 의도를 눈치채고 거들었다.

"검사님……."

"아니, 왜 그리 심각한 목소리로 말하는가! 내게 무언가 부탁하려는 것 같군."

"맞습니다. 검사님의 고미술 수집품을 볼 수 있게 해주시겠습니까?"

"어떻게 아는가! 내가 고미술품을 모으는 것을 알고 있었나?"

"궁정에서도 파리에서도 알고 있습니다. 그리고 검사님이 여러 번 직접 말씀하셨습니다."

"그랬나! 사실 내 수집품이라기보다는 내 아버님의 수집품이지. 아버님이 모으기 시작하셨으니까. 나는 그저 그분이 해놓은 것을 이어가는 것뿐일세. 아버님은 여행하시면서 평범해 보이지 않는 모든 것을 열심히 모으셨다네. 그래서 나도 여행할 때마다 그렇게 모았지."

자신의 수집품을 보여주겠다는 노블쿠르의 약속을 들으며 사람들은 식사를 했다. 손님들은 개별적으로 대화를 계속해 나갔다. 니콜라가 마음이 상했을 것이고 기분이 우울할 것이라는 것을 아는 피노는 발바스트르의 말은 나쁜 뜻에서가 아니라 경솔했던 것이라고 니콜라를 위로했다. 많은 디저트가 나왔다. 파이, 빵, 잼, 젤리가 식탁을 가득 채웠다. 술이 나왔고, 손님들은 식후의 나른함에 빠져들었다.

노블쿠르는 가볍게 손뼉을 치고는 손님들을 서재로 데리고 갔다. 그는 커다란 문이 있는 쪽으로 다가갔다. 그리고는 자신의 시곗줄에 달려 있는 열쇠로 문을 열었다. 그들이 들어간 방에는 창문이 없어서 사람들은 처음에 아무것도 보지 못했다. 노블쿠르는 작은 테이블 위에 있는 두 개의 촛대에 불을 붙였다. 세 개의 벽면은 진열장으로 되어 있었고, 그 안에는 기이하고도 가지각색인 물건들이 가득했다. 거기에는 조개껍질, 말린 식물, 옛날 무기, 이국적인 도자기, 이상한 직물, 처음 보는 형태와 색깔의 돌과 크리스털이 있었다. 그것들보다 더 이상한 것은 불투명한 액체가 담겨진 병 안에 있는 것들이었다. 허옇고 물렁물렁한 애벌레같이 생긴 것이었다. 그러나 손님들의 시선을 더욱 사로잡은 것은 입체감 있게 그려진 그림 한 점이었다. 그림은 금빛으로 칠해진 나무로 테두리가 되어 있었다. 밤의 어둠 속에서 보이는 묘지가 그려져 있었다. 뚜껑이 약간 열려진 관 속에는 썩은 시체가 있고, 주위에 벌레들이 우글거리고, 짐승들이 관 위로 기어 올라가고 있었다. 밀랍으로 조각된 짐승과 벌레들은 너무나 생생해서 금방 그림 밖으로 튀어나올 것 같았다.

"하나님 맙소사, 이 끔찍한 것은 무엇입니까?"

그레그와르 신부가 물었다.

노블쿠르는 잠시 생각에 잠겨 있다가 대답했다.

"아버님은 젊은 시절 여행을 많이 하셨습니다. 특히, 이탈리아에 많이 가셨는데, 제가 재미있는 이야기 하나를 해드리지요.

1656년 시실리아의 팔레르모에서 줌보라는 사람이 태어났습니다. 시라쿠사의 예수교회 학교 학생이었던 그는 어렸을 때 제단을 장식하고 있는 죽음을 연상시키는 것들에 크게 충격을 받았습니다. 사제가 된 그는 밀랍으로 해부학적인 그림을 만드는 전문가가 됩니다. 지금 보시는 것이 그가 만든 그림 중의 하나입니다. 이런 그림들은 죽음의 광경을 보여줍니다. 신도들에게 공포와 혐오감을 주는 장면들을 보여주기 위해서지요."

"이런 그림들의 목적이 무엇인가요?"

피노가 물었다.

"회개를 유도하고 개종을 권하기 위해서입니다. 줌보는 여행을 하고 플로렌스, 제노바, 볼로냐에서 일을 했습니다. 플로렌스에서는 이런 종류의 작품을 여러 개 만들었는데, 그중에는 매독에 관한 것도 있었습니다. 코모 공작이 주문한 것이었는데, 그의 사위가 매독을 앓고 있었지요. 아버님은 1695년 줌보를 만나셨고, 〈묘지〉라는 이 작품을 사신 것입니다. 당시에 그는 데누와 함께 밀랍으로 만든 두상과 해산하다가 죽은 여인을 만드는 작업을 하고 있었습니다. 그는 색깔이 들어간 밀랍으로 자연스러움을 완벽하게 재현할 수 있게 되었습니다. 그는 파리에 왔고, 의학 아카데미에서 자신의 작품들을 선보였습니다. 그는 이 작업의 공정을 자신이 발명했다고 주장하는 데누와 재판을 벌이던 중에, 1701년 파리에서 사망했습니다."

사람들은 말없이 참혹한 광경이 그려진 작품을 응시했다. 다른 물건들은 더 이상 호기심을 끌지 못했다. 현실에서 이 그림보다 훨씬 더 끔찍한 광경들을 봤던 니콜라는 다른 사람들보다 충격이 덜했다. 그는 다른 진열장에 있는 커다란 십자가상을 발견했다. 십자가에 매달린 예수를 조각한 것이었다. 그는 노블쿠르에게 물어보았다.

"아, 그것은 골동품은 아닌데, 얀센주의자로 오해받고 싶지 않아서 그 선물을 치워놓은 것일세. 그것이 라르뎅 반장의 선물이라면 믿겠나? 나는 그가 신앙심이 깊다거나 개종했다고는 생각하지 않았네. 나는 저 선물의 이유와 거기에 있는 수수께끼 같은 메시지의 의미가 무엇인지 지금도 모르겠네."

그는 나무에 묶여진 종이를 펴서 보여주었다. 니콜라는 블랑—망토 가의 집에서 자신의 옷 속에 들어 있던 메시지와 비슷한 것이 적혀 있는 것을 보았다.

그것을 잘 열기 위해서
말씀을 돌려주기 위함이라.

"그것이 수수께끼라네."
노블쿠르가 다시 말을 했다.
"이 예수그리스도는 팔을 오므리고 있는데, 분명히 마음을 더욱 잘 열기 위해서일 거야. 이것이 내 해석이라네."
"제게 이 쪽지를 주시겠습니까?"
니콜라는 낮은 목소리로 물었다.
"그러게나. 어떤 것이든 중요할 수 있으니까."

저녁 식탁의 활기찼던 분위기는 어느새 사라졌다. 노블쿠르의 골동품을 본 것이 판도라의 상자를 연 셈이었다. 손님 각자는 얼굴에 가면을 쓴 것 같았고, 모두들 침묵과 슬픔 속에 빠져들었다. 노블쿠르는 손님들을 붙잡으려고 해보았으나, 사람들은 자리에서 일어났다. 라 보르드는 떠나면서 니콜라에게 알 수 없는 말을 남겼다.

"우리는 당신을 믿고 있습니다."

사람들이 떠나고 니콜라와 노블쿠르만이 남았다. 노블쿠르는 마음이 불편해 보였다.

"이런 모임을 하기에 나는 이제 늙었어."

노블쿠르는 한숨을 쉬었다.

"내가 좀 무리를 한 것 같네. 통풍의 통증이 또 시작되지 않을까 걱정되는군. 마리옹의 잔소리도 또 시작되겠지. 물론 항상 그렇듯이 마리옹의 말이 옳기는 하지. 라 보르드의 호기심에 넘어가지 말았어야 했어. 내가 분위기를 망친 셈이 되었군."

"애석해하실 필요 없습니다. 세상에는 사람들이 똑바로 쳐다보고 싶어하지 않는 것들이 있으니까요."

"지혜로운 말이네. 그런데 자네는 그 그림의 처참한 광경들에 별로 동요되지 않는 것 같더군."

"저는 그 밀랍 그림보다 더 끔찍한 것들을 많이 보았습니다. 그리고……."

마리옹이 놀란 얼굴로 불쑥 나타났다.

"주인님, 부르도라는 형사가 니콜라를 찾는데요."

"니콜라, 가보게나. 하지만 조심하게. 예감이 별로 좋지 않네. 통풍이 오는 것이 틀림없어. 통증이 또 시작되는군."

12장 늙은 군인

부르도는 대문 앞에서 기다리고 있었다. 그는 니콜라에게 찾아 온 이유를 곧바로 설명했다. 티르포가 두 명의 용의자의 흔적을 발견했고, 그 뒤를 쫓고 있다는 메시지를 보내왔다. 추적에 성공하면 티르포가 나타날 것이다. 이미 부르도의 부하가 티르포를 만나러 출발했다. 그래서 부르도는 모든 정보들이 도착하게 될 샤틀레 법원으로 니콜라를 데리고 가기 위해서 온 것이다.

니콜라는 부르도의 뜻에 동의하고 마차를 부르려고 했다. 항상 준비성이 뛰어난 부르도는 이미 길에 마차를 대기시켜 놓았다. 그들은 샤틀레의 사무실에 도착해서 보고를 기다리며 만약의 경우에 대비해서 변장을 할 것이다. 니콜라는 마차에 타기 전에 자신의 망토와 삼각모를 챙겼다. 그들은 일요일 저녁의 텅 빈 파리

시내를 지나서 샤틀레로 향했다. 마스크를 쓴 사람들이 지나가는 부르주아들에게 몰려들어 소란을 피우며 겁을 주고 있는 것이 간혹 보였다. 그런 장면을 보며 니콜라는 자신이 사부의 장례식을 마치고 게랑드에서 돌아온 지 겨우 일주일밖에 되지 않았다는 것을 깨달았다.

샤틀레의 사무실로 들어와서 부르도는 세마귀를 바스티유에 데려다 놓은 것을 간략하게 설명했다. 세마귀를 알고 있는 바스티유 감옥의 소장이 그를 반갑게 맞이했다. 세마귀는 넓고, 가구도 몇 개 있고, 공기도 잘 통하는 감옥에 들어갔다. 부르도는 세마귀가 적어준 책들과 옷가지를 가져오기 위해 보지라르에 있는 그의 집에 갔었다.

카트린은 아와를 위로하고 있었는데, 아와는 이제 생—루이를 다시 볼 수 없을 거라고 생각하고 있었다. 또한 부르도는 데카르의 집 대문에 붙여놓은 봉인이 그대로 있고 아무도 안에 들어간 흔적이 없는 것을 확인했다. 데카르의 집 근처에는 정보원들이 계속 교대를 하며 감시하고 있었다. 그런데 블랑—망토 가에 있는 라르뎅의 집을 감시하고 있는 정보원들의 보고는 의심이 가기 시작했다. 루이즈가 외출하는 것을 본 사람이 아무도 없는데 그녀가 집으로 돌아왔고, 그녀가 돌아온 것을 보지 못했는데 나갔다는 것이다. 이 부분이 계속 수수께끼로 의혹을 더해가고 있었다. 모발이 라르뎅의 집으로 들어가는 것은 여러 번 목격되었다. 보고를 마치자 부르도는 파이프를 꺼내서 담배를 피기 시작했고, 방 안은 그가 뿜어내는 연기로 자욱해졌다.

니콜라는 노블쿠르 집에서 먹은 맛있는 저녁식사가 소화되면서 몸이 나른해지는 것을 떨치기가 힘들었다. 그는 자신이 한 어리석은 행동이 머릿속에서 떠나지 않았다. 그런 우쭐함은 지금 생각해 보니 자기 자신에 대한 불안감의 또 다른 표현일 뿐이었다. 자기 자신을 통제할 수 있고 외부에서 오는 첫 번째 화살에 바로 상처가 다시 터지지 않을 정도가 되기 위해서는 한참 더 수양을 쌓아야 된다는 것을 깨달았다. 니콜라는 이 마음의 상처가 자기 존재의 한 부분이라는 것, 그리고 그 상처와 함께 살아야 한다는 것을 잘 알고 있었다.

니콜라는 나른함에 깜빡 졸게 되었고, 꿈을 꾸었다. 그는 랑뤠이 성에서, 성을 둘러싼 해자垓子 가까이에 있었다. 이자벨이 풀밭에서 미끄러졌고, 물속에 빠졌다. 그녀는 꼼짝도 하지 않은 채 갈대 사이로 둥둥 떠내려갔다. 니콜라는 그녀를 향해 손을 내밀었지만, 그녀에게 닿지 않았다. 그는 절망감에 소리를 질렀지만, 목에서 소리가 나오지 않았다. 그때 후작이 나타났다. 후작의 얼굴은 무섭게 변해 있었고, 니콜라를 향해 손에 들고 있던 거대한 십자가상을 내리쳤다. 니콜라는 어깨에 극심한 통증을 느꼈고……

"정신 차리세요. 저에요, 부르도. 깜빡 잠이 드셨습니다. 꿈을 꾸셨습니까?"

니콜라는 몸이 오싹했다.

"악몽을 꾸었습니다."

날이 어두워졌고, 부르도가 촛불을 하나 켜놓았다. 하얀 불빛이 방 안에 퍼져 있었다.

"티르포가 연락을 했습니다. 우리가 찾고 있는 두 놈은 지금 생—마르셀에 있는 술집에 있습니다. 그놈들이 자주 가는 곳인 것 같습니다. 빨리 움직여야만 합니다. 순찰대에 연락을 했으니 그곳으로 올 겁니다."

부르도는 니콜라에게 옷과 모자를 건네주었다. 그는 나무 궤짝 위에 있는 시커먼 먼지를 얼굴에 묻혀서 얼굴을 더럽게 만들었다. 그리고는 니콜라에게도 그렇게 하라고 권했다. 이제 두 사람의 모습은 굴뚝 청소부처럼 되어버렸다. 니콜라는 보지라르에 갔을 때 자신을 변장하는데 효과적이었던 헌옷을 다시 입었다. 니콜라는 칼을 가지고 가려 했으나, 부르도가 말렸다. 지금 니콜라의 복장과 어울리지 않고 자신이 그에게 선물로 준 작은 권총으로도 충분하다고 말했다. 두 사람은 준비를 마치고, 마차에 올라탔다. 부르도는 마차를 모는 부하에게 가장 빠른 길을 주문했다.

흔들리며 달리는 마차 속에서 니콜라는 다시 생각에 잠겼다. 그는 생각을 정리해 보았다. 무언가가 계속 마음속에서 걸렸다. 마치 그의 머리가 자신이 미처 알아채지 못하고 있는 메시지를 계속 보내고 있는 것 같았다. 그는 노블쿠르의 집에서 있었던 저녁식사를 다시 기억해 보았다. 가장 놀라웠던 것은 라르뎅의 새로운 메시지를 발견한 것이었다. 이번 것도 첫 번째 것과 마찬가지로 이해가 안 되는 메시지였다. 라르뎅 반장이 자신의 측근도 아니고 그에게 경계심을 가지고 있는 사람들에게 이런 메시지를 보낸 이유를 알 수가 없었다. 노블쿠르는 라르뎅에 대해 신중한 입장이었고, 니콜라는 부하이기 때문에 늘 거리가 있었다. 두 개의 메시지를 다시 읽어보고 비교를 해봐야만 한다. 니콜라는 자신이 느끼는 불안감이 언제부터 그리고 어떤 단서 때문에 생긴 것인지 알아내려고 애썼지만 원인을 알 수가 없었다. 그는 노블쿠르의 골동품 진열실을 다시 한 번 머릿속에서 그려보았다. 그곳에서 보았던 기이한 십자가상이 기억났다. 뭔가 생각이 떠오를 듯하면서도 잡히지를 않았다. 니콜라는 할 수 없이 다음에 다시 생각해 보기로 마음먹었다.

부르도는 니콜라의 침묵을 깨지 않고 담배만 피우고 있었다. 부르도는 자신의 상관이 입을 다물고 있을 때는 무언가 생각할 것이 있어서 그런 것이니 방해하면 안 된다는 것을 알고 있었다. 밤이 깊었고, 거리는 희미한 초롱불이 겨우 비추고 있었지만 바람이 불면 그것마저 꺼졌다. 니콜라는 사르틴이 파리의 밤거리를 밝히고 시민들의 안전을 더욱 보호하기 위해 정비작업을 계획하고 있다는 말을 들었다. 사르틴은 간판이 늘어나고 건물 앞에 처마를 많이 만드는 것에 반대했었다. 그런 것들은 길거리에 커다란 그늘을 만들고, 그 어두운 장소에서 소매치기나 노상강도 같은 범죄가 잘 일어나기 때문이다. 더욱이 처마는 비바람에 잘 썩기 때문에 갑자기 떨어져서 큰 사고가 생겼었다.

때때로 마차 달리는 소리가 잠깐씩 들리지 않기도 했다. 마치 양탄자 위를 달리는 것 같았다. 썩은 냄새가 코를 찌르는 것을 보니 마차가 환자가 있는 어느 부잣집 앞을 지나는 것이 분명했다.

하인들이 마차 지나가는 소리를 죽이기 위해 집 앞에 퇴비와 짚을 내다 놓은 것이다. 또 어떤 곳에서는 얼었던 웅덩이가 깨지면서 얼음 위에 진흙탕물이 뿌려져 있었다. 마스크를 쓴 사람들이 떼로 몰려다니며 밀가루가 든 작은 주머니를 지나가는 마차에 던지는 것도 보였다. 하지만 사육제의 카니발도 곧 끝나고, 얼마 안 있으면 사순절이 시작될 것이다.

파리 시내의 경계를 넘어서자, 니콜라는 마치 얼어붙은 사막에 들어가는 느낌이었다. 파리 주변 동네는 황량했다. 희미한 횃불 아래 커다란 벽과 분간이 잘 되지 않는 건물들이 조금씩 눈에 들어왔다. 종교적인 건물이거나 아니면 병원일 거라고 짐작했다. 이 지역에는 그런 건물이 많기 때문이다. 아무 건물도 없는 곳에는 잡목들이 어두운 그림자를 드리우고 있었다. 작은 담장들 너머로 과수원을 감싸고 있는 정원들이 있었다. 지나다니는 사람은 보이지 않았다. 갑자기 밤에 돌아다니는 새가 옆 유리에 나타나서 유리를 맹렬하게 쪼아대더니 사라졌다. 니콜라는 노블쿠르가 예감이 좋지 않다고 했던 말이 생각났다. 그 순간, 부르도의 불안이 느껴졌다. 그는 옆자리에서 파르르 떨고 있었다.

티르포의 심부름꾼이 그들보다 먼저 와 있었다. 그 사람이 생트—카트린느 묘지 근처에서 니콜라와 부르도의 마차를 잡았다. 그들이 가야 할 술집은 그곳에서 가까웠다. 티르포의 심부름꾼은 그들에게 길에서 들어가 있는, 불이 희미하게 밝혀진 허름한 집을 가리켰다. 그들이 가까이 다가섰을 때, 장작더미 옆에 있는 부서진 짐수레 뒤에서 익숙한 목소리가 니콜라를 불렀다.

"드디어 왔구나! 기다리다가 얼어 죽을 뻔했어. 오줌 누는 척해. 그 두 놈은, 한 명은 늙은 군인으로 이름은 브리카르이고, 또한 놈은 백정을 했던 놈인데 이름은 라파스야. 지금 입구 오른쪽에 있는 테이블에 있어. 다들 조심해. 여기는 위험한 곳이야."

니콜라는 옷을 바로 입는 시늉을 했다.

"순찰대에 연락했으니 곧 도착할 거야. 너는 멀찌감치 떨어져 있어. 네 얼굴이 드러나면 안 되니까. 어서, 지금 가."

니콜라는 부르도가 있는 곳으로 돌아왔다. 부르도는 커다란 모자를 푹 눌러쓰고 다리를 절며 자신이 맡은 역할을 하고 있었다.

"나를 부축하세요. 그리고 얼굴을 가리세요. 불빛을 조심하십시오."

두 사람은 술집의 문을 밀고 들어갔다. 술집 안은 어두컴컴했다. 천장은 낮고 대들보는 연기로 시커멓게 그을려 있었다. 땅바닥은 울퉁불퉁했고, 십여 개의 나무 테이블이 있었다. 테이블 주위에는 엉성하게 생긴 의자들이 놓여 있었다. 여기저기에 싸구려 기름으로 켜놓은 촛불이 희미한 빛을 비추고 있었다. 넝마주이들, 거지들, 그리고 치마를 걷어 올리고 벽난로 앞에서 몸을 녹이고 있는 두 명의 여자가 있었다. 그들은 술집 안에 여기저기 흩어져 있었다. 술집 주인은 설탕을 깨고 있었고, 틈틈이 나무 주걱으로 커다란 냄비를 저어주었다. 냄비에는 잡다한 찌꺼기들과 식물 뿌리가 섞인 수프가 끓고 있었다. 몇몇이 주인에게 다가가서 밥값을 내고, 수프 한 사발과 검은 빵을 받았다. 라파스와 브리카르는 열심히 얘기를 나누고 있었다. 그들의 테이블에 술병이 계속 늘어났다. 부르도는 절뚝거리며 니콜라를 벽난로의 왼쪽, 어두운 구석으로 밀었다. 그 자리는 계산에 의해 선택한 것이었다. 그 자리에서는 술집의 내부 전체와 입구가 잘 보였다. 또한 뒤쪽으로 난 통로들도 보였다. 부르도는 주먹으로 테이블을 치고는 쉰 목소리로 주인을 불렀다. 주인이 주문을 받으러 왔다. 수프 두 사발과 독한 증류주 한 병을 주문하고 돈을 지불했다. 부르도는 파이프를 내려놓고 바닥에 침을 뱉었다.

"잘 들으세요."

그는 낮은 목소리로 말했다.

"증류주는 머리를 뒤로 젖히고 단숨에 마셔야 됩니다. 빵은 수프에 잘게 부스러트립니다. 숟가락은 이렇게 손 전체로 움켜쥐고요. 테이블 위에 몸을 낮게 수그리고, 음식 먹을 때 최대한 소리를 내면서 지저분하게 먹어야 합니다. 마지막에는 그릇을 입에다 대고 먹어요. 조심하세요. 우리의 차림새만 가지고는 사람들의 의심을 피할 수 없습니다. 한번 멋있게 해봅시다!"

부르도는 익살맞게 눈을 찡긋해 보였다.

니콜라는 걱정스런 눈으로 음식이 나오는 것을 보았다. 그는 앞으로 오랫동안 이날을 기억할 것이다. 하루 동안에 최고의 요리에서부터 최악의 음식을 모두 경험한 날이 될 것이다. 부르도는 니콜라에게 용기를 내라고 눈짓을 했다. 니콜라는 부르도의 충고를 따르기 위해 애썼다. 수프 속에 들어간 빵은 천천히 국물 속에서 흩어지더니, 작은 지푸라기 조각들이 수프 표면 위로 떠올랐다. 한 숟가락 입에 넣어보니 기절할 지경이었다. 구역질을 참기 위해 술을 한 잔 벌컥 마셨다. 가슴에 불을 지르는 것처럼 독한 이 술에 비하면 샤틀레 법원의 문지기가 몰래 마시는 '회복제'는 부드럽고 달콤한 술이었다. 니콜라는 용기를 내서 그릇을 두 손으로 들어 입에 대고는 냄새 나는 수프를 입안으로 들이부었다. 그리고는 술을 다시 한 잔 삼켰다. 부르도는 그 모습을 보고 웃겨서 터지는 웃음을 참느라고 애를 먹었다. 부르도는 훨씬 교묘한 수법을 사용했다. 수프를 한 숟가락 먹고 나면 온몸을 들썩거리며 발작적으로 기침을 했고, 그러면서 입안에 있는 내용물을 바닥에 뱉었다. 니콜라는 부르도의 행동을 보며 웃음이 나왔고 자신도 모르게 기분이 밝아졌다.

증류주로 몸이 덥혀지고 안정이 되자, 니콜라는 지금까지 부르도에 대해 신경을 써본 적이 없다는 생각이 들었다. 부르도와의 관계가 원만하고 서로 믿는 사이이긴 했지만 어디까지나 공적인 업무 수행을 위한 관계였다. 니콜라는 부르도가 지금까지 어떻게 살았는지, 왜 경찰이 되었는지, 가족 관계는 어떠한지 궁금해한 적이 없었다. 그는 자신에게 도움과 친절을 베푸는 것을 한 번도 꺼린 적이 없는 이 사람에 대해 갑자기 많은 호기심이 생겼다. 니콜라는 기다리는 시간을 이용해서, 이 기회를 놓치지 않고 물었다.

"부르도 형사님은 어떻게 경찰이 되셨는지 얘기하신 적이 없지요?"

부르도는 니콜라의 질문에 약간 놀라면서 잠시 말없이 있었다.

"그랬지요. 한 번도 물어보신 적이 없으니까요."

다시 한 번 침묵이 흘렀다. 니콜라는 어떻게 하면 자연스럽게 다시 말문을 열 수 있을까 고심했다.

"부모님은 아직 살아계십니까?"

"두 분 다 돌아가셨습니다. 두 분이 얼마 안 되는 사이에 연이어 돌아가셨지요. 곧 20년이 됩니다."

"아버님은 무엇을 하셨습니까?"

니콜라는 부르도가 훨씬 긴장을 푸는 것을 느꼈다.

"아버님은 폐하의 사냥에 쓰이는 개들을 관리하는 분이셨습니다. 제가 기억하는 한, 아버님은 자신의 일에 대해 무척 영광스럽게 여기셨습니다. 매우 행복해하셨어요. 그 사고가 있기 전까지는."

"사고라니요?"

"성난 짐승이 아버지의 다리를 물었어요. 그때 아버지는 폐하가 가장 사랑하는 개를 구하기 위해 자신의 몸을 던졌지요. 다리가 썩어 들어갈까 봐 절단을 해야 했습니다. 하지만 아버지의 용기는 전혀 보상을 받지 못했어요. 사람들은 개를 구하지 못했다고 아버지를 원망했습니다. 그 개도 짐승에게 물어 뜯겼으니……. 아버지는 불구가 돼서 고향 마을로 내려가야 했습니다. 아무런 대우도, 연금도 받지 못했어요. 아버지는 자신의 우상이었던 폐하에게서 멀어지고, 인생의 전부인 사냥도 하지 못하게 되자 산송장처럼 지내셨어요. 저는 아버지가 슬픔으로 병들어 가는 것을 보았습니다. 아버지는 전하의 개를 지키지 못한 자신을 원망하셨어요. 전하는 개 때문에 진노하셨고, 다친 사람에 대해서는 눈길 한 번 주지 않으셨고 아무것도 하지 않으셨습니다. 높은 데 계시는 분들은 모두 그렇지요……."

"폐하께서는 모르고 계셨을 겁니다."

"다른 사람들도 그렇게 말합니다. 하지만 전하께서 아셨다 해도…… 경찰인 우리는 정의를 위해 일하고 전하에게 복종합니다. 하지만 한 명의 백성으로서 저도 개인적인 생각을 가질 권리가 있습니다. 전하도 다른 사람들과 마찬가지로 인간입니다. 결점과 변덕을 가진 인간이지요. 제 아버님은 아주 젊었을 때, 전하의 무서운 모습을 보고 매우 충격을 받은 적이 있습니다. 아버지가 일을 시작하셨을 때니까, 한 40년 전입니다. 잊을 수 없는 장면을 목격하셨고, 그 얘기를 해주셨습니다. 전하께서 열두세 살 정도 되셨을 때입니다. 전하께서는 새끼 때부터 직접 먹이를 주며 키우신 흰 사슴을 무척 아끼셨답니다. 그 사슴은 전하에게 매우 친숙해서 전하의 손에 있는 먹이를 먹을 정도였습니다. 그런데 어느 날, 전하는 그 사슴을 죽이고 싶어지신 겁니다. 전하께서는 사슴을 라뮤에트 성에 갖다 놓으라고 명령하셨습니다. 그곳에서, 전하께서는 사슴을 멀리 보내놓고 총을 쏘셨습니다. 사슴은 총에 맞고 다쳤습니다. 놀란 짐승은 구슬픈 소리를 내며 자신의 보호자를 찾아 전하께 달려왔습니다. 전하는 사슴을 다시 멀리 보내놓고 총을 쏘아서 죽이셨습니다."

니콜라는 부르도의 이야기를 듣고 놀랐다.

"아버지는 목숨이 얼마 안 남았다는 것을 느끼시고, 평생 자기 자신을 위해서는 아무것도 요구하지 않으신 양반이 왕실 수렵책임자이며, 프랑스에서 가장 신사이신 팡티에브르 공작께 청원서를 보내셨습니다. 아버지가 돌아가시기 바로 전에 공작님은 저를 파리로 오게 하셨습니다. 저는 파리에서 루이─르─그랑 학교를 마치고, 법학을 공부했습니다. 시골에 있는 부모님의 작은집을 판 돈과 공작님이 보태주신 돈으로 경찰직을 살 수 있었습니다. 그렇게 해서 부르봉 왕가에 의해 생긴 상처는 또 다른 부르봉 왕족에 의해 치료가 되었습니다. 그런데 당신의 엄청난 승진은 어떻게 설명하시겠습니까?"

니콜라는 그의 말에서 빈정거림을 느낄 수 있었다.

"어떻게 사르틴 치안감독관이 직접 위임장을 주고, 경력이 오래된 반장들도 할 수 없는 일을 할 수 있도록 해주는 겁니까? 제 호기심을 기분 나쁘게 생각하지는 마세요. 당신은 나에게 같은 편이 될 수 있는 영광을 주었으니까, 제가 솔직하게 이야기하는 것을 이해하세요."

니콜라는 자기가 판 무덤에 스스로 빠진 셈이 되었다. 하지만 후회하지는 않았다. 니콜라는 부르도가 진심이고, 이런 대화를 통해서 서로 더 가까워질 수 있을 거라는 느낌이 들었다. 하지만 지금 그의 앞에 있는 부르도는 또 다른 부르도였다. 평소보다 훨씬 더 사람을 꿰뚫어보는, 심각한 모습이었다.

"숨길 것이 없습니다. 내 이야기도 형사님 이야기와 별반 다르지 않습니다. 나는 길에서 주운 아이였고, 부모도 재산도 없습니다. 제 대부이신 랑뤠이 후작께서 사르틴 치안감독관님께 저를 추천해 주셨습니다. 그리고 나서부터 모든 것이 내가 의도하지 않았는데도 이렇게 되어버렸습니다. 내가 한 것이라고는 나에 대한 기대를 만족시키기 위해 최선을 다한 것밖에 없습니다."

부르도는 미소를 지었다.

"철학적이시군요. 저는 당신의 말을 의심하지 않습니다. 하지만 당신의 현재 위치가 얼마나 놀라운 건지 생각해 보세요. 샤틀레 법원에서 당신을 험담하는 사람들도 있고, 의문을 제기하는 사람들도 있습니다. 당신이 프리메이슨 단원이라고 말하고 있어요."

"뭐라구요…… 아니, 왜 그런 말을?"

"사르틴 치안감독관님이 거기에 가입하신 적이 있다는 것을 알고 있는 줄 알았습니다."

"아니요. 몰랐습니다. 저는 그런 것하고는 거리가 멀어요."

지금까지 니콜라가 잘 알고 있다고 생각했던, 단순한 사람이라고 여겼던 부르도가 달라 보였다. 니콜라는 상황의 미묘함에 대해 인식하게 되었다. 사부의 장례식을 마치고 브르타뉴에서 돌아온 이후, 그는 여기저기서 터지는 사건들로 인해 정신없이 시간을 보냈다. 그래서 자신과 부르도의 관계가 알게 모르게 서서히 변했다는 것을 느끼지 못하고 있었다. 그 자신도 특별히 의문을 가지거나 불편해하지 않고 이런 변화를 받아들였다. 치안감독관의 손아귀에서 놀아나고 있는 것이 아닌가 불안했던 순간이 없었던 것은 아니지만, 그럼에도 불구하고 니콜라는 사르틴의 전폭적인 신임을 받고 있다고 믿고 있었다. 하나의 도구에 불과했던 위치에서 신임을 받는 위치로 그렇게 빨리 올라갈 수 있는 걸까? 니콜라는 그 문제에 대해서 깊이 생각하지 않으려고 했고, 오직 몸과 마음을 바쳐 열심히 일하는 쪽을 선택했다.

그렇지만 니콜라는 부르도가 그저 평범한 형사는 아니라는 것을 알 수 있었다. 나이도 어리고 경험도 없는 견습생이 자신의 상관이 되는 것을 받아들이기 위해서는 매우 관대해야만 한다. 많은 경험을 가지고 있는 부르도 형사가 스스로를 낮추고 니콜라의 명령을 따르는 것을 받아들였다. 상하 관계가 이렇게 뒤집어진 경우에는 섬세함과 요령이 필요한데, 니콜라는 자신이 그런 부분에 미처 신경 쓰지 못했다는 것을 느꼈다. 니콜라는 부르도가 자기에게 준 교훈을 잊지 말아야겠다고 생각했다. 예전에는 부르도가 편하게 자신의 이름을 불렀는데, 이제는 새로운 관계에 어울리게 깍듯하게 존대를 사용한다는 것을 깨닫게 되었다. 하지만 니콜라는 부르도가 자신에게 진심으로 호감을 가지고 있고, 자신도 그를 정말로 존중한다는 것은 확신했다. 부르도를 사르틴에게 추천한 사람이 바로 자기 자신이니, 자기가 얼마나 부르도를 높이 평가하는지 부르도에게 직접 보여주어야겠다고 마음먹었다.

한동안 침묵이 흘렀다. 부르도가 낮은 목소리로 중얼거리더니 니콜라에게 뭔가를 가리켰다. 두 명의 용의자가 마지막 잔을 비우고 자리에서 일어서더니 술집을 나갔다. 부르도는 니콜라에게 천천히 30까지 세라고 했다. 그리고 나서 움직여야 사람들의 시선을 끌지 않고 두 놈과 부딪히지 않고 나갈 수 있었다. 부르도는 두 놈을 잃어버리지 않기 위해 부하에게 문 앞에서 감시하라고 지시해 두었다. 부르도는 니콜라에게 술에 취한 척하라고 말했다. 두 사람은 몸을 비틀거리며 자리에서 일어서서, 서로를 붙잡고 휘청거리며 여기저기 테이블에 부딪혀 가면서 술집에서 나왔다.

바깥은 추웠다. 눈이 다시 내리기 시작했다. 부르도가 눈 위에 찍혀 있는 발자국과 나무 의족의 자국을 가리켰다. 하늘이 돕고 있었다. 발자국만 따라가면 된다. 그다지 멀리 가지도 않았다. 술집에서 이삼 백 걸음 정도 떨어진 곳에서 막다른 길이 나왔다. 그림자 하나가 나타나서 골목 하나를 가리키고는 사라졌다. 천막 같은 걸로 덮여진 나무로 된 울타리가 입구를 가로막았다. 울타리 틈새로 보이는 시커먼 건물 같은 것이 창고나 헛간 같았다. 아무런 소리도 들리지 않았다. 부르도는 니콜라의 귀에 대고 만약에 출구가 두 개일 경우 두 녀석을 놓칠 수도 있고 경찰들이 아직 도착하지 않았으니, 두 사람이 각각 움직이는 것이 좋겠다고 말했다. 니콜라는 고개를 끄덕였다.

부르도가 천천히 울타리를 밀었다. 울타리는 삐걱거리는 소리를 내며 열렸다. 두 사람은 더듬거리며 안으로 들어갔다. 그 순간 니콜라는 투박한 천으로 된 덮개 같은 것이 갑자기 머리를 감싸는 것을 느꼈다. 동시에 옆구리에 날카로운 칼끝이 닿는 것을 느꼈다. 그는 옆에서 사람이 쓰러지는 둔탁한 소리를 들었다. 그리고 누군가의 목소리가 들렸다.

"야, 이놈은 죽은 것 같아. 시체는 나중에 치우자. 우선 저 친구 놈부터 데려가서 뒤져 보자."

그들은 니콜라의 손을 묶어서 앞으로 밀었다. 그들은 니콜라의 머리에 자루를 씌어서 목을 묶었다. 거의 목을 졸라 놓은 정도였다. 니콜라는 건물 안으로 들어간다는 것을 느꼈다. 부싯돌로 불이 켜졌고, 빛이 천 사이로 새어들어 왔다. 그들은 니콜라를 의자에 앉히고, 갑자기 자루를 확 벗겼다. 벽의 고리에 걸린 횃불 하나가 잡다한 물건들이 어지럽게 널려 있는 헛간을 비추고 있었다. 니콜라는 여기저기 쌓여 있는 물건들 중에서 세마귀의 멋있는 마차를 금방 알아볼 수 있었다. 니콜라는 불안함 속에서도, 그동안 찾아 헤맨 목표물에 도달했다는, 아니면 적어도 중요한 무언가에 접근했다는 생각을 떨칠 수가 없었다.

니콜라의 뇌리를 스친 두 번째 생각은 부르도였다. 부르도가 죽었을까? 어쩌면 자신도 곧 죽게 될지 모른다. 니콜라는 뭔가 흔적을, 메시지를 남겨야만 했다. 그런데 어떻게 남길 수 있을까?

그의 앞에는 중간키에, 빛바랜 금발이 듬성듬성 남아 있고 눈동자 색깔이 짝짝이인 남자가 서 있었다. 그 짝짝이 눈은 니콜라가 처음 파리에 왔을 때 시계를 훔쳐 갔던 녀석을 떠오르게 했다. 남자의 얼굴은 살짝 곰보였다. 그는 니콜라를 향해 식칼을 들이대고 있었다. 또 다른 한 명은 뒤쪽에 있는 것이 틀림없었다. 니콜라는 그의 얼굴을 볼 수가 없었다.

"네가 뺨을 붙잡고 있어. 조심해야 돼."

니콜라 앞에 서 있는 남자가 또 다른 한 명에게 말했다.

"어디 보자. 젊은 양반, 우리를 미행했지. 한 번 뒤져 볼까? 네가 뭘 숨기고 있는지 보자."

그는 니콜라의 몸을 샅샅이 뒤졌다. 니콜라는 개인 물건을 모두 샤틀레 법원에 놓고 오기를 정말 잘했다고 생각했다. 그는 낡은 프록코트의 안쪽에 매달아놓은 권총이 발각되지 않기를 바랐지만, 짝눈의 남자는 권총을 발견하고는 신나서 소리를 질러댔다.

"아니, 이거. 이게 뭐야. 우와, 이게 뭐냐고? 내가 찾아낸 것 좀 봐."

그는 총구를 니콜라의 입에 들이댔다. 너무나 난폭하게 겨누어서 니콜라의 입술이 터졌다. 니콜라는 그들을 속여보려고 시도했다.

"저, 아저씨……."

니콜라는 곧바로 자신의 말을 후회했다. 자신의 차림새와 어울리지 않는 너무나 공손한 말투였다.

"저와 제 친구는 소벨 씨 댁을 찾고 있습니다. 이 근처에 있으면 가르쳐 주시겠습니까?"

"야, 이 새끼가 뭐라고 떠드는지 좀 들어봐. 이 새끼 겁먹은 것 아냐? 브리카르, 뭐라고 하는지 들었냐? 손이 아주 깨끗하고 곱상하잖아. 차림새하고 전혀 안 어울려. 너 혹시 경찰 끄나풀 아냐?"

니콜라는 몸이 떨렸다. 그들은 자신들의 이름도 숨기려 들지 않았다. 만약 지금 강력범들을 상대하고 있는 것이라면, 이것은 나쁜 징조였다.

또 다른 한 명이 다가왔다. 그는 하얀 콧수염이 나 있었고, 오른쪽 다리가 나무다리였다. 그의 옷차림새는 낡은 군인 복장과 민간인 복장이 괴상하게 섞여 있었다. 그는 몽둥이에 몸을 기대고 있었고, 손에는 총을 들고 있었다. 그는 다가와서 쿵쿵거리며 니콜라의 냄새를 맡았다.

"정향나무 향수 냄새로군! 진짜 멋쟁이들이 쓰는 향수지! 이봐, 내 말 잘 들어. 너는 이미 끝났어. 네가 아는 것을 우리에게 다 얘기하는 것이 좋을 거야. 라파스, 이놈을 찔러."

"나한테 이놈의 입을 열게 할 방법이 있어."

그는 니콜라의 가슴을 찔렀다. 바로 다친 그 자리였다. 상처에서 다시 피가 나기 시작했다. 니콜라는 비명을 질렀다.

"뭐 그 정도 가지고 엄살이야. 자, 말을 해! 말을 해, 아니면 더 찌를 거야……."

라파스가 다시 칼을 들이대는 순간, 무언가 부서지는 소리가 들렸다. 헛간의 문이 부서지면서 열린 것이다. 부르도의 목소리가 들렸다.

"너희는 포위됐다. 움직이지 마. 무기를 땅에 버려."

깜짝 놀란 브리카르는 휘둥그레진 눈으로 이쪽저쪽을 둘러보았다.

"야, 정신 차려! 저놈 거짓말하고 있어. 저놈은 혼자야."

라파스가 소리쳤다.

라파스는 브리카르의 권총을 잡더니 부르도를 겨누었다.

"죽은 놈이 살아오다니! 너, 손을 모자 위에 올려."

부르도는 지시하는 대로 하면서 소리쳤다.

"내 뒤에는 순찰대가 있어."

“닥쳐, 머리통을 날려 버릴 거야.”

아주 긴 몇 초가 흘렀다. 모두가 꼼짝하지 않고 기다렸다. 그러나 아무도 오지 않았다.

“야, 브리카르. 군인이었던 놈이 이게 뭐야. 네 총 솜씨는 이제 써먹을 데가 없어.”

“이해할 수가 없어. 분명히 머리통이 날아가는 소리를 들었어.”

“야, 네 친구를 토막 내고 싶지 않으면, 뭘 찾고 있는지 말해.”

라파스는 부르도를 향해 말했다.

라파스의 칼이 니콜라의 목을 겨누었다. 니콜라는 심장이 정신 없이 두근두근 뛰었다. 인적 없는 시골의 헛간에서 이렇게 모든 것이 끝나는 건가…… 갑자기 총성이 울리고, 깜짝 놀란 표정의 라파스가 이마 한가운데에 총을 맞고 그대로 쿵하고 쓰러졌다. 그 순간 니콜라는 자신이 앉아 있던 의자를 쓰러지게 하면서 브리카르를 들이받았다. 브리카르는 중심을 잃고 땅바닥에 넘어졌고, 부르도가 온 힘을 다해 브리카르를 덮쳤다. 부르도는 브리카르의 권총을 빼앗고, 그의 손을 뒤로 묶어놓은 다음에 니콜라를 풀어주었다.

“부르도 형사님, 죽은 줄 알았어요! 하나님, 감사합니다. 형사님이 제 목숨을 구하셨습니다.”

“그런 말씀 마세요. 당신을 보호하겠다고 한 약속을 지키지 못했다면 사르틴 감독관님이 저를 용서하지 않으셨을 겁니다. 저도 제 자신을 용서하지 못할 겁니다.”

“그런데 이 기적 같은 일이 어떻게 일어난 겁니까?”

“사실은요, 위험한 임무를 수행하러 갈 때마다 제가 직접 만든 모자를 착용합니다.”

그는 자신의 커다란 모자를 보여주었다. 쇠로 만든 작은 빵모자가 실로 만든 그물에 의해 모자 속에 고정되어 있었다.

“그러면 총은 어떻게 된 겁니까?”

“그것도 모자 덕분이지요. 제가 드렸던 그 권총과 똑같은 것이 모자 안에 숨겨져 있었습니다. 사람들이 모자는 뒤지지 않거든요. 하지만 이 총으로 사격 연습을 많이 해야 되고, 익숙해지려면 노력이 필요하지요. 지금 같은 명중률을 얻기 위해서 연습을 많이 했습니다. 한 가지 위험한 것은 단 한 방에 맞추어야 한다는 겁니다. 이 작은 권총을 숨길 수 있는 모자를 제가 만들어 드리겠습니다.”

“왜 좀 더 빨리 쏘지 않으셨습니까?”

“그렇게 하기에는 좀 위험했습니다. 브리카르 쪽으로 넘어진 것은 잘하신 겁니다. 이제 무엇을 할까요? 순찰대를 기다릴까요?”

“순찰대는 곧 올 겁니다. 보여 드릴 것이 있습니다.”

니콜라는 횃불을 들고, 문제의 마차 쪽으로 다가갔다.

“아니, 피가 나고 있잖아요?”

“저놈이 제 가슴에 난 상처를 건드려서 그래요. 별것 아닙니다. 이 마차를 좀 보세요. 세마귀의 마차입니다. 말은 판 것이 틀림없어요.”

니콜라는 마차의 문을 열었다. 불빛에 베이지색 양탄자로 덮여 있는 좌석이 보였다. 커다란 핏자국이 있었다. 핏자국은 좌석에서 바닥까지 흥건하게 번져 있었고, 바닥에는 거무스름하게 퍼져 있었다. 이 마차에서 사람을 죽였거나 아니면 피가 흐르는 시체를 이 마차로 옮긴 것이다. 두 사람은 끔찍한 핏자국을 쳐다보았다.

"살아 있는 생—루이를 다시 볼 수는 없을 것 같습니다."

부르도가 말했다.

니콜라는 해야 할 일들을 지시했다.

"순찰대가 오는 즉시 이 헛간과 근처를 샅샅이 뒤져야 합니다. 라파스의 죽음에 대해서는 절대로 발설해서는 안 됩니다. 이 마차는 샤틀레로 옮겨서 세마귀에게 확인하도록 할 겁니다. 내가 브리카르를 데리고 가서 첫 번째 심문을 하겠습니다. 내일 아침 바로 사르틴 감독관님께 보고할 겁니다. 이곳에서 모든 일이 제대로 처리되도록 형사님께 부탁드리겠습니다. 여기 일을 끝마치는 대로 나한테 오십시오. 오늘 밤에 잠자기는 다 틀린 것 같습니다."

티르포의 정보원 노릇을 했던 사람이 경찰들을 데리고 나타났다. 니콜라의 지시대로 일이 진행되었다. 헛간을 떠나면서, 니콜라는 부르도에게 가서 악수를 청했다.

"형사님은 제 은인이십니다. 다시 한 번 감사드립니다."

파리로 돌아오면서 니콜라는 마음이 가벼웠다. 그동안 복잡했던 여러 가지의 징후들이 이제 다른 의미를 가지게 되었다. 지금까지 불확실했던 미래가 확 트이는 것 같았다. 자신의 옆에 죄인이 있지만 니콜라는 마음이 가벼워지는 것을 느꼈다. 게다가 부르도의 가치를 인정해 준 것이 아주 만족스러웠다. 이 사건이 불에 달구어진 칼날을 차가운 물속에 담그는 것처럼 그를 시원하게 해주었다. 니콜라가 라파스의 숨결에서 느꼈던 죽음의 냄새는 멀리 사라지고, 그는 자신이 깨끗하게 씻겨져서 더욱 단단해지는 것을 느꼈다. 새로 태어나는 느낌이었고 모든 것이 새롭게 보였다. 마차, 가슴의 통증, 내리는 눈, 그 모든 것이 기쁨과 감사였다. 그는 혼자서 웃었다. 나쁜 일이 있으면 좋은 일이 생기는 법이다. 니콜라는 오늘 저녁 냉탕과 온탕을 차례로 지나온 셈이다. 그는 샤틀레까지 그렇게 구름 위에 뜬 기분으로 왔다.

니콜라는 옷을 갈아입고 바로 죄수를 보러 갔다. 곧바로 그를 심문하고 싶었다. 그는 현장에서 잡힌 용의자들이 자기 방어에 약한데, 이 사람들이 시간이 지나면 머리를 굴려서 철저하게 자신에 대한 방어막을 구축한다는 것을 알고 있었다. 니콜라는 간수에게서 술 한 병을 얻었다. 그는 본능적으로 브리카르는 부드럽게 대해야 한다는 것을 알고 있었다. 달랬다 겁을 주었다 하는 것이 아니라, 첫 번째 방법이 먹히지 않으면 다른 방법을 사용하면서 살살 다루어야 할 대상이라는 느낌이 들었다.

니콜라가 감옥 안에 들어섰을 때, 브리카르는 딴사람처럼 보였다. 니콜라가 들고 간 초롱불이 나무 판자 위에 앉아 있는 브리카르를 비추었다. 어둠 속에서 그의 모습이 드러났다. 머리는 거의 대머리였고, 밀랍 같은 얼굴에는 갈색의 반점들이 있었다. 오래된 상처들과 얼룩얼룩한 반점들이 세월의 흔적을 말해주었다. 눈에는 핏발이 서 있었고, 아랫입술을 덜덜 떨고 있었다. 니콜라는 감방의 문을 잠그게 하고, 브리카르의 손을 풀어주었다. 그는 잔에다가 술을 부어서 브리카르에게 건네주었다. 브리카르는 잠시 망설이더니 단숨에 술을 들이켰다. 브리카르는 소매 끝으로 입을 닦았다.

"이제 당신 혼자입니다. 당신을 도와줄 친구가 없어요. 당신 혼자서 모든 죄를 짊어지게 되었습니다. 내 말을 잘 들으세요. 당신이 해야 할 일은 이제 한 가지뿐입니다. 모든 것을 다 말하세요."

늙은 군인은 아무런 반응도 보이지 않았다.

"자, 처음부터 시작해 봅시다. 브리카르, 이것은 전쟁 때 얻은 이름입니까? 당신의 진짜 이름은 무엇입니까?"

브리카르는 망설였다. 그는 침묵을 지킬 것인지 아니면 말을 해서 자신의 불안을 떨쳐 버릴 것인지 저울질을 하고 있었다. 그러더니 마침내 입을 열었다.

"이름은 쟝—밥티스트 랑팡, 샹판느의 송퓌에서 태어났습니다."

"출생 연도는?"

"모릅니다. 신부님은 그저 몹시 추운 해였다고 말했습니다."

"군인이었습니까?"

그 질문에 브리카르는 고개를 들었다. 그는 눈에 띄게 얼굴색이 변하면서 마실 것을 달라고 하더니, 자신의 지나온 인생을 거침없이 쏟아냈다. 그렇다. 그는 군인이었다. 퐁트누아 전투에서 빌어먹을 부상을 당하기 전까지 오랫동안 군인이었다. 그는 20세 때 민병대 징병에 뽑혔다. 재수가 없었다. 브리카르는 지금도 자신이 고향 마을을 떠나던 날을 기억했다. 많은 동료들이 울었고, 자신들을 죽이려고 데리고 가는 것이라고 소리 질렀었다. 어머니들도 나와서 매달렸었다. 브리카르는 아직도 유니폼에서 나던 썩은 냄새를 기억한다. 사람들은 그 옷들이 지난 전쟁에서 죽은 병사들이 입었던 것이라고 수군거렸다. 배낭은 너무나 무거워서 항상 등 뒤로 잡아당기고 어깨를 아프게 했었다. 겨울의 진흙탕 속에서 부대를 찾아서 길고 긴 길을 가야 했다. 나무로 된 신발은 다 부서지고, 양말은 찢어져서 너덜너덜해지고, 야영지에 도착하면 발은 피투성이가 되어 있었다. 견디지 못하는 사람들도 있었고, 스스로 몸에 상처를 내는 사람들도 있었다. 모두가 가족들과 멀리 떨어져 있는 슬픔과 향수병에 시달렸다. 그렇게 시간이 흘러갔다. 고통스런 시간들 속에 잠깐씩 행복한 순간들도 있으면서, 그럭저럭 생활에 익숙해져 갔다. 동료들이 있었고, 술이 있었고, 농가의 짐승이나 과일을 훔쳐서 배를 채우는 약탈이 있었고, 농가의 처녀들이나 술집여자들이 있었다.

그런데 어느 날, 한 전투에서 모든 것이 끝이 났다. 왜 그 전투였을까, 왜 다른 사람이 아닌 그였을까? 그것은 차가운 새벽 기상 나팔소리와 함께 시작되었다. 적이 새벽 5시부터 공격을 했다. 번쩍거리는 갑옷을 입은 참모진들이 달려나갔다. 멀리 작은 언덕 위에 회색과 금색의 점이 하나 보였고, 그 옆에 빨간색 점이 보였다. 중사님은 그것이 왕과 왕자라고 조그맣게 속삭였다. 그날, 브리카르는 평생 처음이자 마지막으로 삭스 총사령관을 보았다. 천연두로 고생하고 있던 사령관은 대나무로 만든 의자에 실려서 화난 목소리로 장교들을 지휘하고 있었다. 모든 것이 나팔 소리 속에서 움직이기 시작했고, 군인들은 줄을 맞추어서 언덕을 올라갔었다.

그리고는 곧바로 모든 것이 끝나 버렸다. 갑자기 충격이 왔고, 첫 번째 느낌은 아무 일도 일어나지 않은 것 같았다. 사람들이 도망쳤고, 다들 자기 옆에 쓰러져 있는 동료의 피와 흙으로 범벅이 되어서 도망가려고 몸을 일으켰다. 그리고는 마치 몸이 더운 액체 속에 잠겨 있는 것 같은 느낌이 들었다. 점점 더 격렬해지는 진동 속에서, 그는 포탄에 부서진 다리에서 미칠 것 같은 통증을 느꼈다. 그는 밤까지 그렇게 버려진 채로 있었고, 자기 스스로 허벅지를 끈으로 동여매야 했다.

사람들이 그를 데려갈 때, 그는 이미 반은 죽은 상태였다. 그러나 실려 가기 전에 그는 전쟁터의 소름 끼치는 폭탄 소리와 비명, 말 울음소리 그리고 사람들의 고함 소리를 들었다. 고함 소리는 서서히 부상당한 군인들의 신음 소리와 죽어가는 사람들의 헐떡거리는 숨소리로 변해 갔었다. 그의 옆에는 말에 깔린 기병 하나가 엄마를 부르며 울고 있었다. 브리카르는 시체에서 도둑질하는 사람들과 맞서서 스스로를 지켜야만 했었다. 여자들, 심지어 아이들까지 불쌍한 군인들의 시체에서 남은 물건을 훔쳐 갔다. 찢어진 계급장까지 가져갔다. 브리카르는 짐수레에 실려서 지원부대가 있는 곳으로 옮겨졌다. 그곳의 땅바닥은 피와 시체로 덮여 있었다. 폭탄에 신체 일부가 날아간 군인들은 절단 수술을 받았고, 불구자가 되었다. 브리카르의 오른쪽 다리도 그렇게 잘렸다. 그는 거기에서 여러 날 동안 있었다. 부상자들은 자신의 배설물 위에 그대로 눕혀져 있었다. 그것은 퇴비 위에 누워 있는 것보다도 더 구역질났다. 모든 부상자들의 몸에는 벌레가 우글거렸고, 죽은 자들의 몸뚱이는 아직 살아 있는 자들을 위한 매트리스 역할을 했다. 부상자들은 시체들 위에 눕혀져 있었다. 그렇다. 브리카르는 군인이었다. 사람들은 도살장에 끌고 가 죽이는 짐승처럼 그를 이용해 먹었다.

불구가 되고 나니 도와줄 사람도 계급도 없는 그에게 남겨진 것은 낡은 군복과 의족뿐이었다. 그는 고향으로 돌아갔다. 부모님은 이미 돌아가신 지 오래되었고, 그의 사촌들은 브리카르가 실종된 줄 알고 있었고, 얼마 안 되는 유산은 다 흩어지고 없었다. 그는 비참한 상태가 돼서 이곳저곳을 떠돌았다. 그러다 큰 도시에 오면 뭔가 먹고 살기가 나을 것이라고 생각하게 되었다. 그러나 힘을 쓸 수 없는 불구자가 무엇을 기대할 수 있겠는가? 그는 읽을 줄도, 쓸 줄도 몰랐다. 간신히 자신의 이름으로 사인을 할 뿐이었다. 그는 병원에 붙잡혀 가서 죽을까 봐 두려워했다. 병원에서는 짐승처럼 미친 사람들 속에 가두고, 그곳에서는 밥도 총검의 끝에 매달아서 준다. 브리카르는 한 번 붙잡혀서 비세트르 병원에 갇혀본 적이 있었기 때문에, 그런 병원이 어떤 곳인지 잘 알고 있었다. 그는 병원에서 기적적으로 탈출했었고, 다시 끌려들어 갈까 봐 공포에 사로잡혀 있었다.

브리카르는 자신의 이야기를 하는 동안 생기가 돌았다. 볼이 발그스레해졌다. 그러나 술기운 때문에 곧바로 축 처졌다. 니콜라는 그렇게 힘들게 살아온 늙은 군인에게 동정심을 느꼈다. 그러나 그를 추궁해서 정식으로 자백을 받아내든지, 아니면 수사에 도움이 될 단서를 얻어내든지 해야 한다. 니콜라는 이미 자신이 알고 있는 여러 가지의 정보를 확인해야만 했다. 그래서 강하게 나가기로 마음먹었다. 브리카르의 반응에 따라 심문을 어느 방향으로 유도해야 할지 정할 수 있다.

"당신은 비세트르 병원에서보다 더 심한 처벌을 받을 수 있습니다. 순순히 말을 듣는 것이 좋을 겁니다. 라파스와 무슨 짓을 했습니까? 먼저, 당신 헛간에서 발견된 피투성이의 마차는 어디서 났습니까?"

브리카르는 약간 겁먹은 듯이 움츠렸다. 그는 경계하는 눈빛으로 니콜라를 쳐다보았다.

"우리는 중고품 장수입니다. 그저, 물건을 사고 다시 팔고 그럽니다."

"병원에 잡혀갈까 봐 겁이 난다고 하고, 동시에 당신이 장사치라고 주장하다니! 당신 말을 믿을 사람 아무도 없습니다."

"라파스가 다 가지고 있었어요. 나는 아무것도 몰라요. 나는 그냥 라파스를 도와준 것뿐이에요."

"뭘 도와주었습니까?"

"중고 물건들 찾는 거요."

“그럼, 그 마차는 중고품이었습니까?”

“그것은 라파스가 관리했어요.”

니콜라는 브리카르가 확실한 피난처를 선택했다는 것을 알았다. 모든 것을 라파스에게 돌리는 것이다. 라파스는 이제 더 이상 입을 열 수 없으니까. 브리카르가 떠든 긴 군대 생활 이야기도 교란 작전이었다. 그는 중요하지 않은 것은 많이 떠들고, 정작 중요한 것에 대해서는 입을 다물었다. 다른 방법으로 접근해야만 한다.

“다리는 아프지 않습니까?”

브리카르는 얼굴이 풀리면서 화제를 바꿀 수 있는 이 말에 신이 났다.

“친절하신 나으리, 한 순간도 아프지 않은 적이 없습니다. 다리가 아직도 있는 것처럼 느껴진다면 믿으시겠어요? 저는 다리를 느껴요. 간지럽고, 엄지발가락은 얼었어요. 아무것도 없는 허공에서 다리를 긁고 있어요. 잘려 나가고 남은 부분은 어떻고요. 항상 아파요. 정말 힘들어요!”

“당신의 나무다리는 튼튼해 보이는군요.”

“그럼요. 퐁트누아 전투에서 부서진 포병대 수레를 잘라서 만든 거예요. 전나무로 된 수레였죠. 목수가 직접 만들어준 겁니다. 이 다리는 저를 한 번도 속인 적이 없는 오래된 친구지요.”

브리카르는 니콜라를 향해 나무다리를 들었다. 니콜라는 의족의 끝 부분을 확 잡아당겼다. 브리카르는 뒤로 젖혀지면서 벽에 부딪혔다. 그는 고개를 들며 소리쳤다.

“무슨 짓을 하는 거야?”

“당신은 계속 거짓말을 하고 있어. 내가 정신을 차리게 해주지.”

니콜라는 한 손으로는 브리카르의 의족을 잡고, 다른 손으로 주머니에서 구겨진 종이를 꺼냈다. 그는 의족의 끝을 서류의 중앙에 갖다 댔다.

“장 밥티스트 랑팡, 일명 브리카르. 2월 2일 밤 동료 라파스와 함께 몽포콩에 살해된 시체를 유기한 혐의로 고발한다. 피의자는 몽포콩에 짐수레를 타고 왔다.”

브리카르는 초점 잃은 눈동자로 도망갈 구멍을 찾았다. 니콜라는 덫에 걸린 여우가 성난 개들에 둘러싸여 있을 때 이런 눈빛을 본 적이 있다. 한 인간을 이런 지경까지 내몰은 것이 자랑스럽지는 않았지만, 브리카르의 입을 열게 해야만 했다. 니콜라는 쥐고 있던 의족을 놓았다. 의족은 소리를 내며 나무판자 위에 떨어졌다.

“그것은 거짓말이에요. 꾸며낸 말이라고요.”

브리카르는 거칠게 항의했다.

“나는 몰라요. 나를 내보내주세요. 나는 아무 짓도 안 했어요. 나는 불쌍한 상이군인이에요. 불구자라고요.”

브리카르는 소리를 질렀다. 그의 이마에는 땀이 배어 있었다.

“좀 더 자세히 설명해 드릴까요? 그날 밤 당신이 몽포콩에 있었다는 것을 어떻게 확신하는지 아십니까? 나는 얼어붙은 눈 위에 남겨진 자국을 채취했습니다.”

니콜라는 작은 종이를 흔들어 보였다.

"무슨 자국일까요? 이것은 테두리가 불규칙한 작은 육각형의 모양이었는데, 당신의 나무다리 끝과 똑같은 모양입니다. 물론 몽포콩에 당신들만 있었던 것은 아닙니다……."

"젠장! 거기에는 나하고 라파스밖에 없었어요……."

"당신이 몽포콩의 시체 처리장에 있었다는 것을 인정해 줘서 고맙군요. 물론 라파스와 함께 있었지요. 만약 당신이 그것을 부정했다면, 그날 당신들을 본 증인이 있다는 것을 말해주려고 했습니다. 마지막으로 다시 한 번 충고하는데, 진실을 말하세요. 당신이 말을 하지 않는다면, 나보다 훨씬 더 솜씨 좋은 사람이 와서 당신의 입을 열게 할 겁니다. 그렇게 되면 당신의 남은 다리 하나마저도 못 쓰게 되겠지요."

니콜라는 자신의 잔인함에 스스로 놀랐다. 니콜라는 자신의 제안이 브리카르가 목숨을 보전할 수 있는 유일한 방법, 적어도 덜 고통받을 수 있는 방법이라고 생각했다. 니콜라의 앞에 있는 사람은 분명 죄인이다. 하지만 그 사람이 겪어온 모든 불행들을 간과할 수 있을까. 니콜라는 어린 브리카르, 청년 브리카르, 상이군인이 된 브리카르, 그리고 이어지는 많은 고통들을 상상해 보았다.

"좋습니다. 저는 라파스와 함께 몽포콩에 갔었습니다. 그게 뭐 어쨌다는 겁니까? 토막 낸 늙은 말의 시체를 버리러 갔어요."

브리카르는 숨을 쉬기 힘든 것처럼 헐떡이며 말을 했다.

"말을 토막 냈다, 한밤중에? 브리카르, 이제 말장난은 그만두지. 말이 아니라 사람의 시체였다는 것을 당신은 잘 알고 있었어."

브리카르는 대머리인 자신의 머리를 피가 날 지경으로 마구 긁었다. 그는 무언가 무섭고 끔찍한 생각을 떨쳐 버리려는 것처럼 머리를 절레절레 흔들었다.

"모두 말씀드리겠습니다. 나으리는 나쁜 사람 같지는 않으니까요."

브리카르는 한숨을 내쉬었다.

"저하고 라파스가 라페 포구에서 나무를 훔치고 있을 때, 누군가에게 들켰어요. 우리는 그저 불을 때려고 그런 거였어요. 돈 없는 사람들에게 겨울은 정말 춥거든요."

"그래서요."

"우리를 잡은 사람이 라파스를 아는 것 같았어요. 그 사람이 거래를 하자고 했어요. 자기 친구를 위해 일을 하나 해달라는 거예요. 그 사람은 우리들에 대해 다 알고 있었어요. 우리 이름이며, 우리 헛간까지…… 천사의 얼굴을 한 악마였어요. 소름 끼치는 눈빛으로 미소를 지으며 말했어요. 우리는 정말 다른 방법이 없었어요. 금요일 밤 10시경에, 튈르리 정원의 공사장에 짐수레와 술통 두 개를 가지고 나가야만 했어요. 몇 시간만 수고해 주면 사례는 후하게 주겠다고 했어요. 게다가 금화로 선금까지 주었어요."

"그래서 금요일에 어떻게 했습니까?"

"짐수레를 가지고 약속 장소에 갔지요. 우리가 달리 어떻게 했겠어요? 10시 종이 울리고, 우리는 공사장 모퉁이에 있었어요. 그때, 세 명의 마스크 쓴 사람들이 왔습니다."

"당신들을 잡았던 사람도 왔나요?"

"모르겠어요. 검정색의 커다란 망토를 입고 마스크를 쓰고 있었으니까. 사육제였잖아요."

"뭔가 이상한 것은 없었습니까?"

"바람이 엄청 불었어요. 바람에 마스크 하나가 벗겨져서 떨어질 뻔했어요. 여자인 것 같다는 생각을 했습니다."

"그리고요?"

"우리를 포부르그―생―또노레 거리로 데리고 갔어요. 거기서 기다렸지요. 11시 반경에 빈 마차 하나가 왔어요. 흑인이 마차를 몰고 있었어요. 그 사람 말이 흑인의 주인은 근처의 술집에 있고, 그 흑인이 자기 주인을 위해 모든 일을 다 할 거라고 했어요. 흑인은 숨어 있었어요. 그리고 마스크를 쓴 남자 하나가 어떤 집에서 나왔어요. 흑인이 그 사람에게 달려들어서 기절시키고, 마차로 끌고 가서 칼로 찔렀어요. 그리고 우리는 강가로 갔습니다. 그 흑인이 강가에서 시체를 토막 냈어요. 옛날에 백정이었던 라파스가 도와주었지요. 토막 낸 시체를 술통에 넣었어요. 그 사람은 우리에게 그 시체를 몽포콩에 갖다 버리라고 했고, 수고비를 주었어요."

"죽은 사람의 얼굴을 보았습니까?"

"네, 50대 정도의 부르주아였어요."

"그다음은 어떻게 됐습니까?"

"몽포콩에 갔지요. 바람이 미친 듯이 불었어요. 빌어먹을 놈의 눈까지 내리고. 진짜 재수없는 동네였어요. 시체 처리장에 도착해서 술통에 있는 것을 다 쏟아버렸어요. 한 가지 더 솔직히 말하자면, 머리를 약간 망가트렸어요. 그 흑인이 그렇게 해달라고 했거든요."

"그 흑인도 거기 있었습니까?"

"아니요, 아니요. 강가에서 헤어졌어요. 죽은 사람이 자기인 것처럼 꾸미기 위해 사라져야 한다고 했어요."

"그 사람이 다른 말은 안 했습니까?"

"죽은 사람이 누구인지 라파스가 물어보았어요. 자기 주인을 귀찮게 하는 어떤 남편이라고만 대답했어요."

"좋습니다. 공사장에서 만난 것이 몇 시였습니까?"

"10시경이요. 말씀드렸잖아요. 그리고 자정쯤에 그 남자를 죽였어요. 그리고 나서 강가로 갔고, 몽포콩으로 가는 길에 라 쿠르티를 지날 때 새벽 2시 반을 알리는 종소리를 들었어요. 한 시간 반쯤 지난 후에 모든 것이 다 끝났고요."

"짐수레와 술통은 어떻게 했습니까?"

"나리 부하들이 찾았겠지요. 제대로 뒤졌다면."

"브리카르, 당신의 진술을 확인할 겁니다. 그리고 당신은 증인과 대질 심문을 받게 될 겁니다. 나에게 진실을 말했기를 바랍니다. 만약, 그렇지 않았다면 고문을 받게 될 거라는 것을 명심하십시오."

브리카르는 생각에 잠겨서 아무 대답도 하지 않았다. 니콜라의 앞에 있는 초라한 브리카르는 그런 끔찍한 일을 저지르지 않았다면 충분히 동정받았을 노인네에 불과했다. 니콜라는 초롱불을 들고, 간수가 문을 열도록 감방 문을 두드렸다. 니콜라가 나가고 감방 안은 다시 어두워졌다.

심문을 마치고 나온 니콜라는 허기를 느꼈다. 물론 브리카르의 이야기에는 이상한 구석도 많았다. 만약 그의 말을 그대로 믿는다면 세마귀는 다시 중요한 용의자가 된다. 그렇게 되면 생—루이는 자신의 주인과 공범이고, 살아 있으며, 도망쳤거나 아니면 어딘가에 숨어 있는 것일까? 모발을 떠올리게 만드는 악마의 눈빛을 한 천사는 누구일까? 살인을 주문하고 시신을 위장하도록 시킨 세 명의 마스크는 누구일까? 브리카르가 보았다고 하는 사람이 정말 여자였을까? 브리카르가 말한 시간은 전체적으로 증언들과 너무나 잘 맞는다. 그러나 니콜라는 당황스런 기분이었다. 그는 자기 자신에게 솔직하게 물어보았다. 세마귀와의 친분 관계 때문에 분별력이 흐려지고 그의 죄를 인정하지 못하는 것은 아닐까? 니콜라가 꺼림칙한 것은 브리카르의 이야기가 너무 완벽하다는 것이다. 게다가 라르뎅 살해 동기를 그렇게 분명하게 말했다는 것이 마음에 걸렸다. 모발이 개입한 정황이 또 드러난 셈인데, 그의 증언을 기대하기는 힘든 상황이었다.

니콜라의 생각은 다시 세마귀로 돌아왔다. 세마귀가 여자 때문에 그런 범죄까지 저질렀을까? 루이즈가 공범이었을까? 아니면 데카르가 공범이었을까? 모든 것이 가능하다. 심지어 더 끔찍한 것도 가능할 수 있다. 왜냐하면 모든 것이 복잡하게 서로 얽혀 있기 때문이다. 니콜라는 불안감으로 심장이 빨리 뛰었다.

니콜라는 스스로를 진정시키기 위해 보고서를 쓰기 시작했다. 다음날 사르틴을 직접 만나지 못할 경우를 위해서 그에게 보고할 것을 쓰기 시작했다. 사실, 이런 행동은 생각을 차례대로 정리하는데 도움이 되었다. 어떤 것들은 아직 의식 속에 또렷하게 나타나지 않았다. 그는 브리카르와의 대화를 다시 떠올렸다. 그를 놀라게 했던 부분, 빼먹은 것, 순간적으로 그의 뇌리를 스쳤던 것들을 생각해 내려고 애썼다. 니콜라는 손에 펜을 쥔 채로 졸고 있었는데, 부르도가 나타났다. 부르도의 얼굴은 뭔가 새 소식이 있을 때 짓는 표정이었다.

"부르도 형사님, 뭔가 할 말이 있군요⋯⋯."

"네, 그 헛간을 뒤지다가⋯⋯."

"짐수레 하나와 피로 범벅이 된 술통 두 개를 발견했죠."

부르도는 빙긋이 웃었다.

"빙고. 브리카르가 말했군요."

"오! 아직 좋아하기에는 너무 이릅니다. 브리카르의 진술로 일이 간단해진 것도 아니고, 우리가 해야 할 일이 더 많아졌습니다. 다른 것 발견한 것은 없습니까?"

"그 헛간에는 물건들이 아주 많았습니다. 훔친 것들이겠죠. 라파스의 몸을 뒤져 보았습니다. 자질구레한 것들 외에는, 놋쇠로 만든 손목시계 하나가 있었습니다."

부르도는 니콜라에게 커다란 손수건을 건넸다. 손수건을 펼치자 검은색 나무로 된 담뱃갑, 끈, 그리고 손목시계가 나왔다. 니콜라는 브리카르 심문에 대해 이야기했다. 금방 새벽 3시가 되었고, 두 사람은 쉬러 가기로 했다. 니콜라는 마차를 타고 노블쿠르의 집으로 돌아갔다.

1761년 2월 12일 월요일

니콜라의 밤은 짧았다. 그는 이미 아침 6시에 일어나 있었다. 빨리 세수를 하고 부엌으로 내려갔다. 마리옹이 놀라서 니콜라의 붕대 감는 것을 도와주었다. 그는 방금 구운 빵과 함께 핫초코 한 잔을 마셨다. 노블쿠르는 지난밤에 마리옹의 예상대로 심한 관절염의 통증에 시달렸다고 그녀는 말했다. 노블쿠르는 솜으로 다리를 감싸고 밤새 안락의자에 앉아 있어야만 했다. 아침이 돼서야 몸을 눕힐 수 있었고 쉴 수가 있었다. 마리옹의 생각에 발작의 원인은 노블쿠르가 너무 많이 먹어서라기보다는 백포도주를 많이 마셨기 때문이다. 그녀가 그동안 관찰한 바로는 백포도주가 노블쿠르의 건강에 해롭다는 것이다.

니콜라는 걸어서 뇌브—생—오귀스탱 거리로 갔다. 그는 밤새 내려서 아직 깨끗한 눈 위에 자신의 발자국을 찍으며 아이처럼 즐거워했다. 사르틴의 사무실에 도착한 니콜라는 하인에게 사르틴을 만날 수 있는지 물어보았다. 니콜라는 곧바로 안내되었다. 사르틴은 실내복 차림으로 십여 개의 가발이 들어 있는 커다란 장을 쳐다보고 있었다. 아침마다 자신의 가발 컬렉션을 쳐다보고 만져 보는 것이 그의 즐거움이라는 것을 니콜라는 알고 있었다.

"이렇게 아침 일찍 나를 귀찮게 하러온 것을 보면, 내가 기다리는 것을 가져왔겠지? 긴장하지 말게. 농담일세. 만약 그런 것이라면, 내가 벌써 알고 있었겠지.”

“아닙니다. 하지만 수사가 진전되고 있습니다. 여러 가지의 가능성을 추적하고 있습니다.”

“여러 가지? 그 말은 어떤 것도 확실하지 않다는 건가?”

“여러 가지 사건이 서로 맞물려 있다고 말씀드리는 것이 더 정확할 것 같습니다.”

니콜라는 사르틴에게 수사의 진행 상황에 대해 간략하게 설명했다. 사르틴은 등을 돌린 채 은빗으로 자신의 보물을 손질하며 니콜라의 말을 들었다.

“자네 나를 속이려고 하는군.”

사르틴이 갑자기 말했다.

“모든 것이 명확하지 않나. 세마귀는 자네 손아귀에 있고, 용의자야. 그것도 두 사건 모두에서. 추측이 계속 늘어나고 있어. 증거라고 하는 편이 더 낫겠지만…….”

사르틴은 갑자기 획 돌아서서 자신의 생각을 말했다.

“만약 모든 것이 연결되어 있고 라르뎅이 죽었다면, 자네가 생각하고 있는 것을 쉽게 찾을 수 있어야 돼.”

“이 사건에는 어떤 것도 간단한 것이 없다고 생각됩니다. 그리고 브리카르가 모든 진실을 얘기했는지도 알 수가 없습니다.”

“필요하면 고문을 하게.”

“늙은 상이군인입니다…….”

“교수형을 받아 마땅한 사람이지. 그러니까 동정은 그만두게.

브리카르에게도, 그리고 자네와 친한 세마귀에게도. 폐하와 나라
의 안위가 걸린 문제라는 것을 잊지 말게. 그런 감상적인 생각들
은 철학자들한테나 어울리는 것이야. 부르도가 경비 문제에 대해
나에게 말했네. 자네들에게 활동 자금을 새로 지급하도록 지시해
두었네. 돈은 아끼지 말게. 매우 중대한 사건이니까. 가보게. 니
콜라, 자네에게 주어진 시간이 얼마 안 남았네. 하지만 일이 진전
되고 있는 것 같군. 자네 목숨을 구해준 부르도에게 내가 치하한
다고 전해주게."

　니콜라는 사르틴의 말을 곰곰이 생각하며 샤틀레로 돌아왔다.
브리카르를 고문해야만 할까? 그는 결정을 내려야 했다. 그러나
결정하는 것이 어렵지는 않았다. 니콜라는 이미 여러 번 고문에
참여했었다. 다른 것들과 마찬가지로 고문도 경찰의 수련 과정에
속하는 것이었으니까. 고문을 견디는 사람은 거의 없고, 결국은
허위 자백을 하게 된다는 것을 그는 잘 알고 있었다. 이 문제에 대
해 세마귀와 토론을 했던 것이 기억났다. 세마귀는 극심한 고통이
고문을 당하는 사람의 이성을 마비시킨다고 했고, 그 자체로 이미
비인간적인 고문은 폐지되어야 한다고 생각했었다. 니콜라는 그
말에 대해 설득력 있는 답변을 찾지 못했었다. 자기 마음속에서도
고문에 대한 신념이 약했었기 때문이었다. 최악의 경우는 고문당
하는 브리카르를 상상하는 것이다. 억지로 먹인 물로 퉁퉁 불어난
몸뚱이 혹은 작은 판자 사이에 묶여 있을 하나 남은 다리. 늙은 군
인이 범죄자인 것은 분명한데, 니콜라는 자꾸만 가족들과 떨어져

서 군대로 끌려가는 청년의 모습이 브리카르와 겹쳐졌다. 지금은 회한에 잠겨 있는 노인네에 불과하지만, 민병대가 데려가서 전쟁의 참혹함 속에 던져 넣은 청년의 모습이 떠오르는 것이다.

그런 생각에 잠겨 샤틀레로 돌아온 니콜라는 보고서를 쓰고 있는 부르도를 만났다. 부르도가 하던 일을 멈추고 고개를 들었을 때, 니콜라는 부르도의 어두운 표정에 깜짝 놀랐다.

"나쁜 소식이 있습니다. 브리카르가 지난밤 자신의 감방에서 목을 맸습니다. 간수가 아침에 순찰을 하다가 발견했습니다."

니콜라는 한순간 아무 말도 하지 못했다.

"목을 매다니, 무엇을 가지고 목을 맸다는 겁니까? 감방에 들어가기 전에 몸을 다 뒤졌는데……."

"가죽 끈이었습니다."

부르도는 너무나 당황해 있는 니콜라의 시선을 피하기 위해 얼굴을 돌렸다. 니콜라는 브리카르의 손을 묶었던 가죽 끈을 풀어주었던 장면이 떠올랐다. 그는 심문을 마치고 나오면서 땅에 떨어져 있던 긴 가죽끈을 잊어버렸던 것이다. 초롱불이 비추는 면적은 좁아서 그것을 보지 못했었다. 부르도는 라파스에게서 나온 물건을 담은 손수건과 보고서를 니콜라에게 건네주었다. 니콜라는 말없이 그것들을 호주머니 속에 넣었다.

13장 파 멸

감방 안은 지난밤 그대로 있었다. 니콜라와 부르도는 줄 끝에 꼭두각시처럼 축 늘어져서 매달려 있는 브리카르의 몸을 보았다. 철창 뒤로 가죽끈을 넘겨 매듭을 지었다. 브리카르는 널빤지 위로 올라가 의족을 이용해 몸을 뒤로 던져서 목을 매달았다. 기괴한 모습이었다. 부르도는 얼음처럼 굳어 있는 니콜라의 어깨에 손을 얹었다.

"경찰 일을 하다 보면 자주 일어나는 일입니다. 너무 괴로워하지 마세요. 이런 실수 때문에 자신감을 잃을 필요는 없습니다."

"하지만, 분명히 실수입니다."

"뭐, 꼭 그렇게 말할 생각은 아니었습니다. 운명이라고 하는 편이 낫겠네요. 운명이 그에게 출구를 마련해 준 겁니다. 고문 아니면 교수형이 뻔한데, 다른 방법이 없었을 겁니다. 제가 친구로서 충고를 하나 드리자면, 공식적인 심문은 절대로 혼자 해서는 안 됩니다. 서두르는 것은 금물입니다. 다른 한 사람이 잊어버린 것을 챙길 수 있으니까요. 빨리 일을 잘해보려는 의지가 원인입니다. 그리고 죽으려고 맘먹은 사람은 항상 방법을 찾아냅니다. 이번에는 이 가죽끈이 사용된 것뿐이죠."

"부르도 형사님, 자살이 분명한 건가요? 누군가 그의 입을 막으려고……."

"그 생각도 했습니다. 목을 매달아 죽은 사람을 수십 명 보았기 때문에 제가 이 부분에 대해서는 경험이 많습니다. 상송의 지식을 빌리지 않더라도 알 수 있는 것이 있습니다. 사실, 민감한 문제이긴 합니다. 목을 맨 사람을 발견했을 때, 죽은 뒤에 목을 매달은 건지, 아니면 목을 매서 죽은 건지 알아보는 방법에 대해 학교에서도 많은 토론을 했었습니다."

"그래서 어떤 결론을 내렸습니까?"

부르도는 시신을 뒤집었다. 몸은 불어나고 길이도 짧아진 것 같았다.

"잘 보십시오. 얼굴이 부풀어 오르고 보라색으로 변했고, 혀는 뒤틀려 있고, 눈은 튀어나와 있고, 혀는 이빨 사이에서 부어 있습니다. 목에는 가죽끈 자국이 나 있고 멍이 들어 있습니다. 손가락은 마치 무언가를 꽉 쥐고 있었던 것처럼 창백하고 오그라들어 있습니다. 자살을 의심할 만한 것이 아무것도 없습니다."

"형사님 말이 맞습니다."

니콜라는 한숨을 쉬며 말했다.

현실을 받아들여야만 했다. 충고의 형태를 띤 부르도의 훈계를 이해하면서 니콜라는 자책하는 마음을 누그러뜨렸다.

"가죽끈으로 목을 매지 않았다면, 다른 방법을 찾았을 겁니다. 필요한 것들이 여기 있으니까요."

부르도는 술병과 땅 바닥에 굴러다니는 컵을 가리켰다.

"이번 일을 교훈으로 삼겠습니다."

니콜라는 자신이 일을 망친 것에 화가 났고, 두 번에 걸쳐서 망가진 브리카르의 인생에 화가 났다. 이제는 영원히 망가진 셈이다. 그는 브리카르를 이렇게 궁지로 몰아넣은 사람들을 꼭 찾아내겠다고 스스로에게 약속을 했다. 니콜라는 냉정을 되찾고 굳은 결심을 했다.

"브리카르의 죽음은 비밀입니다. 라파스의 죽음도 마찬가지입니다. 어쩌면 라파스의 죽음은 이미 알려졌을 수도 있습니다. 적은 우리를 감시하고 있으니까요. 그들이 브리카르가 계속 살아 있다고 믿게 하는 것이 중요합니다. 그들은 브리카르의 증언이나 자백에 위협을 느낄 겁니다. 공격을 해서 빠른 시간에 그들을 손아귀에 넣어야 합니다."

"어떻게 진행시킬 생각이십니까?"

"상황을 정리해 봅시다. 두 개의 살인 사건이 일어났다는 것에는 의심의 여지가 없습니다. 첫 번째 사건은 라르뎅 살해 사건입니다. 두 번째는 데카르 살해 사건입니다. 그리고 사망했거나 아니면 도주한, 한 명의 실종자가 있습니다. 생—루이입니다. 그리고 두 명의 여자가 있습니다. 두 명의 사망자 중 하나의 아내인 루이즈 라르뎅은 뻔뻔스럽게 남편 상을 당한 척하고 있는데, 그녀는 또 다른 사망자인 데카르 그리고 세마귀와 모발의 정부이기도 합니다. 또 한 명의 여자는 멀리 떠난 것인지 아니면 실종된 건지 알 수 없는 마리입니다. 또한 마리를 희생자의 범주에 넣어야 할지 용의자의 범주에 넣어야 할지 모르겠습니다. 루이즈 라르뎅은 모든 것에 연관되어 있으면서, 동시에 아무도 건드리지 못하고 있습니다. 또한 세마귀의 경우, 그의 이름은 여러 곳에서 자주 언급되고 있습니다.”

니콜라는 세마귀에 대해 의심을 하기 시작했다. 그가 처음에 했던 거짓말이 다시 기억 속에서 떠올랐다. 사실 세마귀는 첫 번째 사건도, 그리고 두 번째 사건도 확실한 알리바이가 없다. 물론 생—루이 실종에 대해서도 그를 의심할 수 있다. 왜냐하면 만약 생—루이가 죽었다면, 그의 주인이 그를 마지막으로 본 사람일 테니까. 게다가 데카르도 생—루이의 살해자로 세마귀를 지목했었다. 니콜라는 그와의 친분 관계에서 벗어나야만 한다는 것을 느꼈다. 세마귀는 혼자 살고 아무도 그에 대해 잘 아는 사람이 없는, 종잡을 수 없는 사람이기도 했다.

그리고 왕의 편지를 해결해야 하는 일이 남아 있다. 니콜라가 평가받는 것은 사실 이 문제에 달려 있다. 증거가 부족해서 살인 사건의 용의자로 지목된 사람들을 포기하는 것은 묵인될 것이다. 그러나 폐하의 안위를 위협하는 편지를 찾지 못하는 것은 절대 용서받지 못할 것이다. 그 점에 대해서는 사르틴이 이미 분명하게 밝혔다.

"그렇다면 블랑—망토 가街에 우리의 신경을 집중해야 되는 건가요?"

"맞습니다. 그곳을 집중적으로 주시해야 합니다. 그리고 루이즈 라르뎅과 세마귀를 파헤쳐야 합니다. 라르뎅 집에 대한 정보원들의 보고가 이상했던 것을 생각해 보세요. 그 집에 들어가고 나오는 것이 설명되지 않는 부분들이 있어요. 좀 더 효과적인 수사를 위해서, 신속하게 움직여야만 합니다. 불시에 들이닥쳐야 수확이 있을 겁니다. 쥐덫의 효과를 노리는 것이지요."

니콜라는 브리카르의 시체를 샤틀레의 지하 시체 안치실로 옮기도록 했다. 일주일 동안 그곳에 세 명의 시체가 옮겨졌다. 몽포콩에서 발견된 유골들과 데카르의 시신, 그리고 늙은 군인의 시신 사이에 무슨 관계가 있는 걸까? 그 관계가 밝혀진다면, 이 사건은 해결이 될 것이다. 부르도는 부하들을 집합시켰다. 여러 명의 경찰과 경비대원들이 함께 갈 것이다. 세 대의 마차가 요란한 소리를 내며 샤틀레 법원을 출발했다.

그들은 블랑—망토 가를 봉쇄하고, 만일에 정원 쪽으로 도주할 경우를 대비해 집 뒤쪽으로도 경비대를 배치했다. 니콜라와 부르도는 두 명의 경찰을 데리고 대문으로 가서 거칠게 문을 두드렸다. 한참 만에야 루이즈가 흐트러진 머리를 하고 나타났다. 침대에 있다가 나온 것 같았다. 니콜라는 루이즈에게 가택 수색 영장이 발부되었다고 짧게 설명했고, 그녀는 잠자코 있었다. 부르도는 니콜라의 귀에 대고 그녀의 태도는 시간을 끌기 위한 것이라고 속삭였다. 그녀는 누군가가 도망갈 시간을 벌려고 하는 것이었다. 하지만 마지막 보고에 의하면 루이즈는 집에 혼자 있다고 했었다.

니콜라는 루이즈를 경찰과 함께 식당에서 기다리도록 하고, 부르도와 함께 이층에 있는 방들을 살피러 갔다. 루이즈의 방은 많이 어지럽혀져 있었다. 침대는 완전히 헝클어져 있었고, 베게에는 두 사람의 머리가 놓여 있던 흔적이 또렷하게 남아 있었다. 부르도는 이불 속에 손을 넣어보았다. 이불 속은 아직도 따스했다. 그들이 의심했던 것이 증명된 것 같았다. 그들이 들이 닥쳤을 때, 루이즈는 혼자가 아니었다.

경찰 한 명에게 지붕 밑 다락방에서부터 뒤지도록 시켰다. 그는 아무것도 발견하지 못하고 돌아왔다. 니콜라는 옷장과 서랍장을 모두 뒤졌다. 그는 검은색 망토와 마스크 그리고 신발을 찾아냈다. 그것들을 침대 시트로 둘둘 말아서 묶어놓았다. 라르뎅 반장의 물건들 속에서 망토와 가죽 윗도리의 흔적은 없었다. 마리 라르뎅의 방은 별로 달라진 것 같지 않았다. 그런데 놀라운 것이 있었다. 그녀의 옷장이 완전히 비어 있었다. 드레스, 치마, 외투, 신발들이 사라지고 없었다. 마리가 다시 돌아온 것일까? 아니면…… 니콜라는 루이즈에게 물어봐야겠다고 생각했다. 가구들을 열어보던 니콜라는 작은 테이블의 서랍에서 마리의 미사경본을 발견했다. 그녀가 성당에 갈 때 파란색 벨벳으로 장정된 이 작은 책을 가지고 다니는 것을 자주 보았다. 왜 이 책을 두고 간 걸까? 이 책은 그녀의 생모가 남긴 것이기 때문에, 마리는 이 책을

무척 소중하게 아꼈었다. 니콜라는 의아하게 생각하며 책갈피를
넘겼다. 그러자 메모 하나가 뚝 떨어졌다. 라르뎅의 수수께끼 같
은 메시지를 연상시키는 문구였다.

쉼 없이 찾은 것
왕에게 빚진 것.

이처럼 라르뎅은 세 번째 메시지를 언젠가 자기 딸이 분명히
볼 수 있는 곳에 남겨놓았다. 그래서 마리가 발견했을까? 마리는
미사에 갈 때만 이 책을 사용했었다. 부르도는 니콜라가 메시지
를 발견한 것을 눈치채지 못했다. 니콜라는 슬그머니 쪽지를 호
주머니에 집어넣었다. 이것을 자신이 가지고 있는 두 개의 쪽지
와 비교해 봐야 한다. 왕에 대한 언급이 있다는 것은 니콜라가 찾
아야 되는 편지와 어떤 관계가 있을지도 모른다는 생각에 희망을
갖게 되었다.

니콜라는 3층에 있는 자신의 옛날 거처로 부르도를 데리고 갔
다. 니콜라는 그 방을 다시 보면서 잠시 옛날 생각에 잠겼다. 방
안에 의심할 만한 것은 없었다. 그들은 서재를 다시 조사하기 위
해 아래층으로 내려갔다. 오라스의 시집에서 목재 세공인이 보낸
영수증 하나가 발견되었다. 1761년 1월 15일에 발행한 것이었다.
사건 발생일과 근접한 시기가 니콜라의 시선을 끌었다. 이 책 속
에 일부러 끼워놓은 걸까, 아니면 단순히 책갈피로 사용된 걸까?
어떤 물건에 대한 영수증인지 알아볼 것이다. 니콜라는 이 영수

증에 대해서도 부르도에게 말하지 않았다.

니콜라와 부르도는 루이즈가 있는 식당으로 돌아왔다. 그녀는 의자의 끄트머리에 허리를 꼿꼿이 세운 채 앉아 있었다.

"부인께서 방금 전까지 혼자 계셨었는지 물어보지 않겠습니다. 혼자 있지 않았다는 것을 알고 있으니까요. 이 근처는 완전히 포위되어 있습니다. 당신과 같이 있었던 사람은 멀리 가지 못할 겁니다."

"니콜라, 당신의 태도는 아주 건방지고 모욕적이군요."

"상관없습니다. 당신의 의붓딸인 마리의 옷들이 어디로 갔는지 말해주시면 고맙겠습니다. 순순히 사실대로 이야기하는 것이 좋을 겁니다. 그렇지 않을 경우, 샤틀레의 고문실을 피할 수 없을 겁니다."

"그러니까 내가 용의자라는 건가요?"

"제 질문에 대답하십시오."

"가난한 사람들에게 주었어요. 내 의붓딸은 수도원에 들어가기로 했습니다."

"당신의 진술이 사실이기를 바랍니다. 확인해 보겠습니다. 그러면 부르도 형사님, 우리는 부엌을 조사해 볼까요."

루이즈는 순간 움찔했다가 얼른 바로 앉았다.

"거기엔 아무것도 없어요."

"부르도 형사님, 부인을 부축하세요. 부인께서 우리를 안내할 테니까."

부엌은 얼음장처럼 차가왔다. 화덕에 불을 피우지 않은 지 이미 여러 날 된 것이 틀림없었다. 부르도는 인상을 찌푸리며 코를 킁킁거리기 시작했다.

"이게 웬 썩은 냄새야!"

"썩은 냄새라니요! 향기롭지 않으세요? 이 지독한 냄새의 이유를 라르뎅 부인에게 물어보세요. 부인께서 설명할 겁니다. 부인은 썩은 고기를 무척 좋아하시는 걸로 알고 있습니다."

"무슨 말을 하시는 겁니까?"

"커다란 사냥감이 아래층, 지하실에 있습니다. 공동묘지에 버려진 것처럼. 어떻게 된 건지 설명해 보시지요, 부인?"

그들이 도착한 후 처음으로 루이즈의 얼굴에 불안한 빛이 보였다. 그녀는 찬장에 등을 기댔다.

"집에 있던 요리사를 내보냈어요. 아직 딴사람을 찾지 못했어요. 예전 요리사가 워낙 솜씨가 좋았거든요. 그것은 니콜라 당신이 잘 알 거예요. 나는 부엌일에 직접 손대지 않아요. 그냥 더러운 채로 내버려 두죠. 누군가 새로 일할 사람을 구하면, 다 치울 거예요."

"이렇게 냄새가 나는데도 괜찮으십니까?"

부르도가 물어보았다.

루이즈는 아무런 대답 없이 부엌에서 나가려고 했다.

"여기서 나가지 마십시오, 부인."

니콜라는 옆에 있던 부하에게 명령했다.

"이보게, 라르뎅 부인을 감시하게. 우리는 지하실로 내려갈 테니까."

니콜라는 병에서 식초를 약간 따랐다. 손수건에 식초를 적시고, 부르도에게도 그렇게 하라고 권했다. 부르도는 자신의 파이프를 흔들어 보이며 괜찮다고 했다. 부르도는 파이프에 불을 붙였다.

"자, 그럼 준비가 된 것 같군요. 이 양초를 가져갑시다."

지하실로 내려가자마자, 그들이 나름대로 준비한 예방책에도 불구하고 냄새는 견딜 수 없을 지경이었다. 멧돼지는 완전히 썩어 있었다. 너덜너덜해진 살덩어리들이 땅바닥에 떨어져 있고, 벌레들이 우글우글 멧돼지를 뒤덮고 있었다. 니콜라는 걸음을 옮기려는 부르도를 멈추게 했다. 니콜라는 장화를 벗고 구부리고 앉아서 양초로 바닥을 비추며 살펴보았다. 그는 뭔가 흔적을 따라갔다. 그것은 나무로 된 커다란 장 앞에서 멈추었다. 벽에 기대어진 나무장은 가로로 선반이 여러 개 있었고, 선반은 모두 병들로 가득 채워져 있었다. 니콜라는 무언가를 부르도에게 보여주었다. 성당에서 쓰는 양초 조각이었다. 니콜라는 일어나서 신발을 다시 신고, 선반에서 병을 치우기 위해 부르도를 불렀다. 부르도는 장에 몸을 기댔는데 갑자기 장이 옆으로 미끄러지면서, 낡은 문이 하나 나타났다.

"형사님 없었으면 어떻게 일을 했을지 모르겠습니다. 형사님이 물꼬를 탁 터주시는군요."

"저도 알고 그런 것이 아닙니다. 하지만 이 문이 중요한 단서를 제공할 것 같군요. 이렇게 찾아내시다니 관찰력이 정말 대단하십니다. 사냥개의 코를 갖고 계신 것 같아요."

"지금은 사냥개의 코를 막아야 될 것 같네요."

니콜라는 눈을 찡긋하며 손수건으로 코를 막았다.

두 사람은 한바탕 웃었다. 불안감이 조금 가시는 것 같았다. 니콜라는 열쇠 구멍이 없는 그 낡은 문을 밀었다. 나무장은 밖에서도 옮길 수 있었다. 장의 끝에 매달린 줄이 문에 나 있는 구멍 속으로 지나갔다. 밖에서 그 줄을 잡아당기면 나무장이 옆으로 미끄러지면서 출입구가 생기는 것이었다. 라르뎅의 집에 사는 사람들과 방문객들이 대문을 통하지 않고 들어왔다 나갔다 하는 수수께끼의 열쇠가 이것이었다. 이런 문이 있었으니 밖에서 지키고 있는 정보원들이 소용없었던 것이다. 그리고 루이즈와 함께 있었던 사람도 분명히 이곳을 통해 사라졌을 것이다. 그렇다면 이 문이 어디로 연결되는 것일까.

두 사람은 계단을 더 내려갔다. 시체 썩을 때 나는 악취가 지하의 막힌 공기 속에서 더 심하게 느껴졌다. 몇 걸음 가서, 왼쪽으로 두 번 돌았고 다시 한 번 몇 개의 계단을 넘었다. 니콜라는 부르도가 권총을 장전하는 소리를 들었다. 그들은 파리의 뱃속에 가득한 오래된 지하통로들 중의 하나를 지나가고 있는 중이었다. 발아래에 수많은 쥐들이 우글거렸다. 쥐 떼들이 꼬리에 꼬리를 물고 움직이고 있었고, 덩치가 큰 쥐들은 다른 쥐들 위로 껑충껑충 뛰어서 갔다. 쥐들의 찍찍거리는 소리가 날카롭고 쥐 떼들이 흥분해서 날뛰는 걸로 보아서 뭔가가 있는 것이 분명했다. 걷다 보니 천장이 아치형으로 된 지하 동굴 같은 공간이 나왔다. 니콜라는 눈앞에 벌어진 광경에 너무 놀라서 걸음을 멈추었다. 썩은 멧돼지가 꾸물거리는 벌레들로 뒤덮여 있었던 것과 마찬가지로,

그의 앞에는 쥐 떼들이 새까맣게 몰려들어서 우글우글 움직이고 있었다. 소름 끼치는 형상이었다. 니콜라의 뒤에서 오고 있던 부르도는 놀라서 비명을 질렀다. 가까이 가기 위해서는 이빨을 내밀고 사납게 달려드는 쥐들을 발로 걷어차야만 했다. 초롱불이 가까이 비춰지자 수백 개의 새빨간 점들이 불빛을 향해 반짝거렸다. 쥐들의 눈이었다. 부르도가 니콜라를 옆으로 밀었다. 그는 주머니에서 술병을 꺼냈다. 손수건에 술을 붓더니 불을 붙여서 쥐떼들이 모여 있는 곳에 던졌다. 쥐들이 불덩어리에 타기 시작했고, 놀란 쥐들이 미쳐 날뛰며 찍찍거리고 우왕좌왕 난리가 났다. 몇 초 만에 놀란 쥐들이 도망을 치면서, 잠시라도 주변이 조용해졌다.

니콜라는 차라리 쥐 떼로 덮여 있던 광경이 지금 자기가 보고 있는 모습보다 낫지 않을까 싶었다. 쥐들이 도망간 그곳에, 시체 하나가 있었다. 인간의 시체였다. 하지만 더 이상 인간의 형상을 하고 있지 않았다. 썩어 문드러지고 쥐 떼가 거의 다 뜯어먹은 이 시체의 모습에 비하면 노블쿠르의 집에서 본 밀랍으로 만든 죽음의 광경은 상상에 불과했다. 흉부는 다 터져 있었고, 갈비뼈가 보였다. 얼굴은 알아볼 수 없었다. 하지만 머리카락은 없었다. 부르도와 니콜라는 동시에 그것이 라르뎅이라는 것을 알 수 있었다. 그 시체가 라르뎅이라는 것에 두 사람 모두 한 치의 의심도 없었다. 부르도가 팔꿈치로 니콜라를 툭 쳤다.

"저기 보세요. 앞니 두 개가 부서져 있는 것, 그리고 대머리. 라르뎅 반장이 틀림없어요."

"그런데 이상한 점이 있어요. 형사님, 배를 보세요. 그리고 며칠 전에 죽은 것 같은 쥐들을 보세요. 여기저기 흩어져 있는 창자들 주변에 죽은 쥐들이 널려 있어요. 병든 쥐들일까요?"

"아니면 독을 먹은 거겠지요."

"그렇다면 독살된 사람의 내장을 먹고 죽은 쥐들이군요."

"누가 독을 사용합니까? 벌레와 쥐를 막기 위해 요리사들이 사용하지요. 그리고 두더지들을 막기 위해 정원사가, 또 의사와 약사들이 치료를 위해 사용하지요."

"카트린은 파리 한 마리도 죽이지 못해요. 카트린은 라르뎅 반장에 대해 좋게 말한 거의 유일한 사람이에요."

니콜라가 대답했다.

"우선 사망 시점이 언제인지부터 알아보아야 할 겁니다. 그것이 사람들의 알리바이를 조사하는데 도움이 될 겁니다."

"시체 상태로 봐서, 그것이 쉽지 않을 것 같아요. 자살의 가능성도 있습니다."

부르도는 잠시 생각을 했다.

"라르뎅 반장의 옷이 모두 없어진 것을 보셨지요?"

부르도가 물었다.

"자살하는 사람이 직접 자기 옷을 치우는 경우는 흔치 않습니다."

"그렇군요. 그럼 이 지하도가 어디로 연결되는지 알아보지요."

지하 동굴의 끝에서, 또다시 올라가는 계단이 나오고, 약간 경사진 좁은 지하도로 연결되었다. 멀리에서 약한 빛이 나타났다.

널빤지가 나타났고, 그것을 치우는 것은 어렵지 않았다. 그러자 두 사람은 돌로 된 건물 안에 서게 되었다. 버려진 낡은 예배당 같은 건물이었다. 좁은 창을 통해 빛이 새어들어 왔다. 그들은 나뭇단 쌓아놓은 것을 치우고 양초 모아놓은 곳을 찾았다. 한쪽에는 양초가 한 아름 쌓여 있었고, 다른 한쪽에는 이미 반쯤 타버린 양초들이 있었다. 문을 열자 정원이 나타났다. 그들은 그것이 블랑—망토 가의 정원이라는 것을 금방 알 수 있었다. 비로소 모든 것이 설명되는 셈이다. 정보원들이 아무리 두 눈을 부릅뜨고 있고, 두 배로 인원을 늘렸어도 소용이 없을 수밖에 없었다. 지하도가 라르뎅의 집으로 들어가고 나오는 모든 사람을 감추어주었다. 그래서 한 정보원이 라르뎅처럼 보이는 사람이 교회로 도망가는 것을 보았다고 했던 것이다. 그는 분명히 라르뎅의 가죽 윗도리를 보았다고 했었다. 하지만 그 사람이 정말로 라르뎅이었을까, 아니면 누군가가 라르뎅이 아직 살아 있다고 믿게 하기 위해 라르뎅 흉내를 낸 것일까? 라르뎅의 옷들이 발견되지 않는 한, 의혹은 풀리지 않을 것이다. 부르도와 니콜라는 왔던 길로 다시 돌아오면서 지하도를 숨기기 위해 모든 것을 전처럼 해놓았다.

"저한테 아이디어가 하나 있습니다. 한 번 덫을 놓아보는 겁니다. 도망가던 놈이 붙잡혔다고 가정해 보세요. 어떤 일이 벌어질지 상상이 되지요. 혼자서 부엌으로 올라가세요. 가서 라르뎅 부인에게 살해된 남편의 시체를 찾았고, 같이 있었던 남자도 붙잡혔고, 그놈이 모든 것을 말했다고 해보세요. 제가 그놈을 감시하고 있다고 하세요. 그러면 라르뎅 부인이 어떤 반응을 하는지 볼 수 있을 겁니다."

　이 대담한 제안이 불러일으킬 수 있는 모든 가능성들이 번개같이 니콜라의 머릿속을 스쳐 갔다.

　"잃는 것보다는 얻는 것이 더 있을 것 같군요. 제가 라르뎅 부인의 반응을 보면서 양념을 조금 더 치지요."

　그들은 말없이 지하도를 되돌아왔다. 쥐들이 다시 나타났지만, 좀 전보다는 덜 달려들었다. 부르도는 지하실에 있고, 니콜라는 부엌으로 올라갔다. 루이즈는 순경의 감시 하에 여전히 찬장에 등을 기대고 있었다. 그녀는 니콜라가 올라온 것을 금방 보지 못했다. 그녀의 얼굴은 창백하고 늙어 보였다.

　"부인, 이 집의 비밀 지하도에서 우리가 발견한 것이 무엇인지 설명해 드릴 필요는 없을 것 같군요. 하지만 부인께서 모르고 계시는 것은, 우리가 도착했을 때 당신의 침실에서 도망친 남자가 블랑—망토 가를 벗어나려다 붙잡혔다는 것입니다. 그자가 죄를 자백했습니다."

　놀라움, 공포, 그리고 계산이 차례로 루이즈의 얼굴을 스치고 지나갔다. 그녀는 손톱을 치켜세우고 니콜라에게 달려들었다. 니콜라는 그녀에게 얼굴을 긁히지 않기 위해 그녀의 팔목을 잡았고, 옆에 있던 순경이 그녀의 몸을 잡았다. 두 사람은 간신히 루이즈를 의자에 앉혀서 움직이지 못하도록 해놓았다.

　"도대체 그 사람에게 무슨 짓을 한 거야? 당신이 잘못 알고 있어요. 그 사람이 아니에요. 그 사람은 아무 상관없어요."

　그녀는 입에 거품을 물고, 온몸을 비틀었다.

"그러면 누가 그랬습니까?"

"다른 사람이요. 비겁하고, 쓰레기 같은 사람. 나를 원했던 사람, 그리고는 나를 더 이상 원하지 않았던 사람. 양심에 가책을 느낀다고 한 사람. 자신의 친구를 속이고 싶지 않았던 사람. 자기가 신세를 많이 진 친구의 부인과 놀아난 사람. 우리의 약속 장소에 왔던 사람. 그는 라르뎅, 데카르와 함께 라 뽈레의 술집에 있었어요. 그는 늦은 시각에 창피해하면서 나를 찾아왔어요. 그 남자는 내가 필요했으니까. 나 없이는 살 수 없으니까. 그는 라르뎅이 술집을 돌아다니고 있을 거라고 생각했어요. 그래서 나와 함께 있었어요. 하지만 라르뎅이 생각보다 일찍 들어왔어요. 결국 두 사람은 치고받고 싸웠어요. 세마귀가 라르뎅의 목을 졸랐어요. 내가 무엇을 어떻게 하겠어요? 부인, 남편, 정부…… 라르뎅이 죽은 것이 확실했고, 나는 공범이 됐어요. 라르뎅의 옷을 벗겨서 지하도로 끌고 갔어요. 쥐들이 깨끗하게 처리하기를 기다리면 되니까요. 그러고 나서 남은 것을 치워 버리면 되거든요. 세느 강에 남은 뼈를 던져 버리면 그만이니까요. 그러기 위해서는 모든 일에 참견하는 요리사가 문제였어요. 그래서 요리사를 얼른 내쫓아 버렸어요. 그리고는 멧돼지를 갖다 놓았어요. 멧돼지 냄새가 시체 냄새를 덮을 테니까. 나는 죄가 없어요. 나는 아무 짓도 안 했어요. 나는 죽이지 않았어요."

"부인 말대로라면, 당신의 남편이 나타나서 놀란 세마귀가 남편과 싸우다가 그를 죽였다는 겁니까?"

"네."

니콜라는 모험을 해보기로 마음먹었다.

"그렇다면 모발은 죄가 없군요? 그런데 왜 자백을 했을까요?"

"모르겠어요. 나를 구하려고 그랬을 거예요. 그 사람은 나를 사랑하니까요. 그 사람을 만나고 싶어요. 나를 놓아주세요."

루이즈는 기절했다. 그들은 그녀를 테이블 위에 눕히고, 식초를 묻혀서 관자놀이를 문질렀다. 그래도 그녀가 정신을 차리지 못하자, 니콜라는 그녀를 곧장 샤틀레 법원의 구치소로 데려가서 치료를 하도록 명령했다.

지하실에서 올라오는 계단에 서서 대화를 모두 들은 부르도가 나타났다. 루이즈가 니콜라가 던진 그물에 걸려들은 것을 이야기하고 싶어 조바심이 나 있다는 것을 알 수 있었다.

"성공하셨군요. 하지만 만만치 않은 문제들이 생길 것 같군요."

"라르뎅이 교살되었다고 주장하는 것을 들었죠. 시체 해부를 하고 검시 결과가 나와야만 진실을 알 수 있을 것 같아요. 그리고 독살 가능성에 대한 우리의 의혹도 그녀의 주장과 상반되는 것이 아닐 수 있고요. 데카르가 독살된 후에 질식되었다는 상송의 결론을 기억하시죠. 두 사건이 비슷한 수법일 수 있습니다. 만약 그럴 경우, 세마귀는 매우 불리한 입장에 놓이게 되겠죠. 세마귀가 라르뎅을 죽인 것과 마찬가지로 데카르도 죽였을 수 있으니까요. 두 사건에서 그가 결백하다는 증거가 아무것도 없고, 두 사건 모두에서 범행 동기가 충분하니까요."

"세마귀가 생—루이를 죽였다고 데카르가 주장했던 것을 잊어버리셨군요."

"아니요, 하지만 제가 추측했던 시나리오에서는 생—루이는
죽지 않았습니다. 자기 주인과 공범이죠."

"그러면 이 모든 사건에서 모발은 어떻게 되는 겁니까?"

"그의 존재는 여러 곳에서 드러납니다. 그는 제가 밝힐 수는
없지만 이 사건 못지않게 중요한 또 다른 사건에서 길목을 염탐
하고 있습니다."

"아! 물론 알고 있습니다."

부르도는 약간 빈정거리는 투로 대답했다.

"높으신 분들과 비밀이 있고, 이 사건이 단지 라르뎅 반장의
죽음을 밝혀내는 것만이 목적이 아니라는 것을 압니다. 경찰에는
항상 반갑지 않은 식구들이 있지요. 사르틴 감독관님은 그런 일
이 밖으로 누설되는 것을 원치 않으시지요. 그것이 당신이 일반
적인 규칙을 벗어나서 파격적으로 발탁된 이유겠지요."

니콜라는 아무런 대답도 하지 않았다. 그것은 자신의 입으로
공식적으로 밝힐 수 없는 국가의 비밀이고, 또한 부르도의 추측
이 진실과 크게 차이 나는 것도 아니어서 내버려 두었다. 부르도
도 상관이 자신을 배제한 비밀을 가지고 있는 것이 서운했지만,
그것 때문에 상관을 원망해서는 안 된다는 것을 알 만큼의 연륜
이 있었고 훈련도 되어 있었다. 니콜라는 부르도의 능력이 매우
유용하게 쓰일 수 있을 텐데, 그를 비밀 수사에 개입시킬 수 없는
것이 안타까웠다. 그러나 폐하의 이름이 거론되는 사건이 발설될
까 봐 염려하는 사르틴을 이해할 수 있었다. 니콜라는 비밀을 지

키기 위해 항상 자기 자신을 통제해야 하는 것이 싫었다. 하지만 이런 조심스러움이 이제는 자기 삶의 한 부분이 되어버린 것을 느꼈다. 자기 자신에 대한 이런 지속적인 노력은 그를 시험할 수 있게 만들었다. 니콜라는 이런 단련 때문에 우울함을 느낄 때도 있지만, 새로운 힘을 얻기도 했다. 그는 경찰이라는 직업을 스스로 선택하지는 않았지만, 그의 재능이 이 직업에 어울린다면 그것은 아마도 그의 내면에 잠재되어 있는 성향과 부합되는 면이 있기 때문일 것이다.

시체는 관 속에 넣어졌고, 샤틀레 법원의 지하 안치소로 옮겨졌다. 그리고 급히 상송에게 전갈을 보냈다.

브리카르의 자살에서 얻은 교훈을 잊지 않았다는 것을 보여주기 위해 니콜라는 부르도와 함께 세마귀를 심문하러 가기로 했다. 루이즈를 비밀리에 데리고 있도록 지시하고, 두 사람은 마차를 타고 바스티유 감옥을 향해 출발했다. 니콜라는 가는 길에 세마귀를 심문할 가장 좋은 방법에 대해 생각해 보았다. 그러려면 두 가지 암초를 피해야 한다. 자신보다 나이와 연륜이 많은 그에게 휘둘리지 않아야 하고, 그리고 이제는 두 개의 살인 사건의 용의자로 지목된 그에게 우정의 감정을 가지지 않아야 된다.

무심히 창밖을 내다보고 있던 니콜라는 소축제를 위해 대문에 장식을 걸어놓은 집들을 보았다. 그는 파리에 살기 시작한 지 얼마 안 되었지만, 꽃과 리본 그리고 수많은 장식으로 치장을 한 소의 행렬이 사람들의 과격한 행동들 때문에 경찰의 골칫거리라는 것을 알고 있었다. 행렬은 샤틀레의 정면에 있는 그랑드 부쉬리 거리에서 출발해서 시테 섬에 있는 고등법원에 참배하러 간다. 그리고 다시 출발 지점으로 돌아와서, 소를 죽이고 고기를 잘랐다. 그러나 축제를 주관하는 백정들이 축제를 좀 더 오랫동안 하고 싶어서 목요일까지 기다리지 않고, 화요일이나 수요일에 정해진 구역이 아닌 다른 지역으로 소를 데리고 돌아다니며 행렬을 벌이는 경우가 있었다.

곧 바스티유 감옥이 보이기 시작했다. 왼쪽에 포르트 생—앙트완 광장이 있었다. 그들은 오른쪽 길로 접어들었다. 바스티유 감옥의 커다란 네 개의 탑을 보면서 니콜라는 몸이 오싹했다. 그들은 다리를 넘어 여러 개의 문을 통과해서 정문에 도착했다. 그곳을 잘 알고 있는 부르도가 경비대와 간수장에게 인사를 했다. 간수장이 니콜라에게 손을 내밀었는데 차갑고 축축한 손이었다. 니콜라는 키가 작고 뚱뚱하며 사시인 간수장을 보고 자신도 모르게 움찔 놀라며 뒤로 몸을 뺐다. 그는 초롱불을 들고 두 사람을 안내했다.

그들은 돌로 된 괴물 같은 탑의 안으로 들어갔다. 거대한 성벽이 점점 더 두껍게 사방을 둘러싸면서 심장이 멎는 것 같았다. 성벽은 퇴색하고 돌은 부스러져서 마치 병든 몸뚱이 같았다. 빛이 잘 들어오지 않기 때문에 그림자가 생기지를 않았다. 단지 한 줄기 빛이 어두운 천장을 비추고 있었다. 밖으로 난 창이 워낙 좁아서 빛은 삽시간에 지나가 버렸다. 하지만 몇 세기 동안 빛이 똑같은 장소를 비추었기 때문에 그 부분의 돌은 희끄무레하게 색이 바래서 주변의 어두운 회색 돌덩이들과 대조적이었다. 그런 투명한 색의 돌이 눈에 띄는 것도 잠깐이었다. 모퉁이, 구석, 그리고 이 거대한 미로의 막다른 길마다 이상하게 생긴 이끼들이 문둥병처럼 돌로 된 감옥을 뒤덮고 있었다. 거미줄처럼 펴져 있는 곰팡이들이 밀폐된 공간에 있는 얼마 안 되는 공기마저 다 빨아들이고 있었다. 초록빛이 도는 회색의 이상한 광물질이 반짝거리는 것이 보였다. 습기 찬 벽에서 생기는 초석과 벽의 석회 성분에서 나온 염분들이 쌓여서 만들어진 것이었다.

바닥은 해초로 덮인 바다 속 동굴처럼 미끄럽고 썩어 있어서 어둠 속에서 발이 미끄러졌다. 그리고 차갑고 역한 냄새가 났다. 니콜라에게 고향 게랑드의 학교를 떠오르게 하는 냄새였다. 비가 많이 오는 날이면 학교는 연기 나는 지하 납골당처럼 변했었다. 화강암에서 빗물이 흐르고, 지하묘지에서 나는 썩은 냄새와 곰팡이 냄새, 그리고 차가운 향냄새가 섞여서 마치 지하 납골당 같았었다.

그 모든 냄새에다가 간수의 옷에서 나는 기름과 때의 냄새까지 코를 찔렀다. 간수가 숨이 차서 헐떡거리는 소리와 그들의 발자국 소리만이 적막한 돌 감옥 속에서 유일한 사람의 표시였다. 간수장은 천천히 열쇠를 돌리더니 나무로 된 육중한 문을 열었다. 니콜라는 감방 안이 너무나 넓어서 깜짝 놀랐다. 감방은 육각형이었고, 세 개의 계단을 내려가야 했다. 맞은편에는 세 개의 또 다른 계단이 있었고 두꺼운 창살로 막아놓은 좁은 문이 있었다. 오른쪽에는 나무로 된 침대가 있었는데, 니콜라는 감방 안에 하얀 시트와 모직으로 된 이불이 있는 것을 보고 놀랐다. 그들은 문을 열고 바로 세마귀를 보지 못했다. 세마귀는 문에 가려져서 안 보였던 것이다. 계단을 내려가면서 작은 테이블 앞에 앉아 있는 세마귀를 발견했다. 그는 무언가를 쓰고 있었고, 문을 열고 들어오는 소리에도 꿈쩍 하지 않았다. 그는 고개를 돌리지 않은 채 말했다. 그의 말투는 거만했다.

"빨리도 오는군! 날씨는 얼어 죽을 지경으로 춥고, 나는 장작이 부족하단 말이야."

아무도 그에게 대답하지 않자, 세마귀는 몸을 휙 돌렸고 그의 앞에는 생각에 잠긴 니콜라와 부자연스런 표정의 부르도 그리고 불안한 눈동자를 이리저리 굴리고 있는 간수장이 서 있었다.

세마귀는 일어서서 그들에게로 다가왔다.

"내 친구들이 오셨구만! 내 목을 매달려고 오신 건가!"

세마귀는 큰소리로 외치며 반가워했다.

"당신의 목을 매달기에는 좀 이른 것 같습니다. 하지만 심각한 상황들에 대해 심문할 것이 있어서 왔습니다."

"이런 제기랄! 이미 다 한 얘기를 또 하자는 말이군. 니콜라 자네의 태도는 극과 극을 달리고 있어. 제발 나에 대한 자네의 생각을 결정해 주게. 그리고 이렇게 왕처럼 대접받고 싶지 않네. 계산을 해보았는데, 너무 비싸단 말일세. 식사, 포도주, 장작, 이런 것들이 얼마나 드는지 아는가. 이렇게 시시콜콜히 밝혀서 미안하네만, 침대 시트와 요강까지 지불했네. 내가 여기 왔을 때 있던 침대 시트는 완전히 걸레였네. 그것 때문에 피부병이 나서 피가 날 정도로 낡었어. 물론 그렇다고 내가 불평을 하는 것은 아닐세. 짚을 깔고 자야 되는 감방에 있지 않는 것이 다행이지. 하지만 죄 없는 사람이 이렇게 갇혀서 지내야 되는 것은 힘든 일이네. 내가 왕명에 의해 여기 있다는 것은 알지만, 재판도 받지 못하고 여기 서 영원히 썩는 것이 아닐까 걱정이 되는군.”

“당신의 자유는 오늘 우리들과의 대화 내용에 따라서 달라질 겁니다.”

니콜라는 냉정한 어조로 말했다.

“심문이라고 하는 것보다는 대화라는 말이 듣기 좋군. 니콜라, 자네는 항상 멋있게 얘기하는 경향이 있네. 젊어서 그렇겠지. 의 도가 나쁜 것은 아니니까.”

“그것은 아마도 당신의 답변이 항상 투명하지만은 않았기 때 문일 겁니다.”

“나는 수수께끼 같은 말투를 전혀 좋아하지 않네. 언제나 게임 이 끝나면 한쪽이 당하게 되어 있거든. 니콜라 자네의 말투는 친 구의 말투는 아니군.”

“지금은 경찰로서 만나고 있다는 것을 잊지 마시기 바랍니다.”

“그렇군! 그렇게 하게나.”

세마귀는 한숨을 내쉬었다.

세마귀는 일어서서 의자를 돌렸다. 그리고 익숙한 자세로, 말 을 타듯이 의자에 걸터앉아서 등받이 위에 팔을 얹고 손으로 턱 을 받쳤다.

“‘왕관을 쓴 돌고래’에서 파티가 있었던 그날 밤의 일들에 대해 다시 조사를 하고 싶습니다.”

“하지만 이미 모두 다 말하지 않았나.”

“그날 밤 일들을 두 단계로 나누어서 살펴보았습니다. 지금 알고 싶은 것은 두 번째 파트입니다. 그 집의 아가씨가 당신은 방에 들어왔다가 바로 다시 나갔다고 했습니다. 정확히 몇 시였습니까? 지난번에 이 질문을 적당히 얼버무리고 넘어갔습니다.”

“내가 어떻게 알겠는가? 자정에서 새벽 한 시 사이쯤이었네. 내가 계속 시계를 보고 있는 것은 아니지 않나.”

“루이즈 라르뎅을 만나러 블랑—망토 가로 온 것은 몇 시였습니까?”

“마차와 함께 나를 기다리고 있어야 되는 생—루이가 보이지를 않아서 마차를 찾으러 갔었네. 그것이 한 15분 정도 걸렸을 걸세. 그러니까 블랑—망토 가에 2시경에 도착했겠지.”

“도착했을 때의 상황을 자세히 설명해 주시겠습니까?”

“지난번에 말한 것처럼, 루이즈가 길 쪽으로 난 창문에 불이 켜진 양초를 올려놓으면 들어가도 된다는 신호였네. 그런데 그날은 양초가 없었네. 그녀가 마스크를 쓰고, 이번에는 직접 나를 데리고 들어가려고 대문 앞에 서 있었어. 루이즈는 가면무도회에서 막 돌아온 참이었네.”

“정말, 잘 돌아가는 집안이구만!”

부르도는 기침을 하더니 손을 들어 질문이 있다는 표시를 했다.

“방금 ‘이번에는’ 이라고 말했는데, 무슨 의미입니까?”

"보통은, 그녀가 자기 방에서 나를 기다렸었네."

"그렇다면 당신은 대문 열쇠를 가지고 있었겠군요?"

"그런 말은 아니네."

부르도는 세마귀에게 한발 다가서서, 그를 향해 몸을 숙였다.

"그렇다면 무슨 말입니까? 이제 법을 우롱하는 짓을 그만두시
지요. 법은 정의롭지만, 법을 우롱하면 잔혹한 대가를 치르게 됩
니다. 법의 심판이 당신을 기다리고 있습니다."

세마귀는 니콜라를 쳐다보았다. 그러나 니콜라는 부르도의 발
언에 동의한다는 듯이 고개를 끄덕였다.

"사실은, 블랑—망토 가에 있는 정원을 통해서 들어갔었네. 전
에는 이것을 말하지 않았는데, 이런 작은 일들은 중요해 보이지
않았기 때문일세. 루이즈가 이것은 아무에게도 말하지 말라고 부
탁했었네."

"블랑—망토 가의 정원이라니요?"

부르도가 큰소리로 외쳤다.

"그곳하고 라르뎅의 집하고 무슨 상관이 있습니까?"

"수도원의 지하실이 라르뎅 집의 지하실과 연결되어 있네. 낮
에는 교회 문이 열려 있으니까 교회로 들어갈 수 있고, 밤에는 정
원 문으로 들어갈 수 있네. 나는 정원 문의 열쇠를 가지고 있었
지. 사용하지 않는 예배당으로 들어가서, 지하실로 내려가 땅 밑
을 지나서 라르뎅 집의 부엌 지하실로 올라가면 된다네."

"그럼 그날 새벽에는 어떻게 된 겁니까?"

"눈이 내렸기 때문에, 평소에 사용하던 지하도를 이용하지 않

는 편이 낫다고 루이즈가 설명했네. 그래서 대문 앞에서 나를 기다렸던 거였지."

"루이즈 라르뎅이 문 앞에 있어서 놀라지 않았습니까? 경솔한 행동이었습니다."

"내가 마스크를 쓰고 망토를 입고 있었다는 것을 잊지 말게. 사람들은 나를 라르뎅으로 생각할 수 있었어. 게다가 루이즈의 말은 일리가 있었네. 라르뎅도 지하도로 들어올 수 있는데, 그럴 경우 눈 위에 난 내 발자국을 볼 수 있으니까."

"그러면 라르뎅도 그 지하도를 알고 있었군요. 또 누가 알고 있습니까?"

"집안 식구들 중에서 말인가? 아무도 모르네. 카트린도, 마리도, 그 집에서 살았던 니콜라도 이 비밀을 몰랐네. 어느 누구도 눈치채지 못했지. 그것은 확실하네."

니콜라는 아무 대답도 하지 않았다. 그는 부르도가 심문을 계속하도록 내버려 두었다. 니콜라는 지난번에 혼자 심문을 해서 부르도에게 빚진 것이 있었고, 심문에 직접 개입하지 않으면서 곰곰이 생각해 보는 것도 나쁘지 않았다.

"왜 이 사실을 철저하게 숨겼습니까?"

"라르뎅 집의 비밀이었고, 비밀을 지키겠다고 약속을 했었네."

"당신이 지하통로를 알고 있다는 것을 라르뎅이 알고 있었을까요?"

"아니, 분명히 몰랐네."

"몇 시에 나왔습니까? 그리고 어디로 나왔습니까?"

“니콜라에게 말했던 것처럼, 새벽 여섯 시경에 대문으로 나왔네.”

“그렇게 늦게까지 그 집에 있으면 애인의 남편에게 들킬 위험이 있지 않나요? ‘왕관을 쓴 돌고래’에서 데카르와 라르뎅이 싸운 일을 라르뎅 부인에게 이야기 했나요?”

“밤중에 들어오지 않을 거라고 루이즈가 안심을 시켰네. 그리고 혹시 몰라서 지하실 문의 빗장과 대문의 빗장을 안에서 잠갔다고 했네. 그렇게 해두면, 만약 라르뎅이 갑자기 들어올 경우 문을 열기 위해 어쩔 수 없이 초인종을 사용해야 되니까. 그녀는 핑계까지 미리 마련해 두었더군. 사육제를 즐기는 마스크를 쓴 사람들이 떼를 지어서 불쑥 나타나는 것이 무서워서 그랬다는 거지. 어떤 사람들은 집 안까지 들어오는 경우도 있으니까.”

“지하실의 문은 왜 잠갔을까요? 아무도 모르는 비밀통로에 마스크 쓴 축제꾼들이 갑자기 나타날 일은 없지 않습니까? 남편이 이상하게 생각할 수 있었겠는데요.”

“그 질문은 여자의 심리를 몰라서 하는 말일세. 루이즈는 마스크 쓴 축제꾼들이 지하실에 나타날 거라고 상상한 것은 아니지. 문이 닫혀 있다는 것이 그녀에게 안도감을 주었던 걸세. 그녀 자신이 느끼지 못하는 모순을 지적할 생각이 없었네. 그리고 내가 하고 싶은 말은, 그 순간에, 그러니까 루이즈는 다른 생각이 머릿속에…… 잠시만, 대화를 중단해서 정말 미안하네만, 햇빛이 왔구만.”

세마귀는 창문으로 뛰어가서 창에 얼굴을 바짝 붙였다. 햇빛

한 줄기가 그쪽 벽을 비추었고, 세마귀는 행복해하며 햇빛이 얼굴에 쏟아지는 것을 즐겼다.

"햇빛이 들어오는 유일한 시간일세. 내 피부병을 치료하기 위해 필요하다네. 뭔가 기준이 필요해. 지금 몇 시쯤 되었나? 여기 들어올 때 간수가 내 시계를 가져갔어. 태양이 너무 빨리 사라지기 때문에 해시계를 만들 수도 없네."

니콜라는 자신도 알 수 없는 충동에 끌려서 했던 그 순간의 행동을 훗날 두고두고 기억하게 될 것이다. 그는 자신의 호주머니를 뒤졌고, 라파스의 몸에서 나온 물건들을 담아둔 상자를 꺼냈다. 니콜라는 놋쇠로 된 작은 시계를 꺼내, 아무 말 없이 세마귀에게 건넸다. 부르도는 영문을 몰라서 의아하게 쳐다보았다. 세마귀는 그 시계를 보자마자 비명을 지르더니 니콜라에게 달려들었다.

"어디서 이 시계를 찾았나? 제발 부탁하네, 말해주게."

"왜 그러시죠?"

"경찰 양반, 이 시계는, 내가 잘 아는 물건일세. 이 시계는, 내가 생—루이에게 선물한 것이야. 생—루이는 아이처럼 이 시계를 가지고 놀았고, 시계 소리를 들으며 신기해했다네. 그런데 자네가 이 시계를 나에게 보여주고 있어. 다시 한 번 묻겠네. 어디서 이 시계를 찾았나? 생—루이는 어디에 있는가?"

"시계를 돌려주십시오."

니콜라는 창가로 가서 시계를 주의 깊게 살펴보았다. 그는 아주 짧은 시간 동안에 너무 집중해서 생각하느라고 심장 뛰는 소리가 귀에 들릴 지경이었다. 모든 것이 분명해졌다. 왜 좀 더 일 찍 알아차리지 못했을까? 이런 결정적인 단서가 주머니 속에서 잠자고 있는데, 생각도 못한 채 그냥 지나칠 뻔했다. 작은 시계는 깨져 있었고, 시곗바늘은 12시 4분에 멈춰져 있었다. 그렇다면 몇 가지의 시나리오가 가능하다. 시계가 전부터 고장 나 있었거 나, 어떤 사건이 일어났을 때 혹은 그 사건 후에 깨진 것이다. 만 약 브리카르가 말한 것과는 달리, 생—루이가 라르뎅 대신에 마 차에서 살해되었다면 시계는 살해 당시에 깨졌을 것이다. 그리고 만약 시계가 12시 4분에 깨졌다면 세마귀가 살해자일 가능성은 전혀 없다. 이것은 증거가 충분하다. 왜냐하면 그 시각에 세마귀 는 '왕관을 쓴 돌고래'에 있었기 때문이다. 이 발견이 어떤 결과 를 초래하게 될지 순식간에 니콜라의 머리를 스치고 지나갔다.

니콜라와 부르도가 이미 알고 있다는 것을 모르는 세마귀는, 물론 약간 강제적으로 유도하기는 했지만, 스스로 블랑—망토 가 의 지하통로를 밝혔다. 그런데 어쩌면 그 고백도 시선을 딴 곳으 로 돌리려는 시도일지도 모른다. 니콜라는 세마귀의 지능을 과소 평가해서는 안 된다는 것을 알고 있었다. 또한 데카르와 라르뎅 의 복잡한 살해 방법이 아주 상반되는 결과를 낳을 수도 있다. 니 콜라는 다시 의자에 앉은 세마귀를 쳐다보았다. 세마귀는 힘들어 보였고 갑자기 늙어 보였다. 니콜라는 그에게 동정심을 느꼈지 만, 자신의 감정이 드러나지 않도록 조심했다. 이제 마지막 카드 가 한 장 남아 있었다. 니콜라는 그것을 꺼낼 때가 되었다는 생각 이 들면서 조금은 씁쓰름한 기분을 느꼈다.

"세마귀 선생님, 또 다른 중대한 사건을 말씀드려야만 할 것 같습니다. 라르뎅 반장의 시신이 오늘 아침 발견되었습니다. 쥐들이 거의 반 정도는 갉아먹은 상태로 블랑—망토 가의 지하통로에서 발견되었습니다. 루이즈 라르뎅은 당신이 그를 살해했다고 주장하고 있습니다. 당신과 그녀가 침대에 같이 있는 것을 라르뎅이 발견했고, 당신은 라르뎅과 싸웠습니다."

세마귀는 고개를 번쩍 들었고, 그의 얼굴은 창백하게 질려 있었다.

"그 여자는 무슨 짓이든지 할 거야!"

세마귀는 한숨을 쉬었다.

"그날 아침, 나는 정말로 라르뎅을 보지 못했네. 나는 그의 죽음과 아무 상관이 없단 말일세. 나는 진실을 말하는 거야. 내 말을 전혀 들어주지 않는데, 나 혼자 떠들고 있는 느낌이네. 자네는 내 질문에 대답하지 않았어. 어디서 이 시계를 찾았나?"

"어떤 불쌍한 인간의 호주머니에서 발견했습니다. 게다가, 그 사람은 피로 물든 선생님의 마차도 가지고 있었습니다. 우리는 그만 가봐야겠습니다. 두려워하실 것 없습니다. 당신이 죄가 없다면, 밝혀질 것입니다. 부르도 형사와 제가 책임지고 그렇게 할 것입니다."

니콜라는 세마귀에게 다가가 손을 내밀었다.

"생—루이에 대해서는 유감스럽지만, 그가 살아 있을 가능성이 희박합니다."

그들은 서둘러서 바스티유 감옥을 빠져나왔다. 세마귀와 간수장이 그곳에서 유일하게 살아 있는 인간처럼 보였었다. 두 사람은 어서 자유로운 공기를 마시고 바스티유의 숨 막히는 공간을 벗어나고 싶었다. 바깥에 나와 햇빛을 보고 차가운 공기를 마시니까 살 것 같았다.

니콜라는 부르도가 자신과 같은 생각인 것이 반가웠다. 부르도도 세마귀의 증언들이 애매모호한 면이 있다는 것을 지적했다. 사건 처음부터 그는 늘 빈정거리는 태도를 보였는데, 그런 태도는 그에게 불리할 뿐이었다. 하지만 생—루이에 대한 애정에 있어서는 한결같은 태도였고, 그것은 의심의 여지가 없었다. 그런데 그의 증언들이 거짓이라고 할 만한 증거도 없었다. 부르도는 세마귀가 항상 그런 식이라고 불평했다. 그의 증언이 많은 의심을 불러일으키지만, 고백을 했다고 인정할 수밖에 없다는 것이다. 세마귀는 그 순간에 따라 그때의 기분에 따라 달라지는 최고의 사기꾼이거나 아니면 가장 어설픈 무고한 사람일 것이다.

니콜라는 시계에 대해서 부르도에게 설명했다. 가장 현명한 방법은 라르뎅의 사망에 대해서 정확한 결과가 나올 때까지 세마귀를 아무도 모르게 데리고 있는 것이다. 부르도는 최소한 모발을 심문이라도 해봐야 한다고 했다. 하지만 강력하게 주장하지는 않아서 니콜라는 속으로 다행이라고 생각했다. 부르도가 그 문제를 강력하게 주장하면 니콜라는 부르도를 이해시키기 위해 발설해서는 안 되는 이야기들을 해야만 했을 것이다.

부르도와 이런저런 이야기를 나누며, 니콜라는 라르뎅의 시체가 발견되면서 라르뎅 사건이 풀려 나가고 있는 반면에, 왕의 편지 사건은 그렇지 못하다는 생각을 했다. 라르뎅은 언제 메시지들을 남긴 걸까? 새로운 메시지들이 더 있을까, 누구에게 남긴 걸까? 라르뎅이 사라지기 전에 써놓은 걸까, 아니면 사라지고 난 후에 쓴 걸까? 어떤 이유로 측근들에게 메시지를 남겨놓은 걸까? 라르뎅이 자신이 연루되어 있는 사건을 더 복잡하게 만들려고 한 걸까? 니콜라는 이 메시지들이 유언과 같은 성격을 지녔다는 생각을 지울 수가 없다. 폐하가 언급되었다는 것은 이 메시지의 중요성을 보여주는 것이다. 그 점을 생각해 볼수록, 수수께끼의 열쇠는 거기에 있다는 생각이 들었다.

그러나 이 조사가 다른 사람의 시선을 끌 수 있는 위험이 있었다. 모발과 그 배후 세력들, 그 외의 다른 적들이 눈에 불을 켜고 노려보고 있다. 전쟁 중인 다른 나라의 첩보원들에게 이미 정보가 알려진 것은 틀림없다. 프랑스와 연합전선을 펼치고 있는 나라들은 자신들이 우월한 위치를 차지하기 위해 프랑스를 압박할 방법을 찾는데 항상 혈안이 되어 있기 때문에, 파리에는 영국, 프러시아, 심지어 오스트리아 첩보원까지 수많은 첩보원들이 우글거렸다.

그리고 마리가 어떤 역할을 했는지는 알 수 없지만, 그녀의 행방을 찾는 일이 남아 있다. 니콜라는 그녀가 갑작스럽게 수도원에 들어가겠다고 하는 것을 별로 믿지 않았다. 그리고 아직 아이나 다름없는 이 아가씨에 대해 동정심을 느꼈다. 니콜라는 마지막으로 라르뎅 집의 계단에서 그녀를 만났던 일을 기억했다. 마리의 얼굴에 이자벨의 얼굴이 겹쳐졌다. 니콜라는 이자벨의 편지를 제대로 읽은 걸까? 니콜라도 이미 잘 알고 있지만, 마음이 항상 글과 일치하는 것은 아니다. 왜 인간은 자신의 감정을 표현하는 것이 그토록 어려운 걸까? 니콜라는 학교에서 배웠던 파스칼의 문장이 떠올랐다. 〈서로 다르게 배열된 단어들은 다른 의미를 낳는다. 그리고 서로 다르게 배열된 의미들은 다른 결과를 낳는다〉 얼마 전까지 간사하게 보였던 이 말이 지금은 마음에 와 닿았다. 그러나 니콜라는 이런 생각들을 머릿속에서 지우려고 애썼다. 일에 집중해야만 했다.

부르도는 니콜라가 생각에 잠겨서 허공을 보고 있는 것을 보고 말 거는 것을 피했다. 그러나 그들의 마차는 벌써 요란스런 소리를 내며 샤틀레 법원으로 들어서고 있었다. 니콜라는 부르도를 데리고 사무실로 올라갔다.

"우리는 지금 갈림길에 서 있습니다. 방향을 선택해야 합니다."

"생—루이가 살해되었다고 생각하십니까?"

"아무 생각도 하지 않습니다. 그의 주인이 생—루이에게 선물한 시계가 라파스와 브리카르의 손안에 있었다는 사실을 확인한 겁니다. 또한, 몽포콩에서 발견한 뼈들이 라르뎅이 아니라면, 누구의 것이겠습니까? 생—루이의 것일 수도 있지 않습니까? 우리가 알고 있는 것들과 우리가 가지고 있는 자료들을 토대로 생각해 봐야 합니다. 그 뼈들이 생—루이의 것이라 해도, 그것이 세마귀의 결백을 증명하지는 않습니다. 오히려 반대죠. 데카르가 그를 살인자로 지목했던 것을 기억해 보세요. 라르뎅 살해에 있어서도, 세마귀에 대한 루이즈 라르뎅의 고발은 아무런 문제가 없습니다. 소송이 진행될 것이고, 루이즈도 세마귀도 심문을 받게 될 겁니다.”

“데카르 살해 사건은요?”

“같은 맥락입니다. 라르뎅 사망 시점이 밝혀진다면, 데카르는 어쩌면 용의선상에서 제외될 수도 있겠지요. 상송에게 연락했나요?”

부르도는 고개를 끄덕였다.

“어쩌면 데카르에 대한 충분한 살해 동기를 가지고 있는 라르뎅의 무죄가 증명될 수도 있겠죠. 세마귀와 루이즈는, 자신들의 무고함을 증명할 방법이 전혀 없습니다. 남은 것은 살인자가 데카르의 집을 발칵 뒤집어놓은 이유를 밝히는 것입니다.”

“모발은요? 항상 모발을 잊어버리십니다⋯⋯.”

“잊지 않습니다. 다시 한 번 말하지만, 그는 모든 일에 연관되어 있으니까요.”

“모발은 지나칠 정도로 특권을 누리고 있는 것 같아요.”

“우리가 그를 공격할 때는 정확한 일격을 가해야 합니다. 절대로 뱀을 놓쳐서는 안 됩니다. 놓치면 없애 버릴 기회를 다시 잡을 수가 없으니까요. 우선, 생각을 좀 해봐야 하고, 치안감독관님에게 보고를 해야 합니다. 부르도 형사님, 상송을 재촉하세요. 그리고 가능한 빨리 결과를 알려주십시오. 루이즈 라르뎅을 체크해주세요. 우리가 그녀를 데리고 있는 것을 철저히 비밀로 해야 합니다. 저쪽에서 그녀를 없애 버리는 일이 발생해서는 안 됩니다.”

니콜라와 부르도가 나가려고 할 때, 문지기 마리 영감이 들어왔다. ‘약간 술집 접대부’ 같은 젊은 아가씨가 ‘매우 중요한 급한 일’이라고 니콜라를 만나게 해달고 했다는 것이다. 니콜라는 그녀를 들여보내라고 했고, 부르도에게 옆에 있으라고 했다. 샤탱이었다. 갈색 망토 사이로 앞이 많이 파진 얇은 드레스와 무도회용 신발이 보였다. 그녀의 얼굴은 추위 때문인지 흥분 때문인지 발그스레했다. 니콜라는 그녀의 팔을 잡고 앉으라고 했다. 그는 부르도를 소개했다. 부르도는 파이프에 불을 붙였다.

"앙트와네트, 여기는 무슨 일이야?"

"니콜라, 그게 말이야."

그녀의 목소리에는 아이처럼 울음이 섞여 있었다.

"내가 라 뽈레의 술집에서 일하는 것을 너도 알잖아. 라 뽈레는 그렇게 나쁜 여자는 아니야. 좋은 점도 있거든. 지난번 저녁에……."

"어느 저녁?"

"이틀 전이야. 빨래를 널러 다락방이 있는 층에 올라갔다가, 사용하지 않는 방에서 울음소리가 나는 것을 들었어. 누가 있는지 알아보려고 했는데, 문이 열쇠로 잠겨 있었어. 내가 뭘 할 수 있겠어? 아는 척하지 않는 편이 낫다고 생각했지. 남의 일에 덜 참견할수록 더 편하게 살 수 있다, 뭐 그런 생각을 한 거지. 그런데 다음날, 라 뽈레가 나를 부르더니 자기가 아끼는 라타피아 술을 권하는 거야. 라 뽈레는 약주를 아주 좋아해. 그녀도 젊었을 때는 굉장히 예뻤어. 많은 귀족 애인들이 있었는데, 지금은 거울에 비친 자기 모습을 보는 것도 싫어하지……."

"그래서, 그녀가 너에게 원하는 것이 무엇인데?"

"라 뽈레가 내게 아양을 떨고, 다정한 말들을 해주었어. 그리고는 내게 부탁을 하나했어. 견습생이 한 명 들어왔다는 거야.”

“견습생?”

“응, 새로 들어온 아이들을 그렇게 불러. 아직 손님 접대를 하지 않았고 훈련도 받지 않은 아이들을 말하는 거야. 포주들이 눈독을 들이는 대상이지. 자신이 아직 순수한 것처럼 믿게 만드는 직업적인 매춘부들과는 다른 애들이지. 손님들에게 병을 옮기지 않는 깨끗한 어린애들이야. 그런 애들만 찾는 사람들이 있어. 돈 많은 사람들. 그런데 라 뽈레가 이 견습생을 내가 길들여 주기를 바라는 거야. 견습생을 준비시키고, 설득하라는 거야. 아마 그 견습생이 거부하는 모양이야. 겁도 주고 때리기도 했는데 안 통한 모양이야. 그 아이를 살살 달래서 말을 듣게 만들 사람으로 나를 생각한 거야. 내가 어떻게 하겠어? 내가 성공하면 돈을 주겠다고 했어. 대답을 하기 전에, 이 일을 하면 어떻게 될지 생각을 해봤어. 내가 결심을 한 이유는 어쩌면 내가 그 불쌍한 아이를 도와줄 수 있을 거라는 생각이 들었기 때문이야. 그리고 애기와 유모 때문에 늘 돈이 부족하거든. 라 뽈레는 나를 데리고 울음소리가 들렸던 그 방으로 갔어. 그리고 나를 그 아이와 함께 두고 가버렸어. 그 여자애는 좋은 집안에서 자란 애처럼 보였어. 그녀는 내가 하는 말을 듣기는 했지만, 전혀 마음을 바꾸지 않았어. 나는 그 애를 이해했어. 그녀는 나에게 솔직하게 다 말했어. 그녀는 밤에 납치를 당해서, 강제로 차에 태워져서 거기로 끌려왔던 거야. 그녀는 아무것도 보지도 못했고, 자기한테 일어난 일이 어떻게 된 영문인지도 몰랐던 거야. 그리고 나서부터, 위협에 강력하게 저항하고 있었던 거지. 내가 마음을 열고 이야기하는 것에 감동해서 그녀는 부탁 하나만 들어달라고 애원했어. 처음에는 거절했지. 너무 위험한 일이니까. 모발이 항상 집 안을 왔다 갔다 하고 있고, 사실 그 사람이 '왕관을 쓴 돌고래'의 실제 주인이나 다름없는데, 위험부담이 너무 컸어. 그런데 그 여자애가 만약 자기가 빠져나가면 나를 보호해 줄 수 있다고 약속했어. 그 애가 너의 이름을 얘기할 때, 그렇게 하기로 했어. 모발이 나를 해치도록 네가 내버려 두지는 않을 거라는 것을 아니까. 그래서 그 애가 위험에 빠져 있다는 것을 너에게 알려주기 위해서는 내가 여기에 와야 했어. 니콜라, 시간이 없어. 오늘 밤 모발이 주선한 도박 파티에 그 아이가 손님을 받으러 나가게 될 거야."

니콜라는 칼을 잡아서 허리띠에 끼웠다. 그는 부르도에게 눈짓을 했다. 부르도는 벌써 자신의 권총을 점검하고 있었다.

니콜라는 문 옆에 계속 서 있던 문지기 영감을 불렀다.

"앙트와네트를 부탁합니다. 당신 목숨을 걸고 그녀를 지켜야 합니다."

"걱정 마세요."

문지기는 웃으며 대답했다.

니콜라와 부르도는 뛰어서 계단을 내려갔다. 그들이 타고 들어왔던 마차가 아직 거기에 있었다. 마부는 급하게 말을 출발시켰다.

14장 지옥

니콜라는 부르도에게 자신과 샤탱의 관계에 대해 설명했다. 부르도는 말없이 듣기만 했다. 마차가 속도를 늦추어야만 했다. 마부가 말을 급히 몰다가 지나가는 사람들을 넘어트릴 지경이었다. 니콜라는 가는 길이 너무 길게 느껴졌다. 그는 정보들을 정리해 보았다.

그러니까 모발이 마리를 가두어놓고 있는 것이다. 그 견습생이라는 아가씨는 마리가 틀림없으니까. 그리고 가장 비싸게 지불하는 사람에게 그녀를 팔려는 것이다. 그러면 그녀는 매춘을 할 수밖에 없게 되거나, 아니면 더 끔찍한 것은, 터키의 하렘에 팔려가거나 혹은 아메리카 대륙으로 끌려가는 것이다. 마리를 없애려는 음모가 분명하다. 그리고 그녀와 함께 라르뎅의 상속인, 그리고 데카르의 상속인까지 없애는 것이다. 그렇다, 정말 잘 만들어진 시나리오이다. 결국 아무도 마리를 찾아내지 못하게 될 것이다. 의붓딸이 오를레앙으로 떠난 뒤에 소식이 없자, 라르뎅 부인은 걱정을 하게 될 것이다. 치안감독관의 경찰들이 유능하기는 하나, 한 명의 여행객이 흔적도 없이 사라진 것을 찾아내지는 못할 것이다. 그리고 아주 우연히, 진짜처럼 보이는, 미리 만들어진 편지나 메시지 같은 것이 발견될 것이다. 그 편지에는 마리가 수도원으로 들어가겠다는 내용이 써져 있을 것이고, 결국 그녀를 찾아서 우왕좌왕하게 될 것이다. 차츰차츰 소문은 잠잠해질 것이고, 마리는 사람들의 기억 속에서 지워질 것이다.

니콜라는 구역질이 날 것 같았다. 그는 입에 고이는 신물을 삼켜야 했다. 심장이 쿵쾅거리며 심하게 뛰었고, 이마에는 식은땀이 배었다. 부르도가 고개를 돌려 니콜라를 쳐다보았다. 부르도의 평온한 얼굴에서는 아무런 감정의 동요도 읽을 수 없었다.

니콜라는 속이 울렁거리는 것을 참으며, 다시 한 번 부르도에 대해서 놀랐다. 부르도에게는 두 개의 얼굴이 있다. 하나는 유쾌한 미식가이고, 좋은 남편이자 좋은 아빠인 모습이다. 단순하고 반복적인 삶의 작은 즐거움을 좋아하고 일상에 충실한 마음 좋은 아저씨의 얼굴이다. 또 다른 얼굴은 훨씬 깊은 느낌을 주는 얼굴이다. 비밀을 속에 담아둘 줄 아는, 심지어 능숙하게 감출 줄 아는 얼굴이다. 오랫동안 형사로 일한 경험에서 나오는 것 같았다.

니콜라는 사람들이 신기했다. 일반적으로 사람의 외양을 보고 그 사람을 판단하게 된다. 그러나 그 사람의 진정한 모습을 엿볼 수 있는 작은 틈을 발견하는 것은 어려운 일이다. 니콜라는 고향 게랑드에서부터 계속 이런 문제에 부딪혀 왔다. 진실은 겉모습을 통해서 드러나지 않는다. 랑뤠이 후작, 이자벨, 세마귀, 라르뎅 부인, 모발, 심지어 사르틴까지 그것을 여실히 증명했다. 그래서 모든 우정과 신뢰와 믿음은 상대방이 가지고 있는 유리벽에 부딪히게 된다. 인간은 이 세상에서 혼자이다. 그리고 이러한 고독은 모든 인간에게 숙명이다.

니콜라는 유리창 너머로 바쁘게 지나가는 사람들을 멍하니 쳐다보았다. 자신의 의사와 상관없이 이 도시에 던져져서 그는 지금 무엇을 하고 있는 걸까? 무엇 때문에 보이지 않는 적을 쫓아서 2주째 미친 듯이 달리고 있는 걸까? 왜 운명은 렌느에서 공증인 서기로 보잘것없지만 안정된 일을 하면서 살고 있을 그를 선택한 걸까?

마차가 포부르그—생—또노레 거리에 도착했다. 니콜라는 마차를 멈추도록 지시했다. 그들은 너무나 다급하게 출발했기 때문에 공격 계획을 세우지 않았었다. 이제는 계획을 세워야 했다.

"내가 이 집을 잘 알고 있습니다."

니콜라는 약간 과장해서 말했다.

"모발이 거기에 있다면 조심해야만 합니다. 위험한 놈이니까요. 가장 좋은 방법은 사람들의 시선을 끌지 않고 나 혼자 '왕관을 쓴 돌고래' 에 들어가는 겁니다."

"절대로 혼자 가게 할 수는 없습니다. 지원군이 올 때까지 여기서 기다리는 것이 좋을 것 같습니다. 라파스 잡을 때를 기억해 보세요. 똑같은 실수를 두 번 하지 말죠. 순경들을 기다리세요.”

“아니오, 시간이 없습니다. 방심하고 있을 때 허를 찔러야 합니다. 제 생각에는 형사님의 역할이 중요합니다. 샤탱이 알려줘서, 정원 쪽에 비밀 문이 있다는 것을 알고 있습니다. 형사님은 거기 가서 기다리세요. 만약 모발이 이 집에 있다면, 직접 맞닥트리는 것을 피할 겁니다. 오늘 아침 그는 우리 손을 아슬아슬하게 빠져나 갔잖아요. 우리가 숫자가 많을 거라고 생각할 겁니다. 그래서 뒷문 으로 도망칠 거예요. 바로 그때, 형사님이 그놈을 잡는 겁니다. 그 래서 저는 오히려 형사님이 걱정이 됩니다. 조심하세요. 악마 같은 놈이니까. 마부를 시켜서 지원군을 보내달라고 요청합시다.”

마부는 다시 말을 돌려 왔던 길을 되돌아갔고, 니콜라와 부르 도는 헤어졌다. 니콜라는 ‘왕관을 쓴 돌고래’로 향했다. 그는 여 러 번 문을 두드렸다. 창살 달린 작은 창이 열리고, 이쪽에서는 보이지 않는 누군가가 그를 살펴보더니 문을 열어주었다. 라 뽈 레 아니면 흑인 소녀를 기대했던 니콜라는 검은 베일을 뒤집어쓴 키가 큰 노파를 보고 당황했다. 얼굴은 하얗게 칠을 하고 뺨에는 붉은 연지를 찍은 노파였다. 그녀는 장갑 낀 손을 덜덜 떨면서 지 팡이에 의지하고 있었다. 검은 옷을 벗어 던지고 좀 더 야한 옷으 로 갈아입으면 어울릴 것 같은 느낌을 주는 여자였다. 노파는 고 개를 들고 니콜라를 쳐다보았다.

“안녕하세요. 라 뽈레 부인을 만나고 싶은데요.”

“나으리, 라 뽈레 부인이 볼일이 있어서 지금 외출중이세요.

기다리시겠어요? 금방 들어오실 거예요.”

노파는 쉰 목소리로 아양을 떨며 말했다.

노파는 니콜라가 들어올 수 있도록 뒤로 물러섰다. 니콜라는
전과 다름없이 노란색 거실로 안내되었다. 거실의 모습은 그대로
였다. 겉창문은 잠겨 있었고, 두꺼운 커튼으로 가려져 있었다. 촛
불 하나가 겨우 실내를 희미하게 비추고 있었다. 처음에 방문했
을 때 화려하게 보였던 것들이 사실은 천박하고 지저분한 것들이
었다. 그는 어두운 실내에서 앵무새가 있던 새장을 보고, 너무 조
용한 것이 이상해서 가까이 다가갔다. 들여다보니 딴 것이 있었
다. 앵무새 대신 도자기로 만든 새가 들어 있었다.

“나으리께서 코코를 알고 계시는군요?”

니콜라의 놀란 표정을 보고 노파가 물었다.

“코코는 죽었답니다. 상심해서 죽었지요. 재밌는 녀석이었지
요. 말을 아주 잘했어요. 가끔은, 너무 잘했지만.”

노파는 히죽히죽 웃으며 나갔다.

“그럼, 여기서 기다리세요. 저는 할 일이 있어서요. 라 뽈레 부
인은 많이 늦지는 않을 거예요.”

니콜라는 안락의자에 앉았다. 그는 강제로 밀고 들어와서 집을
뒤질 수도 있었다. 하지만 노파는 니콜라를 모르니 조용히 기다
렸다가 라 뽈레를 만나서 그녀가 사실들을 인정하도록 추궁하는
편이 나았다. 그러는 동안에 지원군이 올 것이다.

한 10여 분이 흐른 뒤에, 니콜라는 일어나서 벽난로 가까이 가서
거울을 들여다보았다. 그는 늙어 보였고, 피곤한 기색이 역력했다.

거울을 계속 빤히 들여다보다가 갑자기 뭔가가 근질거리는 것 같은 이상한 느낌이 들었다. 소름이 쫙 끼쳤다. 누군가 자신을 보고 있다는 것을 느꼈다. 니콜라는 표시 나지 않게 옆으로 움직였다. 거울의 오른쪽 모서리에서, 소리 없이 그를 향해 다가오는 노파를 발견했다. 베일이 뒤로 젖혀져서 얼굴이 모두 보였고, 두 눈을 부릅뜨고 있었다. 그 초록색 눈동자에서 니콜라는 순간 모발의 시선을 알아챌 수 있었다. 동시에 그 눈빛 속에서 살기가 느껴졌다. 니콜라는 그가 자신의 등에 칼을 꽂으려고 한다는 것을 알았다. 니콜라는 상대가 눈치채지 못하도록 꿈쩍도 하지 않았다. 자신이 방어하려 한다는 것을 알게 해주는 어떤 움직임도 하지 말아야 했다.

니콜라는 순간적으로 자신이 무엇을 해야 할지 알았다. 고향에서 쓸 게임으로 단련이 되어서, 어떻게 쓰러지면서 넘어져야 하는지 잘 알고 있었다. 상황을 뒤집어서 적을 불안하게 만들어야 한다. 물론 니콜라를 맞은편에서 볼 수 있는 모발이 유리하지만, 니콜라를 볼 수 없게 되면 두 사람은 같은 조건이 된다.

니콜라는 갑자기 양초가 놓여 있는 받침대 위로 쓰러졌다. 받침대는 넘어졌고 양초도 바닥에 떨어졌다. 니콜라는 재빨리 양초를 꺼버렸다. 이제 거실은 완전히 깜깜해졌다. 니콜라는 손으로 바닥을 더듬거려서 모발을 방해하거나 가까이 오지 못하게 하려고 받침대를 그쪽으로 밀었다. 그리고는 옆으로 굴렀다. 거실 안은 쥐 죽은 듯이 조용했다.

니콜라는 한순간 소리를 질러서 부르도를 부를까 하는 생각을 했다. 하지만 바로 포기했다. 부르도가 듣고 집으로 들어올 수 있을까? 모발이 미리 뭔가 해놓았을 수 있다. 함정에 걸려들고 싶지 않았다. 니콜라는 자신이 지금 해야 할 첫 번째 일은 판자에 박혀 있는 나비처럼 벽에 붙어 있지 말고 후방을 확보해야 하는 것이라고 생각했다.

니콜라는 벽난로 가까이에 엎드려서 손으로 더듬거려 보았다. 쇠로 된 막대기가 잡혔다. 부집게였다. 다른 것에 부딪히지 않도록 조심하며 걸려 있는 부집게를 떼어내서 앞으로 던졌다. 부집게가 날아가면서 천장에 달린 등을 스치는 소리가 났고, 쟁그랑하는 소리가 요란하게 들렸다. 벽에 붙어 있는 거울 하나가 깨지면서 부서져 내린 것이 틀림없었다. 이어서 옷깃이 스치는 소리가 들리고, 뭔가 부딪히는 소리, 가구가 넘어지는 소리가 들렸다. 니콜라는 모발이 부싯돌을 가지고 있지 않기를 빌었다. 하지만 먼저 불을 켜는 사람이 자신의 위치를 드러내는 것이니 한편으로는 안심이 됐다.

니콜라는 등을 벽 쪽으로 하고 기다렸다. 그렇게 꼼짝 않고 계속 있으면 몸이 저려오게 될 거고, 주변 공간에 대한 감각을 잃어버리게 될 위험이 있었다. 니콜라는 지금 자신이 어떤 상황에 있는지 잘 알고 있었다. 이것은 목숨을 건 싸움이었다. 모발은 더이상 니콜라를 살려두지 않을 것이다. 니콜라는 부르도가 자신을 구하러 오거나 아니면 지원군이 도착하기를 바라는 수밖에 없었지만, 그것은 희망사항이었다.

니콜라는 그 순간 엉뚱하게도 괴물에게 공격받는 피네왕의 전설이 생각났다. 피네왕은 앞이 보이지 않았는데, 자신이 지금 그와 같은 처지라는 생각이 들었다. 사람들이 그를 구하러 늦지 않게 도착할 수 있을까? 피네왕의 전설이 그에게 새로운 아이디어를 떠오르게 했다. 전설에 따르면 늙은 피네왕이 괴물에 맞서서 싸우기 위해 가지고 있었던 것은 몽둥이 하나밖에 없었다. 하지만 니콜라는 칼을 가지고 있었다. 방어만 할 것이 아니라 공격을 해야겠다는 생각이 들었고, 이 전설이 떠오르게 한 계략을 사용해야겠다고 생각했다.

니콜라는 천천히 칼집에서 칼을 뽑아서 바닥에 내려놓았다. 그리고는 역시 조심스럽게 프록코트를 벗었다. 손으로 벽을 더듬으면서, 앵무새의 새장이 있는 창가로 살살 움직였다. 중간 중간 움직임을 멈추고 어둠을 응시했다. 혹시 모발도 뭔가를 하고 있는 것이 아닌지 살펴보기 위해서였다. 모발도 니콜라와 같은 전술을 선택한 것이 분명했다. 벽에 등을 대고 기다리는 것이다. 모발은 문 가까이에 있는 것 같았다.

마침내 새장이 올려져 있는 테이블이 손에 닿았다. 그는 가까이 가서 새장 문을 열고, 도자기로 된 새를 잡았다. 새를 조심스럽게 테이블 위에 얹어놓았다. 그 순간 멀리서 마루가 삐거덕 하는 소리가 들렸고, 니콜라는 돌처럼 굳어졌다. 이어서 가구를 밀거나 끄는 소리가 들렸다. 최대한 빨리 움직여야만 한다. 니콜라는 자신의 프록코트를 새장 위에 얹어서 마치 허수아비처럼 만들었다. 그리고 그것을 휘두를 수 있는지 무게를 가늠해 보았다. 그가 하려는 전술은 완벽한 몸놀림을 필요로 했다. 니콜라는 몸이 가벼워진 느낌이었다. 그는 성공할 경우와 실패할 경우를 저울질해 보았다. 이제 주사위는 던져졌다.

니콜라는 칼을 내려놓고, 새장을 들어 올렸다. 오른손으로 도자기로 된 앵무새를 잡아서 거실 안으로 힘껏 던졌다. 코코의 죽음이 헛되지는 않을 것이다. 도자기가 벽에 부딪히며 산산조각으로 부서지는 소리가 들렸다. 모발이 갑자기 움직이는 것이 분명히 느껴졌다. 그러더니 가구 하나가 넘어지는 소리가 들렸다. 니콜라는 프록코트로 덮인 새장을 한 손에 들고, 다른 손에는 칼을 쥐고 벽을 오른쪽에 두고 앞으로 나갔다. 적어도 오른쪽에서 공격을 받지는 않을 것이다. 대각선으로 움직이면서 문 쪽으로 가려고 시도했다. 칼이 공간을 휘젓더니 니콜라의 옷을 후려쳤다. 모발은 거기 있었다.

순간, 니콜라는 숨이 멎는 것 같았다. 니콜라는 자신이 문 밖으로 나가서 적과 정정당당하게 결투를 벌이기는 어렵겠다는 느낌이 들었다. 만약 여기서 나갈 방법이 없다면, 오직 우연의 힘이거나 아니면 신의 도움으로 결말이 날 것이다. 그러나 그 결말은 용기에 대한 보상도, 전술에 대한 보상도 아닐 것이다. 단지 운명이 두 사람의 앞날을 결정할 것이다.

니콜라는 큰 걸음으로 왼쪽으로 움직였다. 문으로 가려는 자신의 의도를 모발이 눈치챘다고 생각했다. 니콜라는 다음 공격은 오른쪽으로 올 것이라고 짐작했다. 니콜라에게 검술의 기초를 가르치는 것에 만족하지 못한 랑뤠이 후작은 그에게 장기를 가르쳤다. 항상 다섯이나 여섯 개의 수를 미리 내다보고 말을 움직여야만 했었다. 그런데 지금 상황에서 문제점은 적의 위치를 대략적으로밖에 파악하지 못한다는 것이다.

니콜라는 칼이 부르르 떨리면서 벽에 걸린 양탄자에 박히는 소리를 들었다. 반격하고 싶은 욕구를 참아야만 했다. 그의 전술은 다른 것이었다. 그래서 그대로 있기로 했다. 새장이 그렇게 무겁지는 않았는데 프록코트 때문에 무거워져서, 들고 있기가 힘들었다. 그는 팔이 저리고 부들부들 떨리는 것을 느꼈다. 곧, 쥐가 날 것 같았다. 그는 새장을 앞뒤로 흔들어서 가벼운 소리가 나게 만들었다. 공기가 흔들리는 효과로 모발을 속이려는 의도였다. 모발은 니콜라가 예상치 못한 방향으로, 왼쪽으로 새로운 공격을 했다. 칼이 어깨를 스치며 상처를 냈다. 니콜라는 자신도 모르게 신음 소리를 입 밖으로 냈다. 그는 얼른 몸을 낮추었고 다음 공격이 바로 그의 머리 위로 지나갔다. 니콜라는 잽싸게 몸을 일으켜서 새장을 마구 흔들었다. 모발은 그의 숨통을 끊어버리기 위해 아주 가까이 와 있는 것이 틀림없었다. 모발은 새장을 코앞에서 느꼈을 것이고, 자신의 공격에 아무런 반격이 없는 것으로 미루어 니콜라가 심하게 다쳤다고 생각했을 것이다.

모발의 칼이 새장을 찔렀다. 그의 칼은 두 개의 철창 틈바구니에 끼었고, 니콜라는 다치지 않았다. 니콜라는 모발이 칼을 못 움직이게 하면서 몸을 돌렸다. 모발의 위치를 정확히 파악한 니콜라는 자신의 칼을 날렸고, 칼이 무언가 단단한 물체를 뚫고 들어가는 느낌이 들었다. 긴 신음 소리가 들렸다. 그리고는 커다란 물체가 바닥으로 쿵하고 떨어지는 소리가 들렸다. 순간, 니콜라는 자신이 썼던 꾀를 모발이 쓰고 있는 것이 아닌가 의심했다. 니콜라는 새로운 공격을 조심해 가며 문 쪽으로 갔다. 하지만 모발의 공격은 없었고, 문의 손잡이가 손에 잡혔다. 문이 열리고, 벨벳으로 된 커튼을 젖히자 복도를 가득 채우고 있던 석양의 불그스레한 빛이 들어왔다.

되돌아서 거실 쪽으로 온 니콜라는 어지럽게 쓰러져 있는 가구들 사이에 커다란 것이 쓰러져 있는 것을 보았다. 양초 하나를 찾아서 불을 붙이고, 거실 안으로 들어갔다. 벽에 붙어 있는 여러 개의 거울들에 그의 모습이 수없이 비추어졌다. 니콜라는 베일을 뒤집어쓴 채 고꾸라져 있는 모발에게 조심스럽게 접근했다. 칼끝으로 살살 건드려 보고, 발로 밀어보았다. 시체는 옆으로 구르면서 모발의 얼굴이 드러났다. 초록색 눈이 허공을 응시한 채 멈추어져 있었고, 악마의 얼굴은 다시 천사의 모습을 되찾았다.

모발의 눈동자를 보는 것이 부담스러웠던 니콜라는 그의 두 눈을 감겼다. 니콜라는 자신의 칼이 그의 심장을 정확하게 찌른 것을 보았다. 그러나 그것은 우연한 결과였다. 그제야 니콜라는 자신이 사람을 죽였다는 생각을 하게 되었다. 긴장이 확 풀리면서 무기력함이 엄습했다. 물론 자신의 목숨을 지키기 위해서 한 정당방위였지만, 어떤 변명으로도 그의 씁쓸한 감정을 달랠 수는 없었다. 자신이 사람을 죽였다는 무거운 자책감, 이 감정이 앞으로도 늘 자신을 따라다닐 것이라는 것을 그는 알았다. 동시에, 이제부터는 이러한 고통들과 함께 살아야만 한다는 것도 알고 있었다.

니콜라는 정신을 차리고, 부르도를 찾으러 나갔다. 복도 끝에 있는 문을 열자 부엌이 나왔고, 부엌을 지나니까 정원이 나왔다. 부르도가 걱정스런 얼굴로 기다리고 있었다.

"이런, 얼굴이 창백하십니다. 걱정하고 있었습니다. 무슨 일이 있었습니까?"

"아! 형사님, 당신을 보니 너무 반갑군요……."

"얼굴색이 굉장히 안 좋으세요. 기다리는 시간이 너무 길게 느껴졌습니다."

"내가 모발을 죽였습니다."

부르도는 근처에 있는 돌 위에 니콜라를 앉게 했다.

"다쳤잖아요! 옷은 찢어지고, 피를 흘리고 있어요."

부르도가 그 말을 하는 순간에야 니콜라는 상처의 통증을 느꼈다.

"괜찮아요. 살짝 스친 거예요."

니콜라는 모발과의 싸움을 부르도에게 설명했다. 부르도는 고개를 끄덕이며 그의 말을 듣고는, 니콜라의 어깨를 토닥이며 말했다.

"자책하실 것 없어요. 상대가 죽느냐, 내가 죽느냐 하는 싸움입니다. 게다가 그놈은 나쁜 놈이잖아요. 이런 일에 익숙해질 겁니다. 저도 두 번, 비슷한 경험이 있어요. 제 자신을 방어하기 위해 어쩔 수 없었어요."

두 사람은 집 안으로 들어갔다. 니콜라는 부르도를 거실로 데리고 갔다. 부르도는 니콜라가 정확한 위치를 분명하게 찌른 것에 대해 감탄했다. 부르도가 모발의 몸을 뒤진 다음에 거실 한쪽을 가리고 있던 커튼을 떼어서 시체를 덮었다. 모발의 주머니에서는 약간의 돈과 루이즈의 모습이 미니어처로 조각된 담뱃갑, 그리고 개봉한 편지가 나왔다. 봉인이 뜯겨져 있었다. 그 안에는 니콜라가 쓴 〈연어가 강에 있다〉라는 문장이 들어 있었다. 니콜라가 라 뽈레에게 자신을 비밀리에 만나고 싶을 때 쓰라고 준 암호였다. 편지의 겉봉에는 노블쿠르의 집주소가 적혀 있었다. 모발이 니콜라에 대해 계략을 꾸미고 있었던 것이라고 부르도는 말했다.

'왕관을 쓴 돌고래' 에 온 그들의 원래 목적이 생각난 두 사람은 3층으로 뛰어올라 갔다. 복도 쪽으로 난 모든 문들 중에서, 하나만 열리지 않았다. 그들이 문을 두드리자, 안에서 신음 소리가 들렸다. 부르도는 니콜라를 비키게 하고, 주머니에서 쇠로 된 정교하게 만든 막대기를 꺼내서 열쇠 구멍에 집어넣었다. 한두 번 이리저리 돌려보더니, 문을 여는데 성공했다. 짚으로 만든 두 개의 매트 위에, 손발이 묶이고 입에 재갈이 물려진 마리와 라 뽈레가 쓰러져 있었다.

그들이 끈을 풀어주니 마리는 어깨를 들먹이며 어린아이처럼 울기 시작했다. 라 뽈레의 널펀한 얼굴은 시뻘게져 있었고, 숨을 헐떡이며 낮은 신음 소리를 냈다. 그녀는 자신의 부어오른 발을 보며 힘들게 몇 걸음을 걸었다.

"정말, 너무 감사합니다."

라 뽈레는 두려운 얼굴로 주변을 둘러보았다.

"걱정 마십시오, 부인. 하지만 설명을 해주셔야겠습니다. 당신은 범죄에 가담했습니다. 이 아가씨는 납치되었고, 당신 집에 감금 당해 있었고, 매춘을 하도록 협박을 받았습니다. 이러한 범죄들을 저지르면, 당신은 인두로 백합 낙인이 찍힌 뒤에 평생 감옥에서 썩게 됩니다. 성실하게 답변하는 것이 당신에게 도움이 될 겁니다. 진실을 말하세요, 그러면 참고하겠습니다. 제가 약속하지요.”

“나으리, 당신이 정직한 분이라는 것을 압니다. 제발, 원하지 않지만 어쩔 수 없이 이 어린양을 받아들여야만 했던 불쌍한 여자를 제발 동정해 주세요.”

라 뽈레는 다시 한 번 복도 쪽을 쳐다보았다.

“모두 다 그 괴물 같은 놈이 한 짓이에요.”

“괴물이라니요?”

“모발이요. 악마 같은 놈! 저는 그저 불쌍한 장사꾼일 뿐입니다. 저는 우리 집 아이들에게 잘해줘요. 우리 집은 위치도 좋고, 손님도 많지요. 저는 항상 경찰에 바쳐야 할 것을 잘 바쳤습니다. 비밀 도박을 했다면, 그것은 나으리도 아시다시피 까뮈조 반장님이 눈감아주셔서 그런 겁니다. 지난번에는, 제가 너무 흥분을 해서 과장을 한 거예요. 나으리께서 저를 너무 밀어붙이시는 바람에 그런 거죠. 이 아가씨에게 물어보세요. 이 아가씨가 라르뎅 반장님의 따님이란 것을 알고 제가 얼마나 결사적으로 보호했는지. 그게 다가 아니에요. 제가 나으리께 보낸 메시지를 가로채려고 모발이 심부름하는 아이를 잡아갔어요. 그놈은 당신이 여기 오는 것을 두려워했고 함정을 만들려고 했어요. 내가 반발하니까 나를 때렸어요…….”

그녀는 퍼렇게 멍든 자신의 뺨을 보여주었다.

"그리고는 나를 여기다가 처넣었어요. 나으리가 보신 대로예요. 이게 바로 제가 죄가 없다는 증거가 아니고 뭐겠어요."

"일이 너무 커지고 있는 것이 무서웠던 것뿐이겠지요."

니콜라는 냉담하게 대답했다.

마리는 울면서 중간 중간 라 뽈레의 말에 끄덕거리기도 했다. 밖에서 시끄러운 소리가 들려왔다. 라 뽈레는 갑자기 공포로 얼굴빛이 파래졌다. 부르도가 니콜라에게 귓속말을 하고는 아래층으로 내려갔다. 기다리던 지원군이 마침내 도착한 것이다. 부르도는 니콜라에게 모발의 시체를 치우는 동안 두 여자를 데리고 있으라고 부탁한 것이다. 당분간 모발의 죽음을 비밀에 부치는 것이 나았기 때문이다. 라 뽈레는 무서워서 떨고 있었고, 니콜라는 생각에 잠겼다. 라 뽈레가 알고 있는 것을 거의 다 말한 것은 확실했다. 샤탱의 말이 맞았다. 비록 라 뽈레의 영업이 범죄와 가까이 지내는 경우가 있긴 하지만 근본이 나쁜 여자는 아니었다.

세 사람은 말없이 방 안에 있었다. 니콜라는 다른 사람이 있는 곳에서 마리를 심문하고 싶지는 않았다. 한참 지나서, 부르도가 나타나서 모든 것이 처리되었다는 신호를 보냈다. 그들은 '왕관을 쓴 돌고래'를 떠났다. 라 뽈레는 부르도와 같은 마차를 타고 마리는 니콜라와 함께 탔다. 마리는 이제 울음을 멈추고 진정이 된 것 같았다. 가끔 긴 한숨을 내쉬고는 했다. 그녀는 감탄스러운 눈빛으로 니콜라를 쳐다보았다.

"아가씨, 제가 몇 가지 질문을 하는 것을 양해해 주십시오."

"니콜라, 우선 감사하다는 말을 하고 싶어요. 그 여자가 제 심부름을 해주었군요…….”

마리는 니콜라를 곁눈질로 쳐다보았다.

“그 여자를, 잘 아세요? 오래전부터요?”

니콜라가 심문을 받는 꼴이 되었다. 그는 잠시 망설였다. 그러
나 숨겨서는 안 된다고 생각했다.

“아주 친한 친구입니다. 오래전부터.”

마리는 경멸하는 표정을 지었다.

“그렇군요. 당신도 역시 다른 사람들과 같군요…… 술집 여자
하고…….”

니콜라는 화가 치밀었다.

“아가씨, 그렇게 말하지 마십시오. 당신이 풀려나지 않았습니까.
당신이 어떤 위험에 빠져 있었는지 아는지 모르겠지만, 한 가지는
확실합니다. 어떤 경우에는, 정숙한 여자를 믿는 것보다 술집 여자
를 믿는 편이 더 낫습니다. 그리고 최소한, 목숨을 구해주었을 경우
에는 자신을 동정하고 약속을 지켜준 것에 대해 감사해야 합니다.
어떻게 라 뽈레의 집에 가게 되었는지 답변해 주시겠습니까?”

“저도 모릅니다.”

마리는 더 이상 니콜라의 이름을 부르지 않고 거리를 두고 대
답했다.

“내가 정신을 차렸을 때는 그 방에 갇혀 있는 상태였어요. 나
는 너무 놀라고, 머리도 아프고, 몸이 안 좋았어요. 라 뽈레가 손
님 접대를 하라고 나를 설득했어요. 그리고 그 여자가 와서 같은
얘기를 계속 했고요. 내가 울자, 그 여자는 나를 불쌍하게 생각했

고, 그래서 그 여자의 마음을 돌려보려고 했어요. 어차피 내가 잃을 것은 없으니까요. 그녀가 내 부탁을 들어주든지, 아니면 거절하든지 내 상황이 더 나빠질 것은 없었으니까요.”

“언제 납치됐는지 아십니까?”

“기억이 확실치 않아요. 아마도 지난 주 수요일이 아닌가 싶어요. 그날 저녁이었던 것 같아요. 제가 당신에게 조심하라고 얘기해 주려고 할 때 계모가 나타나서 놀랐던 날, 기억하시는지 모르겠지만.”

“분명하게 기억하고 있습니다. 다른 질문입니다. 당신의 아버지가, 어떤 식으로든 메시지를 전달한 적이 있습니까?”

마리는 놀라서 눈이 똥그래졌다.

“제 방을 뒤졌군요! 무슨 권리로 그러는 거죠?”

“당신 방만 뒤진 것이 아닙니다. 집 안 전체를 수색했습니다. 아가씨의 반응을 보니 무언가 받은 것이 있군요. 중요한 일입니다. 대답해 주세요.”

“쪽지를 받았어요. 하지만 무슨 의미인지 모르고 있어요. 당신도 모를 거예요. 아버지를 마지막으로 보았을 때, 그러니까 실종되시기 전날, 제 손에 쥐어주셨어요. 아버지 소식을 알고 있나요?”

“그 쪽지의 내용을 기억하십니까?”

“무언가 왕에 관한 것이었어요. 하지만 뭘 말하는지 모르겠어요. 아버지는 그냥 그것을 잘 간수하라고만 하셨어요. 그래서 서랍 속에 넣어두고는 잊어버렸어요. 그런데 질문만 하시는군요.

아버지는요?"

니콜라는 그녀가 금방이라도 아이처럼 발을 동동 구를 것 같은 느낌이 들었다. 그녀가 가여운 생각이 들었다. 마리는 용의자로 보이지 않았다. 그리고 샤탱과 라 뽈레가 증언을 해줄 것이다.

"아가씨, 마음을 굳게 먹으셔야 합니다."

"마음을 굳게 먹다나요?"

마리는 몸을 일으키며 물었다.

"그러면…… 혹시……."

"네. 아버님은 돌아가셨습니다."

마리는 소리를 지르지 않기 위해 손으로 자신의 입을 막았다.

"데카르 짓이에요. 데카르가 그런 거예요. 제가 전에 말씀드렸잖아요. 계모가 시킨 거예요. 하나님, 저는 어떻게 하면 좋아요?"

"아버지가 살해되었다는 것을 어떻게 아십니까?"

"계모가 그런 말을 했어요. 네, 데카르와 그런 말을 했어요."

마리는 다시 울기 시작했다. 니콜라는 자신의 손수건을 주고, 그녀가 진정되기를 기다렸다.

"아가씨 생각은 틀렸습니다. 데카르도 죽었습니다. 살해되었습니다. 당신 아버지처럼."

"그러면, 세마귀 선생님이군요."

"왜 그 사람이라고 생각하죠?"

"계모의 애인들 중의 한 사람이 분명하니까요. 의사 선생님은 계모한테 푹 빠져 있었으니까요."

"아니면, 당신의 계모가 했을 수도 있겠죠?"

"그 여자는 아주 영리하기 때문에 자기 손에 피를 묻히지 않아요."

마리는 계속 울었고, 니콜라는 어떻게 그녀를 달래야 할지 몰랐다. 니콜라는 자신의 코트로 그녀를 감싸주었다. 그녀는 니콜라의 어깨에 기대어 울었다. 니콜라는 몸을 움직일 수가 없었고, 그렇게 마리를 감싸 안은 채 샤틀레까지 왔다.

니콜라는 부르도에게 마리와 라 뽈레의 진술서를 작성하도록 지시했다. 라 뽈레는 사건이 법원으로 넘어갈 때까지 비밀리에 구치소에 수감되어 있을 것이다. 샤탱은 침묵을 지키겠다는 조건으로 집으로 돌려보내졌다. 마리는 사건이 종료될 때까지 수녀원에 있게 될 것이다. 라르뎅의 살해에 대한 의문이 풀리지 않았고 루이즈가 용의자로 지목된 상태에서 블랑—망토 가의 집으로 돌아간다는 것은 적절하지 않았다.

부르도가 마리를 포부르그 생—앙트완느 수도원에 데려다주겠다고 했다. 자신이 그곳의 원장 수녀를 알고 있다고 했다. 부르도는 니콜라에게 이제 뭘 할 건지 물어보았다. 니콜라는 웃으면서 아무렇지도 않게 집에 가서 천장을 바라보며 인생의 무상함에 대해 명상을 할 거라고 대답했다. 사실, 시각이 이미 늦었다. 밤이었다. 니콜라는 상처를 치료하고, 노블쿠르의 안부도 살펴보아야 했다. 그리고 무엇보다 배가 무척 고팠다.

니콜라의 무사태평한 태도는 진심은 아니었다. 하지만 부르도를 궁금하게 만드는 것이 한편으로는 재미있기도 했다. 니콜라는 집으로 돌아가면서, 수사의 진행 과정을 머릿속으로 다시 정리했다. 몇 가지 일들의 연관성은 아직도 풀리지 않았다. 모발의 죽음 때문에 받은 충격과 긴박했던 하루로 인한 피곤에도 불구하고, 하룻밤 잘 쉬고 나면 새로운 생각이 떠오를 것 같았다. 배고픔이 더 심해졌지만, 밤에 외롭고 허기진 파리지엥들을 대상으로 돈을 벌기 위해 열려 있는 식당에서 배를 채우고 싶지는 않았다. 니콜라는 집의 따스한 온기를 느끼고 싶었다.

노블쿠르의 집에 들어섰을 때는 밤이 깊었고 날씨도 매우 추웠다. 니콜라는 집 안에 언제나 감도는 맛있는 빵 냄새를 맡았다. 그는 부엌에 앉아 있는 마리옹과 프와트뱅을 보았다. 화덕에 놓여 있는 커다란 냄비에서는 무언가가 보글보글 끓고 있었다. 맛있는 냄새와 이런 정겨운 모습은 니콜라의 마음을 편안하게 만들었다. 마치 성경에 나오는 돌아온 탕아처럼 자신을 반기는 식구들이 고마웠다. 노블쿠르는 계속 통증에 시달렸지만, 니콜라에 대해 많이 걱정하고 있었다. 니콜라를 보면 무척 반가워할 것이다.

니콜라는 따뜻한 물을 얻어서, 자신의 방으로 올라갔다. 그는 노블쿠르를 보기 전에 간단히 씻고 상처를 치료하고 싶었다. 방에 가니 바숑에게 주문했던 옷들이 도착해 있었다. 촛불의 약한 불빛 아래에서도 초록색 양복은 눈부시게 훌륭했다. 마침내 니콜라가 서재로 내려오자, 시리우스가 반갑게 짖으며 껑충껑충 뛰어다녔고, 노블쿠르는 오른쪽 다리를 솜으로 감싸고 안락의자에 간신히 앉아 있었다. 니콜라가 들어오는 소리를 듣고 노블쿠르는 힘들게 몸을 돌렸다.

"오! 하나님, 감사합니다. 이제야 돌아왔군! 내 예감이 맞지 않아서 정말 다행이네. 어제부터 온갖 나쁜 생각들이 머리에서 떠나지를 않았네. 관절염의 통증이 올 때마다 불안한 생각이 더 들었다네. 내 예감이 틀려서 정말 다행일세.”

“별일 없었습니다. 선생님 덕분에 신중할 수 있었고, 그래서 위험을 모면할 수 있었습니다.”

니콜라는 자세하게 있었던 일들을 이야기했다. 그러나 이야기를 진행시키는 것이 쉽지는 않았다. 노블쿠르가 질문으로 그의 이야기를 계속 끊어먹었기 때문이었다. 마리옹이 노블쿠르를 위해 맑은 수프를 들고 와서 그들의 이야기는 중단되었다. 노블쿠르는 자기에게 금지되어 있는 삶은 고기를 니콜라에게 먹으라고 권했다. 보르고뉴 포도주를 가져오라고 했다. 배가 고팠던 니콜라는 신이 났다.

“마리옹은 나를 굶어 죽게 할 생각이야!”

노블쿠르는 땅이 꺼지게 한숨을 내쉬었다. 그는 자신이 읽고 있던 책을 가리키며 말했다.

“이것은 피에르 드 륀느의 《요리사》라는 책인데, 이것을 미친 듯이 읽으며 대리만족을 느끼고 있다네. 이 유명한 요리사가 로앙 공작의 식탁 담당 시종이었다는 것을 알고 있나? 이 요리사가 바로 허브 부케, 뵈프 아라모드, 밀가루 튀김의 창시자라네.”

노블쿠르는 마리옹이 테이블 위에 갖다 놓은 포도주 병을 곁눈질하며 말했다.

“나는 포도주도 금지되어 있다네. 요리에 대한 책으로 배를 채운 뒤에 몽테뉴를 읽는다네. 몽테뉴는 관절염의 통증을 견뎌내는

데 도움을 주지. 한번 들어보겠나. 〈고통은 그것을 이겨내는 사람을 강하게 만든다. 고통 앞에 당당하게 맞서야 한다〉 그래서 나도 그렇게 해보았네. 이런, 내 이야기가 자네 식욕을 전혀 방해하지 않는 것 같군. 자네는 먹는 데 완전히 정신이 팔려 있구만."

니콜라는 깜짝 놀라서 고개를 들었다. 게걸스럽게 먹고 있는 것을 들킨 것 같아서 민망했다. 따뜻하고 맛있는 음식이 그에게 새로운 힘을 주는 것 같았다.

"죄송합니다, 선생님. 오늘 있었던 여러 일들 때문에……."

"……눈이 돌아갈 만큼 배가 고팠겠지."

"오늘 있었던 여러 일들에 대해 선생님은 어떻게 생각하십니까?"

노블쿠르는 눈을 가늘게 뜨며 고개를 숙였다. 깊은 생각에 잠긴 것 같아 보였다. 그의 늘어진 볼 살이 턱까지 내려와서 목 주위를 감쌌다.

"사실을 말하자면, 해결된 것은 아무것도 없네. 하지만 자네는 여러 가지 열쇠들을 가지고 있고, 그것을 제대로 꿰어 맞추는 일이 남았네. 수사의 여러 가지 정황들에 대해서 깊이 심사숙고해보게나. 증거와 추측들을 어느 한쪽에 치우치지 않고 공정하게 생각해야 하네. 그런 다음에 잠을 푹 자게나. 내 경험에 비추어보면 해결의 실마리는 그 문제에 대해 가장 적게 생각하고 있을 때 나타나더군. 그리고 마지막으로 이런 충고를 해주고 싶네. 진실이 환하게 빛나게 하기 위해서는 화약에 불을 붙여야만 해. 만약 자네가 불을 가지고 있지 않다면, 가지고 있는 척하게."

노블쿠르는 마치 계략을 꾸미는 듯한 의미심장한 눈빛으로 니콜라를 쳐다보았다. 하지만 관절염의 통증이 다시 시작되었고, 노블쿠르는 이마를 찡그리면서 신음 소리를 냈다. 니콜라는 노블쿠르를 쉬게 해줘야 할 시간이라는 생각이 들었다. 인사를 하고 자신의 방으로 올라갔다. 니콜라는 침대에 누워서 생각에 잠겼다. 사건의 전개 과정이 명확한 것 같기도 하고, 서로 다른 양상들이 머릿속에서 뒤죽박죽되면서 혼란스럽기도 했다. 그는 똑같은 가정을 끝없이 반복해 보았지만 실마리가 풀리지는 않았다.

냉정을 되찾기 위해 니콜라는 라르뎅이 남긴 세 개의 메시지를 검토해 보기로 했다. 메시지들을 책상 위에 펼쳐 놓고 여러 번 읽어보았다. 메시지에 쓰여 있는 문장들이 눈앞에서 춤을 추는 것 같았다. 그 문장들이 뭔가를 떠오르게 하는데, 생각이 날 듯 말 듯하며 잡히지를 않았다. 니콜라는 화가 나서 메시지가 쓰인 종이들을 마치 카드를 섞듯이 섞어버리고는 포기했다. 그리고는 깊은 잠에 빠져 들었다.

1761년 2월 13일 화요일

바닥에 떨어져 있는 카드 위에서 손 하나가 멈칫거리고 있었다. 니콜라는 이마를 찡그리며, '고양이'라는 단어를 만들기 위해 애쓰고 있었다. 그는 글자 하나를 집고, 그리고 또 하나의 글자를 집었다. 그는 만족스러운 표정으로 고개를 들었다. 하지만 마지막 '이'를 잊어먹고 있었다. 사부는 타일로 된 부엌 바닥에 지팡이를 떨어트리며 안절부절못했다. 사부는 결국 빠진 글자를 지적했다.

사부의 친근한 목소리가 들렸다. '이것이 올바른 순서이다.' 하지만 사부는 벌써 카드를 다시 섞어서 새로운 단어를 제시했다. 무릎을 꿇고 있던 니콜라는 사부의 신발과 낡고 진흙이 묻은 수단 옷자락을 보았다. 핀느는 닭 털을 뽑으며 브르타뉴어로 된 오래된 노래를 부르고 있었다. 핀느의 속삭이듯 부드러운 후렴구와 함께 신경을 거스르는 음악이 들려서 니콜라는 깜짝 놀랐다.

그 순간 니콜라는 잠에서 깨었다. 창문으로 가서 커튼을 젖혔다. 검은 양가죽을 입고 검은 개를 데리고 있는 사람이 거리에서 비엘을 연주하고 있었다. 잠결에 그 소리를 들은 것이다. 책상 위에 어지럽게 흩어져 있는 라르뎅의 메시지를 쳐다보는 순간 꿈속에서 사부가 했던 말이 머릿속에 울렸다. 그는 별 생각 없이 메시지들을 다시 섞어서 들여다보았다. 왜 좀 더 일찍 이 생각을 못했을까? 모든 것이 밝혀지거나, 적어도 새로운 길이 열릴 수 있었다. 이 수수께끼 같은 메시지들을 남긴 라르뎅의 의지가 이제 설명이 되는 것 같았다. 하지만 아직 아무것도 손에 쥔 것은 없었다. 겨우 오솔길에 돌멩이 하나를 던진 셈이다.

니콜라는 순식간에 외출 준비를 했다. 그는 마리옹이 허둥지둥 만들어준 핫초코를 급히 삼키느라고 목구멍을 데일 뻔했다. 마리옹은 시간이 없어서 핫초코를 충분히 휘젓지 못했다고 안타까워했다. 그녀는 부드러운 맛과 향을 내기 위해서는 잘 저어주어야 한다고 말했다. 마리옹은 이미 오래전부터 니콜라를 마음속으로 받아들였었다. 지난 가을 함께 마르멜로 열매의 껍질을 벗기면서 니콜라에게 친근함을 느끼기 시작했었다. 니콜라가 자기 주인을 대하는 태도에 감동해서 그녀는 니콜라에게 무한한 신뢰를 보냈다. 마리옹과 같은 성향을 지닌 프와트뱅은 부드럽지만 강한 태도로 니콜라에게 장화를 벗으라고 했다. 그는 순식간에 장화를 닦고 왁스 칠을 했다. 그리고는 침을 묻혀서 솔질을 열심히 하더니 번쩍번쩍 광이 나게 만들었다. 따스한 노블쿠르의 집을 나오면서, 니콜라는 기분 좋게 차가운 공기를 마셨다. 오늘 날씨가 좋을 것 같았다.

그는 우선 샤틀레 법원으로 가서 사르틴에게 보내는 보고서를 썼다. 오늘 저녁 6시에 있을 대질 심문에 참석해 달라는 내용이었다. 편지를 쓴 후에, 니콜라는 부르도와 오랫동안 이야기를 나누었다. 세마귀를 바스티유에서 꺼내오고, 루이즈도 감옥에서 데려오고, 카트린과 마리도 호출하기로 했다. 그리고는 자신이 외출하는 동안 모든 결정권을 부르도에게 일임했다.

지시를 모두 마치고, 니콜라는 지하 시체 안치실로 내려가 몽포콩에서 가져온 유골 앞에서 오랫동안 생각에 잠겼다. 몽포콩의 유골 옆에는 데카르, 라파스, 브리카르, 라르뎅, 그리고 모발의 시체가 놓여 있었다. 시체들을 그렇게 모아놓고 보니 끔찍했다. 욕망과 욕심, 죄악이 결국은 이런 광경으로 끝을 맺은 것이다. 니콜라는 모발의 얼굴을 보는 것이 힘들었다. 깨끗하게 씻긴 모발의 얼굴은 이제 평온해 보였다. 무엇 때문에 서로 너무나 다른 이 사람들이 이런 처참한 모습으로 샤틀레 법원의 시체 안치실에 함께 놓여 있는 걸까? 니콜라는 몽포콩에 갔을 때 멀리서 자신들을 감시했던 정체불명의 기사, 모발의 시체 위로 몸을 숙였다. 마치 그의 비밀을 간파하고 그에게서 확인을 받으려는 것처럼. 그때 상송이 나타났다. 두 사람은 활기차게 서로의 의견을 교환했다. 그들은 함께 라르뎅의 시체를 살펴보고, 이어서 데카르의 시체를 살펴보았다. 두 사람의 대화 사이에 긴 침묵이 흘렀다. 니콜라는 상송에게 저녁에 사르틴 앞에서 진행될 심문에 참석해 달라고 부탁하고 시체 안치실에서 나왔다.

니콜라는 분주한 하루를 보냈다. 마차를 타고 파리의 이쪽 끝에서 저쪽 끝까지 시내 여기저기를 돌아다녔다. 우선 블랑—망토 가에 갔다. 니콜라는 라르뎅의 집을 세심하게 다시 조사한 뒤에, 세느 강을 건너서 라르뎅과 데카르의 공증인이었던 뒤포르의 사무실로 갔다. 처음에 뒤포르는 니콜라에게 비협조적이었다. 하지만 니콜라는 결국 자기가 필요한 것을 얻어냈다. 니콜라는 다시 파리를 가로질러서 포부르그 생—앙트완느 동네로 갔다. 목공예품 제조업자들이 몰려 있는 동네였다. 니콜라는 작은 골목들과 막다른 길 속에서 한참 헤맨 뒤에 지나가는 사람에게 물어서 간신히 자신이 찾는 주소를 알아낼 수 있었다. 라르뎅의 서재에서 나온 영수증에 적혀 있던 수공업자를 찾아낸 것이다. 그런데 그 수공업자는 서류와 영수증을 전혀 정리를 하지 않아서 완전히 뒤죽박죽이었다. 자신이 주문 받았던 물건이 무엇이었는지 니콜라에게 알려주기 위해서 한참을 뒤져서 찾아냈다. 마침내 자신의 직감이 맞았다는 것을 확인한 니콜라는 싸구려 술집에 들러서 요기를 했다. 자신이 좋아하는 하층민들의 단순하고 소박한 음식을 먹으며 행복감을 느꼈다. 이런 음식을 언제나 대환영하는 부르도와 함께 먹지 못하는 것이 아쉬울 뿐이었다.

허기진 배를 채운 니콜라는 마차를 보내고 걸었다. 수공업자들과 막노동꾼들로 붐비는 거리를 걸으며 이런저런 생각에 빠졌다. 때로는 자신이 한 추리에 의심이 들기도 했다. 사르틴에게 참석해 달라고 요구할 정도로 충분히 준비가 된 걸까? 하지만 노블쿠르가 했던 말들이 그에게 용기를 주었고, 끝까지 밀고 가야겠다고 다짐했다. 오늘 밤의 공개 심문이 이 사건의 결말이 될 뿐 아니라, 경찰로서의 그의 미래를 결정짓는다는 것을 니콜라는 잘 알고 있었다. 실수할 경우 그는 쫓겨날 것이다. 한 순간에 중요 임무를 맡아서 번개 승진을 했기 때문에 실패는 그만큼의 대가를 치르게 될 것이다. 사르틴은 그의 실패를 용서하지 않을 것이다. 경험 없는 젊은 사람에게 그렇게 막중한 임무를 맡긴 책임을 사르틴이 짊어져야 하기 때문이다. 사르틴에게는 라르뎅 사건의 범인을 찾는 것보다 국왕과 프랑스의 안위가 걸린 일을 해결하는 것이 더 급하다. 니콜라는 사르틴이 자신을 크게 신뢰하지 못했던 이유들을 알고 있다. 사르틴을 실망시켜서는 안 된다. 하지만 니콜라는 자신이 최선을 다했고, 목숨을 걸고 임무를 수행했다는 것을 확신했고, 그렇게 때문에 그의 의심은 자신에 대한 마지막 점검이었다.

시계가 다섯 시를 울릴 때, 니콜라는 샤틀레 법원으로 들어왔다. 그는 마음이 가벼워지고 단호해졌다. 감정에 흔들리지 않고 이 사건을 끝맺겠다는 굳은 의지가 생겼다.

니콜라가 보이지 않아서 불안했던 부르도는 그가 돌아온 것을 보고 내심 기뻤으나, 그가 하루 종일 어디에 다녀왔는지는 묻지 않았다. 대신에 니콜라가 시킨 일을 신나서 설명했다. 왜냐하면 사르틴에게 그런 부탁을 하면 어떤 반응을 보일지 뻔히 알고 있었기 때문이다. 니콜라는 다시 한 번 부르도의 사려 깊은 배려에 감탄했다.

공개 심문에 참석해 달라는 니콜라의 간청에 사르틴은 당연히 짜증을 냈다. 하지만 결국은 부르도의 설득에 넘어갔다. 부르도는 그에게 모든 것이 밝혀질 공개 심문에 참석하는 것을 결코 후회하지 않을 것이라고 말했다.

부르도는 '모든 것이 밝혀질' 것이라고 한 자신의 표현에 니콜라가 긍정도 부정도 하지 않는 것을 보았다. 니콜라는 오히려 잘했다고 부르도를 칭찬했다. 이제 공개 심문을 할 방을 준비해야 했다. 문지기 마리 영감의 도움을 받아서 사르틴의 집무실에 의자들을 들여놓게 했다. 증인들이 나와서 답변하는 법정의 좌석과 같은 것은 아니지만 비슷했다. 그 좌석들보다 좀 더 불편할 것이다. 니콜라는 부르도와 한참 상의한 끝에 문지기 마리 영감도 참석시키기로 했다. 세 사람은 마치 자리를 확인하기 위한 것처럼 여러 번 들어왔다 나갔다를 반복했다. 니콜라는 시간이 다가올수록 점점 흥분되었다.

용의자와 증인들이 차례로 도착했고, 그들은 곧장 각기 다른 방에서 대기하게 했다. 그들은 서로 대화를 할 수 없도록 해놓았다. 근처의 성당에서 여섯 시를 알리는 종소리가 울렸다. 계단에서 급하게 올라오는 발걸음 소리가 들렸다. 언제나 정확한 사르틴이 도착한 것이다. 그는 니콜라에게 사무실로 따라 들어오라는 손짓을 했다. 사르틴은 방으로 들어서자마자 빠른 걸음으로 벽난로 쪽으로 가더니, 부지깽이로 신경질적으로 불을 들쑤시기 시작했다. 사르틴의 괴팍한 습관 중의 하나였다. 니콜라는 아무 말 없이 기다렸다.

"내가 무엇을 해야 하는지 지시하고, 내 사무실에 나오라고 명령하는 것은 그리 마음에 들지 않는 행동일세. 그렇게 행동하는 충분한 이유가 있기를 바라네."

"공개 대질 심문을 준비했는데, 이번 사건에 매우 중요한 심문이라 치안감독관님이 참석하시지 않는 상태에서 진행할 수가 없었습니다. 사건을 해결하기 위해서는 이렇게 해야 했습니다."

사르틴의 태도는 누그러졌다.

"자네 말대로 되기를 바라네. 하지만 니콜라, 이것이 자네와 내가 생각하고 있는 그 문제를 해결하는데 도움이 되는 것이겠지?"

"그럴 것이라고 생각합니다."

"그 문제에 대해서는 다른 사람들이 눈치채지 못하게 행동하게."

사르틴은 책상 뒤로 가서 커다란 붉은색 안락의자에 앉았다. 그는 시계를 꺼내서 쳐다보았다.

"서두르게, 니콜라. 나는 저녁식사 약속이 있네. 참석하지 못하면 집사람이 가만있지 않을 걸세."

"증인과 용의자들을 들여보내도록 하겠습니다. 그런데 저녁식사 약속은, 아무래도 포기하셔야 할 것 같습니다."

15장 죄악의 열매

　세마귀가 맨 먼저 들어왔다. 평소보다 얼굴이 더 붉었다. 하지만 그의 표정에는 아무런 동요도 보이지 않았다. 그 뒤로 라 뽈레와 샤탱이 들어왔다. 라 뽈레는 고개를 숙이고 있었는데, 얼굴의 살 속에 파묻혀 있는 그녀의 작은 눈은 쫓기는 짐승의 눈처럼 주변을 살피고 있었다. 회색 스커트에 검정색 상의를 입고 들어온 루이즈는 화장을 하지 않았고 가발도 쓰지 않고 있었다. 훨씬 더 나이 들어 보였다. 그녀의 헝클어진 머리에는 벌써 여러 개의 흰머리가 보였다. 상중인 마리는 손수건을 꼭 쥐고 있었다. 카트린은 루이즈를 노려보면서 마리를 부축하고 있었다. 상송은 그림자처럼 소리 없이 들어왔다. 그는 벽난로 옆 구석의 벽에 선 채로 벽과 하나가 되어버렸다. 부르도는 문 앞에 자리를 잡았다.

사람들은 의자에 앉았다. 사르틴은 책상 주위를 한 바퀴 돌더니, 책상 가장자리에 걸터앉아서 한쪽 다리를 흔들며 은으로 된 가늘고 긴 단검을 만지작거리고 있었다. 니콜라는 방 한가운데서 안락의자의 등받이를 두 손으로 잡고 사르틴과 마주 보고 있었다. 문지기 마리 영감이 횃불 두 개를 더 가져다 놓았다. 불빛에 비친 니콜라의 실루엣이 방 한가운데에 커다란 그림자를 만들었다.

"르 플록, 시작하게."

니콜라는 숨을 길게 들이마시고 입을 열었다.

"치안감독관님께서 맡기신 사건이 종결되었습니다. 진실에 접근하고 범인을 가려낼 수 있는 결정적인 증거들이 모였다고 생각됩니다."

사르틴이 니콜라의 말을 중단시켰다.

"진실에 접근해서는 안 되네. 진실을 분명히 밝혀야 하네. 우리는 자네가 그렇게 해줄 것이라고 믿네. 철학자 엘베티우스가 말한 것처럼 진실은 안개 속에서도 횃불처럼 빛난다고 했네."

"안개. 네, 그렇습니다. 이 사건에는 안개가 많이 끼어 있었습니다. 처음부터 그랬습니다. 그러면 사건의 발단부터 살펴보겠습니다. 라르뎅 반장님이 실종되었습니다. 치안감독관님께서 부르도 형사와 함께 이 사건을 조사하라고 명령하셨습니다. 저희는 조사를 시작했지만, 아무것도 발견하지를 못했습니다. 그런데 수프 장사를 하는 에밀리라는 노파의 증언 덕분에 몽포콩의 시체 처리장에서 인간의 유골을 발견했습니다. 이 과정에서 한 가지 말씀드리고 싶은 것은, 이 신고를 접수해서 우리에게 전해준 경찰 행정의 효율성에 대해 높이 평가합니다."

사르틴은 비꼬는 표정으로 고개를 끄덕였다.

"유럽 전체에서 인정받고 있는 우리 경찰의 우수성을 그리 알아주니 고맙군. 계속하게."

"우리는 발견된 유골을 검사해 보았고, 몇 가지 사실을 알게 되었습니다. 이 유골의 주인은 대머리이고, 중년 남성이었습니다. 흉기로 살해한 뒤에 토막을 내서 몽포콩에 버린 것입니다. 턱은 부서져 있었습니다. 또한 이 유골은 눈이 내려서 얼어버리기 전에 몽포콩에 버려졌다는 것을 알아낼 수 있었습니다. 그러니까 이 시체는 라르뎅 반장님이 실종된 바로 그날 밤에 버려진 것입니다. 유골 근처에서 라르뎅 반장의 옷이 발견되었습니다. 모든 정황들이 이 유골이 실종된 라르뎅 반장이라는 생각이 들도록 했습니다. 하지만 저는 의심이 들기 시작했습니다. 모든 것이 꾸며지고, 맞추어진 것 같다는 느낌을 받았습니다. 마치 이 유골이 누구의 것인지 알아보기 쉽게 만들려는 의도가 있는 것 같았습니다. 유골이 분명히 라르뎅 반장이라는 것을 증명하기 위해서 모든 것이 준비되어 있었습니다. 그런데 눈에 띄는 것이 하나 있었습니다. 두개골의 정수리 부분에 검은 얼룩 같은 것이 있었습니다. 이것에 대해서는 나중에 다시 말씀드리겠습니다. 턱을 일부러 부서 버린 것도 의심이 갔습니다."

니콜라는 숨을 돌리기 위해 잠시 말을 멈추었다가 다시 시작했다.

"라르뎅 반장의 주변도 조사했습니다. 의사 세마귀를 통해서 라르뎅 반장이 '왕관을 쓴 돌고래'라는 술집에서 파티를 준비했다는 것을 알게 되었습니다. 이날 밤 모임에서 의사 데카르와 라르뎅 반장은 싸웠고, 두 사람 모두 자정쯤 술집에서 나왔습니다. 세마귀는 술집 아가씨와 새벽 세 시까지 있었고, 그의 흑인 하인 생—루이를 만나지 못하게 됩니다. 생—루이 역시 실종되었습니다. '왕관을 쓴 돌고래'에서 있었던 일에 대해 물었을 때, 데카르는 답변을 하지 않았습니다. 그리고는 세마귀가 그의 흑인 하인 생—루이를 죽였다고 주장했습니다. 물론 두 사람은 경쟁 관계로 사이가 좋지 않았습니다."

"이보게, 내가 다 아는 이야기들 아닌가."

사르틴은 지루해하며 말했다.

"'왕관을 쓴 돌고래'에 대한 조사 결과 새로운 것을 알게 되었습니다. 라르뎅은 처음부터 젊은 부인 루이즈 때문에 어려움이 있었고, 루이즈의 친척인 데카르는 루이즈 부모의 재산을 가로챘었습니다. 그 덕분에 루이즈는 일찍부터 술집에서 일하게 된 것입니다. 아내와 관계가 불행했던 라르뎅은 라 뽈레의 술집에서 여자들과 즐기는 일이 많았습니다. 고질적인 도박꾼이었으며, 아내의 사치 때문에 쪼들렸던 라르뎅은 많은 재산을 잃어버리게 되고 빚쟁이들의 협박에 시달리게 됩니다."

이야기가 다른 곳으로 흘러가는 것이 걱정되는 사르틴은 단검으로 책상 가장자리를 톡톡 쳤다.

"이 협박꾼들에 대해서, 그리고 그들이 왜 그랬는지에 대해서는 언급하지 않겠습니다."

니콜라의 말에 사르틴은 안도의 숨을 쉬었다.

"하지만 그들 중의 한 명이 우리의 사건과 연관이 있습니다. 그 사람의 이름은 모발입니다. 그는 몽포콩에서 우리 수사팀을 감시했었습니다. 모발은 또한 루이즈 라르뎅의 애인이기도 했습니다. 데카르도 함정에 빠져서 '왕관을 쓴 돌고래'에 갔던 것으로 드러났습니다. 데카르의 취향을 알고 있던 라 뽈레가 미끼를 던졌고, 그것을 물은 데카르는 라르뎅의 그물에 걸린 것입니다."

그때, 불만에 찬 목소리가 중얼거리는 것이 들렸다.

"저는 시키는 대로 한 거예요. 손님이 그렇게 시킨 거예요."

라 뽈레의 목소리였다.

니콜라는 라 뽈레의 말을 못들은 척했다.

"이 만남과 그들의 싸움은 치밀하게 준비된 계획에 의한 것들이었습니다. 우리는 또 다른 증인에 의해, 세마귀가 새벽 3시까지 술집에 있었다는 자신의 증언과는 달리 자정쯤에 루이즈 라르뎅을 만나러 갔다는 것을 알게 되었습니다. 그리하여 이날 밤, 알리바이를 가지고 있는 사람은 아무도 없습니다. 데카르와 라르뎅은 자정쯤에 사라졌고, 세마귀도 비슷한 시각에 나왔습니다. 세마귀의 하인 생—루이는 술집 앞에 없었습니다. 루이즈 라르뎅은 그날 밤 저녁 미사에 갔었다고 주장하는데, 저녁 늦게까지 어디에 있었는지 밝히지 않고 있습니다. 그녀의 요리사인 카트린의 증언에 의하면 루이즈 라르뎅의 신발은 비와 눈에 젖어서 엉망이 되어 있었다고 합니다. 의혹은 풀리지 않고, 의사 데카르가 자택에서 시체로 발견됩니다. 그의 죽음을 처음 확인했을 때, 사혈에 쓰이는 칼에 찔려서 죽은 것처럼 보였습니다. 데카르의 초대를 받고 그 시각에 데카르의 집에 갔던 세마귀가 용의자로 보였습니다. 세마귀가 데카르를 살해할 이유는 충분했으니까요. 아니면 세마귀의 악마 같은 계략일 수도 있습니다. 이런 정황들을 뒤집어서 오히려 자신의 무죄를 증명하려는 것이겠지요. 혹은, 제가 눈 위에서 채취한 발자국의 주인공이 범인일 수도 있습니다. 어쨌든, 한 가지 확실한 것은 이제 데카르는 더 이상 용의자 리스트에 포함되지 않는다는 겁니다. 그렇다면?"

"그렇다면, 무슨 말을 하고 싶은 건가?"

사르틴이 물었다.

"우리는 범인이 피해자가 될 수도 있는 놀랄 만한 사건을 보고 있는 것입니다."

"자네의 설명은 점점 더 이해가 안 되는군."

"모든 것이 수사를 교란시키기 위해 만들어진 것이었기 때문에 실마리를 찾아내기가 무척 힘들었습니다. 첫 번째 교란 작전은 몽포콩에서 발견된 유골이었습니다. 그것은 라르뎅 반장의 시신이 아니었습니다. 라르뎅 반장의 시신은 어제 블랑—망토 가의 자택 지하도에서 발견되었습니다."

카트린이 비명을 질렀다.

"불쌍한 주인님, 불쌍한 마리 아가씨."

"그렇다면 몽포콩의 유골은 누구의 것이며, 왜 그런 방법으로 우리를 속이려 했을까요? 이것을 설명하자면 이야기가 길어집니다. 라르뎅 반장은 도박에 미쳐 있었고, 정숙하지 못하고 사치스러운 아내의 요구에도 부응해야 했습니다. 그래서 많은 돈을 써버렸고, 빚 때문에 협박을 받게 되었습니다. 상황이 그렇다 보니그의 하인인 카트린이 자기 돈으로 집안 살림을 해야 할 지경까지 가게 됩니다. 라르뎅은 궁지에 몰리게 되었습니다."

니콜라는 곁눈질로 사르틴을 슬쩍 보았다. 사르틴은 고개를 끄덕였다.

"라르뎅은 증발하기로 결심을 합니다. 그렇게 해서 한밑천 벌고, 외국으로 도망가서 다시 재기해 볼 생각이었습니다. 그는 음모를 꾸미게 됩니다. 그의 아내 루이즈에게는 데카르라는 부자 친척이 있고, 루이즈는 이 친척을 증오합니다. 그를 라르뎅 반장의 살인자로 만들어야만 했습니다. 그러면 데카르는 재판을 받게되고, 사형될 것이고, 데카르의 재산을 루이즈가 상속받게 될 것이기 때문입니다. 루이즈 라르뎅은 이 계획에 찬성하게 되고, 데카르와 불륜 관계를 맺게 됩니다. 그래야 데카르가 라르뎅 살해에 대한 의심을 받을 테니까요."

"거짓말이야, 당신은 거짓말을 하고 있어! 저 사람의 말을 믿지 마세요."

루이즈는 니콜라의 말을 방해했고, 니콜라에게 달려들려고 해서 부르도가 붙잡고 있어야 했다.

"부인, 이것이 진실입니다. 데카르는 '왕관을 쓴 돌고래'에 마련된 함정에 걸려들게 됩니다. 라 뽈레가 새로 온 아가씨를 소개시켜 주겠다고 그를 유혹했습니다. 그에게 사육제 복장인 마스크와 망토를 착용하도록 했습니다. 라르뎅은 그날 저녁에 세마귀도 자신과 함께 술집에 있도록 일을 꾸몄습니다. 왜냐하면 라르뎅과 데카르가 싸운 것을 목격할 사람이 필요했으니까요. 데카르가 도착하고, 시비가 붙고, 둘은 싸우게 되고, 주먹질을 하면서 라르뎅은 일부러 데카르의 옷 주머니를 찢어놓게 되고, 이것은 나중에 수사에 중요한 단서를 제공하게 됩니다. 싸운 후에 데카르는 도망가고, 라르뎅도 바로 그를 따라……."

"데카르는 어디로 갔나?"

사르틴이 물었다.

"데카르는 술집에서 사라졌고 그의 집으로 갔습니다. 그는 혼자 살고 있었습니다. 용의자로 지목된 데카르는 어떤 증인도 알리바이도 없게 됩니다."

"마치 자네가 거기 있었던 것처럼 말을 하는군."

"두 사람이 술집에서 싸우고 있을 때, 라르뎅이 고용한 두 명의 부랑자, 즉 백정이었던 라파스와 상이군인인 브리카르는 생—루이를 기절시킨 뒤에 세마귀의 마차에서 목을 졸라 죽입니다. 그리고 세느 강가로 가서 시체를 토막 낸 후에 술통에 담습니다. 그들은 이 술통을 몽포콩으로 가져가서 라르뎅의 옷과 지팡이와 함께 시신을 버립니다. 물론, 이 장면을 한 명이 목격하게 됩니다. 곧이어 눈이 내리고, 버려진 시신은 눈으로 덮이게 됩니다."

"그것을 어떻게 확신하는가? 내가 보고서에서 읽은 내용과는 다르네."

"치안감독관님이 보고서에서 읽으신 것은 증인들이 진술한 내용입니다. 저는 몽포콩에서 발견된 유골이 생—루이라는 것을 확신할 수가 있습니다.”

니콜라는 주머니에서 두꺼운 종이 하나를 꺼냈다. 그리고는 횃불 가까이 가서, 종이를 불 위에 갖다 댔다. 두꺼운 종이는 그을음으로 검게 변했다.

“바로 이것입니다. 어느 날 저녁, 양초의 불꽃이 머리 위에 있는 대들보를 검게 그을리는 것을 보고 알게 되었습니다.”

“자네의 말은 너무 난해해서 자네의 추리가 논리적인 것인지 의심이 가는군. 자세히 설명을 해보게.”

“아주 간단합니다, 치안감독관님. 몽포콩에서 발견된 두개골의 중앙에 있던 검은 자국을 기억하시지요. 증인 에밀리가 라파스와 브리카르가 부싯돌을 켜고 무언가를 태우는 것을 보았다고 했기 때문에 그 검은 자국이 더욱 수상했습니다.”

니콜라는 세마귀 쪽으로 몸을 돌렸다.

“생—루이는 몇 살입니까?”

“아프리카인의 나이를 정확하게 가늠하기는 쉽지 않지만, 45세 정도 됩니다.”

“그러니까, 중년의 나이군요?”

“그렇습니다.”

“그는 대머리였습니까?”

“생—루이라는 그의 이름은 출생지의 지명에서 따온 것인데, 이름과는 달리 그는 이슬람교도였습니다. 그래서 머리를 전부 밀고, 가운데 부분만 머리털을 남겨두었습니다. 그의 말에 의하면,

자신이 죽었을 때, 그의 신이 그 부분을 잡아서 자기를 끌어올릴 수 있게 하기 위해 남겨두는 것이라고 했습니다.”

“우리는 라르뎅 반장이 가발을 쓰지만 사실 대머리라는 것을 잘 알고 있습니다. 생—루이를 라르뎅 반장으로 둔갑시키기 위해서는 이 머리카락이 사라져야만 했습니다. 그래서 태워 버린 것입니다. 하지만 검은 그을음 자국이 남았고, 그것이 제 시선을 끌었던 겁니다.”

“하지만, 그 하인은 흑인이 아니었나?”

사르틴이 물었다.

“바로 그래서 몽포콩의 시체 처리장에 버린 것입니다. 그곳에서 쥐 떼와 배고픈 새들, 그리고 들개들이 먹어 치워서 시신은 인간의 형태를 하고 있지 않았습니다. 뼈에는 살이 하나도 붙어 있지를 않았습니다. 왜 턱을 부수고, 이빨을 버렸다고 생각하십니까? 라르뎅 반장의 치열이 매우 나쁘기 때문입니다. 하지만 생—루이는, 그가 웃을 때면 하얗게 드러나던 이빨을 기억하는 분들은 모두 아시겠지만, 고른 치열을 가지고 있었습니다. 그리고는 시체를 확인할 수 있도록 하기 위해 라르뎅 반장의 옷과 물건들을 그곳에 버렸던 것입니다.”

사르틴은 고개를 끄덕이고는 다시 질문했다.

“그러면 데카르 살해 사건은 어떻게 된 건가?”

“이제부터 그 이야기를 하겠습니다. 데카르는 가슴에 칼이 찔린 채로 자기 집 마당에서 발견되었습니다. 적어도 살인자는 우리가 그렇게 믿기를 원했습니다. 사실, 분명히 말씀드리자면, 데

카르는 마당에서 살해되지 않았고, 칼은 그의 심장에 꽂힌 것이
아니라, 심장의 옆에 꽂혔습니다. 그러니까 칼에 찔려서 난 상처
가 그의 사망 원인이 아니라는 겁니다. 탁월한 기술을 가진 사람
이……."

니콜라는 벽난로 쪽으로 몸을 돌렸다. 벽난로 옆에 상송의 그
림자가 보였다.

"……데카르는 칼에 찔려 살해된 것이 아니라, 독을 먹인 후에
질식시켜서 죽였다는 것을 밝혀냈습니다. 우리는 이것을 확신합
니다. 그런데 데카르의 죽음으로 이득을 보는 사람이 누구일까
요?"

니콜라는 고개를 떨구고 바닥을 쳐다보고 있는 세마귀에게 다
가갔다.

"의사 선생님은 데카르와 완전히 반대 입장이었습니다. 당신
의 생활 방식이나 자유분방함은 데카르의 위선적인 신앙인의 생
활과는 상당히 대조적이었습니다. 그런 것은 사람을 죽일 만한
충분한 사유가 되지 않는다고 말씀하실 겁니다. 그러나 이런 부
분 외에도 당신과 데카르 사이에는 경쟁심이 있었습니다. 두 분
은 상반되는 의학적 견해를 주장하고 있었습니다. 대립되는 의견
을 가진 학파들 사이의 싸움은 증오로 변한다는 것을 알고 있습
니다. 게다가 데카르는 당신에게 치명적인 위협을 했습니다. 당
신은 해군 출신의 외과의이기 때문에 더 이상 의료행위를 할 수
없는 위험에 빠져 있었습니다. 당신의 삶 전체가 송두리째 흔들
리는 상황이지요. 또한 당신과 데카르는 루이즈 라르뎅과의 애정

관계에서도 경쟁자였습니다. 당신이 그녀와 함께 있는 것을 데카르가 보았지요. 물론 당신은 데카르의 시신을 발견한 것이라고 주장하지만, 당신이 일찍 도착해서 범행을 저지른 것이 아니라는 증거는 없습니다. 당신은 집으로 돌아가고, 그 작은 발을 가진 공범이…… 그러니까…… 사건 현장을 꾸며놓도록 시간을 벌어준 거지요.”

사르틴은 니콜라가 비밀 편지 이야기를 할까 봐 긴장했다가, 가벼운 안도의 한숨을 내쉬었다.

“세마귀, 당신의 반복되는 거짓말은 당신을 불리하게 만듭니다. 당신은 용의자입니다. 모든 증거와 정황들이 당신을 지목하고 있습니다. 그런데 데카르 살해 사건은 몽포콩 현장에서 이미 본 장면들을 떠오르게 합니다. 어쩌면 진실은 감추어진 거짓말 속에 있을지도 모릅니다.”

세마귀의 한쪽 눈썹은 발작적으로 떨리고 있었다.

“당신의 유일한 희망은 바로 데카르가 보낸 정체불명의 편지입니다. 이 편지는 찢어진 종잇조각으로, 날짜도 서명도 되어 있지 않고, 주소도 없고, 누가 배달했는지도 모르는 이상한 방법으로 당신 집에 왔습니다. 이 편지가 가짜라고 주장하는 것은 아닙니다. 분명히 데카르의 글씨입니다. 그러나 이것은 데카르가 자신의 정부인 루이즈 라르뎅에게 보낸 편지의 한 부분이며, 세마귀를 데카르의 집으로 불러들이기 위해 편지의 한 귀퉁이를 잘라서 보낸 것입니다. 본인은 의사 데카르의 살해범으로 라르뎅 부인을 고발합니다.”

　"그렇게 단언한다면 확실한 증명이 필요하겠지. 왜냐하면, 자네는 한 명의 용의자에서 다른 용의자로 너무 빨리 지나갔거든……."

　사르틴이 조용히 말했다.

　"그것은 아주 쉽습니다. 왜 루이즈 라르뎅이 자신의 친척인 데카르 살해 용의자일까요? '왕관을 쓴 돌고래'에서 벌어진 음모는 라르뎅 반장이 그의 부인의 동의하에 준비하고 계획한 것이 분명합니다. 그러나 라르뎅 반장은 자기 부인이 우연히 발견한 어떤 일에 대해서 전혀 모르고 있었습니다. 저는 그것을 알아내기 위해 뒤포르 씨에게 약간 겁을 주어야 했습니다. 뒤포르 씨는 라르뎅 반장과 데카르의 공증인이었습니다. 뒤포르는 라르뎅 부인에게 우연히 어떤 사실을 알려주었는데, 그 말을 들은 부인의 반응을 보자마자 말한 것을 후회했다고 합니다. 그가 루이즈 라르뎅에게 알려준 것은 데카르가 최근에 유언장을 다시 고쳤으며, 데카르의 모든 재산을 상속받게 될 사람이 마리 라르뎅이라는 사실이었습니다. 저는 이 소식이 라르뎅 반장에게 알려졌다고 생각하지 않습니다. 하지만 이 소식은 점차 루이즈 라르뎅의 머릿속을 꽉 채우게 되고, 그녀의 머릿속에서는 악마의 계략이 떠오르게 됩니다. 한 번에 경멸하는 남편과 저주하는 친척을 없애 버리는 겁니다. 그녀는 라르뎅 반장이 자신의 실종 사건을 조작하는 것을 도와줍니다. 라르뎅 반장을 좀 더 쉽게 없애 버리기 위해서입니다. 동시에 그녀는 무고한 세마귀를 살인 사건에 끌어들이게 됩니다. 그리고 데카르를 없애 버려야만 했습니다. 왜냐하면, 생각해 보니 데카르가 라르뎅 살인범으로 지목될 만한 결정적인 증거가 없었고, 모든 것이 불확실했어요. 그리고 루이즈 라르뎅은 수사를 혼란시키려는 교활한 생각으로 마리 라르뎅의 신발을 신고 데카르의 집에 발자국을 남겨두었습니다. 그녀의 발은 의붓딸보다 컸기 때문에 뒤뚱거리며 나오는 것을 우리 정보원이 보았습니다. 루이즈 라르뎅은 데카르의 집 안을 완전히 뒤집어놓았습니다. 그곳에서 그녀가 찾은 것은…….”

갑자기 사르틴이 헛기침을 하기 시작했다. 니콜라는 얼른 말을 멈추었다.

“……그녀가 찾은 것은 유언장이었습니다. 왜 마리 라르뎅의 신발을 신었을까요? 도망갈 구멍을 만들어놓기 위해서입니다. 만약의 경우에, 새로운 상속자인 마리 라르뎅에게 살인 혐의를 뒤집어씌우기 위해서입니다. 데카르를 죽인 후에, 무슨 수를 쓰든 라르뎅 반장의 딸을 처리해야 했습니다. 그래서 그녀에게 약을 먹여서 정신을 잃게 한 뒤에 납치해서 ‘왕관을 쓴 돌고래’에 가두어둔 것입니다. 인신 매매단에 팔아넘겨서 그녀를 영원히 사라져 버리게 하려는 속셈이었지요. 그렇게 되면 슬픔에 빠져 있는 과부이자, 연이은 불행에 지쳐 있는 계모 루이즈 라르뎅은 그녀의 죄악의 열매를 얻게 되겠지요. 데카르의 모든 재산을 상속받게 되는 겁니다. 그러면 그 돈을 가지고 정부인 모발과 사라지려는 것이지요.”

루이즈가 벌떡 일어섰다. 걱정이 된 부르도가 그녀의 옆으로 다가섰다.

"억울합니다! 이 사람이 말도 안 되는 더러운 이야기를 하고 있습니다. 저는 죄가 없습니다. 제가 여러 명의 남자를 만났던 것은 사실입니다. 그것은 인정합니다. 하지만 저는 남편도 친척도 죽이지 않았습니다. 제가 이미 르 플록 씨에게 말했던 것처럼, 제 남편은 세마귀와 싸우다가 죽었습니다. 저와 세마귀가 침대에 함께 있는데 갑자기 남편이 들이닥쳐서, 두 사람이 싸웠습니다. 2월 2일 새벽에 그랬습니다. 제가 저지른 유일한 잘못은 세마귀가 시체를 감추자고 애원해서 할 수 없이 그렇게 했다는 것입니다. 남편의 시체는 르 플록 씨가 우리 집 지하도에서 발견한 곳에 감추어두었습니다."

"용의자가 자신은 죄가 없다고 주장하는 것은 흔한 일이지요."

니콜라는 루이즈의 말에 아무런 동요도 없이 자신의 설명을 계속했다.

"제 증명은 끝나지 않았습니다. 라르뎅 반장의 죽음에 대해 좀 더 살펴보겠습니다. 루이즈 라르뎅은 남편의 실종에 대해 상반되는 두 가지의 태도를 연속적으로 보였습니다. 처음에는 사랑하는 남편의 실종에 충격을 받은 아내의 태도를 보였고, 그다음에는 냉소적인 태도로 방탕한 생활을 하며 경멸하는 남편에 대해 아무런 미련이 없다고 공공연히 말했습니다. 두 번째 태도를 보고 의심을 갖기 시작했습니다. 그녀는 자신에 대한 의심을 돌리기 위해 아주 사악한 짓들을 했습니다. 그러면 라르뎅 반장은 어떻게 죽은 걸까요? 존경하는 치안감독관님, 이 질문에 대답하기 위해 우리의 궁금증을 가장 정확하게 풀어줄 증인 한 명을 채택하고 싶습니다. 허락해 주십시오."

니콜라는 상송을 지목했다. 사르틴은 승낙한다는 표시를 했고, 상송은 일렁이는 불빛 앞으로 나왔다. 모여 있는 사람들 중에서 오직 부르도와 세마귀만이 그가 평범한 외모를 하고 있지만 사형 집행인이라는 것을 알고 있었다. 니콜라는 그의 이름을 밝히지 않았다.

"라르뎅 반장의 사망 원인은 무엇입니까?"

"시체 해부 결과 비소가 들어간 물질에 의해 독살되었습니다. 시신 옆에서 발견된 죽은 쥐들도 같은 원인으로 죽었습니다. 독살된 시신을 먹었기 때문이지요. 시체 해부 결과를 자세히 말씀드리자면……."

"자세한 것은 설명하지 않아도 되네."

끔찍한 내용을 듣고 싶지 않은 사르틴이 말했다.

"라르뎅 반장에게 사용된 독은 데카르 살해에 쓰인 것과 같은 것입니까?"

"그렇습니다. 분명히 같은 것입니다."

"라르뎅 반장이 언제 살해되었다고 생각하십니까?"

"시신의 상태와 시신이 있던 장소로 보아서 정확하게 말하기는 어렵습니다. 하지만 시신이 그곳에 있었던 것은 일주일이 넘었다고 생각합니다."

"답변 감사합니다."

상송은 인사를 하고, 다시 어둠 속으로 들어갔다. 니콜라는 카트린 쪽으로 몸을 돌렸다.

"카트린, 블랑―망토 가의 집에는 쥐가 많습니까?"

“그 집을 잘 아시잖아요. 정말 끔찍한 것들이에요. 매일 쥐를 잡아야 했어요.”

“어떤 방법으로 잡았나요?”

“저한테 비소가 있었어요.”

“그것을 어디에 두고 쓰셨나요?”

“부엌에요.”

“부엌에는 더 이상 비소가 없었습니다. 이렇게 바람난 아내를 둔 남자와 아내의 정부 사이에서 벌어진 이상한 싸움은 결국 독극물을 먹는 것으로 끝났습니다. 다시 말하면, 라르뎅과 세마귀가 싸우다가 세마귀가 남편을 죽였다는 라르뎅 부인의 주장은 신빙성이 없습니다. 그녀의 남편은 완벽하게 준비된 음모에 의해 독살되었습니다. 음모는 처음부터 존재했습니다. 그 증거를 보여드리겠습니다.”

사르틴은 자신의 안락의자에 가서 앉았다. 그리고는 손으로 턱을 괴고, 열정적으로 설명하고 있는 니콜라를 감탄의 눈길로 쳐다보았다.

“음모가 있었다고 말씀드렸지요. 루이즈 라르뎅의 애인 모발이 생─루이를 죽일 두 명의 불량배를 섭외하는 임무를 맡고 있었습니다. 모발은 그들과 루이 15세 광장의 공사장에서 만나기로 약속했습니다. 두 명의 불량배는 그곳에서 검은 망토와 마스크를 쓴 세 사람을 만났습니다. 사육제 기간이었기 때문에 그런 차림이 이상할 것 없었지요. 치안감독관님의 재단사인 바숑 씨는 라르뎅 반장의 재단사이기도 했습니다. 바숑 씨는 라르뎅 반장의 주문에 따라 네 벌의 검은 망토를 만들어주었습니다. 사육제 기간이라 '왕관을 쓴 돌고래'에 온 세마귀도 마스크를 쓰고 있었습니다. 그러면 바숑이 만들어준 네 벌의 망토를 계산해 봅시다. 라르뎅 반장은 물론 망토와 마스크를 착용했습니다. 데카르도 라뽈레가 편지와 함께 보낸 망토와 마스크를 쓰고 왔습니다. 그러면 두 개가 되지요. 그렇다면 바숑이 만든 네 개 중에 나머지 두 개는 어디로 갔을까요? 하나는 모발이 입었습니다. 그러면 세 개가 되지요. 나머지 하나는 루이즈 라르뎅이 입었습니다."

루이즈가 벌떡 일어났다. 입에 거품을 물고 소리를 지르기 시작했다.

"거짓말 하지 마. 찰거머리 같은 놈, 어디 증거를 대봐!"

"죄 없는 사람이 증거를 대보라니 이상한 부탁이군요. 하지만 그렇게 소리 지를 필요 없습니다. 증거를 보여 드릴 테니까. 사건이 있었던 그날 밤, 일이 어떻게 진행되었는지 살펴보겠습니다. 밤 열 시경에 라파스와 브리카르는 짐수레에 술통 두 개를 싣고 루이 15세 광장에서 기다렸습니다. 잠시 후에 마스크를 쓴 세 사람이 나타나서 그들을 만납니다. 임무에 대한 지시가 전달되고 선금이 지불되었습니다. 그리고 두 명의 불량배는 '왕관을 쓴 돌고래'가 있는 포부르그 생—또노레 거리로 안내됩니다. 자정이 되기 조금 전에 마차가 하나 도착합니다. 세마귀가 술집으로 들어갑니다. 그리고는 그의 하인 생—루이가 함정에 걸려들어서 살해됩니다. 라파스와 브리카르는 강가에서 시체를 토막 내서 술통에 담았습니다. 심문에서 두 명의 불량배는 자신들이 죽인 것이

라르뎅 반장이라고 믿게 하려고 애썼습니다. 그런데 자정에 세마귀, 라르뎅, 데카르는 함께 있었습니다. 우리는 라르뎅 반장이 언제 죽었는지, 그리고 생—루이가 언제 살해되었는지도 정확히 알고 있습니다. 두 명의 불량배가 생—루이를 덮쳤을 때, 생—루이의 시계가 부서졌고, 그 시계는 라파스의 호주머니에서 발견되었습니다. 시계는 밤 12시 4분에 멈춰 있었습니다. 밤 12시 15분에서 새벽 1시 사이에 데카르, 라르뎅, 그리고 세마귀가 차례로 술집에서 나왔습니다. 블랑—망토 가의 집으로 돌아온 첫 번째 사람은 라르뎅이었습니다. 그는 생—루이에 이어서, 이 음모의 두 번째 희생자였습니다. 그는 루이 15세 광장에서 서둘러 돌아온 모발과 아내에 의해 독살되었습니다. 라르뎅의 시신은 곧바로 비밀 지하도로 옮겨졌습니다. 그의 시신은 그곳에서 쥐들의 먹이가 되고, 형체를 알아볼 수 없게 됩니다. 며칠 후, 지하도에서 올라올지도 모를 시체 썩는 냄새를 숨기기 위해 부엌의 지하실에 사냥한 고기를 갖다 놓았습니다. 그리고 의심을 품을지도 모르는 카트린이 그 집에서 견딜 수 없도록 모든 상황을 만들었습니다. 마리 라르뎅은 유괴되고, 그 집에 살고 있었던 저 역시 쫓겨났습니다. 네, 그렇습니다. 이 사건은 처음부터 음모에 의해 꾸며진 것입니다. 저는 루이즈 라르뎅을 고발합니다.”

루이즈는 니콜라를 노려보았다. 그리고는 사르틴 쪽으로 몸을 돌렸다.

“치안감독관님, 이 사람이 한 말은 모두 거짓입니다. 증거가 있다면서요. 그 증거를 보여주십시오.”

"부인, 원하신다면 그렇게 하지요. 증거를 원하십니까, 증거보다 더 확실한 것을 보여 드리지요. 증인이 있습니다. 루이 15세 광장의 공사장에서 두 명의 불량배를 만났던 것을 기억하시지요. 그 두 명과 죄 없는 생—루이를 살해하는 대가를 흥정하시지 않았습니까. 그날 밤 태풍이 불었던 것을 기억하시지요. 눈이 내리기 전에 서풍이 심하게 불었습니다. 그 바람 때문에 머리에 썼던 모자가 벗겨지고, 얼굴에 쓰고 있던 마스크가 거의 벗겨졌던 것을 잊지 않으셨겠지요. 두 명의 불량배 중의 하나가 당신의 얼굴을 기억하고 있습니다. 어떤 경우에는, 짧은 순간에 본 것들이 또렷하게 머릿속에 각인되기도 하지요."

루이즈는 소리를 지르며 온몸을 비틀었다.

"거짓말이야!"

"불행하게도, 제가 거짓말을 하고 있지 않다는 것을 당신이 더 잘 알고 있습니다."

니콜라는 부르도에게 말했다.

"그 증인을 불러주십시오."

부르도는 문을 열고, 손을 들더니 신호를 보냈다. 그러자 청중을 짓누르고 있던 무거운 침묵을 깨고 복도에서 불안정한 발걸음 소리가 들렸다. 균형이 안 맞는 것 같은, 절뚝거리는 것 같은 발걸음 소리였다. 발걸음 소리는 점점 커졌고, 사람들의 심장 뛰는 소리와 발걸음 소리가 뒤섞여서 귀를 울렸다. 갑자기, 루이즈가 자리에서 벌떡 일어나더니 니콜라를 밀쳤다. 그리고는 책상 위에 놓여 있던, 조금 전까지 사르틴이 만지작거렸던 은으로 된 단검을 움켜쥐더니 자신의 가슴에 꽂았다. 루이즈 라르뎅은 비명을 지르며 그대로 쓰러졌다. 방문 앞에는, 손에 지팡이를 쥔 문지기 마리 영감이 나타났다.

모두가 갑작스런 상황에 놀라서 입을 열지 못하고 있었다. 니콜라가 침묵을 깨고 말했다.

"루이즈 라르뎅은 그날 밤 브리카르가 자신의 얼굴을 본 것을 알고 있었습니다. 그녀는 또한 브리카르가 불구라는 것도, 그리고 그의 의족 소리도 알고 있었습니다. 브리카르가 자신을 알아볼 것이라는 것을 너무나 잘 알고 있었지요."

"완벽하게 거짓말과 속임수로 꾸며진 참혹한 사건이 드라마틱하게 끝을 맺었군."

사르틴은 놀라움에 탄성의 소리를 질렀다.

부르도는 마리 영감의 도움을 받아 모여 있던 참석자들을 방에서 내보내고, 상송과 세마귀가 사망을 확인한 루이즈의 시신을 치우기 위해 사람을 불렀다. 그녀의 시신은 지하의 시체 안치실에 있는 다른 시신들 곁으로 옮겨질 것이다.

방에는 사르틴과 니콜라만이 남았다. 두 사람 사이에 긴 침묵이 흘렀다. 니콜라가 입을 열었다.

"치안감독관님, 라 뽈레는 풀어주어야 한다고 생각합니다. 그녀는 우리 경찰 업무에 필요한 사람이고, 우리에게 솔직하게 모두 말했습니다. 라 뽈레는 경찰의 성실한 정보원 역할을 하는 사람입니다. 그러니……."

사르틴은 자리에서 일어났다. 그리고 니콜라에게 다가와 어깨에 손을 얹었다. 니콜라는 비명이 터지려는 것을 간신히 참았다. 모발의 칼에 다친 자리였다.

"니콜라, 축하하네. 아주 영리하게 사건을 풀어냈군. 자네에 대한 나의 판단이 틀리지 않았다는 것을 증명했네. 재판에 넘기든 관용을 베풀든, 자네의 판단에 맡기겠네. 라 뽈레에 대해서는 자네 말이 맞네. 파리 같은 대도시의 경찰은 가장 어리석은 놈들이나 혹은 가장 고위층 정보원들을 고용해야지만 일을 할 수 있지. 우리 입맛대로 까탈을 피울 수는 없는 입장이지. 그런데 한 가지 질문이 있네. 누가 자네에게 마지막 장면의 결정적인 등장에 대한 아이디어를 주었나? 나까지도, 나도 모르게 문 쪽으로 고개를 돌렸었네."

"노블쿠르 선생님이 하신 말씀에서 힌트를 얻었습니다. 제게 〈마치 그런 것처럼 행동하라〉고 충고해 주셨습니다. 루이즈 라르뎅 같은 여자는 절대로 자백하지 않을 것입니다. 설사 고문을 한다 해도 말하지 않을 겁니다. 그녀의 허점을 찔러서 저항할 수 없도록 만들어야만 했습니다."

"바로 그거야. 그렇다면 자네를 노블쿠르에게 맡긴 사람이 나니까, 내 덕분에 문제를 해결한 셈이군. 게다가 나의 오랜 친구인 노블쿠르의 지하실에는 그 사람이 친구들과 마시고 버린 술병의 시체 말고 다른 시체는 없을 걸세."

자신의 농담에 스스로 만족한 사르틴은 기분이 좋아져서 가발을 빗질했다. 그리고는 담뱃갑을 열어 니콜라에게 권했다. 니콜라도 사양하지 않았다. 담배를 피우고 나서, 두 사람은 훨씬 평온해지고 느긋해졌다.

"그래, 자네는 나에게 공개 심문에 출석을 요구했을 뿐 아니라, 내 만찬 약속까지 취소하라고 했네. 이런 당돌한 행동을 할 때는 납득할 만한 이유가 있을 것이라고 믿네. 만약 그 일이 해결된다면, 나는 일주일도 굶을 수 있네. 니콜라, 폐하의 편지를 가지고 있나?"

"제가 모시고 가고자 하는 곳에 가신다면, 가지시게 될 겁니다. 두 시간 정도 걸릴 것입니다. 원하신다면 지금이라도 충분히 만찬 약속에 가실 수 있습니다. 아직 식사는 시작되지 않았을 겁니다."

"이 사람이 이제 무례하기까지 하구만!"

사르틴은 놀랍다는 표정으로 소리쳤다.

"하지만 어찌하겠는가? 따라야지. 가보세, 앞장서게."

니콜라는 무언가 할 말이 있는 것처럼 멈추었다.

"치안감독관님, 청이 하나 있습니다. 이것은 정당한 것이기도 합니다."

"니콜라, 그 청이 타당한 것이라면 승낙하겠네. 만약, 그 청이 타당하지 않다고 할지라도, 그래도 승낙하네."

니콜라는 망설이다가 입을 열었다.

"저와 함께 이 사건을 수사하고, 저에게 매우 소중한 도움을 준 부르도 형사가 이 사건의 결말에 참여할 수 있기를 바랍니다. 치안감독관님의 염려는 충분히 이해합니다. 하지만 부르도를 신뢰할 수 있다고 확신합니다."

사르틴은 말없이 방 안을 왔다 갔다 하기 시작했다. 그리고는 이미 꺼진 지 오래된 벽난로의 불씨를 기계적으로 뒤적거렸다.

"자네는 나에게 매우 민감한 제안을 하는군. 자네는 만만치 않은 상대일세, 니콜라. 아마도 범법자들을 상대하다 보니 자네도 훨씬 더 강해진 것 같군. 어쨌든, 자네의 의도를 이해하네. 그리고 부르도 형사에 대한 자네의 마음을 나도 공감하네. 부르도는 자네에게 어느 누구보다 충성스러웠고, 보고서에 따르면 자네 목숨을 구해주었네. 〈그는 힘든 일을 해냈고, 예우를 받는 것은 당연하다〉 이 말을 누가 했는지 아는가?"

"쟌 다르크가 랭스에서 샤를르 7세의 대관식 때, 자신의 깃발에 대해 한 말입니다."

"니콜라, 자네는 항상 나를 놀라게 만드는군. 자네는 예수교회 신부님들의 훌륭한 제자일세. 자네는 자격이 있네……."

두 사람은 방에서 나왔다. 세마귀와 부르도가 기다리고 있었다. 세마귀는 사르틴에게 정중하게 인사를 하고, 니콜라에게 손을 내밀었다.

"자네에게 고맙다는 말을 하고 싶네. 니콜라, 자네는 나를 봐주지는 않았지만, 나를 구해주었네. 루이즈의 자백이 없었다면, 나는 아무런 가망이 없었을 테니까. 이번 일에서 얻은 교훈을 잊지 않을 걸세. 언제든지 내 집에 놀러오게. 카트린은 자네를 아들처럼 생각하네. 카트린은 내가 데리고 있겠네. 그리고 마리는 오를레앙에 있는 대모님 댁으로 가기로 했네."

사르틴은 지체되는 것에 짜증을 내기 시작했다. 니콜라는 부르도를 불렀다.

"부르도 형사님, 이 사건의 결말을 보기 위해 우리와 함께 가시겠습니까?"

"물론입니다."

부르도의 얼굴은 기쁨으로 환해졌다.

사르틴은 자신의 호화로운 사륜마차로 두 사람을 데리고 갔다. 니콜라는 마부에게 보지라르로 가라고 지시했다. 가는 동안, 니콜라는 사건을 해결한 기쁨을 맛볼 만한 여유가 없었다. 그는 사르틴의 조심스러워하는 눈초리 앞에서, 부르도에게 방금 해결한 형사 사건이 국가적 차원의 또 다른 사건과 연관이 있다는 것을 간략하게 설명했다. 그리고 세 사람은 침묵 속에 빠져들었다. 니콜라는 자신의 영원한 적인 의심에 시달려야 했다. 하지만 그는 자신의 추리에 대해 확신을 가지고 있었고, 목표물을 손에 넣을 것이라고 믿었다. 지금의 상황에서 실패할 경우 어떤 일이 벌어질지 상상도 할 수가 없었다.

사르틴이 담뱃갑의 뚜껑을 열었다 닫았다 하면서 소리를 냈다. 네 마리의 말이 끄는 마차는 어둡고 인적 없는 길을 달렸다. 그들은 곧 보지라르에 도착했다. 니콜라는 마부에게 데카르의 집 쪽으로 가라고 명령했다. 데카르의 집은 여전히 을씨년스러웠다. 그들이 마차에서 내리자마자, 부르도가 휘파람을 불었다. 그러자 어둠 속, 길의 맞은편에서 똑같은 휘파람 소리가 들렸다. 집을 감시하고 있던 정보원이 거기에 있었다. 부르도가 가서 정보원과

이야기를 나누고 돌아왔다. 모든 것은 그대로이고, 안으로 들어가려고 한 사람은 아무도 없었다고 했다.

니콜라는 문에 봉인해 두었던 것을 풀고, 문을 열었다. 부싯돌을 켜고 바닥에서 양초를 찾아서 불을 붙였다. 그리고 양초를 부르도에게 주면서 불을 밝히라고 했다. 사르틴은 집 안이 소름 끼치게 부서지고 깨져 있는 것을 보고 입을 다물지 못했다. 니콜라는 데카르의 책상 위에 엎질러져 있는 물건들을 팔로 밀어내고, 그 위에 세 장의 메시지를 올려놓았다. 그리고 의자 두 개를 가져다가 사르틴과 부르도에게 앉으라고 했다. 사르틴은 굳은 표정으로 아무 말 없이 앉았다.

"치안감독관님께서 이 형사 사건과 연관되어 있는 중대한 비밀 사건을 제게 맡겨주셔서 커다란 영광이었습니다. 저는 사건을 밝히기 위해서 최선을 다했습니다. 처음에 출발할 때 제가 알고 있었던 것은 매우 적은 것들이었습니다. 전권공사로 재직했던 분이 사망했을 때 라르뎅 반장이 그분이 남긴 서류들을 처리하는 임무를 수행했고, 그 과정에서 라르뎅 반장이 왕실과 국가의 안전에 커다란 영향을 끼칠 수 있는 서류를 훔쳤다는 것이었습니다. 일급 서류를 가지고 있던 라르뎅은, 이것을 이용해서 자신의 면책을 요구하고 동시에 협박을 할 수 있는 힘을 가지게 됩니다. 그는 도박에서 많은 빚을 져서, 도박 수사를 전담하고 있는 까뮈조 반장의 오른팔인 모발에게 협박을 받고 있었습니다."

사르틴은 한숨을 내쉬며 부르도를 쳐다보았다.

"이 서류가 적국에 넘어갈 경우 어떤 위험이 있는지, 그리고 그렇게 될 경우 서류를 되찾는 것은 불가능하다는 것에 대해서는 자세히 말씀드리지 않아도 잘 아실 겁니다. 하지만 저는 라르뎅 실종사건이 이 중요한 서류의 존재와 깊은 관계가 있다고 확신했습니다."

"그게 무슨 말인가?"

사르틴이 물었다.

"모발이 계속 우리의 주위를 맴돌면서 염탐하고, 협박하고, 저를 공격했던 것은 특별한 이유가 있기 때문입니다. 라르뎅이 그들에게 숨기려고 애썼던 그 서류들을 손에 넣지 못했기 때문입니다."

"그들이 어떻게 비밀 서류에 대해 알았는지 설명을 해보게."

"음모 때문입니다, 치안감독관님. 라르뎅이 자기 부인과 함께 데카르를 제거하는 음모를 꾸미고 있을 때, 그는 루이즈에게 자신이 중요한 가치가 있는 문서를 소유하고 있다는 것을 밝혔습니다. 그 문서가 자신들의 면책을 보장해 줄 수 있는 마지막 카드가 되리라는 것을 알려주었습니다. 하지만, 라르뎅은 신중했습니다. 라르뎅은 이 문서를 데카르의 집에 감추어두었습니다. 자신의 집보다 이곳이 더 안전할까요? 어쨌든, 라르뎅은 문서를 어디에 두었는지 정확한 장소를 루이즈에게 알려주지 않았습니다."

"니콜라, 놀랍군! 자네 말은 진짜 같네! 문 뒤에서 들었나, 아니면 침대 밑에서 엿들었나? 대체 어디에 근거를 두고 그런 소설 같은 이야기를 자신있게 할 수 있는 건가? 그런 말을 하려고 이곳까지 나를 데려온 건가?"

"제 직감과 그리고 이번 수사를 통해 그들의 진짜 얼굴을 알게 되면서 얻은 제 경험에 기초한 것입니다. 그런데, 전혀 예측하지 못한 일이 생겼습니다. 작은 모래알, 아니면 뜻하지 않은 장애물이라고 할까⋯⋯."

"그래, 그게 무엇인가? 직관주의자의 설교 같군."

"라르뎅 반장은 오랫동안 충실한 경찰로 일했습니다. 범죄와 싸우면서 평생을 살았던 사람입니다. 그런 과정에서 배운 것들이 있었습니다. 그는 루이즈가 어떤 여자인지 알고 있었고 그녀가 정숙하지 않다는 것은 받아들였지만, 그녀의 충성도에 대해서는 완전히 믿지 않았습니다. 라르뎅은 루이즈가 모발과 바람피우는 것은 눈감아주었지만, 그가 과연 자신과 함께 끔찍한 음모를 꾸미고 있는 두 사람을 진심으로 믿었을까요? 그가 무슨 생각을 했든, 사실 중요하지는 않습니다. 하지만 갑자기 통찰력이 발휘된 걸까요, 아니면 자신의 마지막이 가까웠음을 예감한 걸까요. 라르뎅은 비밀문서를 찾아낼 수 있는 단서들을 남겨놓았습니다. 그 단서들이, 책상 위에 있는 이 메시지들입니다."

사르틴은 의자에서 벌떡 일어나더니 책상 위에 있는 세 개의 메시지를 열심히 읽기 시작했다.

"설명을 해보게, 니콜라. 이것은 아무 의미도 없지 않나. 무슨 말인지 이해가 가지 않는구만."

"먼저, 이 메시지들이 어떻게 라르뎅의 손에서 저에게까지 오게 되었는지 설명하겠습니다. 첫 번째 메시지는 제 옷의 주머니에서 발견되었습니다. 두 번째는 선물과 함께 노블쿠르 씨에게 전달되었습니다. 세 번째는 잘 간직하라는 말과 함께 마리에게 주었던 것입니다. 얼핏 보기에는, 세 개의 메시지에 특별한 의미가 없습니다."

"그럼, 자세히 보면?"

"이 메시지들은 많은 것을 말하고 있습니다. 무엇인지 보여 드리겠습니다. 치안감독관님께서는 이 메시지가 왕의 것을 돌려준다는 내용이라는 것은 이미 파악하셨을 겁니다."

"그것 가지고 충분한가?"

"아니요, 충분하지 않습니다. 하지만 제게 도움을 줍니다. 많은 고민 끝에 결론을 내리게 되었습니다. 저는 제 사부가 카드를 가지고 했던 것처럼 이 문장들을 여러 가지 방식으로 섞어보았습니다."

니콜라는 세 개의 메시지들을 다른 순서로 배열해서 책상 위에 펼쳐 보았다.

"아니, 이 밑도 끝도 없는 문장들 속에서 내가 뭘 찾아내야 하는 건가? 지금 운율 맞추기 놀이를 하는 건가, 아니면 수수께끼, 아니면 철자의 순서 바꾸기인가?"

"치안감독관님, 각 문장의 첫 번째 알파벳을 잘 보십시오. 어떤 글자가 보이십니까?"

"데…… 카…… 르…… 이런, 데카르라고 읽혀지네. 이게 무슨 의미인가?"

"여기, 데카르의 집을 의미하는 겁니다. 라르뎅 반장이 이 메시지들을 각각의 주인에게 보내기 위해서 여러 가지 전략을 세웠던 것은 다 그럴 만한 이유가 있었습니다. 그는 비밀이 밝혀질 것이라는 걸 알고 있었고, 이 집을 조사하도록 유도하고 있습니다."

"어떻게 데카르라는 단어만 가지고 우리가 찾는 문서를 손에 넣을 수 있다고 생각하는가?"

"노블쿠르 선생님의 소장품 컬렉션 덕분입니다."

"무슨 소리를 하는 건가?"

"파리에서 이미 유명한 그 소장품 컬렉션에……."

"나도 잘 알고 있네. 저녁식사가 끝나고 나면 초대한 손님들에게 그 끔찍한 물건들을 보여주고 싶어서 몸이 근질근질한 노블쿠르 덕분에 나도 그것을 보았네."

"그 독특한 소장품들 속에서, 며칠 전에 흑단 나무로 만든 커다란 십자가상을 보았습니다. 얀센주의자들의 십자가상이었습니다. 그 십자가상의 모습은 충격적이었습니다. 전에 어디선가 비슷한 것을 본 느낌이 들었습니다. 노블쿠르 선생님께 여쭈어보았지요. 놀랍게도 그 십자가상은 얼마 전에 라르뎅 반장이 선물한 것이었습니다. 노블쿠르 씨는 받침대에 묶여 있는 메시지를 보여주셨습니다. 바로 치안감독관님이 지금 보고 계시는, 〈그것을 잘 열기 위해서〉로 시작되는 이 메시지입니다. 그런데 제가 부르도 형사와 라르뎅의 집을 수색했을 때, 그의 서류들 속에서 영수증 하나를 발견했습니다. 포부르그 생—앙트완느에 사는 목재가구 수공업자가 품목이 밝혀지지 않은 두 개의 물건을 만들어준 것이었습니다. 십자가상의 이미지가 머릿속에서 떠나지 않아서 그 수공업자를 찾아 나섰습니다. 한참을 고생한 끝에, 그 사람을 찾을 수 있었습니다. 그 사람은 자신이 주문 받았던 물건이 무엇이었는지 알려주었지요. 두 개의 십자가상이었습니다. 흑단으로 된 십자가 위에 상아로 된 그리스도가 달려 있는 것이었습니다."

"점점 더 알 수 없는 소리를 하는군. 나는 마차를 타고 돌아가는 편이 나을 것 같네."

"호기심과 희망을 가지십시오, 치안감독관님. 그 수공업자는 두 개의 십자가상 중 하나에 대해서 특별한 주문을 받았고, 자신도 매우 놀랐었다고 말했습니다. 십자가의 속을 완전히 비워내고, 십자가 꼭대기에 뚜껑 같은 것을 만든 다음 비밀 잠금장치를 해놓는 겁니다. 일종의 필통 같은 것이 되는 거지요. 그 안에 보석이나 돈, 혹은 귀중한 문서들을 숨길 수 있는……."

"혹은 비밀 편지 같은 것을 숨길 수도 있겠지."

사르틴은 갑자기 침착해져 있었다.

"그렇습니다. 비밀 편지를 숨길 수 있겠지요. 그 수공업자가 비밀 장치를 푸는 방법을 알려주지는 않았지만, 저는 데카르라는 이름과 편지를 숨겨놓은 물건을 알아냈습니다. 그리고 라르뎅의 메시지들을 해독하기 위해 노력했습니다. 한 번 해보겠습니다. 〈세 개가 한 쌍〉 이것은 〈한 쌍의 십자가상을 위해 세 개의 메시지가 있다〉로 해석했습니다. 〈그것을 잠그는 사람이 모두에게 준다〉는 바로 팔을 오므리고 있는 이 그리스도를 가리킵니다. 나머지는 자연스럽게 해결이 됩니다. 〈쉼 없이 찾은 것을 돌려주기 위해서 그것을 잘 연다. 왕에게 빚진 것을〉 이것은 〈이 그리스도 상이 왕의 문서를 돌려줄 것이다〉라는 뜻이지요."

니콜라의 마지막 설명이 끝나고 긴 침묵이 흘렀다. 양초가 타 들어가는 소리와 바람 소리만이 들렸다. 사르틴과 부르도는 마치 몽유병 환자처럼 소리 없이 일어나서 양초를 들고 벽난로 쪽으로 가는 니콜라를 홀린 것처럼 멍하니 쳐다보았다. 니콜라는 멈춰 서서 팔을 들었고, 벽난로 위에 걸려 있는 커다란 십자가상이 불빛 속에 모습을 드러냈다. 상아로 된, 팔을 오므리고 있는 그리스도 상이었다. 라르뎅이 데카르에게 준 마지막 선물이었다. 부르도가 얼른 달려갔다. 의자 하나를 놓고 올라가 먼지 속에서 십자기상을 떼어내 조심스럽게 책상 위에 놓았다. 니콜라가 사르틴에게 와서 살펴보라고 했다. 사르틴의 손은 떨리고 있었다. 그의 손에 닿는 것은 반들반들한 나무의 감촉뿐이었다. 손에 잡히는 것이 아무것도 없었다. 실망한 사르틴은 니콜라를 쳐다보았다.

"이것이 확실한가?"

"다른 물건일 수가 없습니다."

니콜라는 십자가상을 가만히 들여다보았다. 메시지들이 머릿속에서 맴돌았다. 〈그것을 잘 열기 위해서〉. 니콜라는 고개를 숙이고 상아로 된 그리스도를 살펴보았다. 그리스도의 손은 십자가에 못 박혀 있지 않았다. 니콜라는 그리스도의 팔을 잡아서 아래쪽으로 밀어보았다. 그러자 팔이 밑으로 스르륵 내려갔다. 그리고 뭔가 찰칵하고 열리는 소리가 들리고 뚜껑이 가볍게 위로 올라왔다. 니콜라는 그리스도 상을 돌렸다. 얇은 나무판이 열리고, 종이로 가득 차 있는 속이 보였다. 니콜라는 한 걸음 뒤로 물러섰다.

"보시지요, 치안감독관님."

사르틴은 수북하게 들어 있는 종이 뭉치들을 집었다. 부르도에게 양초를 가까이 가져오라고 눈짓을 했다. 그리고는 큰소리로 서류들을 읽기 시작했다.

"1760년 2월 23일, 폐하께서 브르퉤이 남작과 브로글리 백작에게 보낸 칙서. 1760년 3월 10일 스와쥘 백작이 마드리드 주재 프랑스 대사에게 보낸 편지. 비엔에서 퐁파두르 후작부인이 폐하에게 보낸 편지 원본. 프러시아 왕 프레데릭 2세가 여동생에게 보낸 편지의 사본〈동생은 평화를 위한 거룩한 임무를 맡았다. 미라보를 프랑스로 보내길 바란다. 비용은 내가 지불할 것이다. 미라보가 퐁파두르 후작부인에게 오십만 에퀴^{화폐 단위—역자 주}까지 선물할 수 있을 것이다……'〉."

사르틴은 생각에 잠겨서 고개를 들었다.

"프러시아가 퐁파두르 후작부인을 매수하려 한다는 이야기가 계속 떠돌고 있어. 하지만 아무런 증거는 없고…… 그런데 지금 이 상황에서, 만약 이 편지가 누설된다면……."

사르틴은 말을 멈추고, 그 문서들을 자신의 옷 속에 집어넣었다. 그리고는 니콜라와 부르도를 무서운 얼굴로 노려보았다.

"자네들은 아무것도 보지 못했고, 아무것도 듣지 못했네. 자네들의 목숨을 걸어야 하네. 알겠지."

니콜라와 부르도는 아무 말 없이 고개를 숙였다.

"르 플록, 오늘 저녁에 두 번째 하는 말인데, 고맙네. 하지만 이번에 하는 감사의 말은 폐하의 이름으로 하는 걸세. 나는 가보아야겠네. 총리를 만나야 하네. 전쟁으로 나라가 힘든 시기에 폐하께 좋은 소식을 전할 수 있는 영광을 나에게 주어서 고맙네. 폐하께서 자네의 공을 잊지 않으실 걸세.”

사르틴은 재빨리 계단을 올라가더니 어둠 속으로 사라졌다. 니콜라와 부르도는 그의 마차가 급하게 떠나는 소리를 들었다. 두 사람은 서로 쳐다보고 한바탕 웃었다.

“우리는 칭찬받아도 됩니다. 그래야 마땅하지요. 그런데 치안감독관님께 하신 행동은 정말 대담했습니다. 굉장한 확신이 있지 않고는 그렇게 못하지요. 제가 이 모든 것들에 함께할 수 있도록 배려해 주서서 감사합니다. 잊지 않겠습니다.”

“부르도 형사님, 우리는 이제 원래의 자리로 돌아가게 될 겁니다. 이번 사건이 우리에게 특별한 지위를 부여했었습니다. 사건이 성공적으로 종결되었으니 우리는 다시 원래의 평범한 자리로 돌아가겠지요. 국왕폐하 만세! 우리도 만세! 우리가 이렇게 남겨졌으니, 나에게 좋은 생각이 하나 있습니다. 세마귀의 집이 가까이 있지 않습니까. 우리를 반겨줄 겁니다. 세마귀의 집에 가서 저녁을 먹도록 하지요. 나는 벌써 카트린이 만든 음식 냄새가 느껴집니다. 만약 먹을 것이 없으면, 카트린이 소라도 잡을 겁니다.”

두 사람은 정답게 어둠 속으로 사라졌다.

16장 마지막 편지

두 달이 흘렀다. 두 사람은 반복되는 평범한 일상으로 돌아갔다. 니콜라는 계속 임시직으로 여러 종류의 경찰 임무를 맡았다. 그는 대개의 경우는 부르도와 한 팀이 되었지만, 두 사람은 함께했던 라르뎅 사건에 대해 한 마디의 언급도 하지 않았다. 그 사건은 침묵 속으로 자취를 감추어 버렸다. 모든 범인은 죽었고, 공식적인 재판은 열리지 않았다.

니콜라는 자신에게 주어진 임무를 열심히 수행했다. 일정 기간 동안 그에게 무한대의 권력을 주었던 치안감독관의 특별 대리인 자격은 없어졌다. 사르틴을 면담하는 일도 점점 뜸해졌다. 하지만 니콜라는 그런 것에 서운해하지는 않았다. 라르뎅 사건으로 숨 가쁘게 돌아갔던 시간들이 지나고 평화로운 시간이 흘렀다.

니콜라는 자신의 생활에 만족했다. 그는 노블쿠르의 집에서 지내는 것이 즐거웠다. 식구들의 보살핌이 있고, 노블쿠르를 통해서 그의 지인들을 만나고 인맥을 넓혀 나갈 수 있었다.

그는 다시 피노를 만났다. 물론 그의 설교를 참고 들어야만 했다. 그리고 그레그와르 신부를 규칙적으로 보러 갔다. 신부님은 니콜라를 만나는 것에 항상 행복해했다. 또한 세마귀의 집은 니콜라에게 또 다른 안식처가 되었다. 니콜라는 일요일에 자주 세마귀의 집에 들렀다. 카트린은 그에게 요리 비법을 알려주었고, 풍부한 경험과 지식을 가지고 있는 세마귀와의 대화는 니콜라에게 많은 것을 알게 해주었다. 니콜라는 고향 게랑드에 대해서는 되도록 생각하지 않으려고 노력했다. 오랫동안 고민한 끝에, 이자벨의 편지에 답장하지 않기로 결심했다. 파리에서의 생활, 새로운 만남과 경험들, 그리고 후작의 딸과 고아 사이에 존재하는 신분의 차가 너무나 크다는 생각이 그의 자존심과 자포자기를 동시에 부채질했다.

니콜라는 앙트와네트를 계속 만났다. 그는 앙트와네트가 술집 일을 그만두었으면 했다. 그러나 그녀는 점점 자신감을 가졌고, 쉽게 버는 돈이 주는 매력에서 벗어나는 것이 어려워 보였다. 또한 니콜라와 그녀의 관계는, 물론 아직도 애정이 깃들어 있긴 하지만, 점차 경찰과 술집 아가씨 사이의 관계로 변해갔다. 니콜라는 까뮈조 반장을 우연히 두 번 부딪혔다. 까뮈조는 여전히 경찰 일을 했다. 하지만 도박 업무에서 제외되었다. 니콜라는 그것이 자신이 중요한 역할을 했던 사건의 후속 조치라고 생각했다. 니콜라는 주변에서 자신에게 시기의 눈길을 보내는 사람, 혹은 존

중의 눈길을 보내는 사람들이 있다는 것을 느꼈다. 샤틀레 법원
에서 떠도는 소문들을 놓치지 않는 부르도는 니콜라에게 사람들
이 하는 말을 전해주었다. 물론 부르도는 자신의 조롱 섞인 논평
을 곁들이는 것을 잊지 않았다. 니콜라는 그 말들을 부담 없이 들
었고, 웃어버렸다. 사람들은 니콜라가 특별한 목적을 가지고 있
을 것이라고 상상했지만, 니콜라는 관심이 없었다.

사월 초 어느 날, 사르틴은 담담하게 랑퀴이 후작의 사망 소식
을 전해주었다. 그 소식은 니콜라의 가슴을 슬픔으로 가득 차게
했다. 그렇게 니콜라는 대부와 끝내 화해하지 못하고 영원히 이
별하게 되었다. 대부는 그에게 많은 것을 해주었고, 대부가 아니
었다면 니콜라는 아직도 렌느의 공증인 사무실에서 보잘것없는
일을 하면서 썩고 있었을 것이다. 하지만 사르틴은 니콜라가 슬
픔에 잠겨 있을 시간을 주지 않았다. 니콜라를 잠시 지켜보더니,
다음날 자신과 함께 베르사이유에 가야 한다고 말했다. 왕이 니
콜라를 보기 원한다고 했다. 그리고는 궁정에서 어떻게 행동해야
하는지, 옷은 어떻게 입어야 하는지, 칼은 어떻게 차야 하는지 수
많은 지시사항이 전달되었다. 사르틴이 그렇게 신경을 곤두세우
는 것을 니콜라는 처음 보았다. 사르틴은 마지막으로 단호하게
이렇게 말했다.
"나머지는 자네의 잘생긴 얼굴이 다 해결해 줄 거야. 혈통 좋
은 사냥개처럼."
그날 저녁, 니콜라는 그동안 한 번도 입을 기회가 없었던 초록

색 양복을 솔질해 달라고 마리옹에게 부탁했다. 노블쿠르는 궁에서 차는 자신의 칼과 자기가 결혼식 때 썼던 레이스로 된 넥타이를 빌려주었다.

니콜라는 저녁식사를 사양하고 자기 방으로 올라갔다. 폐하를 뵈러 간다는 소식에 표현하지 못하고 참고 있었던 슬픔을 더 이상 주체할 수가 없었다. 지나간 시간들의 너무나 많은 기억들이 밀려왔다. 사냥터에서 함께 돌아오던 것, 같이 장기를 두었던 것, 후작이 가르쳐 주었던 많은 것들, 그리고 별일은 아니지만 행복했던 수많은 작은 순간들. 그 모든 순간들이 조금씩 조금씩 지금의 자신을 만들어주었다. 대부의 위엄 있는 목소리가 아직도 귓가에 울렸다. 후작은 언제나 그에 대한 애정을 숨기지 않았었다. 그와 후작을 맞서게 하고 돌이킬 수 없는 갈등을 만든 운명이 원망스러웠다. 슬픔으로 수척해져 있을 이자벨의 모습이 떠올랐다가 사라졌다. 니콜라는 끝없는 절망 속으로 빠져들었다.

그 다음날은 일찍부터 해야 할 일들이 많았다. 노블쿠르의 집은 니콜라를 위한 준비로 온 식구가 정신이 없었다. 니콜라는 복장을 갖추어 입기 위해 준비하면서 자신의 고통을 드러내지 않으려고 노력했다. 이발사가 와서 니콜라에게 면도를 해주었다. 그리고 태어나서 처음으로 가발로 자신의 머리카락을 감추어야 했다. 그는 양복을 입고, 귀중한 넥타이를 매고, 거울을 들여다보았다. 니콜라는 거울에 비친 어두운 눈빛의 남자가 처음 보는 것처럼 너무나 생소했다.

니콜라는 마차를 타고 사르틴을 만나기로 한 그라몽 저택으로 갔다. 한참 동안 거실에서 사르틴을 기다렸다. 사르틴은 처음에 니콜라가 외국인인 줄 알았다. 그러나 허리에 손을 얹고 니콜라의 주위를 한 바퀴 돌면서 그를 살펴보더니 고개를 끄덕끄덕했다. 기분이 좋아진 사르틴은 니콜라의 복장을 마음에 들어하면서 칭찬했다.

베르사이유로 가는 마차 안에서 사르틴은 니콜라가 아무 말도 하지 않는 것을 내버려 두었다. 그는 니콜라가 폐하를 알현하러 가는 일에 긴장해서 그러는 것이라고 생각했다. 하지만 베르사이유도, 궁정도 알지 못하는 니콜라는 그런 기대감이나 들뜬 마음과는 거리가 멀었다. 니콜라는 공허한 마음으로 창밖의 거리 풍경들을 보았다. 마차 옆을 스쳐 가는, 자신이 지금 쳐다보고 있는 수많은 사람들도 어느 날 모두 죽을 것이다. 그들도, 사르틴도, 자신도, 모두 살아 있는 유령들이었다. 인생이란 그저 언젠가 닥치게 될 이해할 수 없는 마지막 순간을 향해 걸어가는 것일 뿐이다. 지난날을 후회하고, 죽음과 슬픔으로 고통받으면서 사는 시간들이 무슨 의미가 있단 말인가?

마차가 베르사이유에 가까웠다. 니콜라는 자신의 어린 시절을 다시 한 번 떠올리며 가슴을 무겁게 짓누르고 있는 형언할 수 없는 감정들을 털어내기 위해 크게 숨을 내쉬었다.

사르틴은 니콜라의 침묵을 긴장으로 오해하고 있었다. 그는 불편한 침묵을 깰 수 있는 기회를 엿보고 있었다. 사르틴은 니콜라의 긴장을 풀어주어야겠다고 생각했다. 그래서 베르사이유 궁에 대해서 이야기를 늘어놓았다. 베르사이유는 지금은 선대왕인 루이 14세 시절의 화려함을 잃어버렸다고 했다. 왕은 자주 베르사이유를 비웠다. 왕이 없을 때 베르사이유는 정말 쓸쓸하고, 꼭 있어야 될 사람들만 남고 신하들도 모두 궁을 비운다고 했다. 하지만 왕이 궁에 있을 때는 신하들이 모두 모여들고 왕과 함께 사냥을 했다. 그러다가 궁에서 벗어날 기회만 있으면 바로 파리로 와서 즐겼다. 게다가 대부분의 장관들도 파리에서 살고 있었다.

니콜라는 커다란 정원의 여기저기 흩어져 있는 건물들과 가운데 뻗어 있는 넓은 길을 쳐다보며 감탄했다. 마차는 점점 더 빨리 달렸다. 그는 몸을 숙이고 창문을 통해서 안개 속에 서 있는 거대한 궁궐을 쳐다보았다. 파란색 점판암, 번쩍이는 황금빛 장식, 노란색 돌과 붉은 벽돌을 보고 왕궁이라는 것을 알 수 있었다. 사르틴의 마차는 곧 사람들과 마차로 가득 차 있는 광장에 도착했다.

마차는 프랑스 왕가의 문장이 새겨진 거대한 철문을 통과했다. 이어서 왕의 처소를 보호하기 위해 있는 두 번째 철문 앞에 도착했다. 이 구역은 '르 루부르'라고 불리며 마차의 덮개가 붉은색인 것들만 통과할 수 있다고 사르틴은 설명했다. 붉은색 덮개를 가진 마차는 주인이 이 구역에 들어갈 수 있는 영광을 누리는 사람들이기 때문이다. 그들은 마차에서 내렸다. 금색과 은색 장식이 둘러진 파란색 줄무늬 옷을 입은 두 명의 궁정 수비대가 그들에게 경례를 했다.

니콜라는 정신이 멍했고, 사람들 사이를 헤집으며 빠른 걸음으로 앞서가는 사르틴을 쫓아갔다. 니콜라는 수많은 회랑과 기둥과 계단으로 된 거대한 미로 속에 들어온 기분이었다. 궁궐 지리를 잘 아는 사르틴은 거침없이 걸어갔다. 니콜라는 2년 전 처음 파리에 왔을 때처럼 당혹스러웠다. 사르틴이 모르는 사람을 데리고 온 것 때문에 사람들은 니콜라를 쳐다보았고, 니콜라는 그런 시선 때문에 더욱 불편했다. 그는 처음 입은 옷 속에 자신이 파묻혀 있는 것 같은 느낌이었다. 혹시 이 옷이 누군가 딴사람이 주문했던 옷이라는 것을 알아보는 사람이 있을지도 모른다는 터무니없는 생각까지 들었다.

니콜라는 어떻게 왔는지 기억도 안 나지만, 정신을 차려보니 자신이 커다란 방 안에 들어와 있었다. 방 한가운데에 십여 명의 사람들이 둥글게 서 있었고, 그 중심에 키가 큰 사람 하나가 시종의 도움을 받으며 황금색 장식이 된 파란색 옷을 벗고 있었다. 시종이 옷을 벗기고, 그 사람의 몸을 닦았다. 얼굴에 분칠을 하고 보석으로 휘감은 키가 작은 노인이 그 사람에게 갈아입을 옷을 건넸다. 그 사람은 침울한 목소리로 몇 명의 이름을 불렀다. 사르틴이 갑자기 팔꿈치로 니콜라를 꾹 찔렀다. 모자를 벗으라는 신호였다. 그제야 니콜라는 자신이 왕 앞에 서 있다는 것을 깨달았다. 니콜라는 그 방에 있는 몇몇 사람이 작은 목소리로 대화를 나누는 것에 놀랐다. 누군지 모르는 사람이 니콜라에게 다가와 귀에 대고 속삭였다.

"이렇게 다시 뵙게 되어서 기쁩니다. 지금 폐하께서 환의^{換衣} 하시는 곳에 있을 수 있는 영광을 누리고 계십니다. 축하드립니다. 폐하께서는 지금 오늘 저녁 폐하의 저녁식사에 동석할 수 있는 사람들의 이름을 호명하고 계십니다."

그 사람은 놀라서 눈이 동그래진 사르틴에게도 인사를 했다. 사르틴은 니콜라가 왕의 제1시종인 라 보르드를 아는 것에 놀랐다.

당황한 사르틴의 얼굴을 보고 니콜라는 용기를 얻었다. 사르틴을 깜짝 놀라게 한 것이 속으로 싫지 않았다. 왕의 목소리가 들렸다.

"리슐리외."

왕은 키가 작은 노인에게 말했다.

"승마대회 문제에 대해서 다이앙과 잘 협상하기를 바란다."

"분부하신 대로 하겠습니다. 그런데 전하, 소신이 여쭙고 싶은 것은……."

"사냥이 잘됐는지 알고 싶겠지."

왕이 리슐리외의 말을 자르며 말했다.

"포스 르포즈에서 사슴 두 마리를 놓쳤다. 세 번째 사슴은 연못으로 도망을 쳤어. 그놈을 끌어내기 위해 세 번이나 시도했었지. 요새는 전혀 만족스럽지를 않아."

리슐리외는 이마를 찡그리며 왕에게 고개를 숙여 인사했다. 옷을 갈아입은 왕은 작은 계단 쪽으로 갔고, 고개를 숙이고 있는 사람들 앞에서 사라졌다. 니콜라가 흥분을 느낄 사이도 없이 라 보르드가 그의 팔을 잡아끌었다.

"작은 방으로 가야 합니다. 폐하께서는 좀 더 친밀한 분위기에서 그 사건의 수사에 대해 당신이 직접 설명하는 것을 듣고 싶어 하십니다. 오늘 기분이 좋지 않으십니다. 사냥이 폐하의 근심을 잊어버리게 할 만큼 즐겁지가 않았습니다. 하지만 걱정하지 마세요. 잘될 겁니다. 편안한 마음으로 머뭇거리지 말고 말씀하세요. 만약 당신이 주춤거리면 폐하의 기분이 다시 안 좋아지실 겁니다. 재미있게 얘기하세요. 너무 길게 끌지 말고, 하지만 흥미를 불러일으킬 정도는 유지하면서. 폐하께서는 너그러운 분이십니다. 특히 젊은 사람들에게는."

그들은 천장이 낮고 회랑을 그림으로 장식한 작은 방으로 갔다. 왕은 이국적인 사냥 그림으로 회랑을 장식하기 원했다고 라보르드가 설명했다. 니콜라가 본 적 없는 먼 나라의 동물들과 사람들이 그려져 있었다. 시종 하나가 하얀색 나무에 황금 장식으로 벽면이 꾸며진 방으로 그들을 안내했다. 방의 분위기는 안정감이 있었다. 왕은 붉은색 다마스 천으로 된 안락의자에 앉아서 포도주를 마시고 있었다. 그들은 모두 모자를 손에 들고 고개를 숙여 인사했다. 왕은 그들에게 가볍게 고개를 끄덕였다. 왕의 옆에 앉아 있던 귀부인이 사르틴에게 손을 내밀었다. 그리고 방에 들어오는 사람들에게 인사를 했다.

"사르틴, 파리는 어떤가?"

왕의 질문에 사르틴은 공손하게 대답을 했고, 두 사람의 대화가 이어졌다. 니콜라는 이상할 정도로 마음이 편했다. 그는 자신이 왕의 앞에 있다는 것이 믿기지 않았다. 그의 눈앞에는 풍채가 좋고, 커다란 눈과 부드러운 눈빛을 가진 한 남자가 있었다. 왕의 눈은 사람들을 응시하지 않았다. 대개의 경우 허공을 쳐다보았다. 반듯한 이마에서는 위엄이 느껴졌다. 하지만 푸석한 얼굴과 꺼진 볼에서 그의 나이와 피곤함을 짐작할 수 있었다. 창백한 얼굴에는 거무스름한 반점들이 몇 군데 있었다. 왕은 지친 얼굴에 낮은 목소리로 얘기했다. 니콜라는 왕의 시선이 가끔씩 자신에게 머물다가 다른 곳으로 향하는 것을 느꼈다.

니콜라는 왕의 옆에 앉아 있는 귀부인이 퐁파두르 후작부인이라는 것을 짐작할 수 있었다. 그녀는 니콜라가 상상했던 모습과는 전혀 달랐다. 니콜라는 후작부인이 입고 있는 옷을 보고 놀랐다. 몸을 모두 덮는, 목까지 올라오는 드레스였다. 소매는 손목까지 내려와서 손이 보이지 않았다. 이런 옷은 자신의 가슴에 자신이 없고 손이 미운 여자들이 입는 옷이라고 사람들이 쑤군덕거렸던 말들이 기억났다. 그녀가 입고 있는 짧은 케이프의 두건이 그녀의 잿빛 머리카락을 반 정도 덮고 있었다. 그녀의 드레스 색깔은 왕의 옷과 같은 색이었다. 후작 부인은 완벽한 계란형의 얼굴과 파란색 눈동자를 가지고 있었다. 니콜라의 취향에는 그녀가 화장을 너무 했다는 생각이 들었다. 하지만 후작부인의 전체적인 분위기는 엄격한 느낌이었다. 후작부인이 맹트농 부인을 자신의 모델로 삼고 있다는 소문을 들은 것이 기억났다.

후작부인은 웃고 있었지만, 그녀의 얼굴 표정은 경직되어 있었다. 그녀의 이런 태도는 불안과 고통을 감추고 있기 때문이라고 니콜라는 생각했다. 후작부인은 가끔씩 존경심과 걱정이 섞인 눈빛으로 왕을 바라보았고, 왕은 그녀에게 눈에 띄지는 않지만 애정이 담긴 표정들을 보여주었다. 니콜라는 이제 좀 마음이 편해졌다. 마치 가족 모임에 와 있는 것 같은 착각이 들었다.

"그래, 이 사람이 자네가 아끼는 그 부하로군. 우리를 위해 수고가 많았다. 라 보르드에게 들어서 알고 있다."

사르틴은 놀라는 표정을 숨기지 않았다.

"르 플록 군이 그렇게 유명한 줄 몰랐습니다, 폐하."

왕은 니콜라를 향해 고개를 끄덕였다.

"우리에게 무척 중요했던 그 사건에 대해 자네가 직접 얘기해 주었으면 좋겠군. 말해보게나."

니콜라는 거침없이 이야기를 풀어나갔다. 이것은 그의 미래를 결정하는 중요한 순간이었다. 아마 다른 사람이 이런 경우에 놓이면 모든 수단을 동원해서 자신의 매력을 최대한 펼쳐 보이려고 할 것이다. 하지만 니콜라는 간단하고 명료하게, 지나치지 않을 정도로 생동감 있게, 직접적인 묘사보다는 상상을 불러일으키면서, 너무 앞지르지 않도록 조심하면서, 그리고 사르틴이 실제로 한 것보다 더 그에게 공을 돌리면서 이야기했다. 왕은 여러 번 이야기를 중단시키고 시체 부검에 대해 질문을 했다. 그러나 끔찍한 이야기들을 듣고 싶지 않은 후작부인의 만류로 더 이상 물어보지 않았다.

니콜라는 빛을 발하면서도 겸손할 줄 알았다. 그리고 행동이 필요할 때는 열정적이었다. 그는 사람들을 지루하지 않게 만들었다. 왕은 그의 이야기를 들으며 젊어진 것 같았다. 왕의 눈빛이 생기로 가득했다. 니콜라는 이야기를 마치고 한 걸음 뒤로 물러났다. 후작부인은 상냥한 미소를 지으며 니콜라에게 손을 내밀었고, 니콜라는 부인의 손등에 입 맞추었다.

"감사합니다. 수고 많이 했어요. 폐하께서 당신의 노고를 잊지 않으실 겁니다."

왕은 자리에서 일어나서 몇 발자국 앞으로 나왔다.

"짐은 이 나라의 충성스런 신하의 아들이며, 프랑스를 위해 헌신한 브르타뉴의 고귀한 가문의 아들에게 상을 내릴 것이다."

니콜라는 왕의 말을 전혀 이해하지 못했다. 자신이 아닌 누군가 딴사람에게 하는 말 같았다. 사르틴은 꿈쩍도 하지 않고 가만히 있었다. 라 보르드는 입을 쩍 벌리고 있었다. 퐁파두르 후작부인은 놀란 눈으로 왕을 쳐다보고 있었다.

"짐은 분명히 내 신하의 아들이라고 말했노라."

왕은 다시 한 번 말하면서 니콜라를 쳐다보았다.

"얼마 전 우리 곁을 떠난 자네의 대부 랑뤠이 후작이 내게 편지를 보냈다. 그는 자네가 랑뤠이 후작의 사생아로서 후계자라는 것을 인정했다. 자네에게 이 소식을 전해주고, 자네의 성과 작위를 회복시켜 주게 되어서 기쁘게 생각한다."

방 안에 침묵이 흘렀다. 니콜라는 왕의 발밑에 무릎을 꿇고 말했다.

"폐하, 소신의 무례함을 용서하십시오. 저는 그 분부를 받들 수가 없습니다."

왕은 고개를 갸우뚱하면서 니콜라에게 물었다.

"무슨 이유에서 그러한가?"

"그 분부를 받드는 것은 제…… 제 아버지께 죄송한 일이고, 마드므와젤 랑뤠이가 받아야 될 유산을 빼앗는 일이 되기 때문입니다. 저는 유산도, 작위도 포기하겠습니다. 저는 이미 폐하를 위해 일할 수 있는 영광을 누렸습니다. 제가 지금 가지고 있는 이름으로 이 일을 계속할 수 있도록 간청드립니다."

"그렇게 하도록 하게."

왕은 퐁파두르 후작부인에게 말했다.

"이런 일은 매우 드문 경우이고, 인간의 본성에 대해 희망을 주는 경우로군."

그리고는 다시 니콜라를 향해 말했다.

"랑뤠이 후작의 편지에 의하면, 자네가 후작처럼 사냥에 능하다고 하더군."

"후작님께 배웠습니다, 폐하."

"자네를 언제나 짐의 사냥 팀에 환영한다. 라 보르드, 르 플록은 사슴 사냥에 참가할 수 있는 특혜를 가지고 있다. 르 플록에게는 초심자가 입는 옷을 면제해 주겠다. 나머지는 사르틴이 짐의 뜻을 전달할 것이다."

알현은 끝났다. 그들은 방에서 나왔다. 라 보르드가 니콜라를 축하했다.

"폐하께서 당신이 사냥에 참가하는 것을 허락하셨습니다. 그리고 당신이 랑뤠이 가문이라는 것을 인정하셨습니다. 당신은 이제 궁정에 들어올 수 있는 영광을 가지게 되었고, 폐하의 마차 행렬에 참가할 수 있습니다."

니콜라는 꿈을 꾸는 것처럼 사르틴의 뒤를 따라갔다. 이 꿈이 깨기 바라는지, 아니면 지속되기 바라는지 자신도 알 수가 없었다. 두 사람은 다시 마차에 올랐다. 사르틴은 궁을 벗어날 때까지 입을 다물고 있었다.

"자네가 거절할 것이라고 폐하께 이미 말씀드렸었네. 폐하께서는 내 말을 믿지 않으셨지."

"이 사실을 알고 계셨습니까?"

"처음부터. 자네가 파리에 왔을 때부터 알고 있었네. 랑뤠이 후작은 자네를 사랑했네. 하지만 자신 때문에 벌어진 상황에 많이 괴로워했네. 생각해 보게. 자네가 이자벨, 그러니까 자네 여동생과 가까워지는 것을 보고 그 사람이 얼마나 괴로웠을지. 후작이 자네가 이해할 수 없는 결정을 내렸던 것을 용서하게."

"무언가 이상하다고 느꼈었습니다."

"자네의 직감은 역시 빠르군."

"제 어머니는 어떤 분이었습니까?"

"자네를 낳으면서 돌아가셨네. 자네가 자세히 알아야 될 필요는 없네. 당시 후작은 이미 결혼한 상태였어. 자네 어머니는 귀족의 딸이었고, 불명예를 피할 수 없는 상황이었지."

"왜 제가 거절할 것이라고 생각하셨는지 여쭈어봐도 될까요?"

"자네 아버지가 자네를 내게 맡겼을 때부터 눈여겨보았네. 자네는 자네 아버지를 많이 닮았어. 하지만 자네 아버지가 귀족으로 태어났기 때문에 가질 수 있었던 것을 자네는 자네의 능력으로 가져야만 했네. 자네는 출신의 약점을 넘어설 수 있다는 것을 이미 증명해 보였네. 내가 가끔 자네의 자존심을 건드릴 수 있는 말을 했다면, 그것은 자네의 능력을 의심해서라기보다는 자네를 걱정했기 때문이야. 나는 자네를 이해할 수 있네. 내 아버지는 카탈로니아 지방의 관리였는데, 나는 15살에 고아가 되었고, 재산도 후원자도 없이 아르쿠르 학교에 보내졌네. 나는 그때부터 경멸과 오만을 먹고 컸네. 굴욕감은 가장 좋은 약이 된다네. 귀족의 신분은 기회를 제공하지만, 대개의 경우 그것은 환상일 뿐이야. 우리 시대의 철학자들이 하는 말을 믿는다면, 앞으로 다가올 시대에는 평민의 피를 가지는 것이 더 좋다고 하지 않는가. 어쨌든 간에, 가질 권리가 있는 작위를 거절하는 것은 신하로서의 도리는 아니었네. 특히 퐁파두르 후작부인 앞에서 그랬다는 것은. 뭐, 하지만 그녀가 나쁘게 보지는 않는 것 같더군."

사르틴은 주머니에서 서류 뭉치를 꺼내 니콜라에게 건넸다.

"읽어보게."

니콜라는 그 서류에 써져 있는 말들이 무슨 소리인지 잘 이해가 가지 않았다. 사르틴이 설명을 해야만 했다.

"폐하께서 자비롭게도 자네에게 샤틀레 법원 경찰부의 반장 자리를 하사하셨네. 그 자리를 위한 돈은 이미 지불되었네. 자네에게 영수증을 줄 걸세. 폐하께서 제시하신 단 하나의 조건은 자네가 내 직속으로 근무하는 것이야. 그 말은 왕실의 특별 임무를 자네에게 직접 맡기시겠다는 것이지. 이 정도 조건은, 르 플록 반장, 그다지 부담스럽지 않겠지."

"치안감독관님, 어떻게 감사를 해야 할지……."

"그런 말은 안 해도 되네, 니콜라. 오히려 내가 자네에게 빚을 진 셈이니까."

돌아오는 동안, 니콜라는 여러 가지 감정이 뒤섞여서 자신을 진정시키기가 힘들었다. 마차가 파리로 들어서자 니콜라는 먼저 내리게 해달라고 사르틴에게 부탁했다. 니콜라는 걸어서 몽마르트르에 있는 노블쿠르의 집까지 가고 싶었다. 사르틴은 웃으면서 그렇게 하라고 했다. 세느 강은 노을빛에 붉게 물들어 있었다. 공기는 부드러웠고, 풀과 꽃 냄새로 가득했다. 향기로운 냄새가 바람에 실려왔다. 황금색으로 치장된 분홍빛 작은 구름이 파리의 하늘 위를 흘러가고 있었다. 제비가 지저귀는 소리도 들렸다.

평화로운 시간이었다. 오래전부처 니콜라의 가슴에 박혀 있던 가시는 이제 더 이상 그를 괴롭히지 않았다. 어지러운 세상의 소용돌이 속에서, 이제 그는 자신의 자리를 찾았다. 그는 선입견에 불과한 출신의 유혹을 물리쳤다. 그는 이제부터 자신을 스스로 보증할 것이다. 과거는 청산되었고, 또 다른 인생이 시작되고 있다. 니콜라는 자신의 손으로 그 새로운 인생을 만들 것이다. 니콜라는 사부와 랑퀘이 후작을 생각했다. 그들의 넋은 이제 편히 쉬게 될 것이다. 니콜라는 그들의 사랑과 가르침으로 훌륭하게 성장했다는 것을 보여주었다. 달콤하면서도 씁쓰름한, 이자벨의 모습이 행복했던 어린 시절의 추억으로 떠올랐다. 니콜라는 오랫동안 지는 해를 쳐다보았다. 저기 멀리, 그의 고향 바다가 철썩이는 것이 보였다. 니콜라는 휘파람을 불며 퐁—네프 다리 위로 올라갔다.

The end

옮긴이의 말

"역사보다 더 이국적인 소재는 없다"

장—프랑수아 파로

이 책은 18세기 프랑스를 배경으로 형사 니콜라 르 플록이 의문의 사건들을 해결해 나가는 역사추리소설 시리즈의 첫 번째 책이다.

작가 장—프랑수아 파로는 대학과 대학원에서 역사학과 고고학을 전공했으며 평생 직업 외교관으로 일하면서 작가 생활을 한 특이한 경력의 소유자이다. 그는 특히 18세기 파리의 지형과 생활상에 대한 논문을 출판했을 정도로 18세기 전문가로 인정받는 사람이다. '형사 르 플록'은 작가의 풍부하고 해박한 역사 지식이 살아 숨 쉬는 작품이라고 할 수 있다. 해외의 유명 언론들은 그의 작품에 나오는 프랑스 혁명 직전의 18세기 파리의 모습에 커다란 관심과 찬사를 쏟아냈다. 많은 역사 소설이 학계의 냉소와 반박의 대상이 되는 것과 달리 그의 소설은 많은 지지를 받았고, 18세기 파리를 연구하는 자료로 사용되기도 했다.

장—프랑수아 파로는 역사만큼 흥미롭고 이국적인 소재는 없다고 말했다. 그의 작품에 나오는 18세기 파리의 생생한 모습들은 매우 신기하고, 18세기의 파리에서 벌어지는 음모와 범죄는 21세기를 사는 우리들을 전율시킬 만큼 격렬하고, 잔혹하고, 놀랍다.

'형사 르 플록' 시리즈는 시골 출신의 고아인 주인공 니콜라 르 플록이 파리 샤틀레 법원에 견습생으로 들어가서 형사가 되고, 프랑스 역사의 파란만장한 순간들을 함께하면서 온갖 사건들을 해결해 나가는 이야기이다. 첫 번째 이야기인 〈블랑—망토 거리의 비밀〉은 니콜라 르 플록의 상관인 형사 반장 라르뎅이 실종되면서 시작된다. 파리 치안감독관인 사르틴의 명령으로 이 사건을 맡게 된 니콜라는 초보 형사로 발을 디디게 되고, 여러 가지 시행착오를 겪으며 수사를 펼치게 된다.

추리소설의 생명은 독자가 끝까지 궁금하도록 만드는 능력에 있다. 그런 점에서 시리즈의 첫 권인 이 책은 저자가 많은 공을 들인 흔적이 역력하다. 많은 분량이지만 이야기는 마지막까지 흥미진진하게 진행된다. 다양한 사건들이 발생하는데, 그것들이 서로 유기적으로 잘 연결되어 있어서 독자는 끊임없이 새로운 질문과 의심에 휩싸이게 된다. 적절한 타이밍에 등장하는 반전들은 뒤통수를 후려치는 신선한 효과를 주기도 한다. 또한 잔혹한 살인 방법과 시체의 참혹한 모습들은 매우 흥미롭다.

　치밀하고 정교한 플롯 외에도, 이 책을 생동감 있게 만드는 또 하나의 요인은 등장하는 인물들의 살아 있는 캐릭터이다. 주연부터 조연에 이르기까지 인물들의 성격이 매우 뚜렷하고 개성이 잘 표현되어 있다. 니콜라의 든든한 오른팔이 되는 순수하고 사려 깊은 부르도에서부터, 날카롭고 약간은 신경질적이면서 강한 카리스마를 지닌 사르틴, 자신을 키운 수도사가 죽은 후에 정신적 지주를 잃어버린 니콜라에게 아버지 같은 존재가 되는 노블쿠르, 라르뎅의 집에 처음 도착해서 친구가 되는 그 집 요리사 카트린에 이르기까지 인물들은 매우 입체적인 성격을 지니고 있다.

　또한 주인공 니콜라 르 플록의 매력을 빠트릴 수 없을 것이다. 젊고, 잘생기고, 순수한 영혼을 지녔으며, 뛰어난 두뇌와 풍부한 상상력의 소유자이고, 버려진 아이로 자란 자신의 출생으로 인해서 생긴 멜랑콜리한 분위기까지 지닌 인물이다. 독자는 그의 고민과 망설임을 보게 되고, 세상살이를 배워 나가는 사회 초년생의 두려움에 공감하게 될 것이다. 때때로 상념에 빠진 니콜라의 모습은 그를 더욱 인간적으로 느끼게 만들어준다. 우리는 그가 험난한 순간들을 견뎌내면서 인생을 조금씩 터득해 나가는 과정을 지켜보게 될 것이다. 이 시리즈는 지금까지 아홉 권이 출판되었다. 〈블랑―망토 거리의 비밀〉에서 20세의 견습생이었던 니콜라는 9권에 이르면 40세의 나이가 된다. 시리즈가 진행되는 동안 우리는 프랑스의 역사와 함께 숨 쉬면서 달려온 그의 인생행로도 같이 보게 될 것이다. 그런 의미에서 이 역사추리소설은 성장소설의 성격도 지니고 있다고 볼 수 있다.

이 역사추리 소설은 18세기 프랑스 파리의 여러 가지 생활상을 많이 보여주는데, 그중에서도 요리에 대한 작가의 사랑은 남다른 것 같다. 책의 여러 장면에 당시의 요리에 대한 자세한 설명들이 나온다. 장—프랑수아 파로는 굉장한 미식가이고, 대사관에서 손님을 접대하기 위해 직접 시장을 보고 음식을 만든다고 말하기도 했다. 18세기 파리의 천민들의 식사에서부터 귀족들의 가장 세련된 식탁에 이르기까지, 독자들은 다양한 계층의 요리를 맛볼 수 있다.

대부분의 경우 역사적인 사건이나 인물들이 나오기 때문에 역사추리소설이라고 지칭되지만, 이 책은 그런 단편적인 차용을 넘어서 사회적 문화적 측면에 대해서 독자에게 많은 것을 전달해 준다는 점에서 진정한 의미의 역사추리소설이라고 할 수 있을 것이다. 〈블랑—망토 거리의 비밀〉은 역사소설과 추리소설의 맛있는 결합이라고 생각된다.

블랑 망토
거리의 비밀

초판 1쇄 찍은 날 2010년 11월 3일
초판 1쇄 펴낸 날 2010년 11월 11일

지 은 이 | 장—프랑수아 파로
옮 긴 이 | 노영란
펴 낸 이 | 서경석

책임편집 | 조수희

펴 낸 곳 | 도서출판 청어람
등록번호 | 제1081-1-89호
등록일자 | 1999. 5. 31
어람번호 | 제10-0003호

주소 | 경기도 부천시 원미구 심곡2동 163-2 서경B/D 3F (우) 420-822
전화 | 032-656-4452 팩스 | 032-656-4453
http://www.chungeoram.com
E-mail | chungeoram@chungeoram.com

ⓒ 장—프랑수아 파로, 2010

ISBN 978-89-251-2343-1 04860
ISBN 978-89-251-2342-4 (SET)